歡迎來到人間

畢飛宇

一

戶部大街正南正北，米歇爾大道正東正西，它們的交會點在千里馬廣場。從城市地圖上看，千里馬廣場位於市區的東北部，委實有些偏了。但是，老百姓不買帳，老百姓習慣把千里馬廣場叫作「市中心」。「市中心」原先只是一個普通的十字路口，五十年前，伴隨著大規模的城市改造，十字路口在一夜之間就變成了橢圓形的廢墟。為了體現時代的速度，一尊城市雕塑很快矗立在了橢圓形廣場的中央。是一匹馬，坐北朝南。絳紅色，差不多像人一樣立了起來，像跑，也像跳，更像飛。馬的左前腿是彎曲的，右前腿則綳得筆直——在向自身的肌肉提取速度。馬的表情異樣地苦楚，它很憤怒，它在嘶鳴。五十年前，有人親眼見過這匹馬的誕生，他們說，天底下最神奇、最可怕的東西就是石頭，每一塊石頭的內部都有靈魂，一塊石頭一條命，不是獅子就是馬，不是老虎就是人。那些性命一直被囚禁在石頭的體內，石頭一個激靈抖去了多餘的部分之後，性命就會原形畢露。因為被壓抑得太久，性命在轟然而出的同時勢必會帶上極端的情緒，通常都是一邊狂奔一邊怒吼。

有關部門還沒有來得及給這匹暴烈的奔馬命名，老百姓就已經替它想好了：千里馬。廣場的名字就更加順理成章了，只能是千里馬廣場。老百姓好哇，他們無私。他們習慣於剔除自己和撇清自己，十分用心地揣摩好時代的動機，還能用更進一步的行動把它體現出來。五十年過去了，千里馬原地不動，它的四蹄從不交替。然而，這不重要。重要的是，馬是速度，然後才是具體的動物種類。——這匹馬足以日行千里，它畸形的體態和狂暴的情緒足以說明這個問題。

千里馬年近半百的時候，也就是二十一世紀的世紀初，戶部大街和米歇爾大道再一次迎來了城市大改造。兩條大道同時被拓寬了。事實上，街道的間距一丁點兒都沒有變化，被拓寬的僅僅是老百姓的視覺，準確地說，錯覺。——行道樹被統統砍光了。上了年紀的人都還記得，戶部大街和米歇爾大道的兩側曾經有兩排梧桐。梧桐樹高大、茂密，它的樹冠如同巨大的華蓋。因為對稱，樹冠在空中連接起來了，這一來戶部大街和米歇爾大道就不再是馬路，而是兩條筆直的城市隧道。隧道綠油油的，石塊路面上閃爍著搖晃的和細碎的陽光。

行道樹在一個星期之內就被砍光了。砍光了行道樹，市民們突然發現，他們的城市不只是大了，還挺拔了。以千里馬的右前方，也就是戶部南路的西側為例，依次排開的是各式各樣的、風格迥異的水泥方塊：第一醫院門診大樓、電信大廈、金鸞集團、喜來登大酒店、東方商城、報業集團大廈、艾貝爾寫字樓、中國工商銀行、長江油運、太平洋飯店、第二百貨公司、亞細亞影視，這還不包括馬路對面的華東電網大樓、地鐵中心、新城市廣場、世貿中心、隆美酒店、展覽館、電視臺、國泰證券。在以往，這些挺拔的、威嚴的建築物一直在馬路的兩側，它們對峙，文武不亂，卻被行道樹的樹冠擋在了背後。現在好了，高大的建築群裸露出了它們的面貌，崢嶸，摩登，那是繁榮、富強和現代的標誌。

幾乎就在裸露的同時，戶部大街和米歇爾大道上的那些鋪路石也被撬走了。那些石頭可有些年頭了，都是明朝初年留下來的，六百年了。每一塊都是等身的，二尺見長，一尺見寬，十寸見高。因為六百年的踩踏與摩擦，石面又光又亮，看上去就特別硬。缺點也有，它們的縫隙太多了。對汽車來說，過多的縫隙相當地不妙，汽車顛簸了，近乎跳，噪音也大。即使是彈性良好的米其林輪胎，速度一旦超過了八十公里，剎那間就會變成履帶，轟隆隆的。比較下來，瀝青路面的優勢就體現出來了。瀝青有一個特殊的性能，那就是「抓」——它能「抓」住輪胎。這一來輪胎的行駛就不再是「滾」，更像「撕」，是從路面上「撕」過去的。再暴躁的藍寶堅尼或瑪莎拉蒂也可以風平浪靜。

瀝青同樣有一個特點，深黑色的。深黑色很帥氣。深黑色的路面不只是寬敞與筆直，還深邃。一旦刷上了雪白的箭頭與雪白的斑馬線，大都市的氣象就呈現出來了。絕對的黑與絕對的白就是絕對對立，它們互不相讓、互不相容。漆黑、雪白，再加上寬敞和深邃，現代感和速度感就凸顯出來了。是從什麼時候開始的呢？不知不覺地，市民們也現代了，人們悄悄地放棄了「戶部大街」和「米歇爾大道」這兩個老派的稱呼。想想也是，那算什麼名字？充滿了半封建和半殖民地的氣息，冬烘，爛汙。人們避簡就繁，把戶部大街說成了「南北商業街」，簡稱「南商街」；米歇爾大道呢？毫無疑問就成了「東商街」。「南商街」、「東商街」，多好的名字，直接，敞亮。壘起七星灶，銅壺煮三江，不是買就是賣。

第一醫院的地理位置相當獨特，就在南商街和東商街的交叉點上。這樣的位置用「寸土寸金」其實都不能評估。不少商業機構看中了這塊地，希望第一醫院能夠「挪」一下。就在市人大的一次會議上，第一醫院的傅博書記用平穩的語調總結了他們的經營情況：「我們去年的年營業額已經超過了十個億。」讓一個年營業額超過了十個億的「單位」從黃金地段上「挪」開去，開什麼玩笑呢？

從視覺上說，第一醫院最主要的建築當然是它的門診樓，所有的醫院都是這樣的。門診樓馬虎不得。門診樓不只是實力，它還是展示與象徵，它代表了一所醫院所擁有的建制與學科，它理當巍峨。第一醫院的門診樓採用的是寶塔結構，它的底盤無比地開闊，足以應付每天九千到一萬人次的輸送量：掛號、收費、取藥、醫導和諮詢。然後，每一層漸次縮小。到了它的頂部，鋼筋與水泥戛然而止。三根不鏽鋼鋼管支撐起來的是一座雕塑，簡潔的、立體的紅十字。在最初的效果圖裡，設計師選擇的其實是大鐘，類似於泰晤士河邊的 BIG BEN。傅博書記一票否決了。傅博書記嚴厲地指出，「鐘」就是「終」——中國人為什麼不喜歡用鐘錶做禮物呢？「送終」了嘛，不吉利了嘛。作為明清二史的「民科」，傅博書記附帶著回顧了歷史，大清帝國為什麼就不行了呢？帝國主義陰險哪，他們送來了自鳴鐘。一個送，個個送，一窩蜂，都「送終」來了，大清就不行了嘛。傅博書記補充說，患者們來到醫院，是治病的，是救命的。你倒好，你讓人家來「送終」?糊塗了嘛。也是，「紅十字」多好，它透明，其實是一盞巨大的箱燈——實際上，用「紅十字」做醫院的標誌，並不那麼規範。但傅書記說行，那就必須行。——夜幕降臨之後，「紅十字」照耀在千里馬廣場的上空，它一枝獨秀。它是安慰，是保障，也是召喚，更是慈祥。生了病不要緊嘛，誰還能不生病呢?來嘛，來了就好了。

門診樓的後面隱藏了另外的一座樓，也就是外科樓。徒步在南商街和東商街上的行人一般是看不到它的。然而，在第一醫院醫務人員的心目中，它才是第一醫院的主樓。它的位置至關重要。它的重要性從第一醫院的空間布局上就一覽無餘了。在外科樓的半腰，有兩條全封閉的廊橋。一條是「人」字形的，一頭連著門診樓的腰部；一頭岔開了，延續到門診樓的左側，那裡是急診。另一條廊橋畫了一個巨大的弧線，連接著主病房。在這條巨大的弧線尾部，同樣有一個小小的岔道，一般人並不容易察覺，那就是高幹病房了。至於一樓，外科樓的過道就更加複雜了，幾乎連通了所有輔助性的科室。外科樓的樓盤底下還有一條通道，沿著正北的方位走到底，再拐一個九十度的彎，那就是停屍房了。

說外科樓是第一醫院的主樓，有一點不能不提，那就是外科的學術地位。說學術地位也許有點言過其實，骨子裡還是中國人的習慣心理。就治病而言，每一種治療手段都是同等的。然而，人們不這麼看。人們拿吃藥、打針和理療不太當回事。即使患者死了，人們也能找到合適的理由，誰還能不死呢?可是，患者一旦來到了外科樓，一旦動了「刀子」，情況就不一樣了，人們會驚悚、會恐慌。中國人其實是有些害怕「刀子」的，它牽涉一個定見——腔體一旦被打開，人的「元氣」就洩漏了，那可是大忌諱。出於對「元氣」的珍視和敬畏，中國人普遍認為，外科更複雜、更尖端、更艱難也更神祕。所以，看病有看病的易難程序：吃藥、打針、手術刀，這就有點類似於女人的戰爭升級了：一哭、二鬧、三上吊。

可外科和外科又不一樣。最常見的當然是「普外」，也就是普通外科了。既然有「普通外科」，那就必然存在著一種不再「普通」的外科。想想吧，腦外科，胸外科，泌尿外科，它們面對的是大腦、心臟和腎，這些重要的配件都要「吃刀子」了，怎麼說也不可能是一件「普通」的事情。

二〇〇三年六月的第一個星期四。烈日當空。

六月裡的陽光把外科樓上的每一塊馬賽克都照亮了，接近於炫白。那些馬賽克原本是淡青色的，可劇烈的陽光讓它們變白了。酷熱難當。當然，外科樓內部的冷氣卻開得很足，微微有些涼。陽光從雙層玻璃上照耀進來，纖塵不動。乾淨的陽光使得外科樓的內部格外寧靜。這安靜具有非凡的意義，「非典」，它過去嘍。雖然官方還沒有正式宣布，但是，空氣裡的氣氛到底不同，它鬆了下來。外科樓內部的空氣一直很特別，它是會說話的，要麼不開口，一開口就叫人心驚肉跳。在「非典」鬧騰得最厲害的日子裡，外科樓內部的空氣始終閉緊了嘴巴。這一閉就讓所有的人如臨深淵。這可是外科樓哇，患者一旦染上「非典」，想都不敢想——好不容易救活了，最終卻染上了「非典」，白忙活不說，你說冤枉不冤枉？

現在好了，外科樓內部的空氣開口了，發話了，「非典」就要過去了。過去嘍。

——過去了麼？也不一定。泌尿外科的空氣還沒有說話呢。泌尿外科坐落在外科樓的第七層。除了過道裡的一兩個護士，別的就再也沒有什麼動靜了。但是，第七層的安靜和外科樓內部的安靜又有些不一樣，是那種死氣沉沉的安靜。說起來真是有點不可思議，「非典」以來，短短的幾個月，泌尿外科接連出現了六例死亡，全部來自腎移植。腎移植是第一醫院的臨床重點，可以說是一個品牌。進入二十世紀九十年代之前，第一醫院的人/腎存活率已經達到了百分之八十九，這很驚人了。就在這樣的學術背景下面，患者的死亡率不降反升，這就不正常了。——外科大樓的第七層壓抑得很，籠罩著缺氧的、窒息的氣息。

六例死亡驚人地相似，都是併發症。雖說腎臟的存活狀況良好，但是，因為急性排異，患者的肺部出現了深度的感染——肺動脈栓塞。栓塞會讓患者的肺失去彈性。彈性是肺的基礎特性，彈性即呼吸。一旦失去了呼吸，患者只能活生生地給憋死。從臨床上說，移植手術始終都有一個無法調和的矛盾：為了控制排異，必須對患者的人體免疫加以抑制；抑制的結果呢，人體對「闖入者」不再排異了，可是患者的免疫力卻下降了。雖說是泌尿系統的手術，患者的呼吸系統卻特別脆弱，很容易感染。彷彿是老天安排好了的，在「非典」期間，第一醫院沒有出現一起「非典」死亡，腎移植的患者卻死在了呼吸上。好好的，患者的血液就再也不能供氧了。

接近午休的時間，泌尿外科病房辦公室的醫生與護士正說著閒話，有一搭沒一搭的。他們回避了臨床，故意把話題扯到別的東西上去。比方說股市。股市，還有房產，這都是恆久的話題了，類似於薯條、山楂片或者蝦片，在某些特殊的時刻，它們都可以拿出來嚼嚼。傅睿並沒有參與這樣的對話，他坐在辦公桌前的椅子上，歪著，似乎已經睡著了。到底是在打瞌睡還是假寐，沒有人知道。傅睿的習慣就是這樣，一旦閒下來，他就要坐到自己的座位上去，閉上他的眼睛開始養神。傅睿不喜歡說話，別人聊天他似乎也不反對。你說你的，他睡他的；或者說，你說你的，他想他的。要是換一個地方，傅睿這樣的脾性是很容易被大夥兒忽略的，然而，這裡是第一醫院的泌尿外科，沒有人可以忽略他。他是傅睿。

辦公室就這樣處在了常態裡，一個護士卻來到了辦公室的門口。她沒有進門，只是用她的手指頭輕輕地敲了兩下玻璃。敲門聲不算大，可是，聲音與聲音的銜接卻異常地快。幾乎就在同時，傅睿的眼睛睜開了。

護士戴著口罩，整個面部只能看到一雙眼睛，這樣的眼睛外人也許很難辨認。醫生卻不一樣，他們一眼就可以準確地辨別她們。敲門的是小蔡。剛看到小蔡的眼睛，傅睿的胸口咯噔就是一下，人已經站起來了。

傅睿預感到小蔡要說什麼，搶在小蔡開口之前，傅睿已經來到了門口，問：「多少？」這是一個醫用的省略句，完整的說法應當是這樣的：「血氧飽和度是多少？」

說話的工夫傅睿已經走出辦公室了。「七十八，」小蔡說，又迅速地補充了一句，「還在降。降得很快。」

傅睿聽見了。傅睿同時注意到了小蔡的口罩。她的口罩被口腔裡的風吹動了。儘管小蔡盡力在控制，但她的口罩暴露了她口腔內部洶湧的氣息。

外科醫生與外科護士時刻面對著生死，某種程度上說，在生與死的面前，他們早就擁有了職業性的淡定。然而，腎移植是第一醫院新拓展的一個科目，而傅睿正是第一醫院的母體大學培養的第一代博士，所有的人都盯著呢。泌尿外科說什麼都不能再死人了，不能再死了。

傅睿來到五病房，在十四病床的邊沿站定了。田菲正躺在床上。這個十五歲的少女躺在床上，在望著他。田菲的目光是如此地清澈，有些無力，又有些過於用力。她用清澈的、無力的，又有些過於用力的目光望著傅睿。她在呼吸，但她的呼吸有些往上夠。傅睿架好聽診器，在田菲的胸前諦聽。田菲的母親一把揪住傅睿的袖口，已經失魄了。她問：「不要緊吧？」

傅睿在聽，同時望著田菲，很專注。他們在對視。傅睿突然想起了自己的表情，他在口罩的後面微笑了。傅睿沒有搭理田菲的母親，而是把田菲的上眼皮向上推了推。傅睿笑著對田菲的瞳孔說：「不要動，沒事的。」

傅睿微笑著抽回自己的手，緩緩轉過了身軀，一步一步地向門口走去。他眼角的餘光在看小蔡。剛出門，小蔡就聽到了傅睿的聲音：「通知麻醉科。插管。送搶救。」

田菲，女，十五歲，漢族。雙林市雙林鎮風華中學初三（二）班的學生。二〇〇二年九月起自感厭食、噁心、少尿。二〇〇三年二月出現明顯水腫。二〇〇三年三月十二日由雙林第一人民醫院轉院，二〇〇三年三月十五日入院。

某種程度上說，孩子的病她自己有責任，拖下來了。早在二〇〇二年九月，她就自感不適了，第一次診斷卻已經是二〇〇三年的三月十二日。拖得太久了。當然，她不能不拖。她剛剛升到初三，要拚的。為了年級與班級的排名，為了明年能上一個好高中，不拚不行。她在懵懂和沉靜之中和自己的不適做了最為頑強的抗爭，直到她的意志力再也扛不住的那一刻。

傅睿記得田菲是在父親的陪同下於三月十三日上午前來就診的，一見面，田菲就給傅睿留下了深刻的印象。傅睿記得田菲有一個小小的動作，有趣了。因為水腫，田菲的面部已經嚴重變形，成了一個圓盤大臉的胖姑娘。傅睿問診的時候，田菲一直病懨懨的，卻不停把玩著她手裡的學生證。玩到後來，一張相片從學生證裡滑落出來了，就在傅睿的手邊。傅睿撿起來，一看，是一個陌生的小姑娘，寬額頭，尖下巴，也就是所謂的「瓜子臉」。挺漂亮的。小姑娘正站在柳樹的下面，一手叉腰，一手拽著風中的柳枝，她在迎風而笑，挺土氣的一張照片。田菲望著傅睿，突然笑了，這一笑傅睿就從眉梢那兒把田菲認出來了。相片裡的小姑娘不是別人，正是田菲她自己。田菲自己也知道的，她已經面目全非了。浮腫讓她成了另外的一個人。但是田菲渴望告訴每一個人，她其實不是這樣的，不是。她真的滿漂亮的。當然了，這些話要是說出來就不好了，也沒意思。所以呢，要用最有力的事實來做最有效的說明。事實還是勝於雄辯的。傅睿端詳著田菲的相片，心坎裡揪了一下。這孩子，都病成這樣了，念念不忘的還是她的好看。傅睿一下子就喜歡這個姑娘了。他莞爾一笑，他用他的笑容告訴她，他已經知道了，她原本是個好看的姑娘。

傅睿把相片還給田菲，說：「不要急，啊，病好了，腫就消了，你還是你，是不是？」

小姑娘終於沒有忍住，她對著相片說：「這才是我呀！」

「那當然，」傅睿說，「我可以把你還給你。」

「你保證嗎？」

這怎麼保證？傅睿是醫生，他沒法保證。小姑娘卻強了：「你保證麼？」

「我保證。」

血項報告卻沒有傅睿那樣樂觀。田菲的資料相當地糟糕。肌酐：1500μmol/L；尿素：46mmol/L。人體正常的肌酐指標是每毫升35—106微摩爾；尿素則是每毫升2—7毫摩爾。田菲的肌酐和尿素分別達到了1500和46，瘋了。結論是無情的，終末期腎病，俗稱尿毒症。即使第一醫院在終末期腎病的治療水準上已經接近世界最高水準了，傅睿能做的其實也只有兩件事：一透析；二移植，也就是換腎。

小蔡把田菲推向了搶救室。傅睿聽見過道裡剎那間就亂了。說亂是不準確的，只不過腳步聲急促了而已。它來自過道，彷彿也來自另外一個空間。傅睿在最近幾個月裡已經第七次聽到這樣的聲音了。和以往有所不同，傅睿終於確認了，這聲音來自自己的心跳，他不敢相信自己的心臟可以如此鏗鏘，到了不管不顧的地步。可傅睿馬上又想起來了，這不是自己的心臟，是田菲的。田菲的心臟在瘋狂地供氧。

田菲在搶救室裡依然看著傅睿。這孩子就這樣，只要一見到傅睿，她就會望著他，用她清澈的、無力的目光籠罩住傅睿。但是田菲的呼吸越來越依賴嘴巴了，可嘴巴卻無能為力。事實上，氧氣管一直都插在田菲的鼻孔裡，她有足夠多的氧，全是她的。

麻醉科的醫生過來了。她的到來其實只用了兩分鐘。這兩分鐘在傅睿的這一頭漫長了。她沒有說話，直接用她的肘部把傅睿支開了。她要插管。利用這個短暫的空隙，傅睿撩起了田菲的上衣。刀口的手工很好，可以說，漂亮。這些活兒本來應當是實習醫生或住院醫生做的，傅睿沒讓，他親自上手了。如果說，刀疤不可避免，傅睿一定要為這個愛美的小姑娘留下一道最美的縫補線。傅睿輕輕地摁了幾下刀口的周圍，沒有腫脹的跡象。一切都好好的，腎源也一定是好好的。他已經死了，她會再死一次麼？

它還會再死一次麼？

傅睿盯著田菲的刀口，失神了。他看見了自己的瞳孔，它在放大，它的面積足以籠罩整個世界。

做完組織配型之後，傅睿抽出一點時間，和田菲的父親做了一次短暫的卻也是詳細的談話。這個談話是所有手術所必備的程序。事關生死，傅睿是主刀醫生，一些話就必須在術前講清楚。傅睿一點兒也不喜歡這樣的談話，可他必須說。不說怎麼行呢？

短短的幾個月，田菲的父親似乎換了一個人，他的眼睛乾了。也不是眼睛乾了，是他的目光乾了。這樣的目光傅睿再熟悉不過了，大部分時候，傅睿都選擇回避。他和患者家屬談話的時候一般不看他們的眼睛。正因為如此，傅睿給患者家屬留下了不好的印象，他過於傲慢了——郭棟大夫就隨和得多。

談話剛剛開始，田菲的父親就把話題扯到錢上去了。天底下最為混亂的一樣東西大概就是患者家屬的那顆心了。它憂傷，絕望，沒有一絲一毫的邏輯性，卻又有它內在的規律。其中，有一個階段是和「錢」緊密地聯繫在一起的——只要有足夠的錢，或者說，把錢花光了，親人的性命就一定有救。在這個階段，家屬們盲目地認定，錢就是親人的性命。這個階段一旦過去，他們的內心才會湧上來一股更大的恐懼，這恐懼超越了死亡——它叫雞飛蛋打。

可是，無論你處在哪一個階段，「錢」始終是一個無法規避的話題。都說尿毒症是「富貴病」，沒錯的。它實在是太耗費了，簡直就是燒錢。別的不說，光是透析，一星期三次，一次三千元，一個月就是五萬。這樣的壓力對任何一個普通家庭來說都是不堪的。相對於一般的家庭，等病人熬到手術臺，一個家差不多也就空了。

傅睿是外科醫生，不管錢上的事；也正因為他是外科醫生，他對每一個環節的費用又清清楚楚。傅睿坐在田菲父親的對面，突然感覺到自己成了一個營業員：客人問一聲，他報一個價；客人再問一聲，他再報一個價。之所以是營業員而不是小商販，是因為談話的雙方都知道，這裡面沒有討價和還價，都是一口價。

田菲的父親卻始終有些鬼祟，他不停地偷看周邊。他在觀察。好不容易等到辦公室裡只剩下他和傅睿兩個人了，田菲的父親欠過上身，十分迅速地拉開了傅睿的抽屜，朝抽屜裡扔進來一把現鈔。是捲著的，有零有整。也許是為了湊一個整數，中間還夾著了幾枚硬幣。田菲的父親向傅睿伸出了一隻手指，隨後就把抽屜給推進去了。他的動作極為麻利，極為迅速，一眨眼，他就把所有的動作都做完了。想來他在腦子裡已經把這個動作演練過很多遍了。做完了這一切，他回到原先的位子上去，力圖恢復他們最初的對話關係。傅睿一時都沒能反應過來，等反應過來了，也不知道該如何處置了，只好望著對方的眼睛。這一眼讓傅睿意外地發現了一件事，人窮志短和傾家蕩產原來是這樣的，都在眼眶裡。傅睿同時還注意到，田菲父親的表情突然輕鬆了，甚至都有一絲笑意。——能做的他都做了，希望就在眼前。

傅睿剛想說點什麼，來不及了。田菲的父親離開了，他是倒著退向門口的。一邊後退一邊做出「留步」的手勢。他的動作快極了，巴結，猥瑣，歡樂，甚至還撞了一下門框。

傅睿拉開抽屜，望著抽屜裡的現金，摘下了眼鏡。他把眼鏡扔到了桌面上——抽屜裡的現金模糊了，花花綠綠的。他一把就把抽屜推進去了。紅包他也不是沒有收過，收過的。但是，現金，還零零碎碎，這就怪異了。他把抽屜裡的現金拾掇好了，捏在了掌心，捏著錢的那隻拳頭被他放進了白大褂的口袋。假裝著查房，他來到了田菲的病房。在玻璃的外側，他用手指把田菲的父親叫了出來。傅睿打算把他帶到衛生間去。田菲的父親卻堵在了去衛生間的拐彎口，他當然懂。憋了很久的話就直接被他說出口了——

「你不收我不放心。」

傅睿的手放在口袋裡，不知道該如何是好。傅睿的拳頭剛剛在口袋裡動彈了一下，田菲的父親就一把把他的拳頭摁死了，傅睿感到了疼。傅睿很生氣，沒有掙扎，放棄了。心事沉重。

監視器就在田菲的左上方，除了田菲，所有的人都能看見。血氧飽和度還在下降，下降的速度越來越快。血，還有氧，它們是一對冤家。血是離不開氧的，氧又離不開肺。當肺不能工作的時候，血就會拚命。它們會爭先恐後，一起湧向心臟。這一來心臟就被劫持了。它就是人質。田菲十五歲的心臟已經發癲瘋了，每分鐘能跳到二〇二下。為了給血液送上一點可憐的氧氣，她只能依靠自己，她開始了艱苦卓絕的努力。她在張嘴。她張嘴的動作卻越來越像假動作，張得很大，「吸」進去的內容卻極其有限。她的嘴只能越張越大、越張越快。即使到了這樣的地步，田菲依舊在看著傅睿，她的目光裡既沒有祈求也沒有抱怨。

傅睿握著田菲的手，無助了。他的無助類似於鎮定。所謂的「搶救」，說白了也就是一個程序。在該做的都做完之後，一個醫生，其實也只有等待。等待什麼呢？是死亡。死亡真的已經很接近了，它得寸進尺。搶救室徹底安靜了。搶救室其實一直都是安靜的。田菲的眼睛半睜著，沒有人知道她在看什麼。當然，傅睿是知道的。全力以赴的呼吸已經耗盡了田菲僅剩的那麼一點體能。她想休息一會兒。就在休息一會兒之前，她的下巴往上夠了一下，卻沒能夠著。她就鬆下去了。這一鬆只是一個開始，隨後，她的整體就一起鬆下去了。即使鬆了下去，傅睿注意到，田菲依然在看著他。他彎下腰，凝視了片刻。田菲其實已經不看他了。她的瞳孔緩緩地失去了目標。

傅睿就那麼站著，不動。他不動，小蔡和麻醉師自然就不能動。小蔡摘下口罩，喊了一聲「傅大夫」；傅睿也摘下口罩，掛在了右耳上。他在恍惚。他的心已經碎了。他不該心碎的，但是，已經碎了。小蔡又喊了他一聲，傅睿看見小蔡朝門口使了一個眼色。這個眼色傅睿當然懂。有些事護士是不便做的，有些話護士也是不便說的。只能是主刀大夫。傅睿把口罩取了下來，團在掌心，塞進了口袋。傅睿朝門口走去，他推開了搶救室的大門。門口站著許多人，他們似乎是從天而降的。傅睿在一大堆眼睛當中找到了田菲父親的眼睛。

眼神是天底下最壞的一樣東西。眼神在語言之上。只看了傅睿一眼，田菲的父親就轉過身去了。一個端著盤子的護士剛好從過道裡經過，田菲的父親撲上去，一把搶下盤子，回過頭，掄足了，對著傅睿的腦袋就是一下。

咣當一聲，人倒下去了。倒下去的卻不是傅睿，而是小蔡。這個虛弱的男人為了發力，身體特地向後仰了一下，這才給小蔡留下了撲上來的時間。過道裡頓時亂了，響起了一連串打砸聲和爆裂聲，隨後就是號啕聲。到處都是碎片與滾動的聲音。一片狼藉。

——「沒良心的東西！你還我的女兒！」

——「是你弄死了她！」

醫院一共動用了五個保安才把傅睿護送出去。保安受過專門的培訓，他們站成了梅花狀，從五個不同的方位把傅睿夾在了中間。他們用身體擋住了失控的人群，一邊擋，一邊退。他們沒有選擇電梯，而是選擇了樓道。到了樓道口，保安分成了兩組：一組三個，守住樓道口；一組兩個，陪同傅睿下樓。在這些問題上保安可是犯過一些錯誤的，他們以為醫生只要下了樓梯就不需要保護了。事實上，一些患者的家屬因為陪護的時間比較長，他們已經把外科樓的空間結構給摸清楚了。對他們來說，外科樓早就不是迷宮。去年就出過一件大事，三個保安好不容易把消化科的主刀醫生帶離了現場——醫生下樓了，可剛來到了一樓的出口，他就把自己送上門了。消化科的主刀醫生當場就斷送了一顆門牙和兩根肋骨。

已經是一樓了，傅睿卻站住了，說什麼都不肯走。兩個保安看了看四周，沒人。他們對傅睿說，不要緊，雷書記很早就發過話了，我們一定會把醫生送到家。傅睿就是不走。保安說，放心吧，有我們呢。傅睿恍惚得很，就好像他的身邊根本就沒有這兩個人。好在傅睿終於邁開他的腳步了，剛走了兩步，卻走到相反的方向去了。保安跟上去，正準備拉他，傅睿拐了一個彎，從另外一個入口再一次走進了外科樓。

外科樓在結構上的複雜性外人永遠難以預料。傅睿走進的其實是外科醫生的更衣室，也就是外科醫生的第一個關口。只要有手術，外科醫生都必須在這裡把自己扒光了，清洗乾淨，換上統一的、消過毒的短褂、褲子，戴上帽子、口罩。就功能而言，這地方相當於外科醫生的浴室。

傅睿一進來，櫃檯後面的值班護士就站起來了，十分熟練地遞過鑰匙牌和包裹。她客氣卻也有點疑惑地招呼說：「傅大夫今天沒有手術吧？」

傅睿沒有搭腔。他換了拖鞋，取過鑰匙牌和包裹，進去了。兩個保安正要往裡跟，護士攔住了：「你們幹什麼？」保安說：「我們要把他送回家。」護士說：「外面等。」保安的口氣即刻硬了：「出了事你負責？」值班護士軟綿綿地說：「我不負責。外面等。出去。」

傅睿站在花灑的下面，對著花灑張大了嘴巴。他在喝水。洗浴用水是不能喝的，傅睿顧不得了。喝飽了，傅睿低下了腦袋，細小而又滾燙的水柱沖著他的後腦勺，水花四濺，霧氣騰騰。

傅睿突然想起了菸。他想吸根菸。平日裡傅睿並不吸菸，不能算有癮。但是，傅睿也抽菸。每一次手術之後，傅睿到家後的第一件事就是吸菸。書房就是他的吸菸室，那裡有一張款式非常特別的沙發，有點像女人用的美人靠。那是他的妻子作為生日禮物送給他的。他喜歡半躺在沙發上，把兩條腿蹺起來，一直蹺到寫字臺上去。每一次吸菸之前傅睿都要忍一會兒，把菸盒拿過來，取出一根，把玩把玩，十分用心地點上。然後呢，很猛、很深地吞上一大口；再然後，伴隨著煙霧，把那口氣徐徐地呼出來。像長嘆。傅睿吸菸為的就是這一聲嘆息。因為煙霧的緣故，他的嘆息可視了——他能看見自己的一聲嘆息以一條直線的方式從胸腔的內部十分具體地排放出去。體內一碧如洗，萬里無雲。再然後，他的注意力就集中到兩條腿上來，仔細詳盡地體會血液回流的感覺。都說足球運動員是靠兩條腿吃飯的，外科醫生才是。傅睿最大的一個享受就是把他的兩條腿給蹺起來。

傅睿也不是每天都吸菸，只要開始了，通常就不再是一根。這和菸癮無關，它取決於手術的數量。一臺一根，也可能是一臺兩根。傅睿喜歡利用吸菸的工夫把自己做過的手術再「做」一遍。他在追憶，像默誦。外科大夫的記憶很有意思，大部分醫生明明記得，他們卻選擇遺忘，或者說，強迫自己遺忘。這樣的努力當然合理，手術都做完了，刀口都縫上了，只要自己盡了努力，那就不應當再記住它們，忘得越乾淨越好。另一部分醫生也想遺忘，卻做不到，星星點點的，他們總是能夠回憶起來。傅睿的情況正好相反，他怕遺忘，他熱衷於回味，像女人的性愛。傅睿的回憶其實更像是檢索，這就牽扯到手術的一個具體問題了，也就是手術臺上的判斷。手術隨時都需要判斷，所謂的預案，通常都不管用。無論科技多麼地先進，醫學的預判與「打開」之後的情況總有一些出入，甚至，面目全非。現場的一切只能取決於主刀醫生。他擁有一切權力，判斷的權力和實施的權力。遺憾的是，他沒有糾錯的權力。從這個意義上說，主刀醫生無法果斷，通常都會猶豫。也正因為無法果斷，他只能加倍地果斷。這一來，「果斷」就伴隨著疑問，越果斷，疑問越多。能夠檢驗這個疑問的，不是生就是死。

沒有一個外科醫生會愚蠢地認定病人的死是自己造成的；也沒有一個外科醫生會輕鬆地認定患者的死和自己毫無關聯。疑問是存在的。疑問是折磨人的。尤其在術後。

浴室和更衣室裡空空蕩蕩。現在是什麼時候了呢？傅睿赤裸著身軀，疑惑了。外科醫生永遠也不可能在自然光下面工作，他們面對的是無影燈。只有光，沒有影。這就給時間的判斷造成了障礙。他們時常不知道自己是在白天還是在深夜。

他只想吸菸，躺下來，蹺上腿，好好地吸一根菸。此時此刻，他的體內全是煙，傅睿想把它們都吐出去。他對著四周張望了幾眼。完全是下意識的，他把手術室的衣服給穿起來了。傅睿戴上帽子、口罩，來到了樓梯口，一步一步朝七樓爬去。

腎外科的手術室在七樓，這一刻，整個樓無限地闃寂。真是靜啊。平日裡這裡也是寂靜的，但是，那種寂靜和現在的不一樣。那是人為的靜，是控制住的靜。是多年嚴格的，甚至是苛刻的培養所導致的那種靜。聲音其實是有的，類似於鳥鳴山更幽。

現在的靜它不叫靜，它叫空。傅睿走在空空洞洞的過道中，在左手第三道門的門口，他站住了。這裡是第七手術室。但同行們從來不叫它「七室」，而是鄭重其事地把它叫作「腎移植室」。沒有人覺得這個稱呼叫起來麻煩。這也是「傅睿的」手術室。他佇立片刻，決定進去。雖然傅睿剛剛沖完了淋浴，但是，只要進入手術室，他必須再一次洗手、消毒，這也是程序，學生時代就開始這樣了。傅睿用他的膝蓋頂開了水龍頭的開關，他的「洗手」是從手部開始的，然後是腕關節，然後是小臂，最後是肘部。兩遍之後，他又用碘酒擦拭了兩遍，最終，架起胳膊，傅睿來到了「腎移植室」的門口。他貼上牆壁，用膝蓋摁住了牆上的開關，手術室的大門緩緩地打開了，與此同時，所有的燈都一起亮了，是跳躍著亮起來的。傅睿繞過呼吸機，站在了手術臺的前面。手術臺空著，除了固定帶，一無所有。呼吸機上方的監視器正處在黑屏的狀態。沒有舒張壓。沒有收縮壓。沒有心率。沒有體溫。沒有呼頻。沒有血氧飽和度。

傅睿一直盯著黑屏，他眼角的餘光卻意外發現了一樣東西。凝神一看，是自己的手，十個指頭全是張開的，似乎在等待器械護士給他上手套。傅睿做手術的時候總盯著自己的手，彷彿是全神貫注的，其實從來也沒有真的留意過它們。即使看，所能看到的也不過是奶油色的手套。現在，他的雙手裸露在自己的面前了，他看了看手心，又看了看手背。必須承認，這是一雙幾近完美的手，洋溢著女性的氣質，卻又放大了一號。這「放大」出來的不是男性，是女性的拓展與延伸。骨感，敏銳。指頭很長，到了不可思議的地步，每一根手指的中關節又是那樣地小，預示著藏而不露的靈活與協調，完全可以勝任最為精微的動作。傅睿緊緊地凝視著自己的手指頭，十個手指分別指向了不同的方向。十個不同的方向，預示著九死一生。問題是，哪一個方向才是生路呢？傅睿吃不準。

這麼一想，傅睿的後背就感受到了一絲的涼，他側過臉，牆壁的控制臺上顯示的是攝氏23.5度。這是手術室的恆溫，傅睿卻感覺到了涼。溫度顯示的上方是時間顯示，北京時間1：26。1：26，什麼意思呢？是下午的一點二十六分還是深夜的一點二十六分呢？傅睿想了很長的時間，最終都沒能確定。沒人，也沒人可以問。時間沒了，空間也沒了，傅睿架著自己的雙臂，每一條胳膊的末端分別連帶了五根手指。固定帶是空的，沒有什麼需要固定。沒有陰影。

回到家已經是凌晨三點。傅睿的鑰匙也不知道哪裡去了，只能敲門。他是用膝關節敲的門，聲音很悶，節奏也不對，聽上去像踢。給傅睿開門的是傅睿的妻子王敏鹿。她穿了一件灰色的真絲睡衣，已經睡了大半個覺了。對敏鹿來說，大半夜給丈夫開門並不是什麼稀奇的事——移植手術和大部分手術不同，許多手術都放在了夜裡。這也不是醫院不講道理，是移植的特殊性。——誰知道腎源在什麼時候到呢？深更半夜的，傅睿在家門口時常找不到自家的鑰匙。可這一次的開門卻駭人了，王敏鹿只看了傅睿一眼，臉上頓時就失去了顏色——她的丈夫趿著拖鞋，居然把手術室的藍大褂給穿回來了，兩條塗滿了碘酒的胳膊還架著。傅睿走進了家門，依然架著雙臂，步履機械。他抬起頭，和自己的妻子對視了一眼。這一眼出大事了，這一眼抽空了傅睿，他虛脫了，眼睛一閉，身體靠在了大門上，房門咚的一聲，關上了。敏鹿還沒有來得及伸出胳膊，傅睿的身體已經順著房門一點一點滑落下去了。王敏鹿一把摟緊了自己的丈夫，失聲說：「寶貝！」

除了這一聲「寶貝」，夫婦倆再也沒有一句話。什麼也不用說的，什麼也不能說了。王敏鹿懂，懂啊。她知道發生了什麼。敏鹿把傅睿扶進臥室，替傅睿把藍大褂脫了。傅睿赤裸著上身，上了床。王敏鹿脫去自己的睡衣，側著身，正對著傅睿，躺下了，附帶著抱緊了傅睿。傅睿往下挪動了幾下，他把他的鼻尖一直埋進敏鹿的乳溝，拱了幾下。他的身體是蜷曲的。他抓住敏鹿的手，十指相扣。幾乎在躺下的同時傅睿就睡著了，他的鼻息粗重而又安穩。

傅睿睡熟了沒？敏鹿並沒有把握。但傅睿的手醒著，這個是一定的。傅睿對王敏鹿的手一直保持著高度的警覺。偶爾也有脫開的時候，但是，用不了多久，他就開始尋找敏鹿的手了，抓住了就不放。傅睿的身體突然就是一個抽搐。為了配合這個抽搐，兩條腿還踹一下，然後，開始磨牙。傅睿的磨牙十分地嚇人，淒厲，猙獰，似乎在全力以赴，和他平日裡溫和儒雅的樣子極不相稱。王敏鹿相信，傅睿的睡眠從來都不是睡眠，而是搏鬥。這搏鬥緊張、恐怖、持久，不是你死就是我活。

二

赤身裸體，相擁而眠。這樣的睡姿通常都是在做愛之後。它疲憊，滿足。即使不做愛，誰又不渴望這樣的睡眠呢？王敏鹿卻不能入眠了。她撫摸著丈夫的後背，沒有滿足，只有疲憊。她害怕這樣的睡姿，她只是不能拒絕。

醫院裡又死人了，這是一定的。死亡一旦出現，傅睿就必然會經歷一場喪事。她丈夫到底是與眾不同的，他會把患者的喪事帶到他們家的床上。敏鹿摟著自己的丈夫，徹底失去了睡意。這個黑夜漫長了。因為傅睿的鼻尖正對著敏鹿乳溝的緣故，這漫長就不再是靜態的，它具備了勢能，沒完沒了。傅睿的每一次呼氣都要從敏鹿的乳溝中間穿梭過去。來來回回。床上的事情就是這樣，它經不起重複，重複的次數多了，呼吸就能變成手指。傅睿睡著了，敏鹿的身體卻開始了她的主張，一副什麼都預備好了的樣子。只有預備，沒有後續，這就不好了。有點難的。傅睿的呼吸怎麼就那麼粗、那麼重呢？敏鹿只好張開嘴巴，呼了一口氣。這口氣很燙，到了不管不顧的地步。可敏鹿怎麼能在這樣的時候要求那種事呢？當然不可以。敏鹿只好鬆手，挪開了一些。剛剛挪開，傅睿的鼻梁卻彷彿安裝了定位系統，卯上了，再一次埋進了她的乳溝。敏鹿害怕弄醒自己的男人，不敢動了，胯部的那一把卻特別地想扭。可她到底還是忍住了。這哪裡還是熄燈瞎火？是火燒火燎。敏鹿不知所以。

敏鹿擁有令人羨慕的婚姻，卻也有一個隱祕的遺憾，說不出口——好端端的，傅睿「不要」她了。這個「不要」當然只局限於床上。敏鹿與傅睿自然也有過火樹銀花般的床笫生涯，誰能想到呢？到了最好的年紀，傅睿這棵樹在，銀花卻沒有了。這裡面自然有一個緩慢的過程。一開始當然還好，傅睿興興頭頭的，也維持了相當長的一段時間。是從哪一天開始的呢？傅睿磨嘰了。敏鹿琢磨過，這磨嘰也挺好，是婚姻生活的別樣景致。敏鹿知道的，自己算不上一個「好事兒」的女人，但是，就在兒子進了幼兒園之後，不對了，就像電視裡的北京人所說的那樣，她成床上的「事兒媽」了。她的乳頭碰不得，她在搓澡的時候親眼目睹過這個迷幻的跡象：好端端的，它居然能立起來，像缺氧，個死樣子。——敏鹿只能加倍地憐愛自己，身體怎麼就那麼美好的呢？連搓澡都能搓成這樣。你傅睿不是磨嘰嘛，也好，那就找點事情給你做做。做老婆的剛剛洗完澡，無緣無故地，她憂傷了。無緣無故的憂傷所欠的僅僅是一巴掌，傅睿說：「別鬧。」敏鹿說：「就鬧。」床單就是這樣，在「別鬧」與「就鬧」之間，有它的側重，它偏向於「就鬧」。這就讓敏鹿開心了，她哪裡能想到呢？她這個舉世公認的玉女原來會，她也會哎。這就是婚姻了，這就是婚姻最為迷人的人文景觀和自然風光了。在她的床上，敏鹿是一頭沉睡的母獅，當她醒來的時候，必將震驚整個臥室。

二〇〇二年的四月二十日，一個平常的日子，一個普通的夜晚。敏鹿終於受到了沉重的一擊，「就鬧」被「別鬧」KO了，都用不著數秒。傅睿和往常一樣，有些蔫，可敏鹿偏偏趕上了一場強勢而又有力的憂傷。傅睿是心事沉重的樣子，特別累，注意力一直不能集中，或者說，注意力一直集中在宇宙的某一個神奇的維度上。敏鹿在臥室裡霸道慣了，存心想欺負傅睿一下。還沒「戲」，敏鹿直接就騎了上去。傅睿平躺著，目光空洞，就那樣望著自己的老婆。最終，搖了搖頭。在床上，做丈夫的搖頭有什麼用？最終的結果只能取決於做老婆的願不願意搖屁股。搖屁股可是大工程，體現的是整體性，能源來自於胯。胯是多麼特殊的生理組織，帶有宣言性，向左擺動是不屈，向右擺動則是不撓。傅睿毫無辦法，只能說話。傅睿說：「今天不行。」敏鹿又搖。傅睿說：「明天有手術。」敏鹿一下子就懵了。「手術」是怎麼回事，敏鹿是醫生，懂。可事情都已經

「鬧」到這一步了，做老婆的哪裡有自己爬下來的道理？沒這個道理。做丈夫的需要應急公關，好話必須說，空頭支票也要開。傅睿沒有，直接閉上了眼睛。——這就僵住了。敏鹿還能怎麼辦？只能自己爬下來。這是一場災難，毀滅性的。為了表達她的悲憤，敏鹿一躺下就把身體側過去了。這不夠，遠遠不夠。次生災難就這樣降臨了，敏鹿一不做，二不休，抱起枕頭就往麵團的房間去。——我要是再回來我就不是我媽生的！我還不信了我。

二〇〇二年的四月二十一日，晚上八點十六分，傅睿，作為第一醫院泌尿外科的主刀醫生，終於走上了手術臺。——經歷了本科、碩士、博士，經歷了見習醫生、實習醫生、住院醫生和主治醫生，傅睿走上手術臺了。在未來，他必然還是一位副主任醫生和主任醫生。這是傅睿第幾次走上手術臺了？這些都不重要。重要的是，傅睿主刀了，僅僅依靠主治醫生的身分，傅睿就主刀了。理論上說，這不可以，他還不具備相應的資質。傅睿的資質走的是特殊的渠道和特殊的流程——都是為了滿足第一醫院的戰略需要。為了這個戰略需要，一位權威人士特地引用了萊蒙托夫的話：「第一個教大學的人一定是沒有上過大學的人。」萊蒙托夫是誰？沒人知道；他有沒有說過這句話？也沒人知道。但是，既然權威人士把萊蒙托夫的名字給報出來了，萊蒙托夫就必須說過。腎移植畢竟是第一醫院的新專案和新學科，沒人哪。在人才培養方面，這個學科完全沒有現成的規律可循。當然，人命它不是兒戲，第一醫院在任何時候也不可能拿患者的性命去做實驗。為了慎重，傅睿的導師，周教授，他全程跟蹤。周教授就在現場，隨時都有可能接手。然而，和以往不同的是，傅睿站在了教授的位置上，教授只能在他的身後。

周教授一言不發，就站在傅睿原先所站的那個位置上。雖然只是一個位置的對調，這裡的分量傅睿是能夠感受得到的。患者是丁曠達，稅務部門的一個中層幹部，此刻，他已經被麻醉了。是麻醉，不是睡眠，它們的表現有著根本的區別。傅睿望著進入麻醉狀態的丁曠達，突然來了一陣恐懼。這話也不對，這恐懼陪伴他已經有相當的一些日子了，從上一次內部會議就開始了，進一步說，從周教授選擇他的那一天就開始了。現在，他站在了他最為恐懼的時刻，同時也站在了他最為恐懼的地點。傅睿意識到自己的體力有些不支，他回頭看了周教授一眼，周教授精力充沛，雖然他比傅睿足足大了三十歲。傅睿感覺到了自己的顫抖，他特地看了看自己的手，沒抖，但是，他知道，它在抖。口罩似乎比以往厚了許多。周教授就站立在傅睿的左側，也在觀看傅睿的手。他只是看著，並沒有特殊的含義，一個習慣罷了。

周教授喜歡傅睿的手，在私底下，周教授一直說，傅睿天生就該是一個外科大夫，不在腎外科，就在胸外科，要不就是眼科。傅睿的手確實是有些特色的，薄，大，長。尤其是手指，長得有些出奇，到了指尖的部分甚至還有點尖。在周教授的眼裡，傅睿的這雙手既不像男人的，也不像女人的，有些妖，像天外飛仙。說起外科醫生，外人都有一個錯覺，統統把他們看作「做手術」的醫生，都一樣。其實，這裡的區別大了去了。雖說都做手術，每個醫生的側重點其實都不一樣，最終，他的擅長也就不一樣。——有些人的概括能力極強，善於總結，他們在臨床上雖然和別的醫生並無多大區別，最終，有所建樹的卻是理論。他們會著書立說，最終的名望也就不一樣了。另一些人呢，他們看重的則是術後的康復。周教授和他們統統不同，他看重的就是手術，手術本身。簡單地說，就是一個醫生手上的「活兒」。周教授特別看重「手上」的大夫，這也對，再怎麼說，你的手跟不上，那還叫什麼「外科醫生」呢？在周教授的眼裡，外科醫生可是分了等級的：第一級，自然是用手去做；第二級，卻用手指去做；最好的那一級，所動用的必須是他們的指尖。所有的祕密都取決於手指的第三個關節，它們靈活，精密，準確，穩定，利索，細緻，有力。這樣的祕密很難去闡釋。如果一定要把它給說清楚的話，只能借助於神祕主義——天賦。外科手術也許是這個世界上最明亮的一件事了，它比太陽還要明亮，任何一間手術室都不會有任何一塊陰影。可是，生命科學卻很幽暗，人類的天賦也很幽暗，帶有私密的和不可言說的特性。周教授望著傅睿的手，微笑了。傅睿一定會比他強，嫉妒不得。

丁曠達腹部的脂肪翻滾出來了。手持電烙鐵的是傅睿。從頭到尾，周教授沒有說一句話。傅睿是不需要導師說話的，他了解導師的每一個步驟。可以這樣說，這一臺手術傅睿只是完整地拷貝了他的導師，周教授只是借用了傅睿的手。不是，在某個神奇的剎那，周教授甚至發現，傅睿這個人並不存在，僅僅是自己的一個意念。傅睿是他手指上的第四個關節——這就是嫡傳的魅力。當巡迴護士給傅睿擦汗的時候，周教授甚至不自覺地側了一下腦袋。當然，周教授並沒有出汗。要說傅睿和他有什麼區別，大概就在這裡了。這孩子太愛出汗了。這不好。當然了，這也不是事兒。——這孩子總算是讓自己給「帶」出來了。就在器械護士剪完最後一個線頭的同時，傅睿抬起了頭，用他的眼睛去尋找他的老師。除了父子，除了師徒，沒有人知道這一眼意味著什麼。周教授卻直接掉過了頭。傅睿知道的，師傅這是滿意了。傅睿突然就有些暈，還好，靜止了片刻，也就過去了。他多麼想找一個游泳池，平躺在水面上，一心一意地望著那些高不可攀的藍。

離開手術臺之後，傅睿沒有和導師做任何的交流。傅睿自己知道，手術非常成功，近乎完美。但他們不可能慶祝。數據是多麼地無情，即使第一醫院的腎存活率已經抵達了百分之八十，在國內已經很領先了，患者的存活率依然很不樂觀，很難維持到三個月。原因只有一個，呼吸道感染。這是沒有邏輯的。為此，周教授熬白了頭，這才幾年？他的頭髮全白了。他找不到感染的原因，整個團隊都找不到。誰也沒有想到的事還是在一九九八年發生了，當第一臺ECMO——也就是身體體外膜肺氧合機——從機場運回第一醫院之後，死亡率在一夜之間就降低了，患者存活率一下子飆升到了驚人的百分之九十五，整個團隊都嚇了一大跳。回過頭來想想，道理是多麼地簡單——全是插管惹的禍。呼吸道的插管劃破了氣管，氣管的破損招致了氣管感染，最終感染了肺。氣管的破損原本微不足道，換一個健康的人，兩顆抗生素就解決了，甚至可以不用藥。可問題是，患者需要抗排異，抗生素就不再抗菌，再小的感染都足以致命。就這樣。——周教授鬆了一口氣，可以退休了，可以退休嘍。這項進口如果能提早兩年，他姓周的何至於全白了頭？但是，值得。第一醫院嶄新的品牌學科出現嘍，不僅僅在全國領先，也走在了世界醫學界的前列。是的，誰還不知道第一醫院有一個泌尿外科呢？更別說接班人了，傅睿，還有郭棟，都是自家培養的孩子，成長起來嘍。周教授欣慰，欣慰啊。

做完丁曠達的手術傅睿就再也沒有回家。他留在了醫院，幾乎不睡，也不敢睡。其實也就是待著，每過一兩個小時就要在病房的過道裡出現一下。這樣的場景感人了，對患者的家屬來說尤其是這樣。家屬們當然是害怕的，這種沒有先例的手術誰能不害怕呢？但是，主刀醫生在，那就踏實多了。家屬們不能知道的是，傅睿也怕，也許更怕，他就擔心丁曠達有什麼不測。自丁曠達轉入病房的那一刻起，傅睿就陷入了無邊的焦慮，他對死有一種根性的恐懼，尤其在自己的手上。他無法擺脫有關死亡的假設種種，在傅睿的假設中，死亡從來都不是靜態的事情，它動。這一來，傅睿的恐懼就開始痙攣了，有一種往內收縮的顫抖，邊收縮還邊蔓延，像分枝菌絲，無孔不入，一不留神就是一大片。

在丁曠達的一切都趨於平穩之後，傅睿回了一趟家。他要泡個澡，換一身衣服，同時在家裡吃一頓晚飯。一切都順利的話，他甚至還可以在自家的床上躺一躺。——經歷了丁曠達的手術，傅睿哪裡還能記得他的床上曾經發生過什麼？敏鹿正和他冷戰呢。然而，所謂的冷戰只是敏鹿一個人的戰爭，是她的一廂情願。哪裡有什麼冷戰？沒有的事。事實也正是這樣，就在傅睿守著丁曠達的這幾天，敏鹿已經把她的枕頭挪到主臥去了，還放在傅睿枕頭的內側。傅睿到家了，表情凝重。他沒有和敏鹿說話，甚至都沒有和麵團說話。——這就不對了吧，你這就太過分了吧，傅睿，枕頭都放回去了，你居然還撂臉子！這都多少天了，蘇聯都解體了，你冷戰還冷出氣焰來了。不行，這不行，敏鹿得和他談談。一個做太太的，想和自己的丈夫做愛，這有錯嗎？值得你一到家就撂臉子嗎？值得你拉上書房的房門嗎？值得你抽菸抽得孤苦伶仃、蹺腿蹺得趾高氣揚嗎？要談。要談的。可敏鹿計畫的這次談話並沒有談成，傅睿連晚飯都沒來得及吃，一個電話就把他叫回病房了。——這就是外科大夫，這就是外科大夫的太太。

敏鹿與傅睿的故事起始於大三。傅睿她當然聽說過，一進校門就聽說了，也在校慶的文藝匯演上見過一兩回。和大部分自以為漂亮的女生不一樣，敏鹿從來不參與有關傅睿的討論。她和傅睿八竿子也打不著，嚼他的舌頭幹什麼呢。醫科大學沒有一個本科生不知道傅睿，道理很簡單，傅睿的父親，傅博，是醫科大學附屬醫院的黨委書記。依照日常的邏輯，人們很容易把傅睿與紈絝子弟聯繫起來，實際上不是。太不是了。人們在舞臺上見識過傅睿的才藝，擁有如此才藝的人怎麼可能是紈絝子弟呢？說他是校園內部的傳奇都不為過。那麼，傅睿究竟是誰呢？這反而成了一個「問題」。人們偶爾也會發現傅睿在校園裡路過，他一個人，一直是一個人，永遠是一個人。他的衣著可真是考究啊，斯文，走的是富裕和優雅的線路，一眼就可以看出他的家境。與衣著相匹配的是，傅睿的身上沒有一點浮浪氣，他的舉手投足始終帶著一股子家教嚴明的況味。冷月無聲啊。傅睿帥。傅睿漠然。傅睿孤傲。傅睿鶴立雞群。他是薛丁格的貓，在「這裡」，也不在「這裡」；他屬於「我們」，也不屬於「我們」。傅睿沒有戀愛，這是顯而易見的。——話又說回來了，戀愛了還有什麼可嚼的呢？普遍的看法是，傅睿不需要戀愛。在戀愛這個問題上，傅睿類似於鳥類，準確地說，類似於鶴。在水草之間，他單腿而立。傅睿的存在只是為了給自己製造一個倒影。還是不要可憐他的孤單吧，只要他想，「那一隻」就會翩然而至。熱衷於鳥類的女生已經把傅睿的戀愛搞成卡通畫面了，會有那麼一天，「那一隻」會來的，先是滑翔，然後，在傅睿的倒影旁無聲地降落。當她收攏好翅膀、在傅睿的身邊同樣單腿而立的時候，她會把她修長的脖子捲到自己的翅膀裡去的。對，就是她了。——算嘍，姑奶奶的脖子沒那麼長，夠不著自己的胳肢窩，不煩那個神嘍。

敏鹿來自本埠，城南。家境極其普通，平平常常的姑娘，當然，是偏於好看的那一類。這一類的好看有一個共同的基點，那就是甜，平庸，安靜，也就是通常所說的乖。敏鹿本不屬於獨生子女那一代，就在敏鹿出生後不久，父母望著如此漂亮的寶貝，猶豫了，要不要再生一個呢？精明的父母不要了。他們知道一個常識，生孩子可不是洗照片，哪能撈出來的都一樣？生孩子是釣魚，這一竿是刀魚，下一竿完全有可能是一隻王八。就那麼一猶豫，基本國策替他們決策了，只生一個好。行吧，敏鹿也就混跡於獨生子女的這一撥了。獨生子女是如何戀愛的呢？敏鹿不關心。敏鹿只關心自己，她有她的婚戀觀，這個戀愛觀從她懂事的那一天起父母就給她確立了。管理好自己，將來自然就有一個好結果。在戀愛這個問題上，敏鹿的父親相當地嚴格：和男同學交往，可以的，必須要有父母的監督。敏鹿自然知道父母的意思，在對自己嚴加管理這個問題上，她甚至比她的父母更苛刻。但凡和男同學交往，她一定先彙報，得到父母的同意並有了父母的監督之後，她才願意出門。可以說，敏鹿慎獨，一切都為了守身如玉。敏鹿十分贊成父母的看法，女孩子的命運總是要靠婚姻來改變的：婚姻賺了，一生就賺了；婚姻賠了，一輩子也就賠了。稍有不同的是，敏鹿並不像自己的父母那樣好高騖遠，她反而務實。好高騖遠不好，最終會導致幻象。幻象是天底下最不好的一樣東西了，表面上賺，骨子裡都得賠進去。所以，敏鹿是不可能早戀的，初中男生，高中男生，他們懂什麼呢？誰知道他們的將來怎麼樣呢？即使進了大學，敏鹿依然管得住自己，急什麼呢？可是到了這樣的關頭，敏鹿和父母的想法終於出現了分歧。父母急了，他們提出了相親。敏鹿一聽「相親」兩個字當場就憤怒了，庸俗，醜，醜瘋了。她王敏鹿什麼時候長成「相親」的樣子了呢？這可是二十世紀九十年代，戀愛都已經進入「睡時代」了。相親？冬烘了。不去。

相親的「那一頭」卻傳來了驚人消息，說石破天驚都不為過。男方是醫科大學在讀博士，姓傅，叫傅睿，家境相當不錯。敏鹿不敢相信，這個傅睿不就是那個傅睿麼？問題是傅睿怎麼可能相親？傅睿怎麼可能相親？傅睿怎麼可能相親？中間人的回話卻很平靜，是傅睿啊。傅作義的傅，師傅的傅，睿智的睿，醫科大學的在讀博士。這就有意思了。這就有意思了。這個就很有意思了。敏鹿要去的。敏鹿要去，當然不是想和傅睿相親，她是想看傅睿相親。傅睿又是如何相親的呢？敏鹿想像不出來。那就先去和他相親吧，去了就看見了。

在父母的陪同下，敏鹿出發了。沒有修飾，沒必要的，就素面。敏鹿自小就懂得一個道理，不抱希望。希望是多麼歹毒的東西，怎麼能那樣呢？在這個問題上敏鹿可以說是無師自通的，也可以說是完完全全地繼承了父母的良好基因。怎麼能有希望呢？生活的全部要義就是跟著混，別人讓生活變成怎樣，那生活就該是怎樣，這多好啊。敏鹿一隻胳膊挽著母親，另一隻胳膊挽著父親，輕輕鬆鬆的，來到了指定的「山間茶坊」。作為男方，傅睿的一家先到了，坐在那裡等。敏鹿一進門就知道，她冒失了，再也輕鬆不起來了。這是敏鹿第一次近距離地接觸傅睿。只看了一眼，要了命了。不是傅睿的帥要了敏鹿的命，是傅家的陣仗。王家是三個人，傅家也是三個。一樣的空間，一樣的桌椅。但是，傅家人是如此地不同，有陣仗。陣仗到底是一個什麼東西呢？敏鹿也說不上來，它在，無形，兀自巍峨。傅家的比重大，權重更大。敏鹿知道了，她不是來相親的，她面試來了。氣氛在剎那間就壓抑了。說壓抑實際上也不對，「那邊」輕鬆得很，一點都沒有仗勢欺人的意思，相反，客氣得很，謙和得很。敏鹿瞥了一眼她的父親，還有她的母親，他們的故作鎮定是多麼地不堪。他們在努力地自信。這樣的努力傷害了努力，很可能也傷害了結果。一切都還沒有開始呢，敏鹿「看相親」的勁頭已經泄了一大半，這件事事實上已經結束了。自取其辱罷了。她不該好奇，不該來的。平心而論，她和傅睿「對不上」，她的家和傅睿的家也「對不上」。還好，介紹人機靈，能張羅。關鍵是會說。這一點太重要了，現場絲毫也沒有出現壓迫或冷場的局面，這就不尷尬了。起碼「看上去」不尷尬。不過總體上，七個人所構成的局面還是偏於安靜的，怎麼說呢，有肅穆和做作的成分在裡頭。好在服務員進來了，七個人，七杯茶。傅睿的母親與傅睿的父親自然沒有去碰茶杯，這一來，敏鹿的父親與母親也就不好去碰它們了。傅睿也沒碰，敏鹿也就沒有碰。七杯茶，成了小小的盆景，各自歸位、各自安好。敏鹿注意到了，傅睿的母親正式地微笑了，換句話說，面試開始了。面試的方式當然是一個問，一個答。還好，傅睿的母親並沒有咄咄逼人，相反，很隨意，是想到哪兒就說到哪兒的樣子，很隨和的。這隨和裝不出來，它只是養尊處優的一個慣性。敏鹿唯一不能適應的是她的普通話，真的是標準啊，都到了失真的地步，彷彿是事先錄好的語音。普通話是有感染力的，敏鹿也只能用普通話應對。但是，許多字的發音，尤其是後鼻音，敏鹿達不到悠揚的程度。敏鹿有點吃力了，她希望自己的父母能在這個時候適當地站出來，他們卻沒有。伴隨著對話的深入，傅睿母親的目光慢慢有了一些變化，不只是隨和，還慈祥了。她慈祥起來的目光像手掌，軟綿綿的，在敏鹿的身上四處撫摸。好在敏鹿小時候上過兩年舞蹈班，兩年的民族舞訓練終於在這個時候派上了用場。敏鹿暗地裡把她的上半身「拉」了起來，坐得筆直的，腰部那一把還形成了一道很有型的反弓。傅睿的母親側過臉，微笑著看了介紹人一眼，目光裡頭有話了，是諮詢的樣子。到了這一刻，傅睿的母親到底還是露出了她的「狐狸尾巴」，她說：「不錯呢，這孩子有希望呢。」敏鹿不只是看在眼裡，也聽在心裡。自尊了。生氣了。卻沒有發作。敏鹿的面頰卻漲得通紅，像疑似的喜悅。她一定要做一點什麼的。

第一輪詢問過後，敏鹿走神了，她想找到一種體面的方式結束這場鬧劇。簡單地說，趕緊收場。這麼一想敏鹿也平靜了，決定做。她大大方方地側過臉，附帶看了一眼傅睿。傅睿正在端詳她，很專注的樣子。敏鹿哪裡能想到呢，她的這一眼讓傅睿徹底地慌了神。傅睿立即避開敏鹿，看他的母親去了。這個微小的舉動剎那間就改變了敏鹿的心情，甚至可以說，它改變了局面。——傅睿是慌張的，傅睿居然比自己更慌張。誰能想到呢？敏鹿有些不相信了，剎那間就安穩下來了，定心了。她就那樣篤篤定定地看著傅睿的視線在自己與他的母親之間迅速地切換。接下來的事情就更有意思了，切換目光的不只是傅睿，也包括傅睿的母親。整個過程加起來也不到兩秒鐘。但是，這兩秒鐘是決定性的。它改變了現場的動態，傅睿的母親都拿起茶杯了，雖然一口也沒有喝。

傅睿的母親端起了茶杯。傅睿的父親也端起了茶杯。榜樣的力量是無窮的，敏鹿的父母和介紹人也紛紛端起了各自的茶杯。這個動作再普通不過了，意義卻重大。敏鹿沒動，傅睿也沒動。兩撥人即刻就區分開來了。周遭的氛圍當即就愉悅起來，傅睿的母親放下茶杯，她回過頭去對她的丈夫說：「天氣這麼好，我們幹麼不走走呢。」是啊，幹麼不走走呢，天氣這麼好。傅睿的父母站了起來，介紹人往前跨了一小步，拽了拽敏鹿母親的衣袖，敏鹿的父母也站了起來。——這就結束了麼？是啊，結束了，還坐著幹麼呢？

七個人，走了五個，桌面上依然保留了七杯茶。這等於說，敏鹿和傅睿需要面對眼前的七杯茶。寡不敵眾啊。很嚴峻。王敏鹿明白的，這哪裡是結束了呢，一切都還沒有開始呢。七杯茶就那樣擺放在桌面上，因為被大家動過的緣故，它們之間的空間關係不再像先前那樣刻板了，它們是隨意的，自然的，構成了日本式的枯山水。海面遼闊，孤峰獨峙，風平浪靜。天地已打開，一切靜態都是開始的樣子。

傅睿，這傳說中的傳奇，這孤零零的「問題」，他哪裡驕傲，一丁點兒都沒有。他的膽怯和拘謹讓敏鹿心疼。敏鹿知道了，傅睿是一個「媽寶」，屬於乖巧和無能的那一類。這個發現給敏鹿帶來了十分重要的心得，重點是，她自信了，附帶著也就具備了戀愛的總方針和大政策。當然，那是以後的事。不管怎麼說，敏鹿所需要的是戀愛，不是「相親」。她不能接受相親。敏鹿突然就來了一股子勇氣，敏鹿說：「沒想到在這裡遇上你，這麼巧。」她把她的意思幾乎都挑明瞭，她，還有他，是巧遇，屬於邂逅，不是他人的安排。傅睿笑了笑，說：「都是楊阿姨安排得好。」這句話讓敏鹿很失望——真是個呆子，是個書呆子。然而，敏鹿在剎那之間又犯過想來了，這樣的家庭走出一個書呆子，總比活霸王好。只能說，她敏鹿撿到了一個大便宜。——傅睿的眼睛是多麼地好看哦，目光乾淨，是剔透的。像玻璃，嚴格地說，像實驗室的器皿，閃亮，卻安穩，毫無喧囂。這樣的器皿上始終伴隨著這樣的標籤：小心，輕放。敏鹿會的，她會小心，她會輕放。敏鹿就那麼望著傅睿，心裡說：「傅睿，歡迎來到人間。」

三

雖然退下來有些日子了，作為一個老領導，老傅在第一醫院的餘溫還在。一大早，院辦來電話了。他們並沒有把電話打到傅睿那裡去，而是直接打到老傅的座機上。這是星期天的上午，理論上不辦公的，然而，電話還是來了。辦公室的彙報不只是及時，重點是講究，就三條：一，醫院出現了比較嚴重的襲醫事件，造成了一些影響，這麼大的事情本來就該向老領導彙報；二，患者的家屬極不冷靜，直到今天上午依然沒有離開現場，為了避免事態的擴大，如何處置，還請老領導定奪；三，傅睿大夫是個好大夫，這是公認的，泌尿外科的風險也是全世界公認的，醫院裡的同行都有正確的認識，並沒有出現「不恰當」的言論，這一點一定請老領導和傅睿大夫放心。

老傅並沒有親自接電話，拿起乳白色話筒的是老傅的愛人聞蘭。這也是常態了。在老傅退休之前，醫院裡的電話當然是老傅親自接聽。既然退下來了，處理這一類事情自然就換成了聞蘭。老傅表過態，不再過問具體的工作。老傅的姿態高，繼任者的姿態就不能低。落實到具體的工作上，他們一般都是先「和聞蘭老師溝通」。聞蘭聽完了，當然會向老傅彙報的；老傅有什麼指示，也是由聞蘭代為轉達。所以，在第一醫院的這一頭，「聞蘭老師」的使用頻率已經超過了「老傅」。在具體的問題上，工作人員通常是這樣轉述的：「聞蘭老師說了」，「聞蘭老師來過電話了」，「聞蘭老師很高興」，「聞蘭老師說話的口氣不太好」，「聞蘭老師非常生氣」，當然了，院方從來不說「聞蘭老師」有什麼具體的意見，他們重視的大多是聞蘭老師的態度。態度包括意見，有可能大於意見，也有可能小於意見。然而，當他們和「聞蘭老師」說話的時候，他們反而又不用「聞蘭老師」這個稱呼了，一律使用「老領導」。他們會這樣說——「請老領導放心」，「我們一定把老領導的意見落實好」。

老傅一大早已經在公園裡「走」完了。這個「走」有點複雜，是老傅自己發明的一種行進方式。它首先必須是走，在走的同時，伴隨著深呼吸、變速、甩臂、擴胸、扭腰、轉頸、小跑以及小幅度的拉伸。重點是心肺，同時也兼顧了各個關節。回到家，老傅聽完了聞蘭的轉述，明白了，傅睿那一頭出現了醫患糾紛。醫患糾紛當然是任何一個醫院的重點，某種程度上說，它比死亡的麻煩還要大——醫院哪有不死人的呢？老傅側著身子，站在了那裡，聽，同時也若有所思。不過老傅這一次的重點不在糾紛，反而是死因。移植項目又出現死亡，他不能不問問。老傅來到廚房門口，對太太說：「聞蘭哪，你給敏鹿去電話，讓她把傅睿送過來。」

老傅把兒媳婦與小孫子麵團都支了出去。離這裡不遠有一家銷品茂（Shopping Mall），小孫子可以在那裡玩。聞蘭給老傅與傅睿各泡了一杯茶，父子兩個也沒動。傅睿把香菸掏出來，點上了。

聞蘭從來沒有見過傅睿抽菸，有些吃驚：「你怎麼也抽菸了？什麼時候開始的？」

傅睿望著手裡的菸，突然想起來了，說：「我不抽菸。」過了一會兒，傅睿補充說：「偶爾。」再過了一會兒，又補充說：「兩三年了吧。」最後，他補充說：「也不上癮。」

老傅曾經抽過四十年的香菸。就在六十歲生日那天，也就是正式退休之前，他宣布說，他要戒菸。所有人都以為是一句戲言，沒想到，老傅說戒就戒了。也有人問他的訣竅，老傅笑笑，說，訣竅就一條，不抽下一根。戒了香菸的父親看了一眼剛剛學會抽菸的兒子，沒說話，卻拿起了兒子的一支菸，放在手上撚，撚完了，老傅也就放下了。老傅說：「談談吧。」

傅睿抬起頭，問：「談什麼？」

「昨天的事。」

聞蘭喊了一聲「老傅」，意思很明確，好好的，說這個幹什麼呢？

「回避不是辦法，」老傅的口吻鄭重了，他望著傅睿，說，「我們來談談，問題到底出在哪個環節？」

傅睿聽出來了，現在，老傅已不再是他的父親，直接就是他的導師；而他，則是一位剛剛經歷了醫患風波的外科醫生。傅睿沮喪。作為一個主刀醫生，這是他的第七例死亡。從統計上說，是正常的，如果放在整個移植外科去統計，那就更正常了。可現在的問題是，為什麼又是他的患者呢？

老傅望著傅睿手裡的菸，擰著眉頭，咬住下嘴唇，含在了嘴裡。他在思忖，其實是等。因為等，傅書記的語調格外地懇切，可以說，循循善誘了。他對傅睿說：「具體一點，到底是哪個環節呢？」

是啊，哪個環節呢？說起環節，傅睿的記憶力驚人了，他能輕易地回憶起手術臺上的每一個環節，每一個環節又可以分成若干個細節。就細節而言，傅睿的手術無懈可擊。傅睿的痛苦正來源於此。當無微不至的記憶和不可避免的死亡聯繫在一起的時候，記憶就殘忍了。它會盤旋，永不言棄。

傅睿耷拉著好看的雙眼皮，說：「我不知道。」

「事必有因，不存在沒有前因的後果。」老傅說。

「當然，事必有因。」傅睿說。

「那麼，這個因是什麼呢？」

傅睿愣在那裡。「那麼，這個因是什麼呢？」傅睿說。

「也許我們可以選擇這樣的思路，」老傅靈光一現，當即提出了一個全新的策略，「比方說，空難。我們給空難做結論一般可以羅列出這樣幾個層面——主要原因、有可能的原因、不能排除的原因。」

傅睿說：「這是哪兒對哪兒？」

「也許我們可以先選擇假設——大膽地假設。」
「我不想假設。」
「不想假設，也行。」老傅說，「那麼，具體的原因到底是什麼呢？」
「我不知道。」
「你怎麼能不知道呢？」
「我要是知道，患者就不會死。可她死了。」
「死一定有原因，對吧？」
「當然，它在。」
「那麼，——是什麼？」
「肺動脈栓塞。」
「為什麼栓塞？我們早就配置了ECMO，一九九八年。十六臺呢。」
「我不知道。」
「傅睿大夫！」老傅突然就激動了，「你這麼說我萬萬不能同意，既然它在，你怎麼可以說你不知道？我們從頭捋，一點一點地捋。」
「好吧，老傅書記，患者死亡的原因是終末期腎病。」
「然後呢？」
「移植。」
「手術的進程如何？」
「完美。」
「然後呢？」

「肺動脈栓塞。」

「就這些？」

「就這些。」傅睿的臉色難看了，想說什麼的，咽下去了。他的身軀在沙發上半躺了下去。傅睿說：「——我們不說這個。」

「為什麼？」老傅張開了他巨大的、修長的雙臂，它們展開了，猶若籠子裡的鷹，老傅說，「我們不應該回避問題——你首先應當找到你的原因。」

「你是說，我是死亡的原因？」

「老傅！」聞蘭說。——哪有這麼找原因的呢？哪能把死亡的原因往自家人的身上拉呢？傅睿瞥了一眼聞蘭，隨後就望著手裡的半截子香菸，他把半截子香菸丟進了茶杯。不是菸缸，是茶杯。嗞的一聲，半截子香菸死了，它的屍體漂浮在水面上。

「我們不應該回避問題。」聞蘭說，「家屬為什麼要打人？這才是問題，我們不該回避的也正是這個問題。——為什麼要打人呢？」

老傅的邏輯被打斷了，很不高興。老傅對著聞蘭嘆了一口氣，說：「我們在討論問題。」苦口婆心了。

「我們要討論的就是問題。打人是不是問題？」聞蘭提高了嗓門說。

「誰說打人不是問題了？」

「那你說，打人是什麼問題？」聞蘭說。她的口氣咄咄逼人了。到底和老傅在一起生活得久了，聞蘭早就學會了自問自答，「這是一個道德的問題，一個司法的問題，更是一個十分嚴重和亟需解決的社會問題。」

「你不要轉移話題好不好，聞蘭同志。」老傅站起來了，同時張開了他的雙臂，因為身軀的龐大，張開雙臂的老傅特別像一隻鯤鵬，在翱翔，「道德的問題，司法的問題，社會的問題，都重要。但是，現在是兩個醫生在探討業務的問題，是科學的問題。你不要摻和，好不好？」

老傅收攏了他的「翅膀」，終於喝了一口水。因為喝的動作比較潦草，他把一片茶葉喝進了嘴裡。為了把茶葉挪到嘴唇與牙齒之間，他費了很大的努力，最終，他把那片茶葉吐回了茶杯。老傅對著茶杯說：「你一直有一個缺點，喜歡插話。我也批評過多次了。——不要插話！——不要打岔！好不好？我再說一遍，這是兩個醫生在討論科學的問題、醫學的問題。」老傅轉過頭來，對傅睿說，「我們不應該回避問題。」

傅睿說：「不說這個了。」

「為什麼？」

「你不是醫生。」

客廳裡即刻就靜止了。傅睿這句話不是話，是深水炸彈。它掉進了海水，默無聲息地往下墜。水面上並沒有傳出震耳的爆炸聲，頂多也就是一聲悶響。然而，海水變成了柱子，在水面上聳立了起來。「你不是醫生」這句話在老傅的身體內部爆炸了，老傅的血液也成了柱子，在他的天靈蓋上聳立了。老傅的臉龐漲得通紅。

「再這麼鬧下去，這個社會要出大問題的。」聞蘭說。

「你別打岔?!」老傅離開了他的沙發，再一次張開了他的雙臂。他沉重而又魁梧的「翅膀」業已掙脫了牢籠，再一次在客廳裡翱翔。老傅對著客廳裡的空間說：「我不是醫生，可我擁有醫德，還有醫生的精神。」

望著激動起來的老傅，聞蘭也激動了。她問了老傅一個問題：「打人是什麼精神？」

老傅再也沒有想到聞蘭會冒出這樣的一句話來。這句話很冷，很邪，格外地衝。這就是聞蘭了，她的話時常有一個詭異的起點，然後，一刀子就能捅死你。在老傅看來，這個做了二十四年播音員的女人哪兒都好，但是有一點，她市儈。她說話的方式就很市儈，可偏偏又字正腔圓。她字正腔圓的普通話很容易給人帶來誤解，以為她是一個高級知識分子，或者說，藝術家。她什麼都不是，就會胡攪蠻纏。胡攪蠻纏有一個功能，像點穴，像暗器，像飛鏢，剎那間就會讓你失去行動的能力。

老傅被聞蘭的話噎住了，被她混帳和神奇的邏輯給堵住了。打人是一種什麼精神？什麼精神呢？老傅的目光芒然了。這個太太他防不勝防。

「庸俗！」老傅說。老傅負氣出走了，他離開了客廳，獨自走向了他的書房。即使是回到了書房，老傅也沒能平息他的憤怒。他斜坐在椅子上，蹺起了二郎腿，兩隻手交叉起來，放在了自己的腹部。這是老傅特有的一個坐姿，它表示了事態的嚴重程度，有時候也表示了老傅的憤怒程度。在第一醫院，只要老傅選擇這樣的坐姿，所有人都會閉嘴。打人居然還是精神！——打人是一種什麼精神？笑話了嘛。

老傅的書房可不是一般意義上的書房，藏書很單一，差不多都是關於明代的書。老傅沒有經受過任何意義上的史學教育和史學訓練，他所倚仗的，僅僅是一股對於歷史的熱情。所有的過往當中，哪一段最有意思呢？當然是明代。老傅為什麼會對歷史產生那麼大的興趣呢？他當了領導了，他要管理。「管理」這個詞自然是舶來品，但是，他們懂什麼呢？他們最多搞一些設備，再加上幾顆藥。要說管理，還得數明代，那就需要研究並繼承。老傅當然不會買書，抱回來的大多是地攤貨。可是，正因為不會，老傅自信得很，地攤書的特點就在這裡，越讀越讓人自信。總體上說，符合自己知識結構的就是好書，那就該讀。反過來，經過閱讀，地攤書又進一步鞏固了老傅的趣味。老傅就越發自信、越發充實了。在老傅與書架之間，早就建立起了真理與真理的互證關係。這個互證關係是以書寫作為前提的。被書寫就是歷史，沒被書寫就不是。在歷史面前，老傅承認，他其實是犯了錯誤的。作為院方負責宣傳工作的人，他親手書寫了第一醫院的斷代史。他書寫著，偏偏就遺漏了自己。多麼沉痛。多麼沉痛。老傅就這麼坐著，望著書架上的書，它們是一大堆的背脊，像遠去的大明帝國的背影。老傅突然就有些心酸。天不假年，天不假年哪。如果他再年輕幾歲，或者說，他的職業生涯再延長那麼幾年，他完全可以把他的第一醫院推到一個更高的層面上去。不管怎麼說，第一醫院是在他的「手上」發展並壯大的。門診大樓重新建過了；醫院的營業額翻了一番；最關鍵的是，一些新的學科建立起來了，它們從無到有，聲譽日隆——泌尿外科就是一個成功的標誌。老傅堅信，他是為第一醫院建立了豐功偉績的人。可他偏偏忽略了自己，他自己把自己給遮罩了，遺憾哪。卻又是感人的——他具備了多麼博大的胸懷。平心而論，老傅認定了自己是崇高的，常人不可企及。老傅的眼眶突然就是一熱，要哭。他被自己感動了。也有點難為情。因為難為情，老傅將自己的思考深入下去了——一個人究竟可不可以為自己感動呢？這是一個哲學問題。哲學如果還需要進步，這個問題就可以研究，也可以討論。老傅最終還是克制住了，是巨大的謙卑阻擋了他巨大的淚珠。為了給自己的情緒做一個總結，老傅站起了身。他用他偉岸的身軀盡他的可能去體驗書房的局促和渺小。——傅睿啊，你太狹隘，狹隘了。你是醫生，但你僅僅是一個醫生。在死亡面前，你拘泥的是具體的死亡，那些具體的人。這不行的。「大醫精誠」，這個「大醫」就不可以狹隘，歷史不可能容納任何一種形式的狹隘。患者的死亡怕什麼？總結嘛。今天死，是為了明日生。這才是大醫的胸懷和氣度。

聞蘭終於把老傅打發了，她鬆了一口氣。聞蘭所擔心的是他們吵起來。聞蘭可是了解她這個兒子的——嘴笨。嘴笨的人往往有一個特徵，在他山窮水盡的時候，出口就是毒，能毒死人的。唉，這個老傅也是，不知道他的胳膊是怎麼長的，他的胳膊肘只對外、不對內。哪有這樣對待兒子的呢？聞蘭挨著傅睿坐下了，拉起傅睿的手，就那樣放在巴掌裡頭，一遍又一遍地摩挲。聞蘭後悔啊，在傅睿選擇什麼職業這個問題上，她沒有堅持。是她這個做母親的最終妥協了。傅睿不適合學醫，尤其不適合外科，她可是一而再、再而三地錯了。苦了這孩子了。誰能想到呢？醫患還成了社會熱點了。記者們真是吃飽了撐的。

是從什麼時候開始的呢？菜場裡和電影院裡的糾紛慢慢地停息了，熱愛打架的人換了地方，約好了一樣，都跑到醫院去折騰了。附帶還搞出了一個專有名詞：醫患糾紛。回過頭來想想，醫患之間什麼時候沒有糾紛呢？一直有。可這是什麼時代？是傳媒的時代，是大媒體的大時代，尤其是報紙。報紙哪裡還是紙，是捆，一捆一捆的。她聞蘭哪一天的早晨不要看三五斤的報紙。比較下來，電臺就尷尬了，可是，無論多麼尷尬，聞蘭終究是一個媒體人，同時也還是院方的家屬，這一來，聞蘭對醫患糾紛的關注就不同於常人了。一般說，媒體就是正義，但是，媒體的正義時常有它的相對性，或者說，季節性。有時候，站在醫院的這一邊；換一個時候，它又站到患者那一邊去了。其實，無論媒體站在哪一邊，對醫生，永遠都是毀滅性的。聞蘭的結論是，醫患糾紛並不可怕，可怕的是糾紛變成了新聞；新聞也不可怕，可怕的是新聞變成了系列報導。系列報導的結果只有一個——事情不再是事情，直接就上升到了事件。問題是，媒體是需要事件的，這又和正義無關了，它決定了報紙的厚度。有事還是沒事？是事情還是事件？報導的系列性和報紙的厚度說了算。

——老傅是多麼地糊塗，糊塗啊。都什麼時候了，他居然還有心思和自己的兒子討論「醫學」，還「精神」。現在最要緊的是什麼？是趕緊給昨天的事「定性」。尤其重要的是，讓院方給事情「定性」。這不是醫療事故，是尋釁滋事，是患者在毆打醫生，是刑事案件。然後呢，然後自然是院方的退讓，是院方對患者的原宥與包容。千萬不能激化。在這樣一個緊要的關頭，什麼都可以討論，唯一不能討論的就是「哪一個環節出了問題」。討論就意味著院方的承認，承認就意味著定性。傅睿的前程還要不要了？這不是把屎盆子往自己頭上扣麼？傅睿怎麼能被扯進「醫療事故」裡去？絕對不能。

聞蘭沒有做過一天的領導，但是，在這件事情上，她看問題和抓本質的能力表現得更像一個領導。上午的電話是聞蘭接的，沒等老傅回家，聞蘭就十分清晰地表達了她的三點看法：一，醫院的應急處理及時、穩妥，值得肯定；醫生受到了院方很好的保護，這很好。二，一定要體恤和安撫好患者的家屬，絕不允許把家屬打人這樣的惡性事件透露給媒體。一旦透露出去，會給患者的家屬帶來二次傷害，我們不能這樣。誰透露，誰負責！三，妥善照顧好護士小蔡。小蔡是一個見義勇為的好同志，先通知她不要上班，讓她進行一段時間的醫學觀察。告訴小蔡，要相信組織。

作為一個媒體人，聞蘭有遠見了，基本上也給事情定了性——這起糾紛的當事人不是傅睿，而是見義勇為的護士小蔡。保護好小蔡才是工作的重點。小蔡究竟會有多大的作用？這就取決於事態的發展了。事態如果不發展，小蔡只需在家裡待上幾天，事情自然也就過去了；事態萬一發酵了，那麼，小蔡就必須要走法律程序，這是必須的。她會走進「系列」，她會成為法律維護的對象。——這個老傅，這個老傅，這一點都沒搞明白，還在家裡過領導的癮呢。個豬腦子，說什麼好呢！

聞蘭放下兒子的手，想了想，小聲說：「小蔡這孩子不錯啊，多大了？」既像詢問，也像自語。

「哪個小蔡？」

「護士啊。護士小蔡。」

「哪個護士小蔡？」

「你們病房的護士啊，小蔡。」

「你怎麼會認識她？」

聞蘭笑笑，說：「我不認識。我怎麼會認識她？我就是不知道她傷得重不重。」

聞蘭的身體斜向了後方，在她與傅睿之間拉開了一些距離。聞蘭非常失望地說：「傅睿，你也要學會關心人哪。人家可是為了保護同事，見義勇為，受傷了。頭部。」

「她為什麼會受傷？」傅睿問。

傅睿望著自己的母親，目光游移。像追憶，也像失神，不好說了。他就那樣望著自己的母親，目光後來又挪開了。聞蘭打量著自己的兒子，嘆息了，內心有了失望，卻不願承認這樣的失望，痛心了。——他的高智商都哪裡去了呢？愚蠢啊，愚蠢。在他的身邊發生了這麼大的醫患糾紛，他居然是麻木的。這一對父子都在想什麼呢？有其父必有其子，有其子必有其父。

聞蘭無聲地望著兒子，又嘆了一口氣，從口袋裡摸出一張紙片，再從傅睿的上衣口袋裡掏出傅睿的手機。她把紙片上的手機號碼輸進了傅睿的手機，連機主的名字都替傅睿寫好了：護士小蔡。聞蘭把手機塞到了傅睿的手上，說：「你得謝謝人家。見個面，喝杯茶、喝杯咖啡什麼的。人家可是替你擋了子彈的。這孩子不錯，能見義勇為。」

四

是傅睿大夫嗎？是的，是傅睿大夫。小蔡哪裡能想到呢？傅睿大夫給她來電話了。

小蔡是外科病房的護士，能在外科病房做護士，相當不錯了。她自己也相當地滿意。實際上，護士是一個十分籠統的說法，在她們內部，有差別的，甚至可以說有等級的。衡量護士之間的差距不外乎這樣幾個標準：一，翻不翻班。翻班就少不了熬夜，一熬就一個通宵，相當累。不翻班的當然就好很多。二，收入。不同的科室有不同的收入，這裡的差別相當大。如果一定要做一個比較的話，在眼科做一名護士最理想不過了。可以這樣說，眼科就是護士們的黃金科室。這裡環境好，乾淨；工作簡單，輕鬆；最要緊的是，收入高。有一句戲言是怎麼說的？眼科的護士「會點眼藥水就可以了」。雖說眼科也有翻班，可眼科又能有什麼重大的突發事件呢？幾乎就是換一個地方睡覺，可以十分安心地睡一個整覺。當然了，一般人去不了眼科。這個大家都懂。不要說眼科，口腔科都進去不了。大部分護校畢業生只能在內科和外科之間做選擇。外科的收入高，鄉村出身的護士們大多會選擇這裡。當然了，外科的內部也有區別，是手術室和病房的區別。比較下來，手術室用不著翻班，自然更理想一些。但是，不管護士與護士之間有怎樣的差別，有一點她們又是共通的：她們大多來自普通家庭，甚至是鄉村底層。她們所渴望的，是大都市裡安穩的、精緻的小生活。上班與下班的那種。這個類型的女孩子反而有一個特徵，她們時尚，她們也留心時尚。說她們引領了時尚固然是不對的，但是，她們很少被時尚所拋棄，基本上都能維持在時尚的中上水準。她們關注商業、關注傳媒、關注大時代。她們的言談舉止最能夠體現時代的氣息，也能夠在自己的小圈子裡營造出一種獨特的文化。比方說，在第一醫院的外科病房，護士們就時尚得很。她們緊緊跟隨著娛樂化的社會總態勢，消費起自己的明星來了——那些外科的主刀大夫們。在私底下，她們有自己的語言，整體是誇張，具體的表現則是麻辣和酸爽。她們的語言可以刺激激素水準，自然也就可以提高代謝能力。她們會給主刀大夫們打分和定級：長相俊朗但業務能力一般的，偶像派；業務突出而長相拉胯的，實力派；至於那些業務又好、長相也好的呢，只能是偶像實力派，簡稱偶實。傅睿大夫就是外科大樓裡的「偶實」。當然，沒有人衝著「偶實」傅睿大夫索要簽名和合影，那不至於。但是，在內部的一些小型會議上，輪到傅睿出場或發言了，女孩子們通常要貢獻一些尖叫。這個待遇要給。

小蔡哪裡能想到「偶實」會請自己喝咖啡呢？想都沒想過。雖說小蔡和傅睿大夫一上班就可以見面，可那是工作。現在是什麼？是「偶像見面會」。見面會就該有見面會的樣子。掛上傅睿的電話，小蔡看了一眼時間，要不要去做個頭呢？顯然，不現實了。就在前幾天，因為朋友的聚會，小蔡就想去做一次了，沒想到耽擱了。現在呢，不要說來不及，就算來得及，不合適了——她腦袋的左側有一塊很大的腫脹，無論如何也承受不了做頭的高溫。不管怎麼說吧，小蔡要把自己拾掇一下，這是必須的。她把所有的裙子都取了出來，平放在床上，一件一件比對過去。最終，她確定了上衣、裙子和鞋。最後當然是化妝。小蔡一開始選擇的是淡妝，發現不太對，總是想補。這裡補充一下，那裡強調一下，最終的結果還是濃妝。也對，她哪裡有能力畫淡妝呢？

傅睿端坐在尚恩咖啡的臨窗座位，藏青西褲，白襯衣。乾淨，寂寥，神情憂鬱。與其說在等人，不如說在發愣。透過落地玻璃窗，小蔡大老遠地就看見傅睿了，她衝著傅睿打了一個手勢。傅睿卻沒有看見。小蔡來到落地玻璃窗前，彎起了食指，開始敲擊玻璃。傅睿抬起頭，沒有反應——他沒能把小蔡認出來。小蔡只能再敲。傅睿在玻璃的內側對著小蔡打量了好半天，到底認出來了。是吃了一驚的樣子，同時還說了一句什麼。小蔡當然聽不見。但是，小蔡突然就喜歡上這樣的對話局面了，明明白的，卻熄燈瞎火。小蔡說：「你今天看上去很帥哦。」輕快了。傅睿自然聽不見，卻把耳朵貼到玻璃上來了。這個舉動出乎小蔡的意料，她就笑。別看傅睿大夫在醫院裡那樣，進入生活也會冒傻氣的。——你把耳朵靠上來又有什麼用呢？個傻樣子，個呆樣子。小蔡一不做，二不休，隔著玻璃不停地示意傅睿點頭。傅睿不明就裡，臉上是同意的樣子。小蔡說：「你和我好吧？」傅睿點了點頭。小蔡說：「我是說，你做我男朋友？」傅睿又點了點頭。小蔡開心死了，她占的可是「偶實」的便宜呢，「偶實」哪裡還有一點「偶實」的派頭呢？個呆樣子，個傻樣子。「偶像見面會」都還沒有開始呢，小蔡就已經樂開了花，整個兒都輕鬆下來了。

小蔡進門了，喜滋滋的。她把手裡的包扔下了，兩隻手背在了身後。她就這樣站在了傅睿的對面。玉樹臨風。然後，小蔡坐在傅睿的對面。她把上身靠在了靠背上，雙臂搭住沙發的扶手，左腿架在右腿上，完全是女王的派頭。她望著傅睿，無聲地笑。

傅睿有些歉意，說：「你穿上衣服了，真的沒認出來。」

這話怪異了，小蔡卻是懂的。對許多人來說，護士就是「護士」的樣子，其實是制服的款式。即使是傅睿，他所見過的也僅僅是「護士小蔡」。日常裡的他們都還沒見過彼此呢，更何況小蔡還畫了很濃的妝。

如果對面坐著的不是傅睿，而是郭棟大夫，那就簡單了。小蔡一定會說：「你總不能讓我脫光了吧？」郭棟是傅睿的同門師兄弟，同齡，同一天來到醫院，做著同樣的工作，可做人和做事的風格卻相去甚遠。傅睿矜持，而郭棟隨和，關鍵是，郭棟健談、開朗，什麼樣的玩笑都可以開得起。說到底小蔡在傅睿的面前還是緊張的，是緊張導致了小蔡的誇張。總之，不自然。

咖啡已經點好了，是兩杯美式。小蔡望著桌面上的兩杯咖啡，心裡頭偷偷地笑了。嗯，這就是傅睿了——喝咖啡就是喝咖啡，至於客人要喝什麼咖啡，完全用不著問。看得出，他是個好男人，但不一定是好情人。傅睿說：「我母親讓我來看看你。」

這句話小蔡卻聽不懂了。傅睿大夫的母親為什麼要讓他來看望自己呢？小蔡問：「你母親是誰？」

傅睿認真回覆說：「我母親？當然就是我媽媽。」

小蔡笑了。傅睿也笑了。虧了是在咖啡館，這樣的對話要是放在瘋人院，那也是可以成立的。

就在笑完的剎那，小蔡終於明白過來了，是「老傅」書記的夫人讓她的兒子慰問自己來了。

「受傷了沒有？」傅睿問。

「有一點兒。」

「哪個部位？」

「腦袋。」

「重不重？」

「不重，就一點兒輕傷。」

說話的工夫傅睿已經起身了，他示意小蔡坐到一邊的三人沙發上去。小蔡剛剛坐定，傅睿弓著腰，兩隻中指的指尖頂住了小蔡的太陽穴。小蔡的腦袋就被卡穩了，端正了。然後，傅睿用他的手指撥弄小蔡的頭髮。該死啊，該死，他的指尖怎麼就那麼體貼、那麼柔和的呢，這哪裡還是看傷，盤頭了。小蔡後悔死了，她再也沒想到傅睿會弄這一齣，說什麼也該洗了頭再出門的。頭髮是個特別鬼魅的東西，一如涼粉，它自身沒有味道，全靠作料。新洗了頭，小蔡是一個人；沒洗頭，小蔡就是另一個人。可小蔡已經兩天沒洗頭了，小蔡的腰肢不由自主地挺了起來，繃得直直的，腦袋也不自覺地偏了過去。傅睿的指尖在一點一點地撥弄小蔡的頭髮，最終，在腦袋的左側，傅睿發現了創部。腫了，相當大的一塊。傅睿用他指尖的指腹輕輕地摁了一下，小蔡屏住了呼吸。傅睿蹲下了身去，左手搭在了小蔡下巴的底部，把小蔡的腦袋撥向了自己。他要觀察小蔡的瞳孔。傅睿凝神了，小蔡只能望著他。日你媽媽的，傅睿的目光就這樣走進了小蔡的瞳孔，直截了當。他們就這樣對視上了，小蔡的脖子當即就軟了，腦袋差一點就掛在了腦後。而傅睿已經把他的大拇指搭到小蔡左眼的上眼瞼上，在往上推。看完了小蔡的瞳孔，傅睿伸出了他的食指，放在了小蔡的鼻尖前。

小蔡說：「一。」她知道的，她在抖。

傅睿隨即又補充了他的中指，是「二」。也許是太緊張的緣故，小蔡伸出了她的「剪刀手」，她把她的「剪刀手」一直送到傅睿的面前，大聲說：「耶——！」

這個動作是即興的，屬於「說時遲那時快」，小蔡就這麼做出來了。有些好笑，小蔡自己就笑了。傅睿卻沒笑。他繃著臉，收回了他的手指，就好像什麼都沒有發生過。等小蔡安靜下來了，傅睿再一次伸出了他的兩根手指。小蔡知道了，她不可以在傅睿的面前造次。傅睿正無比專注，小蔡都能夠看見傅睿瞳孔上面的放射狀紋路了。小蔡顫了一下，身不由己，說：

「二。」

傅睿收起了他的指頭，說：「你需要檢查。」

小蔡低聲地提醒傅睿：「傅大夫，我們是在咖啡館哎。」

傅睿十分果斷地站起身，說：「我帶你去檢查。」

小蔡看了看四周，低聲說：「我查過了。」

「什麼時候？」

「昨天。第一時間。」

「誰讀的片？」

「那我怎麼知道？這麼大的醫院。好像姓楊。」

「結論呢？」傅睿說。

「好好的。」

「單子給我。」

這個傅睿，還真拿這當醫院了，誰會把單子放在身上呢？傅睿不說話了，他不滿意，這一點毫無疑問。他回到了自己的座位。他對小蔡的不滿已經在臉上了。這裡反正也不是病房，小蔡不怕他的。然而，但是然而，既然傅睿把這裡當作了病房，為什麼不呢？好吧，這裡就是病房。小蔡現在可是傅睿大夫的患者了呢，傅睿大夫，他查房來了呢。他要檢查的這個患者就是小蔡。這麼一想，小蔡居然幸福了，腦袋當即就疼，脖子也無力。她的腦袋不由自主就歪了過去。——傅睿帥啊，帥。其實又不是帥，是乾淨。他的西服乾淨。襯衣乾淨。領口、袖口乾淨。牙乾淨。指甲乾淨。面部的皮膚乾淨，找不出一塊斑點。眼鏡的鏡片乾淨。瞳孔和目光乾淨。乾淨的鏡片和乾淨的目光原來是相互呼應的，那樣地相得益彰。頭髮。耳郭。脖子。還有他的氣味。當所有的乾淨全部組合在一起的時候，乾淨就不再是乾淨，這個文弱的男人頓時就有了一股盛大的勢能——他的乾淨堅不可摧，什麼都不可改變。

小蔡平日裡就熱衷於八卦。她的八卦有一個永恆的主題：偶像、實力和偶實。除了上班，小蔡特別想知道，他們的「日常」是怎樣的呢？他們「在外面」又是怎樣的呢？這就不好說了，水應該很深。不過，小蔡很快就意識到一件事了，此刻，她和傅睿大夫就是「在外面」。這就很嚇人了。這意味著一件事，小蔡甚至都可以八卦她自己了。她已經成長為八卦的一個部分啦。

小蔡如此地熱愛八卦有她的前提。這個前提是公開的，也很隱晦。它關係到一件事，也關係到一個人。這個人就是安荃。安荃可以算是小蔡的師姐了，瘦瘦高高的，年長小蔡七八歲的樣子。從道理上說，小蔡應該叫安荃「師姐」才對。小蔡卻沒有冒失，她選擇了大夥兒的叫法，把安荃叫成了「安姐」。而實際上，這是她們小一輩的叫法，安荃最為普遍的稱呼還是「荃姐」，這裡頭自然也包括一部分醫生。安荃在外科大樓相當特殊，甚至可以說，相當有地位。她有外遇。她「外遇」的是傅睿的同事，郭棟大夫。郭棟是在來到第一醫院之後成的家，有孩子；安荃也是在來到第一醫院之後成的家，也有孩子。當然，這裡頭有區別。因為安荃沒有讀過碩士和博士，她在第一醫院的資歷就比郭棟老多了，在內部，說安荃是郭棟的前輩也不為過。他們就是好上了，各自也沒有離婚。——他們到底是什麼時候好上的呢？沒有人知道。安荃原先是眼科護士，眼科是個什麼概念？在醫院待過的個個懂。這說明了一件事，安荃這個人多多少少有那麼一點背景。有背景的人都任性，安荃就是放棄了眼科，直接跳到了泌尿外科，崗位是手術室的巡迴護士。不可理喻了。但是，後來的事實證明，安荃的選擇很合理，她選擇的不是崗位，是郭棟。——安荃這個女人帥，真是帥。就是她，硬是把「婚外戀」上升到了常人難以認知的地步。按理說，婚外戀通常是幽暗的、隱祕的和鬼祟的，安荃不。她大方，通透，一點都不鬼祟。她把一切都放在了明處。他們的關係很容易讓人聯想起一句詩：郭棟——大漠孤煙直；安荃——長河落日圓。這是一覽無餘的景觀，無限地彰顯。外人是很難八卦的。人家安荃都這樣了，都在醫院過日子了，你還探什麼幽、八什麼卦呢？誰八卦誰齷齪。腎移植的手術室在七樓，病房則在十九樓，郭棟的休息室只能在十九樓。那裡就是安荃和郭棟的家了。勞累了，安荃就會到十九樓來，病房的護士哪有不熟悉安荃的呢？她行走在十九樓的姿態真的是漂亮啊，整個人都是放鬆的。肌肉放鬆，關節放鬆，韌帶也放鬆，那是內分泌的高度均衡所體現出來的協調。無欲，也無求；自我，也無我。人畜無害。這樣的人放到哪裡都會受到真切的歡迎。小蔡經常可以遇見安姐，那是她從郭棟大夫的休息室走出來的時候，完全是休息好了的樣子。滿足，從容，真的像在她的家一樣。小蔡不嫉妒，只是羨慕。作為一個女人，小蔡就此知道了一件事，一個女人，引人羨慕而不招嫉妒，那就是範本了。

傅睿大夫有一搭沒一搭地，喝著他的咖啡。小蔡也有一搭沒一搭地，喝著自己的咖啡。並不說話，主要是傅睿沒有說話的意思。不說就不說，也挺好。小蔡已經安靜下來了，偶爾也會把指頭放在嘴邊，慢慢地咬。靜和靜是多麼地不一樣，此刻的靜其實是動態的，能夠漂移，可以滲透。小蔡用她的目光把整個咖啡館重新打量了一遍，最終，她的目光落實在了傅睿大夫的額頭上。傅睿的額頭小蔡太熟悉了。在平日裡，因為帽子與口罩的緣故，他裸露出來的其實只有額頭的這一小塊。現在，傅睿大夫的臉終於完整了。借助於這樣的完整，比例關係顯現出來了。在傅睿大夫的面部比例裡，他的額頭偏高。不是謝頂之後的那種高，是天然的，有一道篤定的和穩固的髮際線。毫不鬆懈。傅睿的額頭好看哪，飽滿，圓潤。有明晰的光，也乾淨。可誰能想到呢，小蔡對傅睿額頭的研究還沒有完成，傅睿大夫喝完了最後一口咖啡，起身了。他再一次表達了謝意，但是，還「有點事」。小蔡有些失望，這哪裡還是喝咖啡呢？是出診。診斷好了，咖啡也喝完了，那就必須結束。傅睿再一次看了一眼小蔡的頭部，還想交代一些什麼的，終於還是沒有交代。他走了，完全符合一個「偶實」的做派，出現得突然，離開就必須突然。

小蔡並沒有離開咖啡館。她所預估的這次會面要重大得多，時間也會比較長。傅睿突然離開了，等於是把小蔡撂在這裡了。反正也沒事，那就再坐一會兒吧。小蔡取過包，掏出了她的鏡子，重新將她的頭髮緩緩捋向了耳後。她嘗試著用傅睿的眼光把自己打量了一遍，都挺好。小蔡乾脆站了起來，挪到傅睿的座位上去了。桌面上依然有兩只杯子，因為換了位子，也就是角度，況味完全不同了。雖說也無聊。但無聊是多種多樣的，有些無聊帶有終結的意味，另一些無聊則剛好是開始。

小蔡凝望著兩只馬克杯。它們的大小、造型、顏色乃至於色澤幾乎都一樣，它們的相似是絕對的。有什麼不可以假設的呢？傅睿大夫用過的這只杯子是自己，而自己用的那一只呢，則是安荃。小蔡把「安荃」拖到了身邊，附帶拿起了小勺子，敲了敲。噹——！又敲了敲自己，完全不同了，遠遠達不到「安荃」的那種悠揚。無論相似度有多高，天下也沒有兩只相同的杯子。人不能踏進同一條河流。

小蔡踏進的卻始終是同一條河流，七次。她總共受過七次傷。這個傷當然是內傷，外傷不算。內傷有內傷的硬指標，必須發展到身體內部。但戀愛就是這樣，身體的內部不再是臟器，是靈魂。但靈魂一旦被觸動了，可供感知的又還是身體。小蔡疼，到處疼，就是說不出具體的位置。當疼痛與位置失去了對應，那就只能再一次反過來，把肉體歸結為靈魂。小蔡一共談過多少次戀愛呢？也記不得了，但是，觸及靈魂的一共有七次。作為一個從鄉下來到城市的姑娘，小蔡荒唐了。她只是知道了一件事，大時代開始了。為了盡快地融入城市與時代，小蔡相當地盡力。然而，什麼是時代？什麼是城市？小蔡並不知道。她能夠選擇的只是修正對身體的態度。正如瑪丹娜站在陽臺上所吟唱的那樣，小蔡有過她的 wild days，自然也有過她的 mad existence。一陣亂穿，一陣亂喝，一陣亂睡。說到底，她還是窮，沒錢哪。沒錢就只能跟著別人的錢混，也許這就是城市，也許這就是時代。就在小蔡畢業前的最後一個學年，她再一次修正了自己，穿也穿了，喝也喝了，睡也睡了，還是好好地談一次戀愛吧。小蔡就這樣第七次踏進了那條河流。悲劇起始於電子一條街。小蔡要置辦一臺手提電腦，這就開始了。

小夥子是電腦商店的銷售員。形象並不差，類似於年輕的知識分子，口才極好。他所擅長的就是有關電腦的科學指導，一開口就類似於演講。無論什麼樣的品牌、什麼水準的配置，他都能從電腦的特徵、性能、優勢、局限、性價比等不同的層面做出具體的分析。小蔡有選擇障礙，聽來聽去，不知所措了，都挺好，或者說都不理想。小夥子只能做進一步的論述。這一筆小小的生意就此進入了惡性循環：銷售員越說越來勁，顧客則越來越拿不定主意。

幾個來回下來，小蔡也有收穫，她收穫了小夥子在電腦方面的淵博，還有他的耐心。他絲毫也沒有兜售的跡象。這就誠懇了。小夥子的誠懇給小蔡留下了極好的消費感受。再往下聊，深入了，不只局限於電腦，進而拓展到整個的ＩＴ產業。一問，居然不是學電腦的，居然是衛校畢業的。再問，天哪，還是自己的師兄，護理專業。怎麼就沒見過呢？也對，有幾個學護理的男生會待在校園裡呢？他們將來也不可能做護士，早就納入了「大潮」——電子一條街才是他們大展身手的好地方。當然了，師哥是大專，這就不用多問了。護士「升本」是從小蔡她們這一屆開始的，這個不會錯。這麼一想，小蔡這個做師妹的在心理上頓時就有了優勢。所謂的心理優勢就是砍價的力度——「那就再便宜一些唄。」這個師兄就做不了主了。他撥通了電話，口吻既霸道又謙卑。他就這樣說了一通霸道與謙卑的話，最終對師妹說：「等於是一分錢也不掙你的了。」這是抱怨，更是師兄對師妹必須體現的情分。

當天晚上他們一起吃了飯。因為電腦省下了一筆開支，師妹欠下了人情，這頓飯她必須請。師兄沒有和師妹探討誰「請」的問題，就著啤酒，話題已經扯開了，幅員遼闊。他原來並不是在這裡打工，他只是潛伏，目的是為了做市場的考察，最終的目標還是研發。當然，是和另外幾個兄弟一起做的。小蔡這才明白過來，也替師兄淵博的知識找到了一個合理的出處——他這是微服私訪來了。為了長話短說，師兄跳過了中間的一些環節，一下子就跳到了「品牌」這個嚴峻的問題上。「品牌」，小蔡當然知道，可等師兄講完了，小蔡才發現，她不知道。「品牌」可不是「牌子」，「品牌」是一個文化的、專有的、龐大的「概念」，它隱含著一個巨型的帝國。這帝國是一個金字塔，處在最頂端的，反而不是物，是「概念」。從這個「概念」出發，派生到物與人，從而延伸到整個世界。「我們也會有自己的品牌。」師兄說。小蔡知道師兄所說的「我們」指的是誰，那是他和他的精英團隊。但是，在這樣一個微型的酒局上，酒興正濃，「我們」似乎又模糊了，滋生出了不著邊際的含義。還好，師兄並沒有在「我們」這裡做過多的糾纏，他開始展望。展望當然很空洞，但展望的美不就得益於空麼？它是精神性的。師妹必須聽。聽到後來，師妹看到了自己的命運。命運讓她和某一款國際品牌的電腦聯繫在了一起。師兄在做大事。她注定了要輔助。

既然決定了一起做大事，那就必須從最小的事情做起。他們上了床。就在他們溫存的時候，伴隨著尖銳的快感，小蔡的內心滋生了情感，對，這一次就是他了。不要小瞧了小蔡這個鄉下姑娘，她的心其實大。這個大倒也不是她渴望做多大的事，是相反的，她的內心有綠葉的衝動。她願意成全別人去做大事。——伴隨著即將到來的高潮，她用盡全力，頂了上去，這也是輔助。她內心湧起了隱祕和劇烈的願望——用她的一生協助他、成全他。小蔡流下了眼淚，知道了，這一次她真的不是瞎睡，她要結婚的，而現在僅僅是戀愛。

回過頭來想想，小蔡發現了一條真理，相對於一對戀愛的人來說，第一次做愛不重要，第一次吃飯才要緊。第一頓飯不是別的，是讖言。許多事情都會在第一頓飯裡留下徵兆，後面的一切都將應驗。比方說，買單。因為第一頓飯是小蔡請的，這就埋下了禍患。鄉下姑娘有鄉下姑娘的特點，怕人家覺得自己窮，規避的辦法只能是豪邁。小蔡豪邁了，為了師兄和愛情，小蔡願意掏出她的最後一塊硬幣。可是，話也不是這樣說的。這到底是戀愛，也不是商人宴請官員，憑什麼總是她做師妹的買單呢？買單也不是不可以，你總得送點禮物吧？意思意思是很重要的。小蔡真正在乎的就是這個「意思」。——每一次都是師妹請，這成什麼了？就好像師妹還有求於師兄似的。這就傷自尊了。小蔡有點生氣，但是，這個氣不可以表現出來。表現出來多小氣啊？城裡長大的姑娘和鄉下長大的姑娘最大的區別就在這裡，城裡長大的姑娘不擔心被人說小氣，鄉下姑娘卻怕。小蔡就這麼彆扭了，這個戀愛談得也沒那麼爽。

摩擦自然就是這麼來的。要說有多嚴重，也說不上，就是小吵和小鬧。可談戀愛不就是小吵和小鬧麼？小吵吵、小鬧鬧，再加上生氣和彆扭，這可不就是戀愛了麼。師妹和師兄就更應該這樣了。他們一星期見面兩三次，做愛兩三次，然後呢，小吵小鬧兩三次。還好，師兄的演講能力與日俱增。這哪裡還是演講，簡直就是獨幕劇。師兄最吸引師妹的就在這個地方。他的獨幕劇永遠只有他一個人物，由大段的獨白構成。獨白的內容當然是他有關未來的展望，重點在布局。在布局方面，師兄氣魄宏大，說雄才大略一點也不過分。他的內心有地圖，也有地球儀。他的獨幕劇十分接近於戰爭劇，小規模的戰爭當然只能發生在國內——戰區涉及西北、東北、華北和西南；大規模的戰爭，他必須動用地球儀了。他的戰略空間一下子就蕩漾了開去，波及歐洲、北非、遠東、北美和南太平洋。小蔡承認，師兄在演講的時候非常帥。是的，地球儀之所以是地球儀，就是一些男人帥，同時，也可以使一些男人帥。

這是平安夜，好端端的，師兄卻哭了。是酒後。在酒後，他們當然做了愛。性卻是醒酒的，醒了酒的師兄並沒有休息，決定接著喝。就在第二次大醉快要降臨的時分，師兄的不應期也過去了，那就再接著做。師兄的這一夜鬧騰的，就在醉酒和做愛之間反復地輪換。——耶誕節就要來臨了，師兄突然愣在了那裡，停電了一般。不說了，不喝了，不做了，面無表情。就這樣停止了相當長的一段時間，師兄突然來了一股子的悲傷。這悲傷破空而來，不鋪敘，無前奏，卻罵人了。他開始罵，他鄙視那些電腦的大鱷，他們驚人地無知，他們驚人地愚蠢。他們壓根兒不懂科技、不懂市場，他們是黃魚販子和賣生薑的。他們那個怎麼能叫電腦呢？就他媽是積木，是樂高，是鴨四件和滷水拼盤。他們憑什麼就成了高科技公司的董事長或總經理？他們會靜脈注射麼？他們會備皮麼？他們不會。師兄的咒罵洋溢著驍勇的自信與驍勇的自傷，憤懣，困惑，張力無窮。好好的，師兄卻又不罵了，他只是抬起了頭，瞳孔似乎也鼓出來了，小蔡注意到了，師兄的瞳孔並沒有鼓出來，鼓出來的是他的淚，直挺挺往下掉。最終，師兄說：「我只是缺錢。只要有錢，我什麼都能幹成。」他把師妹的乳頭銜在了嘴裡，用力地吸，就好像師妹的乳房裡貯藏了他所需要的全部資金。小蔡哪裡能想到師兄的口腔會有如此的馬力，簡直就是噴氣式飛機的渦輪。他太能吸了，小蔡疼得就差暈死過去。

師妹在這個凌晨並沒有入睡。她的乳房空了，是在剎那之間空的。師妹覺得自己的乳房可以填滿西北、華北、東北、東南、西南以及歐洲、北美、中東和南太平洋地區。又一個夢，啤酒之夢，杜蕾斯之夢。師兄有師兄的幻覺，師兄本身就是一個幻覺。師兄這個幻覺最終變成了小蔡的幻覺。多重的幻覺就是好，反而像現實。小蔡摟緊了師兄的脖子，把他放平了，吻著他，好讓他安心地入睡。師妹望著窗簾上的晨光，知道天會亮的，什麼也擋不住。又是一場戀愛，唯一不同的是，這場戀愛自始至終伴隨著幻覺，無限地盛大。師妹躡手躡腳的，一半依仗著晨光，一半依仗著摸索，她把自己的東西都收拾好了，沒留下一根頭髮。小蔡在當天的中午就更換了手機的號碼。小蔡就是這樣的決絕，開始的時候決絕，結束的時候也決絕。沒給自己留下一丁點兒痛苦，小蔡連一滴眼淚都沒有。

誰能想到呢？幾天之後，痛苦卻找上門來了。這就不可思議了。這痛苦不銳利，卻厚實，橫在那兒，堵在那兒。有時候在橫膈膜的附近，有時候卻塞滿了肺部，另一些時候卻在咽喉這個交通要道上。小蔡想哭，也哭不出來。哭不出來當然就不是痛苦了，它只是便祕，是代謝被終止的徵候。小蔡多麼想找一個公共衛生間，把戀愛、男人、女人、愛情、婚姻、啤酒、杜蕾斯都拉出去。也拉不出去。還好，馬上就要畢業了。都快畢業了，我靠。還是畢業了好哇，一旦穿上嶄新的護士服，那就是新天地。

咖啡館卻走進了一個高大的男人，是一個和尚。光頭，四方臉，巨耳，微胖，土黃色的長袍。氣色紅潤，面目是綿軟和謙恭的樣子。右手的手腕上纏了一只布口袋。他是什麼時候進來的呢？小蔡正神遊八方呢，一點都沒能留意到這個。等小蔡發現他的時候，他已經衝著小蔡微笑了。這就給小蔡帶來了一個錯覺，這個男人是衝著自己來的。小蔡一骨碌坐了起來，發現自己不只是把鞋子脫了，連襪子都脫了，正在沙發裡半躺著呢。

男人在小蔡的對面坐下了，動作緩慢。回過頭去要了一杯水，回頭的動作則更加緩慢。他的臉上一直都懸掛著微笑，是那種沒有由頭的，也就顯得更具普遍意義的笑。顯然，他不是衝著小蔡來的，他的微笑來自於世界恰好又回歸於世界了。說是「微」笑，其實他的笑也挺大，有一股子大圓融和大喜樂，很肉。

「渴了，」男人說，他在自言自語，而從實際的情況來看，似乎又是在和小蔡說話，「進來討一杯水喝。」

男人說：「面相好。」這句話說的是小蔡，確鑿無疑了。他正望著小蔡。

乾脆，男人端詳起小蔡的面龐來了，說「端詳」有點草率了，說「研究」也許更加準確。研究了好半天，男人的結論出來了——「好面相」。

這就是誇自己了。小蔡哪裡能不懂得「好面相」的含義呢？它暗含了漂亮，卻比漂亮高級得多，帶上了命運感和宗教性。那小蔡就必須坐正了，用白居易的說法，叫「整頓衣裳起斂容」。

「大師好。」小蔡說。

服務生送來了一杯清水，男人——現在叫大師——拿起了杯子，抿了一小口，再把杯子輕放在檯面上。他哪裡渴了，一點也不渴。他喝水可不是為了解渴，是儀式。一點煙火氣都沒有，卻山水相連，林泉高致。

「有福之人。」大師說，「得八方惠澤。」

這就是給小蔡做了最後的總結。放下水杯，大師撚動起手裡的念珠，在普通人手裡一般都叫作手串。他的手腕上戴著一個，是木質的，直徑相當地大。手裡頭撚著的卻是另一個，要小一些，紫色，看不出質地，有點像玻璃，也有點像礦石。大師的從容從他撚動手指間的念珠就可以看出來了，緩慢，播撒均勻。

小蔡對大師手裡的念珠產生好奇了。——「可以麼？」小蔡說。小蔡語焉不詳，其實有些唐突。但大師是普渡的人，知道小蔡在說什麼，並不忌諱小蔡。他把中指和食指併在了一處，然後，紫色的念珠就懸掛在大師合併的指頭上了。大師把念珠一直送到了小蔡的面前。他的手真是大呀，手指圓潤、飽滿。小蔡接過來，也撚，好看的圓珠相互摩擦，發出了好聽的聲音。這就是天國的福音了吧。

「年輕啊，還是躁。」大師樂呵呵地說。他慈善的目光看著小蔡，像嘉許，也像指導。他的牙整潔了，達到了光亮的程度。整齊與光潔的牙讓大師平添了幾分俗世的帥，這說明了一件事，他也不是高不可攀的，他屬於人間。阿彌陀佛。大師靜穆了好大一會兒，說：「你的手指動得太快了。」

大師批評說：「像數錢。」

這話有趣了。可不是麼，小蔡的手指動得確實快了點，真的像數錢了。小蔡突然就大笑了，整個咖啡館都聽得見。小蔡當即捂住了自己的嘴。她就是唐突，她就是造次。可是，大師的話太有意思了，不笑也是不行的。今天到底是什麼好日子？被「偶實」約了出來，最終卻遇見了大師。

「躁也不可怕。」大師說，「年輕嘛。」

大師的話並沒有具體的指涉，一句閒聊而已。小蔡有些躁，然而，有原因的，年輕嘛。

好吧，水也喝了，歇也歇了，因為緣由，該見的人也見了。大師站起身，打算走人。這才多大的一會兒，大師這就要走人了。對，和「偶實」有「偶實」必備的風格一樣，大師也有大師的風采，無礙，無掛。小蔡連忙起身，把手裡的念珠還給大師。大師寬厚地笑了，顯然，他都忘了。為了對小蔡的誠實表示獎勵，大師想了想，從布口袋裡掏出了另一串念珠，這個小蔡認識的，是菩提子。「帶回去吧，開了光的。」大師說，大師附帶著還把他的玩笑推進了一步，「——不是在銀行工作吧？別一天到晚數錢，傷人。」

小蔡又笑，一下子卻起了貪念。既然大師都贈送她菩提子了，她為什麼就不能得到更喜歡的那一個呢？她喜歡紫色的那一款，和她的膚色般配。既吉祥，也漂亮，配衣服也很容易。小蔡把菩提子攥在掌心，目光卻盯住了大師圓潤和飽滿的手。大師是何等通透，臉上即刻就浮上了為難的神色。小蔡看出來了，她這是奪人所愛，也算是強人所難了。

大師卻沒有遲疑太久，已然做出了決定。他要普渡。他指了指小蔡的右手，讓小蔡抬起她的胳膊。大師把紫色的念珠撐成一個更大的圓，穿過小蔡的手，最終套在了小蔡的腕部。小蔡當然是知道的，她已經奪人所愛了，那就不能白拿。小蔡脫口說：「多少錢？」大師收斂了笑容，但即便是收斂了笑，他的面目依然是和善的、綿軟的、光潤的。「不好這樣說話，」大師說，「功德的事，源自情願。」

小蔡又唐突了。是的，事關功德，哪裡還是錢的事呢？小蔡再也不敢馬虎了，佛法無邊她總是知道的。然而，大師的批評讓小蔡為難了——總得有個數啊。大師又笑了，無限慈祥。他的慈祥已經消弭了小蔡的冒失與無知。他哪裡能不知道小蔡的心思，慢騰騰地說：「取決於你的緣。取決於你的誠。取決於你的心。」大師的這一番話說得非常見底，帶上了燭光與香火的色相，也不是一口氣說完的，在不停地補充，嫋嫋的，體現了內在的遞進，或者說，升騰。這一來小蔡就更難辦了。她的心理價位是兩百，可兩百似乎也拿不出手，於是寬到了四百。大師沒有接，笑著說：「口彩不好。」是的，四，豈不是死？不能。不吉利。那就六百吧。大師沒動。小蔡想起來了，既然說到了口彩，哪裡還有比「八」更好的呢？只能是八百了。大師依然沒有伸手，顯然是未置可否。大師最終說：「既然要圓滿，我就替你做個主，湊個整。」還好，小蔡是一個有錢的人，就湊了一個整。小蔡把一千元現金放進了大師的功德箱，也就是布口袋。大師笑笑，立起了他的單掌，轉過他偉岸和軟軟的身軀，走了。

大師離開之後，小蔡總覺得哪裡有點不對，怎麼個不對，也說不好。說到底她還是心疼錢的。她火速起身，就想到門口問問。小蔡立在了咖啡館的門口。哪裡還有大師？左側是馬達轟鳴，右側是車輪滾滾。一片紅塵。

五

如果一切正常的話，老趙這會兒應當和他的兒子一起，生活在舊金山了。

舊金山好哇，比紐約好，比邁阿密好。雖說都在美國，可是，對老趙來說，東海岸還是西海岸，這裡頭的區別大了去了。站在東岸，極目東望，那邊可是歐洲，和老趙一點瓜葛也沒有。而佇立在西海岸呢？不同了，遠方是他的祖國，中國的東南沿海，其實就是老趙的家了。老趙是個瀟灑的人，他用遙感一般的語調描繪了自己和兒子的空間關係：「也就是一水之隔。」一水之隔，這個說法好。小溪是一水，河流是一水，太平洋也是一水，多大的事呢。

老趙迷戀舊金山，雖然嚴格地說起來，他對舊金山依然一無所知。退休之前，兒子邀請他去舊金山小住過幾次，每一次也就個把月。一來一去的，他就愛上了。這個城市有這個城市的腔調，最突出的一點是它的地勢，高高低低的，這才是地球的表面應有的樣子。老趙喜歡這個城市的有軌小火車。它們咣里咣當，搖搖晃晃，沿著山勢的表面，上去、再下來，再上去、再下來。這一來，舊金山的城市交通就不再是交通，像娛樂，成了真正的過山車。誰還不喜歡娛樂呢？儘管老趙說不來英語，那也要經常出去坐一坐小火車的。老趙沒有目的，並不去哪裡，就是為了體驗上上下下的喜悅。在過山車上，他喜歡看那些又高又壯的黑色男人，他們扳動手閘的樣子才像真正的工人階級——手閘真長啊，充分調動了槓桿原理的力學機制。這可比嶄新的、明亮的、靠電腦操控的地鐵好玩多了。地鐵嘛，那是在地下，說不上風景。對嘍，老趙坐小火車就是為了看風景，那些山岡，那些水灣，那些布滿了塗鴉的貧困街區。太平洋岸邊的那一段山坡他最喜愛了。那一段其實並不屬於太平洋，但老趙有老趙隱祕的固執，那就是太平洋的岸邊。為了這一段山路，他通常會選擇小火車的最後一排，倒著坐，像張果老倒騎著毛驢。隨著小火車的爬坡，他的位置越來越高，而太平洋的灣區卻在他的眼皮底下越來越深、越來越寬和越來越遠。到底是太平洋啊，浩瀚哪，碧藍的，視覺上乾淨極了。波瀾不驚，太平，是太平的景象，要不怎麼叫太平洋呢？舊金山，美國的城市，現在是他兒子的城市，他兒媳婦的城市，也是他未來的孫子和孫女的城市。兒子已經是半個美國人了，而他，作為一個「外國人」，作為「美國人的爸爸」，他將踏遍這裡的青山與綠水。這樣的感受最是美妙，占盡了倫理上的優勢。他會思念他的故鄉麼？當然會。他思戀的是說話。他想說話，可是，一天到晚也說不了幾句。兒子原先就是個悶葫蘆，又忙，指望不上了；兒媳婦倒是會說中國話的，卻是一個香港人，說的話聽上去和英語也差不多；孫子還沒有出生，是不是「孫子」呢，其實也說不好；而孫女兒只會說「噠噠噠」，搞不清是英語還是漢語。老趙孤獨，好日子其實也沒法好好過。可老趙自有老趙的辦法，他會在晚霞繽紛的時刻來到太平洋岸邊，對著遙不可及的西方——其實是真正的東方——道一聲「早安」。那裡有東方式的黎明，伴隨著油條和豆腐腦的氣味、伴隨著咳嗽與吐痰的脆響、伴隨著竹製大掃帚的婆娑、伴隨著鸚鵡或鷯哥古怪的問候——「尼襖（你好）」「公以化才（恭喜發財）」。當然，老趙也就是想想。老趙發現了，無聊和孤獨是兩把鈍刀，類似於緩慢地割，有別樣地疼。終於有那麼一天，老趙望著暮色裡的太平洋，海水幽藍幽藍的，靜穆，洶湧，近乎空，他的壞情緒被藍顏色放大了，眼眶一下子就濕潤了。他還是不能習慣這裡的生活，不習慣哪。不習慣從來不空洞，它是如此地具體，其實就是想家。老趙當然擁有自己生活的習慣，作息的習慣，飲食的習慣，包括口味的習慣。現在，老趙身體內部的傳統被腰斬了，一兩天還可以，時間久了，也折磨人。想家呀。老趙發現了，想家其實也不是情感，是一種得不到滿足的生理需求，類似於渴了、餓了、睏了，類似於特別地想喝一口鹹菜茨菰湯。老趙讀過汪曾祺，汪曾祺就寫過這道菜。——鹹菜茨菰湯真的就好喝麼？也不一定，可是，解饞哪。這麼一想，老趙就有些饞，似乎都要流口水了。這一波饞的強度相當大，是突發性的，聚集在了口腔的兩側，都呼嘯起來了。可老趙是一個有情懷的人，饞，這可太低級了。老趙有一個心理習慣，他喜歡站在高端的層面去審視自己，他喜歡精神。他饞了嗎？當然不是。他這是思念祖國，他正在愛國。這個念頭的興起讓老趙一下子看到了自己博大的胸襟，這裡有被放大的驚喜，他很滿意。他感動了。他望著滿眼的碧藍，再也忍不住，淚水奪眶而出。因為這一次醞釀得比較充分，他的淚水澎湃了。老趙也就不控制了，他一手叉著腰，一手扶著說不出名字的樹，望著太平洋，流吧。流淚是痛快的，舒坦。是的，流完了眼淚的老趙多麼地輕鬆。就在當天晚上，老趙更新了他的帖子，他必須向他的讀者袒露他的心跡。對，準確的說法應該叫情操。老趙披肝瀝膽了。當然，跟帖並不理想，也沒那麼和諧。老趙喝了一口可樂，怒從胸口起，他雄糾糾的，第一次在他的鍵盤上大開了殺戒。他的反擊勢大而又力沉，莊嚴，崇高，同時也撒潑。老趙發現，一旦殺急了也是一個青皮呢，會操你媽。——鍵盤的下方潮濕了一大片，那是舊金山的水，卻是祖國的淚。經歷過洶湧之後，它們落在了鍵盤上，很靜，嚇了兒子一大跳。

退休之前老趙是報社的領導，副職，分管廣告。這個崗位的副職一般是上不去的，老趙卻從來沒有為這樣的事糾結過。是真心的。他的崗位不費心、不費力，內心卻很容易得到滿足。說到底他只是一個分管的領導，具體的業務不用他負責。能夠做上分管廣告的副職，能夠安安穩穩地從這個崗位上退下來——時髦的說法叫軟著陸——已經是他八輩子修來的福。不管怎麼說，老趙「做了一輩子的新聞」，這很體面，雖說只是做了半輩子的廣告。和一般的廣告人不同的是，老趙有一個特別好的心態，他容得下別人發財。說到底還是他的修為了。老趙這輩子最為成功的地方就在這裡。有一句廣告詞他極為欣賞：「他好，我也好。」這話多透澈，道盡人間萬象。雖說不是夫妻、不是情人，也不在床上，可「他」好了，「我」又怎麼可能不好呢？廣告是哲學，愛智，培智，踐智。老趙的哲學就是盼著別人好。

平心而論，老趙這個人過得硬，無論別人怎麼個「好」法，老趙都只為朋友高興，至於別的，免談了。也有人嘗試過的，回來說，是真的，老趙這個人「確實不貪」。老趙很看重這個，他看重自己的形象。可無論老趙如何地不貪，架不住他的命好。就在老趙職業生涯的黃金階段，巧遇了房地產的高歌行進。他趕上了。

說起房地產，老趙並不懂。他拒絕懂。他要懂這個幹什麼呢？老趙只是堅守一條，老百姓要買房子，他就必須焐熱媒體的這一頭。房地產是飛機，它的引擎不可能只有一個，別的引擎老趙管不著，他不能讓媒體這臺發動機熄了火。老趙有關時代的認知哪裡是一般的業務員可以比擬的呢？他明確地告訴自己的手下，房地產的開發不是別人的事，是「我們的事」。

畢竟分管著媒體的廣告，老趙的優勢明顯了。買地的是朋友，賣地的也是朋友；貸款的是朋友，放貸的也是朋友；做建築的是朋友，買房子的也是朋友；搞銷售的是朋友，做仲介的還是朋友。老趙就是一朋友人。誰還不知道老趙呢？溫潤如玉，涓涓如細流一般。無論是做人還是做事，他先做一滴水，一滴一滴地來。他不招搖，怎麼說潤物細無聲的呢。老趙只有一個業餘愛好，那就是買房子，每次只買一套，一滴；老趙還有一個業餘愛好，他喜歡賣房子，每次還是一套，一滴。規規矩矩的，一點也不過分。但水就是水，終究還是要流淌，哪怕只是一滴，運動起來艱澀一點而已。如果有了兩滴和三滴呢？那就不同了，流淌它勢在必行。是時代給老趙創造了奇蹟，當然，還有耐心。涓涓細流終於匯集起來了，它沖出了峽灣，奔騰了，咆哮了，吼聲如雷。老趙哪裡能想到他會有這樣的一天呢？他更溫潤了，如同倒了大楣。他對每一個人都格外地客氣，類似於感恩。終於有那麼一天，老趙的遊戲換了一個打法，螞蟻搬家一樣，他把手裡的房子一滴一滴地全賣了，換成了北京一滴、上海一滴、廣州一滴、深圳一滴、青島一滴、廈門一滴、成都一滴、三亞一滴。和什麼都沒有一個樣兒。就在老趙快退休的時候，老趙想都不敢想的事情卻自然而然地發生了，他沖出了亞洲，直接抵達了世界。舊金山一滴，洛杉磯一滴。這一切都不是老趙精打細算的結果，是水到渠成。只能說，時代是寬闊與湍急的洪流，他沒有被拋棄。僅此而已。

寬闊與湍急的洪流給老趙帶來了願望，他滋生了嶄新的人生目標，他終於可以把自己過成一列火車了，遼闊與遠方就是他的家。但這也麻煩，老趙這個人骨子裡不喜歡遠方，他戀舊，他就是喜歡他現在的家。他現在的家在鼓樓區鄭和里，離千里馬廣場只有幾分鐘的腳程。這是一個盤踞在市中心的、老舊的、逼仄的、灰頭土臉的社區。要是細說起來的話，鼓樓區鄭和里可是風光過的，堆積了一大批市級機關的福利房。大多兩居室，也有少部分的三居，使用面積從六十平米至九十平米不等。可不能小瞧了這些房子，在當年，它們是豪宅了。這些豪宅不只是巨大的福利，也是地位的象徵。為了鄭和里的一個套間，那位採訪過袁偉民、聶衛平、年維泗和趙劍華的體育部主任差一點就獻出了自己的生命，他已經把汽油桶拎上總編辦公室所在的四樓了。鄭和里的地段實在是好哇，買菜、看病、看電影、吃鴨血粉絲湯，什麼都方便。當然，毛病也有，伴隨著舊時代的遠去和新時代的來臨，它免不了相對狹小的趨勢。因為這個缺陷，另一個毛病也就顯示出來了，有地位和有錢的人一個又一個選擇了離開。這讓它的軟價值打了很大的折扣。老趙卻不為所動，他留了下來。這和他低調的行事風格高度地契合。別墅老趙是有的，一套在城南，面積比較大，院子卻有點局促；另一套在東郊，面積小了一些，院子卻可以放羊。如果一定要比較一下的話，老趙最為鍾情的還是東郊的那一套。他是可以在這裡做農民的。為什麼要做農民呢？這就和老趙對中國文化的迷戀有關了。他渴望著天人合一，日出而作、日落而息。既然有一個可供稼穡或放牧的院子，他的生命就應當像大地那樣季節分明。然後呢，就在自家的院子裡，汗滴禾下土。為了做一個本分的農民，老趙決定了，裝修的風格就要搭配，家具的風格也要搭配，最好黃花梨的明式家具。明式家具好，簡樸，細胳膊細腿，極端地雅致。老趙當然也算過一筆帳，為了這一套家具，他必須捨棄一套房子。當然了，老趙依然在猶豫，他喜歡東郊的別墅，也喜歡鼓樓的鄭和里，這就不好決策了。未來的科學最應當關注的就應當是這個：一個人，既可以在這裡，也可以在那裡。

就在這裡與那裡懸而未決的時刻，命運給了老趙當頭一棒。他被尿毒症纏上了，他的退休手續都沒來得及辦理呢。尿毒症，多麼陰鷙的一種病，無論手術多麼地順利，他術後的生活也難了。首先是吃藥，抗排異是必不可少的，不說它了。真正的麻煩是日常，你必須時時刻刻伺候著你的身體。稍一疏忽，即使是一次普通的感冒，病菌都有可能殺死老趙。每一天都如臨大敵，每一天都如履薄冰，這還是生活麼？天不假年哪，老趙的人生規畫全毀了。他只能深居簡出。深居簡出這話還是輕飄了，鄭重一點說，他必須幽閉。——再見了，舊金山。——再見了，西雅圖。——再見了深圳、廈門和成都。——再見了韭菜、土豆、洋蔥和大蒜。老趙日復一日地枯坐在書房裡，盯著地球儀，心思浩淼，也心思茫然。他想不通。尿毒症毀掉的不只是他的下半輩子，還有上半輩子。他上半輩子的所有勞作全他媽的白廢了。老趙只能心疼他自己。他在心疼自己的同時撥動了地球儀，地球儀轉動了，很快。速度所產生的離心力失心瘋了，它們把地球表面的樓盤全扔了出去，嗖嗖的，猶如元宵之夜的煙火。老趙看見了，他所有的房產正對著太空呼嘯而去，成了黑洞的一個部分。虛妄啊。他回到了三十億光年之前。老趙即刻就用他的巴掌捂住了地球儀，他希望地球的表面還能留下一些什麼。老趙一隻手摁在了中國，一隻手摁在了美國。在胳膊與胳膊之間，虛擬的海水打濕了他。太平洋，你真的存在麼？老趙拉起了地球儀錶面並不存在的拉鎖，嗞的一聲，太平洋不復存在了，北美和東亞即刻就合上了。兒子，回家吃晚飯嘍。

上午六點整，愛秋會準時叫醒老趙。老趙睜開眼，並不立即起床，而是躺著。依照愛秋的關照，醒來之後要再躺上十分鐘，他的心臟會利用這一段時間得到一個合理的緩衝。十分鐘之後，老趙會在愛秋的攙扶之下來到衛生間，刷牙、洗臉。然後，回到客廳，吃藥。吃完藥，老趙就圍繞著餐桌，緩慢地溜達二十來分鐘。經過二十來分鐘的慢走，老趙的腸胃差不多也醒了，它們開始蠕動。蠕動的腸胃會讓體內的液體、氣體和固體慢慢地沉降下去，在腹腔的下半部形成一種高壓。等這些高壓慢慢地匯總起來，老趙會再一次回到衛生間，借助於負壓強，把那些該死的液體、氣體和固體統統趕出他的身體。輕鬆啊，該大的大了，該小的小了，該放的放了。壓力被排除了，泌尿系統與消化系統剎那間就迎來了嶄新的一天。這是老趙每一天裡最為輕颺的時刻，說快慰都不為過，類似於童年的某種感受。等做完了這一切，洗過手，老趙才會回到餐桌，而他的早餐也預備好了。老趙的早餐很講究。這個講究不是昂貴，是科學。蛋白質、維生素、碳水包括纖維素都有合理的、近乎苛刻的搭配。至於咀嚼，愛秋給老趙下過死命令，左側的磨牙咀嚼十五次，換到右側的磨牙上去，再咀嚼十五次。愛秋動不動就會引用傅睿大夫的話：「不要把牙齒的工作轉移給胃。」如果老趙吃得太燙，愛秋依然會引用傅睿大夫的話：「不要把嘴巴不能承受的高溫移交給胃。」老趙都一一照辦了。照辦了之後，老趙明白了一件事，他的這一生其實都在犯錯誤，是錯誤的一生，是一場疾病給他帶來了自新。疾病好哇，他終於擁有了正確的人生。老趙不只是學會了細嚼慢嚥，他還學會了在咀嚼的時候閉嘴，不吧唧了。這是他從舊金山學來的。一個人在咀嚼的時候確實應該把嘴閉上，優雅，也高貴，嚼著嚼著，嘴裡的東西就貴重了。但這種吃法也有毛病，它太費時間啦。可問題是，他老趙節省出來的時間又能有什麼用呢？也沒用。他的餘生不再是別的，就是一座鬧鐘，唯一的功能就是顯示時間。吃完了早飯，老趙會簡單地歇會兒，差不多也是一個小時。到了這個時候，家裡的鐘點工，也就是阿姨，明理，也就來了。利用明理打掃衛生的工夫，愛秋就會給老趙戴上口罩，下樓。沒有電梯，只能靠爬。就在鄭和里的院子裡，愛秋和老趙手拉著手，慢走四十分鐘。這四十分鐘往往要分成兩節，有時候也分成三節。到底是兩節還是三節，取決於老趙當天的精神狀態和體能情況。但是，不管是兩節還是三節，步行的時間都取決於愛秋脖子上的那塊碼表。說起計時，手錶與手機其實也一樣，愛秋卻鄭重了，特地去體育用品商店買了一塊碼表，就掛在自己的脖子上。這樣的鄭重有點搞笑的，就好像老趙家的生活已經演變成了某種運動項目，老趙是運動員，裁判則是愛秋。

慢走完了，愛秋再攙扶著老趙上樓。理論上說，上了樓，這個上午就結束了。所謂的下午，其實並不存在，就是上午的另一個翻版。——愛秋會安置老趙去睡午覺。一覺醒來，老趙的生活自然而然就回到上午的程序上去了，唯一的區別是老趙要省略一次大便。接下來就到了晚上了。晚飯之後，愛秋會陪著老趙看電視，一般是連續劇。九點半則是老趙吃藥的時間。吃過藥，愛秋幫著老趙簡單地收拾一下身體衛生，大部分是淋浴，天氣寒冷的時候則採取乾擦。然後上床。北京時間二十二點整，也就是晚上十點，愛秋會十分準時地說一聲「睡覺」，同時熄燈。一天的議程就這樣走完了，可以休會。

愛秋的口令和眼前的漆黑同時降臨。每到這樣的時刻，老趙的內心都會湧上一股黑燈瞎火的成就感，接近於勝利。是喜悅。——這一天又讓他活下來了。這是很現實的。這哪裡是現實，也還是預兆。——既然今天是這樣活下來的，那麼，一模一樣的明天他也依然可以活下來。至於後天，那基本上就是一個不存在的東西。現實很具體，這個具體是通過局限來實現的，只有今天和明天。生活只需要今天和明天這兩個輪子，足夠了，它可以運行。在今天和明天之間，多出來的東西都應該剔除，它們屬於有害物質。昨天的昨天和明天的明天都應當被看作謊言。

可是，話又得說回來，老趙的喜悅也不單純，也複雜。——他的生活過於規律了，都齒輪化了。大齒輪，一天就是一個大齒；小齒輪，一小時就是一個小齒。還可以細分。這讓老趙有一種說不出口的憂傷。僅僅是為了活著，對老趙來說，有兩樣東西就顯得特別地難對付，一個叫上午，一個叫下午。先說上午，上午十點過後愛秋就把老趙扶上樓了，離十二點的午飯還有兩個小時；到了下午，老趙返樓的時間則是三點，三個小時之後才能等到晚飯。把它們累加在一起的話，一共有五個小時。在這五個小時裡頭，愛秋對老趙的管理嚴格了，不能下樓就不說了，即使是在自家的客廳裡，老趙的走動都受到了嚴格的管控。他的吃是指令性的，他的喝也是指令性的。晚上當然要好一些，有電視，大白天就不好辦了，只能看電視的重播。老趙會把他的遙控器握在掌心裡，不停地調整頻道。愛秋批評說：「你看看你，浮躁。要看就好好看，不好看就關了。調過來調過去，你看連環畫呢？」老趙只能賠笑，有的時候也不賠笑，這取決於老趙的心情。時間真是一個鬼魅的東西，為了活著，老趙爭取的是時間；回過頭來，折磨他的不是別的，還是時間。時間是人，也是鬼。時間一旦落實到了老趙的身上，老趙既不是人也不是鬼。

為了對付時間，老趙想了很多的辦法，首先是讀書。讀書好哇，老趙曾勸過許許多多的年輕人，要讀書。

「讀書是最美的姿態」，「閱讀可以改變人生」，類似的人生格言老趙也說過很多遍。說起來有點不可思議了，手術之後，老趙最害怕的一件事就是閱讀。他讀不進去。把目光落在紙面上，這個他可以做到，但是，用不了五分鐘，他一定會走神，書本上的紙面生動起來了，成了毛坯房的牆面。這一來，老趙的閱讀就成了搞裝修，漢字與漢字不再是漢字與漢字，是小青磚與小青磚，也可以說，是埃及黃與埃及黃。至於空白，只能是牆體上的勾勒。——這哪裡還讀得下去？哪裡還有最美的姿態？那就不讀書，改讀報。也不行，他通常只能看一眼標題。當然了，作為一個前報人，老趙是知道的，報紙就是標題。可是，一張報紙又能有幾個標題呢？用讀報紙去對付時間，實在是一件效率極低的事情。老趙只能換思路，練習書法呢？這個辦法好。老趙還真的讓明理預備了筆墨紙硯，可是，老趙再也沒有想到，書法太難了。每一個字都在字帖上，肉眼可見，可是，你要想依樣畫葫蘆，把字帖上的筆跡落實到宣紙上去，老趙做不到。字帖上的起筆是多麼地漂亮，要麼正大，要麼娟秀，要麼威猛，要麼灑脫；而老趙呢，他的起筆統統被宣紙洇成「一堆」；到了收筆，也還是「一堆」。光是最為基本的那個一「橫」，老趙就寫了十幾天。寫來寫去，所有的「一」就成了一排啞鈴。這就讓老趙很窩火。本來是修身養性的，居然上火了。書法不是好東西——書法來到世界，從頭到腳都滴著讓人嘔氣的東西。扔了。

那只能再想辦法。老趙關上書房的門，獨坐在那裡。這個愛秋是不管的。是啊，靜坐也比書法好。老趙的靜坐有意思了，可以說，是枯坐，也可以說，是閉目養神。時間久了，老趙對枯坐有了一些心得——是不是利用這個機會念念佛呢？老趙是一個沒有信仰的人，但是，如果信仰可以提升靜坐的品質，那麼，選擇一個仰來信一下，又有什麼關係呢？新的問題卻又來了，既然信仰可以選擇，那相信上帝和相信菩薩就沒有任何區別。那麼，他是該禱告呢還是念經呢？應該都可以。老趙只能把釋迦牟尼和耶穌放在了一起，比較他們，權衡他們。但是，新問題又來了，選擇即放棄。——老趙該放棄誰呢？放棄即得罪。想過來想過去，老趙一個都不想得罪。得罪了菩薩和得罪了上帝，哪一樣都不好辦。

老趙在上帝與菩薩之間猶豫了相當長的一段日子，明白了，他為什麼一定要選擇呢？那就不選。他所需要的只是忘我，這和耶穌與釋迦牟尼又有什麼關係呢？老趙把他的眼睛半睡上了，只留了一道縫隙。完全閉上了肯定不行，那樣很容易陷入睡眠。老趙不敢入睡，白天睡多了，夜裡就容易失眠。老趙不能失眠，也不敢失眠。愛秋就睡在他的身邊，萬一他的失眠被愛秋發現了，那可不是鬧著玩的。「好好的，你為什麼要失眠？——你想什麼呢？」

老趙在忘我的日子裡努力了一些時間，眼見得就要有收穫了。突然有那麼一個剎那，老趙想起來了，他怎麼可能忘我呢？不能的。他可是一個接受了腎臟移植的人呢。——關於腎移植，老趙一開始就有一個誤解，以為醫生會給他摘除一個，再補上一個。其實不是的。不需要切除，只是在他的腹部再補進來一個。那個補進來的腎替代了他業已喪失了功能的腎，在替它運轉，替它代謝。腎當然不是人，但腎必須是一個人，是另一個人，就存活在他的腹部。老趙一旦忘我，一旦忽視了自己是誰，「他」會不會跳出來，藉此占領或取代老趙呢？這個念頭嚇了老趙一大跳，不敢往下想。其實，老趙一直想搞清楚一件事，「他」和他現在是混合的，那麼，「他」的感知、思考和情感在老趙的感知、思考和情感裡到底占有多大的比例呢？為了活著，術後的老趙必須接受這樣一個折磨人的事實，他是異己的。這導致了一個結果，他的自我反而陷入了神祕。他不能讓自己處在忘我的處境裡，那不是忘我，是自我的背叛，是自我的離棄與放逐。

但靜坐就是靜坐，偶爾也有特別好的時候。比方說，老趙會出現錯覺。也許就是所謂的禪意了。——禪意有它的工具性，禪意會讓老趙的書房變成一架飛機，寬體的，就在太平洋的上空。這和老趙的經驗自然就有了一點出入，通常來說，太平洋上空的飛機大多是波音，那可是瘦而長的飛行器。當然了，這些問題不重要，重要的是，他的書房在飛馳，在由東向西，或由西向東。老趙是多麼喜愛太平洋的上空啊，上、下、左、右都一片湛藍。飛行失去了參照，類似於絕對靜止。像史前，趨於洪荒。靜止的藍。薄而厚的藍。無窮無盡的藍。荒蠻的藍。沒有呼吸的藍。失去了肌膚的藍。渡一切苦厄的藍。

老趙也藍了，抽象。渡盡劫波的藍。吉祥和如意的藍。不寂不滅的藍。老趙終於和藍融為了一體，圓融啊。老趙在一萬一千米的高空以九百八十公里的速度擺脫了書房，主啊！阿門！阿彌陀佛！

——老趙的眼睛不再瞇著，他睜開了眼睛，他是多麼地慈悲。

老趙的一舉一動當然離不開愛秋的視域。老趙的神神叨叨都被愛秋看在了眼裡。作為一個太太，愛秋好就好在這裡，只要老趙不過分，她就什麼都不說。愛秋是稱職的。愛秋不只是對老趙外部世界的管理很稱職，對老趙內部世界的把握也同樣稱職。她發現了老趙的新動向，替老趙做主了。——特地去了一趟工藝美術大廈，她替老趙請來一尊觀音。這尊觀音的面相實在是好哇，嘴角微微有些上翹，和善。老趙瞅了一眼，說：「原來是送子觀音。」愛秋說：「是啊。」老趙說：「可我生不出孩子了。」愛秋想不到老趙會說這樣的話，也沒有和他計較，說：「你這是說到哪裡去了？這可不是一個病人該說的話哈。你可是越來越不像你了哈。」

老趙的眼珠子活絡起來了，這個很難得的。——「那我像誰？」老趙問。

這話愛秋沒法回，也沒有必要回答。過日子又不是說相聲，是吧。哪能逗哏的說一句捧哏的就必然跟一句，是吧。愛秋說：「你愛像誰就像誰。」

愛秋把觀音菩薩放在了老趙身後的博古架上，觀音就一直在老趙的背後慈祥著，護衛著老趙。因為得到了觀音菩薩的庇護與鼓舞，老趙安詳了，內心湧起了別樣的意願。他不再是端坐在波音777內部的一個乘客了，他就是波音777。引擎關閉了，波音777張開了翅膀，正橫空孤遊。這孤遊不是振翅高飛，是靜止的滑翔。滑翔是多麼地動人，羽毛與氣流之間構成了無比動人的關係。老趙在宇宙的邊緣敏銳地捕捉到了氣流的一個坡面，它光滑，在視覺之外。迎著這個坡面，老趙背對著蒼穹，幾乎承載著全部的宇宙，正對著太平洋俯衝。老趙就是在這一波的俯衝過程中失重的，失重的感覺是多麼地駭人，然而，它也是快感，靈魂出竅一般的。慢慢地，失重感消失了，速度還保持了原樣，老趙自由啦。他依然在俯衝，迅猛，穩健，無聲無息，零消耗。就在抵達太平洋表面的那個剎那，老趙再一次把自己「拉」上去了，他做了一個大範圍的盤旋。這個盤旋太遼闊了，他的身軀居然掠過了白令海峽—日本—沖繩島—紐西蘭—智利—厄瓜多爾—洪都拉斯—阿拉斯加。

天風浩蕩。老趙瞇起了眼睛，他的視網膜真冷啊，藍幽幽的天風正在撫摸它們。而老趙的內心是恬靜的，有一些喜樂。他兩側的嘴角微微地翹了上去。他是觀音。

老趙微微地翹著他的嘴角，他保持了自己的表情。他要去一趟衛生間。他想在鏡子裡驗證一下，他想看看自己到底像不像觀音。不看不知道，一看嚇一跳。鏡子裡的那個人哪裡是觀音？老趙又醜又老，布滿了術後所特有的那種喪。黃。臉比過去長了，而嘴角也比過去固執了。老趙已經完全不是老趙了。那麼，老趙是誰呢？會不會是「他」呢？到了晚飯的時候，老趙正坐在愛秋的對面緩慢地咀嚼，一抬頭，老趙十分意外地在愛秋臉上找到了答案。他發現，他像愛秋。老趙突然就是一陣驚駭——他怎麼會像愛秋呢？說不通啊。老趙都不敢動了，只能機械地咀嚼。可老趙意識到了，他甚至連咀嚼都像他老婆了。

愛秋退休比老趙早兩年。退休之前，她是市工會的一名工作人員。說起工會，愛秋在工會的工作算得上人盡其才了。愛秋不愛說話，沒脾氣，也沒什麼能力，偏懶，就是愛笑。說愛秋愛笑其實也不準確，她並不怎麼笑，她只是一如既往地把笑意掛在臉上。對誰說話她都是那個樣子，語調也格外地和藹。愛秋就這麼微笑著、不聲不響地在她的辦公室坐了一輩子，幾乎什麼事都沒做。因為什麼都沒做，愛秋也沒有得罪過任何一個人。這一來愛秋在單位裡就有了一個特別好的口碑，她是整個工會的「愛秋大姐」。還沒退休，愛秋就已經德高望重。愛秋的職業生涯是一筆標準的零和遊戲，沒有賺，也沒有賠。按照機關的流水，不該她得的她什麼都沒有得，該她得的什麼也沒有落下。就這樣。愛秋之所以這樣安穩，還是得益於她的第一任主席，那時候愛秋還是一個小姑娘呢。工會主席似乎受到了什麼特別重大的打擊，最終落腳到了工會來了。他是一個好為人師的男人，中文系出身，謝頂，高度近視，幾乎唯讀文言文。在一次閒聊的時候，他問了愛秋一個問題：「你幹麼總是那麼忙呢？」愛秋就笑，說：「這不是工作麼。」工會主席擰著眉頭，盡量平和地對愛秋說：「忙成這樣，說明你還是沒理解你的工作，也就更沒理解工會。」愛秋自然就問了：「照你這麼說，工會是什麼呢？」主席並沒有直接回答愛秋的問題，他用禪意十足的語調告訴愛秋：「回去照鏡子吧。」他的表情既詭異也曠達，什麼也沒有補充。愛秋回到家，真的照了鏡子，什麼都沒有發現，什麼都沒有明白。終於有一天，當愛秋從鏡子的面前走過的時候，頓悟了。她在鏡子的裡面和在鏡子的外面其實沒有任何的區別。鏡子外面的是她，鏡子裡面的也是她；鏡子裡面的她是鏡像，鏡子外面的她說到底也是鏡像。一個鏡像，有什麼可忙的呢？完全用不著忙的。愛秋就此頓悟了工會，也就真的頓悟了自己。愛秋在工會用三十七年的時間完善了三件事：安靜、軟弱和無為。工會裡的人都知道，愛秋無能。那又怎麼樣呢？除了時光流逝過去，愛秋在她的職業生涯裡幾乎就沒有任何的消耗，然後就德高望重了。

愛秋的安靜是真實的。她的無能也是真實的。她最為常見的動態就是手足無措。相對於自己的手足無措，愛秋當然不習慣，多少還有一些慚愧。可是愛秋很快就發現了，手足無措根本就不是事兒。——她不需要去補救什麼，把一切都推到明天就可以。當明天真的來臨的時候，新的手足無措又來了，然後呢，奇蹟出現了，她的手足無措自然就成了昨天。昨天是什麼？還能是什麼，過去了唄。既然這樣，愛秋的「有措」和「無措」又能有什麼區別呢？沒有區別。愛秋不只是在單位這樣，回到家，也還是這樣。家裡有老趙。老趙就是他們家的擎天柱。愛秋就是這樣木訥、笨拙和羞愧地活了大半輩子，也沒耽擱什麼。她與工會就這樣彼此成就了對方。

愛秋都沒來得及辦理退休手續，老趙確診了。愛秋沒有哭，沒有手足無措，她的木訥、笨拙和鎮定和過去也沒有兩樣。那就看病吧，一樣一樣地來。她用起了筆記本，依照時間這個基本的順序，把所有要做的和做完的事情一件一件記錄下來。尿毒症是什麼，愛秋有數。她告訴自己，不能再依靠老趙了。兒子又遠在美國，那個指望不上。為了未來的生存，她能夠依靠的只有自己。被診斷的老趙躺在床上，萬念俱灰，他唯一能做的也就是看著愛秋張羅。老趙自己也沒有想到，他的大半輩子怎麼就積累了那麼豐厚的人脈呢？平時也看不出來，一旦躺下了，他的人脈全凸顯出來了。這裡頭無限錯綜的人際：院方，報社，銀行，開發商，銷售公司，代理公司，公證，公安，法院，政府，親屬，鄰里，工會——他這哪裡還是住院，成外交了，同時也成了貿易。愛秋笨手笨腳的，同時也笨嘴笨舌的，不算很得體。但是，相對於病人的家屬，誰還好意思要求愛秋得體呢？不過有一點在愛秋的身上體現得相當地清晰：該退讓的退讓，該爭取的爭取。在大節上，她不亂。某種程度上說，愛秋的笨拙反而顯示出了分量，是橫刀立馬的樣子，是辦大事必須具備的氣度。也是，伶牙俐齒哪裡上得了檯面。——再怎麼說，她也是個副處級的領導呢。這一刻，她像了，像一個副處級的領導了。老實說，在得知具體的病情之後，老趙崩潰過，他曾經在醫院淡藍色的過道裡失聲號啕。怕死是一方面，為愛秋擔憂也是一方面。萬一他有個好歹，愛秋這個沒用的女人無論如何也活不下去。萬一她再有一個好歹，兒子又遠在美國，他這個家和滅門還有什麼區別？這個念頭剎那間就擊垮了老趙，老趙五內俱焚。——誰能想到呢？愛秋掌控了局面。其實，她什麼也沒有掌控。她只是如此這般，確實又掌控著。這還是愛秋麼？當然不是。這太難為她了。作為愛秋的丈夫，老趙知道的，愛秋這只是應急，說到底愛秋是一個沒用的人哪。一個人的應急狀態又能支撐多久呢？老趙閉上了眼睛，不敢想了。眼淚從他的眼角一直流進了耳蝸。

老趙的腎「存活」了。老趙也存活了。但是，一切都充滿了不確定性。和術後漫長的、事無巨細的護理比較起來，「存活」又算得了什麼？南丁格爾的偉大就在這裡，她揭示並完善了一個幾乎被所有人都忽略的事——如果沒有後續的護理，所有的一切都將歸零。生命不取決於手術，生命取決於護理。愛秋把她的家當作病房了，所有的一切都圍繞著老趙。愛秋的日復一日不只是老趙看在眼裡，整個鄭和里也看在眼裡。鄭和里的人都說，老趙有福啊，愛秋大姐把老趙「伺候」得多好啊。這裡頭也有潛臺詞，帶有戲謔的成分，也許還帶有反思與批判的成分。誰還不知道老趙呢？老趙這個人哪，在外面是虞姬；一回到家，變臉了，立馬就成了霸王。年輕的時候老趙甚至都對愛秋常動手的。愛秋怕他，鄭和里個個都知道。現在好了，疾病變了一個戲法，它把老趙家的局面活生生地給顛倒了過來：老趙倒下了，他的「鏡像」——愛秋——卻一柱擎天。生活是多麼地公道。極端的說法也有，一位退了休的官員很讚賞愛秋，他說了這樣的一句話：「要是沒有愛秋，不要說到現在，老趙，你能不能堅持一個月都是問題。」這是不是真的呢？不知道。但極度的讚美一定是超驗的真理，不可驗證。因為不可驗證，極度的讚美才具備了真理的絕對性。老趙含著熱淚，完全同意，堅決贊成。他服膺。他舉起了右手，一個表決了。老趙什麼都沒說，當著鄭和里老老少少的面，老趙坐在簡易座椅上，仰望著愛秋，笑了。他的笑巴結，近乎愚昧。許多人望著這樣的場景，被老趙的近乎愚昧的表情感動了。是的，智慧從來都不具備感人的力量，只有愚昧才感人。把感人再統計起來，那就是真理。

退休官員的話不只是影響了老趙，同樣也影響了愛秋。是啊，她的責任重了。愛秋當然不會重複退休官員所說的話，在私底下，她卻是認可的——沒有愛秋，老趙怎麼活？愛秋能做的，只能是更加地精心，把日常生活進一步細化。就說老趙的吃藥，老趙早就可以在院子裡緩慢地走動了，自己吃藥一點問題都沒有。但是，愛秋沒有。愛秋堅持老趙的每一次吃藥都由她親手配送。——愛秋延續了病房護士們的配送方式：先從藥瓶裡數出顆粒，放在瓶蓋裡，再把瓶蓋擺成一排，用一個盤子托到老趙的面前。這樣做有一個好處，準時，劑量和品種也不會混亂。服藥講究的是科學性，科學就來不得半點馬虎。

科學跨越了時空，伴隨著老趙的出院來到了愛秋的家裡。愛秋家的生活就只能科學。愛秋把自己的臥室弄成了病房。說起吃藥，老趙有意思了，就在手術之後，老趙生死未卜，他哪裡還是吃藥？像求籤，乖巧得很。現在不同了，老趙對自己的身體有了信心，豪邁得很，像乾杯，先飲為敬。老趙依次端起那些彩色的瓶蓋，一仰脖子，酒到杯乾。老趙那副撒嬌的樣子，家裡的阿姨都有點看不下去了，明理一邊清理衛生間一邊對愛秋說：「阿姨啊，你不能這樣慣叔叔，你把他慣成啥樣了。——叔叔都好了，就讓他自己吃吧。」

這原本是普普通通的一句家常話，此刻，被老趙聽在了耳朵裡，不一樣了。老趙哪裡能不知道呢？明理的這句話帶有馬屁的性質。但這句話也是有節點的，節點就在叔叔的病已經「好了」。這個馬屁能有多高級呢？說不上。然而，馬屁的芬芳就像花朵的芬芳，有些花說不上名貴，就是馥鬱，就是香。是的呢，叔叔都「好了」。究竟什麼才是「好了」？這裡頭還是複雜。就臨床而言，出院就是好了。但那個不算數。老趙仔細地思忖了一番，所謂的「好了」，其實是有硬指標的，那就是他老趙的一切都恢復了過往的日常。他有沒有恢復呢？恢復了，家裡已經很日常了。老趙把他的下嘴唇含在嘴裡，反復地吮吸，就像自己吻著自己。他決定了，他要撒一個大一點的嬌，打明天起，自己的事自己做。

第二天一早，老趙抖擻起精神，搶在愛秋給他取藥之前，老趙說——

「我自己吃。」

「那怎麼行呢？」愛秋說。

「我自己吃。」老趙說。

「為什麼呢？」

「我自己吃。」

「是我哪裡做得不好？」

「那不是。」

「那你這是哪一齣呢？」

老趙眨巴了一通眼睛，說：「你看看哈，是這麼回事。這個藥呢，每一頓吃什麼、吃多少，我到現在都是一筆糊塗帳。我呢，衣來伸手、藥來張口。萬一你不在家，這個藥我就沒法吃了。——到現在我連藥的名字都沒搞清楚，這怎麼行呢？這樣，今天你輔導我一次，我自己來。自己動手，豐衣足食嘛。」老趙為自己即時的反應感到滿意。他原先並沒有這樣想，但是，既然都說出來了，他原先就只能是這樣想的。

「老趙你說我不在家？」愛秋說，「我為什麼不在家？你想把我送到哪裡？」

這是哪兒對哪兒呢？老趙笑了：「不是這個意思。」

「那你把你的意思說給我聽聽。」

這就把老趙給難住了。這個問題老趙是沒法回答的。在這個家裡，從來都沒有出現過這樣的對話關係。在這個家裡，一直都是老趙說什麼就是什麼，非常簡單。老趙雖然病了，但老趙說話不能沒用。老趙想了想，他決定迂迴。他反過來問了愛秋一個問題：

「看起來我自己的藥我自己還吃不得了？」

這話有情緒了。這句話的情緒體現在老趙連用了兩個「自己」上。而到了後一個「自己」，老趙的脖子上已經連帶了多餘的動作。很自我，很倔強。這個苗頭不好，很不好。愛秋一聽到這話就笑了，看起來老趙的身子骨確實是硬掙了。嗯，硬掙了。可喜可賀。身體硬掙了，嘴巴當然就硬，脖子會更硬。愛秋看了老趙一眼，隨手拉過來一把椅子，一直拉到老趙的身邊，坐下了。愛秋微笑著，嘴角像觀音那樣翹了上去。愛秋軟綿綿地、近乎笨嘴笨舌地說：「老趙你什麼意思？」

老趙又眨巴他的眼皮，反問道：「什麼什麼意思？」

「我來問你，你在醫院裡頭是怎麼吃藥的？」

還能怎麼吃？當然是護士送什麼他就吃什麼。老趙說：「人家那是護士。」

「老趙，」愛秋說，「護士給你吃藥是想救你，我給你吃藥是想害你。——是這意思吧？」這是一句普通的話，但是，在這樣的一個節骨眼上，這句話蘊含了巨大的情感力量，尤其是委屈。愛秋當然委屈，在這個家裡，她這個做老婆的連一個護士都不如了。但委屈的話固然可以示弱，有時候，也有不可言說的譴責，譴責的對象自然是過河拆橋和死裡逃生的宵小。

老趙聽懂了。老趙說：「話可不能這麼說。」

老趙隨即又補充了一句：「這麼說就不講道理了嘛。」

愛秋望著老趙，是凝視。這凝視其實就是譴責在延續，像音樂上的「漸強」。愛秋的眼眶就是在這個漸強的過程中漸漸地變紅的。她當然沒有哭。她是不會哭的。為了克制自己的情緒，愛秋伸出了一隻巴掌，在空氣中摁，摁了又摁。最終，她背過身去了，她站了起來，附帶著把椅子挪到了一邊，然後走向了陽臺。

明理支著拖把，就站在客廳裡。她都看見了。她都聽見了。明理尷尬了。這樣的場景無論如何也不該發生。都因為她嘴快，多話。這下好了。明理立即把拖把靠在了牆上，躡手躡腳地，走到了茶几的面前，她要親自糾正自己的錯。

「明理，」愛秋在陽臺上說，「拖地去！」

明理看了一眼阿姨，回過頭去看了一眼叔叔，再回過頭來看阿姨，最終，她服從了愛秋。對一個鐘點工來說，這是理所當然的。誰給她工資她聽誰的。可是很不幸，老趙把這一切都看在了眼裡。他清清楚楚地看見了明理的眼神，清清楚楚地看見了明理的目光所作的判斷與選擇。明理的交替著的目光如同一把刀子，最終捅進了老趙的心窩。這個他不能接受。他連家裡的阿姨都使喚不得了，這怎麼得了？老趙在剎那間就體悟到了人生的蒼涼。悲從中來。這才幾天？滄海桑田了。滄海桑田啊！他奶奶的，明理的眼睛不只是學會了投票，還學會站隊了。——在老趙還健康的時候，他哪裡會留意這樣的雞零狗碎，犯不著的。但此刻，有件事他清清楚楚的，鐘點工看誰的臉色誰就是這個家的主人。他老趙已經不是主人了麼？他只是病了，他就不是這個家的人了？老趙突然就怒了。他想怒吼。但老趙立即就意識到一件事了，一個人在怒吼之前是需要深呼吸的。他的身體卻提醒他了，他呼吸的深度根本就不足以支撐他的憤怒，這更令人憂傷了。即使是和家裡的阿姨，這個仗他也不能打，他的設備不行。老趙伸出了他的指頭——那個無往而不勝的食指。他的食指指向了門口，十分克制地對明理說：「出去。」

明理當然沒有出去，只是不敢抬頭。她悶著腦袋，重新拿起了拖把，格外小心地擦拭。當她的拖把來到老趙跟前的時候，老趙賭氣了，不動。——你不死不聽我的嘛，好，我就不聽你的。老趙就不挪腳了。老趙不挪腳，明理又能怎麼辦？可也不能不幹活，她只能讓拖把從老趙兩隻腳的邊上滑過去了。拖把上有水，水跡在橡木地板上留下了清晰的水跡，亮晶晶的。老趙望著地板，發現了一個問題，地板上的水跡太不吉利了——他被限定在特定的圖案裡了，畫地為牢，或坐井觀天。更加糟糕的是，圖案的幾何形狀不是圓形的，類似於一個方框。這就大不吉了。對，方框裡還有一個人，那就是「囚」了。這可不是鬧著玩的，它是司法問題，很嚴重。

是可忍，孰不可忍。老趙借助於雙臂的力量站了起來，他從方框裡頭突圍了出去，氣急敗壞了。他指著地板呵斥說：「你還會不會幹活？」

明理不明所以，只能朝著四周看。——她做錯了什麼呢？沒有啊。病人的心有多深，明理哪裡能理解呢？明理也委屈。委屈的人總是急於補救，明理說：「叔叔你該吃藥。」

這話罵人了。明理的這句話算是把老趙搞急了。老趙伸出手，呼的一下，茶几上的藥都給他擼了。明理再也沒有想到事情會發展到這樣的地步，徹底慌了，只能加倍地勤快。明理拿起了笤帚，飛快地把地板上的藥物給打掃乾淨了。老趙說：「吃什麼藥？啊？」這句話不解氣，老趙只能補充，來一個解氣的——「我就不信了，不吃我就能死了?!」

老趙的這一頓藥就算是落下了。沒吃成。到了晚上，愛秋把飯菜都盛好了，擱在了餐桌上。她是一個人吃的。吃完了，也不看電視，也沒洗漱，一個人上床去了。愛秋的這個行為其來有自——遠在老趙生病之前，他們的日子其實就是這樣的，愛秋只是做好飯，卻各吃各的，同時也各睡各的。老趙以往喜歡的就是這樣：等愛秋休息了，老趙就如同一個人占有了一套完完整整的房子。老趙喜愛夜晚，他痴迷夜晚的時光，其實也不做具體的事情，就是一個人磨蹭。每天都要磨蹭到十一二點之後。但是，今天，此刻，愛秋突然來上這一齣，況味和過往大不同了。是撒手不管的態勢。現在，愛秋業已上床，老趙空空蕩蕩的，一個人，面對著空空蕩蕩的房子。老趙固然體會到了那種久違的自在，可再怎麼說，藥他也不能不吃，都已經耽擱一頓了。傅睿大夫是怎麼交代的?「一頓都不能少。」老趙望著電視櫃上的藥瓶，犯嘀咕了。哪一種藥要吃幾顆，他大致上也有數。——可吃藥是一件精確的事，不能估算。該不該把愛秋從床上叫起來呢？老趙只能和自己做鬥爭。鬥爭了一個多小時，老趙採取了一個折衷的辦法，他開始了自言自語。「吃藥了，」老趙說，「吃藥啦。」

老趙的自言自語沒能得到回應。他只能衝著床高喊了一聲：「吃藥啦。」聲音相當大，床聽見了，枕頭也聽見了，但是，愛秋沒聽見。老趙知道，她是鐵了心了。這麼多年的夫妻，愛秋沒有和老趙頂過一句嘴，殺手鐧卻也有，就是睡著了之後你叫不醒。老趙只好來到床沿，伸出手，扯了扯被窩，小聲說：「吃藥了。」是有求於人的口吻，核心是認錯。

這一次愛秋醒了。她翻過身，依然躺著，一臉的懵。她抬起了腦袋，四下裡看了看，想知道發生了什麼。愛秋用了很長的時間才明白過來，明白過來之後平平靜靜地告訴自己的丈夫：「好的，吃完了你早點休息。」這話說得多好，亮堂堂的，卻很陰，很損，很堵人。愛秋過去可從來也不這樣。她這是得寸進尺，暗含了往老趙頭上爬的趨勢。老趙又能怎麼辦呢？沒辦法。藥他不能不吃，可終究也不能亂吃。

老趙站了半天，憋屈了半天，最終說：「吃藥了。」這一回的口吻算是端正了。

愛秋掀起被窩，坐在了床上，兩條腿在床上放得又平又直，像大寫的字母「L」。愛秋說：「啥意思？你再說一遍？」

「吃藥了。」

愛秋挪了挪她的身子，在床的邊沿放下了她的雙腿，就坐在了床上。老趙呢，則站在她的面前，兩隻胳膊卻是垂掛的。愛秋拿起老趙的手，放在了掌心，不停地捏。「老趙，」愛秋說，「你多大的人了？還沒活明白嗎？——你能夠活下來，容易嗎？你活下來是你的福，也是兒子的福，更是我的福。」話說到這裡，愛秋停住了。這番話的情感力量畢竟在那裡，愛秋怎麼還能說得下去？說不下去的。愛秋的眼眶子一紅，哽咽在了那裡。好不容易才抑制住，愛秋站了起來，她和老趙換了一個位置。她讓老趙坐，自己卻站在了床沿。這些都是愛秋無微不至的地方。愛秋放下老趙的手，哽咽也過去了，順了。愛秋說：「挑開說吧，你不想讓我管，是吧？你嫌我管多了，是吧？你不舒服了，是吧？你我夫妻這麼多年，你那點心思我還不懂？我懂。這點事我要是還不明白，也就白做了你這麼多年的老婆了。你也用不著藏著、掖著，在這個家裡，你做主慣了，你做大爺慣了。現在呢，你不甘。我給你挑開來說吧，你還想回到過去的樣子——老趙，我說得沒錯吧？我現在就明明白白地告訴你，可以的。可以的。我可以不管。我可以走。我也可以離婚。法院、協議，你挑一個。但房子你必須給我一套，就東郊的那套。我喜歡那個院子。這是我應得的。回頭我就搬過去。我就安安心心地做我的寡婦。」「寡婦」這個詞原本不在愛秋的計畫之內，是看不見的手把它送到愛秋嘴裡的，愛秋說出來了。愛秋又說不下去了。這一次不是因為老趙，是為她自己。

如此乾脆，如此透徹，這番話哪裡像是愛秋說出來的？不像。可是也像。當愛秋說到「寡婦」這兩個字的時候，老趙渾身就是一個激靈。他的心受到了衝擊。他一把抱住了愛秋，因為是坐著的，而愛秋恰巧又站著，這一次的擁抱就沒法完成了，老趙只是摟住了愛秋的腰。老趙把他的身軀和臉一股腦兒撲在了愛秋的腹部，仰起頭來，嘴巴一咧，失聲了。他「哇」的一聲，哭了。老趙完全不顧了臉面，他的大哭投入、委屈、忘情、醜陋，帶有後悔的成分。失散了多年的孩子，終於見到了他的母親。

這個夜晚是淒涼的，也是溫馨的。愛秋只是流淚，沒有一點聲音。老趙哭到後面也已經沒有力氣了，只能是抽泣。老趙是多麼地後悔，他差一點就犯下了大錯。而現在，他是多麼地幸運，迷途知返了。愛秋先用自己的巴掌把自己的淚水給擦了，然後，還是用她的巴掌，把老趙的眼淚也擦了，還有鼻涕。愛秋後來就扶著老趙，讓他躺下了，然後，走到電視櫃前，取藥，她把所有的藥物分在了不同的瓶蓋裡。當她再一次來到床邊的時候，動人而又溫暖的畫面再一次出現在了這個家裡——瓶蓋整整齊齊的，被愛秋碼在了床頭櫃上。愛秋遞上水，說——

「吃藥。」

老趙一口一口地，吃完了。特別地乖。愛秋坐在另一側的床頭，開始脫衣服，然後，拿起碼表，等了幾十秒，說：「十點了。」就在關燈的同時，愛秋說——

「睡覺。」

黑咕隆咚的，老趙躺在床上，很快就睡著了。這一天鬧的，因為情緒方面的波動，他的體能出現了嚴重的透支，此刻，早已是疲憊不堪了。老趙緊緊抓著愛秋的手，放在了自己的胸前，睡著了。

深夜兩點，萬籟俱寂。客廳裡的電話鈴突然響了。因為隔了一道臥室的房門，電話的鈴聲顯得有些遙遠，還是把熟睡中的愛秋給嚇醒了。這只能是舊金山的電話，可兒子從來不會在這個時候來電話的，一定是發生了什麼。愛秋不願意吵醒老趙，鞋都沒穿，光著腳就撲向了客廳。

不是舊金山。靜電的聲音沒那麼幽暗，電話裡的嗓音就更不對了。愛秋用了很長的時間去辨別電話裡的聲音，卻怎麼也辨別不出來，只能問。——哦，——哦，原來是傅睿大夫。愛秋哪裡能想到傅睿大夫會在這樣的時刻來電話呢？都沒來得及細問，卻聽見門外的動靜了，有人在門外小聲地說話。這不鬧鬼了麼。愛秋機警起來了，一隻耳朵在聽電話，另一隻耳朵卻關注著門外。但是，耳機和門外的聲音開始合拍了——

「麻煩你開門好嗎？我已經在你家的門口了。」

——這是什麼意思呢？傅睿就站在家門口？在自家的門口給自己打電話？這是怎麼說的呢？愛秋疑惑了，也緊張。愛秋只好躡著腳走到房門的背後，把她的左眼貼到防盜門的貓眼上去。走廊燈的下面確實站著一個人，弧形的，形象猥瑣。是傅睿。就他一個人，正在聽電話呢。這個畫面讓愛秋有些懵，像做夢。愛秋不知所以了，開門好呢還是不開門好呢？但是，傅睿在等，在等愛秋說話，也在等愛秋開門。

愛秋猶猶豫豫地拉開防盜門，傅睿大夫已站在了門縫裡。「——你好。」傅睿說。

「傅睿大夫好，」愛秋說，「這麼晚了，你看——」

「我來看看老趙，」傅睿說，「——老趙他還好麼？」

「好。」愛秋說。

「我可以——進來看看他麼？」

「當然可以。」愛秋說，身體卻沒有動。愛秋過了好大一陣子才意識到自己的身體還擋著傅睿，臉上馬上浮現出了歉意的笑容。哎，誰會在這個時候接待客人呢？這半睡半醒的。愛秋側過身去，傅睿同樣側過身子，就這樣擠進了家門。

慢性病人的聽力都格外地靈敏。早在愛秋起床的時候，老趙其實已經被電話鈴吵醒了。此刻，他全聽見了，是傅睿大夫，是傅睿大夫到他的家裡來了。老趙看了一眼手機，這是深夜的兩點，什麼意思呢？傅睿為什麼要在這樣的時候到他的家裡來呢？傅睿是他的主刀醫生。關於主刀醫生，老趙矛盾了：一方面渴望在出院之後能和主刀醫生建立起長久的聯繫；另一方面，卻是永不相見。老趙一點兒都沒有意識到，他已經起床了，一隻手扶著臥室的門框，兩條腿正微微地顫抖。

傅睿沒有坐，直接和愛秋一起把老趙扶進了客廳。老趙坐在了三人沙發上，開始觀察傅睿的臉，還好，還算輕鬆，就是憔悴了一些，也消瘦了一些。傅睿也在觀察老趙的臉，目光專注，彷彿重新確認。確認完了，傅睿翻開老趙左眼的上眼瞼，又翻開老趙右眼的上眼瞼。

「最近有沒有不良的反應？」傅睿望著老趙，和藹地問。

老趙咽了一口口水，正要回答，愛秋說：「沒有。」

「飲食怎麼樣？」

愛秋說：「挺好。四頓飯，兩頓水果。上午榨汁，下午乾啃。」

「睡眠呢？」

愛秋說：「挺好。很規律，品質也好。偶爾有些呼嚕。」

「大小便呢？」

愛秋側過臉去看了一眼老趙，老趙說：「小便挺好，大便也還行。」

「藥物反應呢？」

愛秋說：「沒有新的跡象，挺好。」老趙想了想，補充說：「挺好。」

愛秋用目光示意老趙躺下，老趙便把身體挪移了九十度，在沙發裡躺下了。愛秋替傅睿撩起了老趙的上衣下襬，傅睿摁了幾下刀口，彈性不錯。這個刀口傅睿再熟悉不過了，傅睿把食指、中指和無名指併在了一處，開始下壓。「有沒有不良反應？」傅睿問。

愛秋把她的十個手指都交叉起來了，放在了腹部。愛秋說：「應該沒有。」

老趙用十分堅決的語氣回應說：「沒有。」

看得出來，傅睿出門的時候有些倉促，沒帶聽診器。他便把老趙的手腕要了過去，指尖搭上去，像中醫一樣，計算老趙的心率。老趙躺得筆直，沒頭沒腦地問了傅睿一個問題：「傅大夫，你聽說什麼了吧？」

這話不通，外人都聽不懂。——病人與病人之間有一個特殊的江湖，江湖上流傳的永遠是傳說，有些傳說很吉祥，有些傳說卻很凶險。老趙的話傅睿是能聽懂的，但是，傅睿的注意力在脈搏上，沒接茬兒。傅睿說：「心率偏快。你放鬆。——我就是來看看你。」

這麼說著話，傅睿的手指已經離開了老趙的手腕，他的目光再一次落在了老趙的臉上。還沒等傅睿開口，老趙張大了嘴巴，舌頭吐向了傅睿。

「不需要吐舌頭，沒讓你吐舌頭。」愛秋說，「傅睿大夫又不是中醫。」

老趙剛剛想把舌頭收回去，傅睿卻說：「看看也是好的。」老趙再一次把他的舌頭給吐了出來。

看完老趙的舌苔，傅睿說：「很好。」語調平靜而又愉快。傅睿把他的話重複了一遍：「很好。」口吻很積極，關鍵是權威。

老趙張大了嘴巴，他的目光片刻也沒有離開傅睿。愛秋說：「都看過了，收起來吧。」老趙便把他的舌頭放進了口腔，放進去之前，他在左側的嘴角舔了一下，也在右側的嘴角舔了一下。

傅睿向老趙伸出了他的右手，握了握，再把右手伸到愛秋的面前，也握了握。傅睿說：「你們早點休息。打攪了，再見。」

回頭覺總是格外地香甜。傅睿離開之後，老趙再次上床，馬上就回味起傅睿大夫所說的話來了。「很好。」這可是傅睿親口說的，老趙所回味的則是傅睿的語氣。老趙把傅睿的話重複了很多遍，重複到後來，成數羊了，睡意再一次湧了上來。睡意像溫水，漲到了他的腳面、他的膝蓋、他腹部的刀口、他的下巴，然後，漫過了他的頭頂。他的頭髮像水草一樣搖盪起來。老趙感受到了這種迷人的蕩漾，他睡著了。

雖說回頭覺只睡了四個小時，但是，很不同。關於睡眠，老趙有他的心得——睡眠本身也是有心情的。有些睡眠很愉快，有些睡眠卻窩心。這四個小時老趙睡得十分地愉快，都沒等愛秋宣布，老趙就一覺醒來了，精神頭加倍地飽滿，腹部也有了異態。這個異態就是暖，暖洋洋的。很久沒有這樣了。要是仔細地回溯一下的話，老趙在四十歲之前經常這樣，一夜的睡眠總能在他的腹部積累出許許多多的「暖和」，集中在肚臍下方的那一塊。中醫把那一塊神奇的區域命名為「丹田」。還是借用中醫的說法吧，所謂的「暖和」其實就是「氣」，「氣」當然是動態的，它能運行，會自行集中到下面去。是的，老趙在四十之前時常有一個錯覺，經過一夜的「靜養」，到了清晨，他的陽具就充滿了「氣」，鼓鼓的。這就是所謂的「晨翹」了。老趙當然不可能「翹」著出去上班，那就要解決。這就要了愛秋的命了，太倉促了，一點頭緒都沒有。老趙可不管這些。老趙不管，愛秋自然也就管不著。

老趙翹著，心情舒暢。——這是多麼好的徵兆啊，當然，遠遠沒有抵達需要解決的地步，初步的意向而已。可這個意向很值得玩味，甚至是品鑒。愛秋也就是在這個時候醒來的，她「咦」了一聲，很驚奇老趙比她醒得還要早，這可是個回頭覺呢。

「家長早上好！」老趙說。

一大早的，愛秋沒想到老趙突然來了這麼一句，看上去心情很不錯。——今天是個好日子啊，愛秋想。愛秋已經很有經驗了，相對於慢性病人來說，一大早好了，一天都好；反過來，一天都陰沉。老趙的一切都在表明，他的身體在向著明朗的方向發展，都調皮了。愛秋笑笑，說：

家政界有一條黃金鐵律，所有的阿姨都知道：幫忙——不幫病。幫病的那個叫護工。家政是幫忙的，只要付費合理，就算是工作累一點、髒一點，都好說。反過來，如果是伺候一個病人，尤其是慢性病人，這樣的錢你最好不要掙。除非你去醫院做護工。

老趙叔叔剛一生病，明理就打算辭去趙家的工作了，倉促之中也沒能說得出口。畢竟在這裡幹了這麼多年了，情面上掛不住。明理還是明理的。明理進城也十來年了，前前後後總共做過十來家。說起來也真是倒楣，明理在任何一家都很少能做滿一年，不是在這家被嫌棄就是在那家被嫌棄。好好的，她就被女主人辭退了。辭退是城裡人的說法了，說白了就是開除。比較下來，愛秋阿姨卻非常好，關鍵是老趙叔叔好。一旦愛秋阿姨挑剔了，老趙叔叔一定會正確地指出：「這不挺好的嘛。」明理不怕累，怕的是挑剔。她在城裡一共打了兩份工，都是不那麼挑剔的人家。一份是長工，就在愛秋阿姨的家裡；一份卻是短工，主要是看運氣了。

好好的，老趙叔叔病了。老趙生病之後，愛秋給明理提出了一個要求，希望明理把另外的一家辭掉，一心一意的，就住到愛秋的家裡來，價格好商量。明理沒答應。「住到家裡來」明理做不到。明理知道自己的，她離不開男人。別看明理窮，別看明理不漂亮，別看明理的一家就悶在擁擠的出租房裡，明理的小日子卻龍精虎猛。她的男人好哇，羊脾氣，鼠膽子，卻有牛一般的體格，在床上極其有能耐。明理離不開他的這一口。她怎麼捨得住在外面呢？再說也還有孩子呢。愛秋和明理只能坐下來談。這個談話有意思了，明理把愛秋叫作「阿姨」，愛秋也把明理叫作「阿姨」。兩個阿姨商量了半個小時，結果出來了：明理不辭職，反而把另外的一家給「辭退」了。在愛秋阿姨這裡，明理阿姨的收入翻倍，日常班，有點像坐辦公室了。愛秋阿姨把明理阿姨的工作重新做了部署，重點不再是洗衣和做飯，而是「環境衛生」。愛秋強調說，不是「衛生」，是「環境衛生」，語氣很嚴重了。這話明理也沒聽懂，愛秋就解釋了——「衛生」呢，就是日常生活；「環境衛生」則不同，要嚴格得多，屬於管理與科學這個範疇。明理終於懂了，腎移植的病人最害怕的不是舊病復發，而是呼吸系統的併發症，難怪老趙叔叔這麼大熱的天還戴著口罩。至於怎樣才算「環境衛生」呢？愛秋阿姨親自做了示範：一，不能有死角；二，窗明几淨之外，每一處都要做到一塵不染。為了貫徹落實「環境衛生」的具體要求，搶在老趙叔叔出院之前，愛秋和明理全面處理了老趙的書房：每一本書都拿到了樓下，用刷子刷，刷完了之後重新上架。明理哪裡能知道呢，書是個髒的東西，每一本書的頂部都積壓了厚厚的一層灰，隨便一拍都足以在老趙的書房彈起一層霧霾，炸彈一般。利用清理圖書的機會，愛秋乾脆新換了一排書架，帶玻璃門的那種。清理玻璃最簡單的方式當然是用雞毛撣子，但是，愛秋強調說，雞毛撣子是不能用的。雞毛撣子是個婊子貨，看上去越乾淨骨子裡就越髒。——雞毛撣子哪裡是剔除汙垢，不是，是啟動，是把器物上的塵埃轉移給了空氣。對老趙來說，這是災難。愛秋給明理提出了明確的要求，玻璃一律要用潮濕的抹布擦。明理說「知道了」，心裡頭卻禁不住嘆氣，哪一個鐘點工不知道呢？用潮濕的抹布擦玻璃，等同於尿床之後拿屁股烘，烘得再乾也瞞不住，還要用乾抹布擦第二遍的。

窗明几淨，一塵不染。老趙端坐在書房。明理一進書房就感受到了今天的異樣，準確地說，感受到了老趙叔叔的異樣。叔叔的臉色祥和了，完全不是昨天的那副死樣子。他把手提電腦給翻出來了，老花眼鏡也架在鼻梁上了，正劈里啪啦地敲擊鍵盤呢。

明理無數次看見老趙枯坐在書房裡，一臉的倦態，一臉的病容，整個人都是散的。明理也心疼他。明理多次建議老趙，像過去那樣，把電腦打開，上上網，解解悶。老趙沒搭理她。今天的老趙雖說還是坐在老位子上，然而，整個人都聚攏起來了，全都集中在電腦的螢幕上。這是一個普通不過的舉動，對一般的人來說幾乎就不是一個事兒。但是，對老趙來說，這個舉動不同尋常了，可以說意義重大。整個家裡都洋溢著全新的氣象，明理當場就鬆了一口氣。

「趙老師你上網啦？」

老趙抬起頭，十分緩慢地把他的老花鏡架到額頭上去。明理平日裡叫老趙「叔叔」，今天特地換了一個稱呼，都叫「老師」了。新生活就該有個新氣象。趙老師對著明理笑笑，和顏悅色說：「沒有上網。」

明理端著臉盆，也笑了，說：「明明在上網，為什麼要說沒有？」

因為心情好的緣故，老趙饒舌了，說：「明明沒有上網，為什麼要說上網呢？——我在寫東西呢。」

明理沒想到趙老師居然「寫東西」了。對明理來說，「寫東西」可是非比尋常的，是大事。明理說：「趙老師，我們鄉下人不撒謊，你今天看上去特別地好，就和好人一個樣。」

老趙又笑，說：「我們城裡人也不撒謊，我今天也感覺自己就是一個好人。」

這話很無趣，但是，它流露出了老趙渴望有趣的跡象。這就好了。明理就笑了，還笑出了聲音。老趙的書房裡頭一下子發出了歡樂的動靜。明理不失時機地送出了一個馬屁，明理說：「趙老師，看你今天的樣子，都能耕田了。」

「都能耕田了」，這句話老趙喜歡。昨天夜裡傅睿大夫是怎麼說的？「很好！」但具體是怎麼個好法呢？傅睿大夫沒說。此刻，明理卻給出了答案，像牛，都能耕田了。老趙乾脆把老花鏡從額頭上摘除下來，平放在桌面上，對明理說：「明理啊，我讓你猜猜，昨天夜裡兩點，我們家發生了什麼事？」話剛剛出口，老趙即刻就意識到了，這話不好猜。老趙就換了一個問法，輕聲說：「誰到我們家來了？」

明理說：「小偷。」

「——你鬧呢嘛，」老趙說，「我有什麼可偷的？」老趙收斂了笑容，認認真真地告訴明理，「是傅睿大夫，我的主刀醫生。昨天夜裡兩點鐘，他特地來看我，親口給了我兩個字——很好。」

「那太好啦。」

「好吧？」

「好。」明理說。可明理突然想起了什麼，反過來問了一個問題，說：「他幹麼夜裡兩點鐘來啊？他還睡不睡覺啦？」

「做醫生的，忙嘛。」老趙感嘆了，「深夜兩點，難能可貴啊。」

老趙眨巴著眼皮，說：「難能可貴啊——你說說明理，我們該如何感謝人家呢？」

「包一個紅包唄。」

老趙的半個巴掌在書桌上輕輕地拍了四五下，最終，抬起手來，用他的食指指了指明理，有些沉痛地說：「這個社會就是被你們這些人給搞壞了的。」

——這話重了。明理端著水盆，什麼也沒做，她怎麼就把「這個社會」給搞壞了呢？

老趙閉上眼睛，說：「不是說你，我是說，你們。」

「這不一樣麼？」

「這怎麼一樣呢？」

明理還想說些什麼，老趙已經用他的指尖彈擊起桌面了，他的表情略顯沉痛，帶上了使命的跡象。老趙說：「這樣的醫生一定要送到崗位上去。要不然，可惜了。」

說話的工夫，明理已經開始幹活了。她把水盆放在了地板上，打算用抹布擦拭書櫃的下半部分。——這是她每天都要做的工作。然而，老趙今天注意到了一件事，明理這個人有意思了，她不習慣於下蹲，寧可選擇彎腰。這個動作其實更費力氣的。明理把她的腦袋垂得很低，臀部卻留在了高處。伴隨著角度的輪換，有幾次，她的臀部剛好就對著老趙了。此刻，明理的臀部是如此的開闊、如此的渾圓，體現出了精妙的對稱關係。雖然隔著一層紡織品，因為緊繃的緣故，和赤裸也沒有兩樣，完全是臀部的樣子。老趙把他的目光挪開了。然而，彎腰總是吃力的，不一會兒，明理就發出了喘息聲。非禮勿視，老趙做得到；非禮勿聽，老趙要做到就有點困難。老趙聽到了別樣的喘息，還有別樣的節奏。久違啦，這迷人的節奏。老趙乾脆把他的眼睛閉上了，既無我，又凝神。老趙有些陶醉，他的身體終於對外部的世界做出了恰如其分的反應。

老趙的起立有些突如其來。他來到了明理的身後，伸出手，貼在了明理的臀部，還輕輕地拍了兩巴掌，最終，捂住了。明理當然吃驚不小，卻沒敢聲張，她只是直起身、抬起頭，盯住了老趙，看。她終於還是把老趙的手掌給彈開了，壓低了聲音說：

「叔叔，你鬧。」

六

三個女人一臺戲，這話對，也不對。在許多時候，兩個女人也可以是一臺戲。

敏鹿和東君一直有一個策畫，兩家聯合起來去西郊搞一次「農家樂」，好好地體會一番老地主的日子。因為敏鹿的懈怠，這件事就這麼拖下來了。多虧了東君和敏鹿的一番「電話粥」，咕嘟了兩個小時，東君最終拍板，就這麼定了。

敏鹿和東君的家裡各有一臺座機，利用率卻很低。從實際的效果來看，更像是兩個女人的專線。專線的使用大多在孩子上床之後。有時候是敏鹿打過去，有時候是東君打過來。話題卻是開放的，宛如新聞大戰之後的報紙，動不動就是64個版面。64個版面就是64個版面，不是一個話題的64頁。這裡頭有新聞，有社論，有特寫，有深度報導，有簡訊，有短評，自然也有廣告。兩個閨蜜的話題隨時都可以深入，也可以隨時翻篇。她們閒啊，誰讓她們嫁得好呢。敏鹿就不說了，大學還沒有畢業，她未來的婆婆——聞蘭——親自出面了，在省級機關醫院的辦公室給敏鹿安置了一份閒差。聞蘭的意思很明確，這個家不需要那麼多的醫生。至於東君，在中醫院忙活了兩年，實在也忙不出什麼頭緒。一紙令下，由她家的外科醫生托人，最終走進了機關——市衛生局，她們就這樣告別了專業，成了兩個幸福的機關幹部。機關幹部的話題就廣了，當然了，最常規的話題是孩子，有時候也能牽扯到公公與婆婆。專題討論也有，比方說，私家車、股票、房產、奢侈品、基礎教育。說話的方式主要是抱怨。當然了，電話就是電話，自然是東一榔頭西一棒。但是，有一樣東西她們絕對不談，那就是各自的丈夫。倒也沒有達成協議，反正就不談。

敏鹿和東君的關係非同一般了，屬於源遠流長和親上加親的那一路。敏鹿清楚地記得，她和東君是在傅睿的博士生宿舍裡認識的，就在她和傅睿相親之後不久。那是一個雙人間，一張寫字臺，兩張床，只住著傅睿和郭棟這兩個博士。雙人間裡的戀愛最不容易了，是一個技術活。傅睿─敏鹿有傅睿與敏鹿的時空，郭棟─東君則又有郭棟和東君的時空。時間只有那麼多，而空間只有一個。──兩對戀人該如何錯峰呢？考驗的必然是兩對戀人的統籌能力。統籌牽扯到系統論，也牽扯到資訊理論，複雜了。然而，敏鹿和東君是多麼地聰明，就在彼此的謙讓與爭取之間，兩個女大學生都在暗地裡了解了對方的系統性資訊，那就好辦了，該回避就回避唄。回避就是爭取。不到一個月，兩個人成了「妯娌」。畢竟是在同一個屋子裡談戀愛的女人呢。屋子裡山有多高、水有多深，只有她們兩個人知道。「妯娌」，多麼古怪的兩個字哦，形狀怪，發音也怪，同時還連帶著某種遺留性氣味。話又說回來了，也只有古怪的字形、古怪的發音和古怪的氣味才能充分地表達「妯娌」之間古怪的關係。

誰能想到呢，從周教授那裡畢業之後，傅睿和郭棟一起來到了第一醫院。同一棟大樓、同一個專業、同一個科室，這不是親上加親還能是什麼？一般來說，這是不可能的，可腎移植是第一醫院的新學科、重點學科，周教授的博士怎麼能夠外流呢？這一來，敏鹿和東君就只能越來越親密。但妯娌就是妯娌，不是姐妹，當親密抵達一定的地步，自然會有分寸。兩個無話不談的女人不約而同，各自都避開了自己的男人。

在這些日子裡，東君每個晚上都要給敏鹿打一通電話。「這些日子」是什麼意思，外科大夫的妻子都懂。不管怎麼說，傅睿在醫院出了那麼大的事，已經傳開了，傅睿的壓力可想而知，敏鹿的壓力一樣可想而知。做外科醫生的就是這樣，出了人命不要緊，要緊的是不能出「事」。一旦出了「事」，後面的事情就不好說了。處境越好的醫生就越是這樣，把一輩子都賠進去也不是沒有可能。敏鹿焦慮啊，不能說，也不好問。就是在這樣一個節骨眼上，東君來電話了，電話的內容只有一個，訴苦。敏鹿還能怎麼辦呢？只能在電話的另一頭好言相勸。這是兩個冰雪聰明的女人之間特有的、反向的默契。

敏鹿知道的，聰明人都一樣，在他們遇到困境的時候，最不喜歡的其實就是別人的安慰。聽不進去。反過來就完全不同了，一個需要安慰的人如果能夠安慰別人，那就更不同了。這就是「聽」和「說」的完美區別。效果不一樣的。人哪，倒楣的時候就這樣，不想聽，只想說。說著說著，最終就把自己給說通了。

作為一個已婚女人，東君的問題是老問題：婆媳關係。婆媳關係，當然了，它永遠都像婆媳關係。但東君和她的婆婆之間不免又有些特殊。郭棟是一個標準的鳳凰男，是他寡居的母親，也就是鄉村小學的教師一手給帶大的。郭棟不只是讀完了博士，還成了第一醫院的主刀大夫。這一來，郭棟的成功自然就帶上了雙重的性質：他不只是家庭教育的典範，也是校園教育的楷模。創造這一切的，是郭棟的母親。因為郭棟，郭棟的母親權威了。威望給她帶來了自信，自信給她帶來了跋扈，跋扈所帶來的，則是規範和準則的制定權。郭棟在婚後把驕傲的母親從鄉下接到了城裡，他哪裡能想到呢，生活的規範與準則也一起走進了家門。在東君的家裡，郭棟的母親掌管了一切：從廚房到客廳，從書架到臥室，甚至紅燒肉的鹹淡，甚至長筒襪的捲放。這些東君都能忍。她最不能忍的是老太太干涉郭棟的床事。這也怪東君自己，她的嘴欠，憋不住啊。無論她怎樣管控，到了那個節骨眼兒上，她一定要撂一嗓子。黑咕隆咚的，差不多就是直播。老太太心疼兒子，她心疼兒子往往伴隨著古老而又奇特的邏輯，這個小學老師就覺得自己的兒子虧了——兒子的氣血全讓她的兒媳婦給盤剝光了。這不行啊。老太太當然要發話。她發話的時機通常選擇在第二天的早餐時間，她把剝了皮的雞蛋一直送到兒子的手上，要兒子「補」。老太太還說話：「細水長流啊。」這話很臊人，也沒法接。這他媽的是你的兒子熬不住好嗎？他不抽風，我能發出那種聲音麼？哪個缺心眼兒的女人會把聲音弄成那樣？——「千萬不能嫁給鄉村教師的兒子，」東君對敏鹿說，「天底下哪有她不懂的？天底下哪有她做不了主的？我們一家就是一塊黑板，她想怎麼寫就怎麼寫——我還有生活嗎？沒有了，我的生活就是完成她布置的家庭作業。——敏鹿，你說我還怎麼過！」

東君說：「敏鹿，我想死。」東君說：「敏鹿，我們一起出去玩玩吧。」東君說：「敏鹿，我已經在網路上看過照片了，就在郊縣，離機場也不遠。」東君說：「敏鹿，農家樂，新開發的旅遊專案，也不貴。」東君說：「我就想透透氣，敏鹿我真的活不下去了。」

這哪裡還是商量呢，是哀求。敏鹿再不答應就有些說不過去了。敏鹿放下電話，心裡頭禁不住就是一陣溫暖。——她也該出去透透氣了，這個家是該出去透透氣了。

東君家的車是一輛紅色大眾，司機是郭棟；敏鹿家的則是白色本田，開車的卻是敏鹿。傅睿會開車，和敏鹿一塊兒學的，等敏鹿拿到駕駛證之後，他連駕駛證的考試都放棄了。上了高速，紅色大眾在前面領路，白色本田就在後面隨行。敏鹿打開了音響，是〈回家〉。這首薩克斯單曲早就臭大街了，無論是游泳館還是健身房，無論是銷品茂還是咖啡廳，但凡到了打烊的時刻，那些人約好了一樣，一定會播放〈回家〉。——臭不臭大街敏鹿管不著，她喜歡。這是敏鹿最為珍愛的私人收藏。它暗含了傅睿對敏鹿說的話，那還是傅睿讀博士的時候，他們的電影往往只能看到一半，傅睿對敏鹿說：我們「回家」吧。他們哪裡的「家」？她的身體就是他的家。敏鹿也給自己的戀愛做過總結，她的戀愛就是〈回家〉。

麵團在後排玩電子遊戲。「麵團」是兒子的暱稱，奶奶取的。人家其實已經瘦下來了，早就不是麵團了。傅睿側過了腦袋，他在端詳車窗外的空氣。今天的空氣特別地髒，黏稠得很，都有些發黃了。實際上，空氣一直都是這樣的，傅睿沒有留意過罷了。傅睿很少注視二十米之外的遠方，更不用說天空了。傅睿一直待在室內，基本處在燈光的下面，空氣總是那麼乾淨，它透明，接近於無。這一切原來都是假象，空氣結結實實的，固體一樣凝聚在一起。

敏鹿打了一個右轉，汽車拐了一個巨大的彎，側著身子離開了高速。這是敏鹿最為喜愛的駕駛動態了，它會帶來快感，類似於下墜。下墜的感覺怎麼就那麼美妙呢？敏鹿對性愛的偏愛也在這裡。雖說傅睿並不是那種體能充沛的男人，然而，他的撞擊類似於打樁，一下又一下，每一下都會把敏鹿砸向深處，直至暗無天日。神奇就在這裡，傅睿是一下一下的，敏鹿的反彈卻只有一次，在暗無天日的深處原路反彈，類似於發射，能上天。傅睿望著窗外的莊稼，打算給孩子做一次農業的科普。他回過頭去，對麵團說：「麵團，看大地，高的是玉米，矮的是水稻。」麵團十歲，雙手緊握著掌中寶，頭都沒抬，說：「老爸，不要說弱智的話。拜託。」傅睿被麵團噎住了，不知道該說些什麼，居然笑了。敏鹿瞥了一眼丈夫，偷著樂。她摁了一聲很長的喇叭，權當熱烈的、經久不息的掌聲。傅睿是他爸爸的寶貝，他媽媽的寶貝，敏鹿的寶貝，更是第一醫院的寶貝。可在十歲的麵團面前，他不算東西。敏鹿最愛聽的就是兒子與傅睿對話了，她就是喜歡傅睿在麵團面前毫無尊嚴與笨嘴拙舌的樣子。

汽車最終停在了一座絳紅色農舍前面。絳紅色的磚頭，絳紅色的瓦。既像農家院，也不像農家院。郭棟鑽出了駕駛室。郭棟一出駕駛室就嚇了敏鹿一大跳，她盯著郭棟看了好大一會兒。念博士的時候郭棟可不是這樣。他喜歡運動，這個敏鹿知道，可是，幾年沒見，郭棟居然像換了一個人，成肌肉棒子了，一定是在健身房搗鼓出來的——郭棟哪裡還像一個醫生呢？「郭棟，」敏鹿說，「你都幹什麼了？怎麼把自己弄成了土匪？」郭棟關上車門，隨口說：「隊伍散了，踢足球的人再也湊不起來，只能健身。不求人哪。」敏鹿回過頭去，對傅睿說：「跟你說過多少次了，要鍛鍊。——你看看。」傅睿沒聽懂敏鹿的話，他天天和郭棟泡在一塊兒，天天見，郭棟的變化傅睿反而看不出來。說話的工夫，東君和她的女兒已經從紅色大眾裡頭鑽出來了，敏鹿用略顯誇張的語氣喊了一聲「子琪啊」，隨手拍了兒子的腦袋，說：「麵團，去，親親你的女朋友去。」麵團走了上去，十分敷衍地在子琪的面頰上頭「啪」了一口。東君則來到傅睿的面前，招呼說：「傅睿好。」他們也有一些日子沒見了。傅睿笑笑，嘴裡說：「東君好。」腦子卻一直在搜索。這是一次失敗的回望，郭棟不在眼前還好，此刻，郭棟就在他的身邊，傅睿再也想不起郭棟讀博士的模樣來了。

農家樂的主人是一對六十開外的夫婦。說是「農家樂」，其實和農家沒什麼關係，更像香港電影裡的「情景客棧」。這是商家剛剛研發出來的旅遊新產品——三間絳紅色的磚瓦平房當然就是客房，房間和酒店的客房並無二致。可以共用一個客廳，也就是堂屋。客廳開了兩道門——南門對著天井。天井是水泥地面，差不多有一畝地，種了六七棵梨樹，都掛果了。吃梨是免費的。能不能吃上梨，完全取決於遊客的運氣，取決於節令。天井的東側是廚房，做飯之外，還設置了舂米、篩糠、鼓風和磨豆腐這幾個娛樂項目。價格面議。那對老夫婦就蝸居在廚房，他們是農家樂的主人、公司的雇員、客房部與餐飲部的服務員與農家生活的群眾演員。客人隨叫，他們隨到。西側則是羊圈和豬圈，分別圈養了四隻羊和三頭豬。到了年底，不少客人會提出殺豬與宰羊的服務需求。價格面議。雞窩也有的，換句話說，想殺雞也可以，十幾隻蘆花雞就靜臥在梨樹下面。價格面議。——北門則是後院。後院比天井大一些，其實是一塊菜地，開出了幾塊不同的菜畦，分別種植了青菜、四季豆、扁豆、絲瓜和番茄。價格面議。也有小面積的蔥、蒜、韭菜與芫荽。價格面議。菜畦的北端是一條河，河裡不只有鴨子，也吊了四五個網箱。想吃魚就再簡單不過了，垂釣可以，把網箱吊起來直接撈也可以。價格面議。河邊有幾棵大樹，有槐樹，也有柳樹，它們又高又粗，看起來是有些年頭了。柳樹下安置了兩張吊床，免費。東君把天井與後院都逛了一遍，說：「敏鹿，好地方啊。」敏鹿站在河邊，仰著頭，她在眺望著槐樹巔的喜鵲窩。東君說：「聽我的，永遠也不會錯。」

敏鹿看出來了，東君神采飛揚。氣色和語調在這兒呢，她的身上哪裡有一點「快憋死了」和「沒法活」的樣子，一點兒也沒有。不管怎麼說，這份情敏鹿是記下了，東君也無非是想帶自己出來散散心。可是，敏鹿畢竟又有些不舒服，東君你低調一點又能怎麼樣麼？這麼大熱的天，東君卻帶來了好幾套行頭，你這是到鄉下來操辦夏季時裝秀麼？東君的行頭貴氣了，衣服、鞋帽和包包的品牌在這兒呢。對，大品牌的包不能叫包，得叫包包。毫無疑問，為了這一趟農家樂，東君做足了功課，特地背了一款最新款的包包。敏鹿望著東君的背影，不舒服了。——這哪裡還是出遊，她這是炫耀來了，東君的家庭已不再是發展中家庭，宏觀經濟已經有了扶搖直上的趨勢。看起來郭棟在第一醫院混得不錯。郭棟這個人敏鹿還是了解的，他可不是傅睿，他活絡，手也狠。敏鹿突然就有了一個新發現，鄉下人一旦進了城，城裡人大多搞不過他們。無論他們操持的是什麼職業，都有可能讓他們的職業變現。也對，他們在異地，走的是異路，沒有庇護，沒有安全感，得靠自己「掙」。這就是所謂的「鳳凰男」了。男人和男人的區別真的是太大了，都在他們太太的身上。

有一些傳聞敏鹿也聽說過，在更小的範圍內，也就是第一醫院的「嫡系」裡頭，一直有這樣一個說法：傅睿是貴族，帶有「世襲」的成分；郭棟則是草莽英雄，全靠自己的「逆襲」。這樣的說法早在醫學院裡頭其實就有了苗頭。平心而論，傅睿和郭棟都是靠自己的實力走上去的，都是周教授的心肝寶貝。但是，在兩個心肝寶貝之間，存在著微妙的卻是根本的區別。普遍的看法是，郭棟在智力和能力上都更勝一籌，只是被「壓」著了。人們羨慕的是「貴族」，打心眼裡佩服的，還是一路殺出來的好漢。這是基因認同。再怎麼說，所謂的歷史就是一路殺出來的歷史。基因有基因的吶喊，要殺。

還沒有整理好行李，兩個女人就不約而同了，她們一起來到了後院的河邊。敏鹿和東君對菜畦都不在行，也就沒什麼興趣。她們在意的是風景。後院的風景好哇，尤其是沿河的那幾棵樹。它們高大，古拙，品相莊嚴。河的對岸則是一大片農田，用傅睿「弱智的」說法，高的是玉米，矮的是水稻。空氣再汙濁，莊稼們依然是綠油油的，一大片。它們給視覺帶來了縱深，它們給東君和敏鹿帶來了遠方。遠方，心曠神怡的遠方，混濁的遠方，死寂的遠方。似乎也不全是死寂，田野上空也有幾隻鳥，太遠了，敏鹿和東君完全不能分辨。敏鹿和東君就站在了河的這一邊，奮力地看。一陣風來了，這是田野的風，柳枝婆娑。

風帶來了氣味。可以說是莊稼的氣味，也可以說是河流的氣味，甚至也可以說是泥土和大樹的氣味。東君最終確認了，不全是，摻雜了雞屎味與鴨屎味，也許還有從南院飄過來的豬糞味和羊糞味。敏鹿靜下心來，用心嗅了嗅，確實，空氣並不單純，有它的複雜性，說不上好，也說不上壞。因為不強烈，一點也不刺鼻。是恰到好處了，蘊含了無限的生機，和動物的身體有關，是時隱時現的騷。昂揚，具備了生命的現場感。敏鹿做了一個深呼吸，說：「挺好的。」

室外到底還是熱，東君與敏鹿在後院轉了一圈，還是回到了堂屋。郭棟卻把堂屋裡的空調關了，同時打開了北門和南門，大聲說：「這叫『穿堂風』，只有我們鄉下人懂。」是的，穿堂風很涼爽，在體感上，比空調要更勝一籌。別看農家樂的客房是按照酒店的格式裝修的，堂屋卻保留了農家的風格，還刻意被放大了，是田園應有的樣子。在堂屋的正中央，放置了一張八仙桌，四四方方的，四個側面則是四條長凳。北牆則靠了一張條臺，條臺上有一個神龕，供奉的當然是財神。神龕的兩側有一副小小的對聯，上聯：風調雨順五穀豐登；下聯：自己動手豐衣足食；橫批：招財進寶。對稱，卻不對仗，近乎狗屁不通，意思卻很好，歡騰。東西兩側的山牆有意思了：東山牆上依次懸掛了釘耙、鋤頭、連枷與丫杈；西山牆則是扁擔、草鞋、蓑衣和斗笠。不要小看了這幾樣東西，有它們在，鄉野和農耕的氣氛被烘托出來了。而屋頂上配置的卻是射燈。射燈的效果就在這裡，它不吃大鍋飯，只是分門別類地強調。這一來閃閃發光的就不再是牆體，而是農具。堂屋一下子就成了展廳，或者說，空間裝置。很高端，「詩意地棲居」就應該這樣。

郭棟一家選擇的是西房，傅睿一家自然是東房了。體現在八仙桌上，郭棟自然選擇了西側的那一張條凳，面東。他變戲法一樣，從行李包裡頭取出了幾個布口袋。打開來，卻是茶具。當然也自備了茶葉，一應俱全的。負責燒水的是大爺，他已經把開水燒好了。另一位主人兼服務員，也就是大媽，則安安靜靜地站在了大爺的對角線，耳目很順，是隨時聽從吩咐的模樣。東君也坐下了，面南。郭棟看了一眼東君，用他的下巴指了指對面，說：「坐對面去。」東君說：「啥意思？」郭棟說：「那個位子哪裡是你能坐的？面南朝北，是你坐的？敏鹿，你請。」敏鹿有些不解，說：「這是什麼個講究？」郭棟說：「你是嫂子，就這麼一個講究。」敏鹿坐下了，面南；東君也坐下了，面北。等客廳裡的一切都妥當了，郭棟對著東廂房吼叫了一聲，說：「傅睿——喝茶！享受了！」其實他也沒有吼，因為豪邁的大嗓門，說什麼他都像吼。

傅睿慢騰騰地從東廂房走了出來，坐在了郭棟的對面。他平日裡也喝茶的，僅僅是喝茶，就是把茶葉泡在茶杯裡的那種。郭棟卻不是這樣，他講究。郭棟自備了一把上好的紫砂壺，開始理茶了。他把泡好的茶湯倒進了公道杯，拿起公道杯，均勻地分向了四隻茶盞。郭棟端起茶杯，回頭看了一眼大爺和大媽，說：「這裡沒你們的事兒了，你們下去。」大爺和大媽低下頭，屈膝，齊聲說：「喳！」敏鹿愣了一下，笑場了，說：「怎麼搞得像清宮戲了？」大媽沒笑，表情謙卑，解釋說：「我們也培訓的，我們都拿了合格證的。——老爺——太太，請用茶。請慢用。」

孩子們是不喝茶的。麵團留在了東廂房，子琪留在了西廂房。兩個人都不肯出來。東君抱怨說，現在的這些孩子，一天到晚只願意和空調在一起。

兩個家，四個人，十分緩慢地喝上了茶。利用喝茶的工夫，有一件事情就要商量了，那就是晚上吃什麼。用郭棟的話說，這個晚上我們該如何去「享受」，要論證的。傅睿對吃並不講究，不說話。敏鹿則是一個拿不出主意的人，也不說話。東君的意思比較簡單，到後院去拔一些蔬菜，洗巴洗巴，再燉一隻雞，齊活兒了。郭棟卻在思忖，猶豫了半天，說話了，他的意思是宰一隻羊。郭棟的提議即刻遭到了兩位女士的反對——這麼大熱的天，吃什麼羊呢，臊死了；再者說了，那麼大一隻羊，總共才六個人，還包括兩個孩子，哪裡吃得下去呢？郭棟歪著嘴笑笑，說：「你們哪，腦子被切了。——誰說殺了羊就一定要吃完？先吃，餘下的兩家分了，帶回去唄。」郭棟對傅睿說：「傅睿，你說呢？」傅睿其實沒聽，聽郭棟這麼問，回答說：「也對。」郭棟用他雄偉的、線條分明的胳膊拍了一下厚粗的八仙桌面：「享受！」就這麼定了。

因為宰羊的緣故，晚飯的時間就只能延後。利用這個空檔，兩家決定先去田野裡走走，正好把宰羊的過程給規避了。這個建議是敏鹿提出來的。她存了一點私心，她想利用某個機會和郭棟好好地談一談——醫院內的情況她還是要了解一下的。說起郭棟，敏鹿相信了一句老話，士別三日當刮目相看。他真是跟上這個時代了，整個人都蓬勃，正享受著這個享受的時代。比較下來，敏鹿有一個直覺，傅睿在泌尿外科並不開心，吃力得很，說受罪也不為過。和博士時代比較起來，傅睿整個人都沒那麼帥了，他身上的神采似乎被鬼偷走了。——

男人還是要帥的，這不是一個長相的問題。敏鹿迅速地瞄了郭棟一眼，有些感傷地對自己說，不該啊。

敏鹿、傅睿、東君、郭棟，再加上麵團和子琪，他們拉拉胯胯、花花綠綠——出發了。等真的來到了田野，敏鹿發現，她失算了。哪裡有什麼風景？所謂的風景有它的前提，那就是距離。風景只能、必須在遠方。田野毫無可看，田野局促，沒有路，有的只是田埂，窄得很，根本容不下並肩而行的人。田埂上只有前後，沒有左右，敏鹿還怎麼和郭棟說話呢？說不起來了。難怪鄉下人都是大嗓門，嘴巴和耳朵隔那麼遠，只能喊。再說了，在田野裡說話也無須避諱，玉米和水稻不關心你們的事。

敏鹿最終也沒能找到合適的機會和郭棟閒聊。在田埂上，六個人的行走形成了一個瘦長的縱隊，彷彿一支吃了敗仗、正在轉移的游擊隊：郭棟走在最前頭，子琪和傅睿緊跟其後，他們形成了一個小組；敏鹿、麵團和東君則是另一組，拖在了後面。郭棟和傅睿有沒有說些什麼呢？不像。而麵團隔在敏鹿和東君的中間，這又給兩個女人的談話構成了障礙。但是，這點障礙對東君來說算不了什麼，她一直在麵團的身後說話，扯著她的嗓子。

東君說話的熱情像夏天的氣溫一樣高，重點是錢。掙點錢不容易啊，她大聲地告訴敏鹿。她算過了，還有二十五年她就退休了。——退休可以分成兩種，一種有錢，一種沒錢。有錢的叫退休，沒錢的叫老了。一想到老了之後沒錢，東君說，夜裡都睡不著覺。

敏鹿不太適應野外的說話方式，好幾次想搭腔，氣息都提起來了，她覺得費勁，最終也只能放棄。為了保持禮貌，也為了表達歉意，敏鹿就一個人微笑，這是一種十分空洞的微笑，其實毫無意義——東君在她的屁股後面好遠呢，中間還隔著一個麵團。可東君的那一頭有意思了，因為沒有對話關係，從頭到尾，她都像自言自語，嗓門又大，發了癔症一樣。敏鹿到底還是聽出來了，東君這幾天在股市上虧了錢。

——你說那些錢都哪裡去了？專家說，蒸發。——放他娘的屁。物質不滅，怎麼會蒸發？蒸發了的那叫水蒸氣，會倒掛在天花板上的，落下來還是水。——你說說看，這怎麼能是蒸發？東君對著漫天的霧霾和遍地的莊稼抱怨說，股市不是東西！基金不是東西！銀行不是東西！古玩拍賣也不是東西！

敏鹿不炒股，不買基金，更不可能去搞古玩。這些她都不懂。因為嫁了傅睿，攀了高枝兒，敏鹿哪裡還會去操勞她的生計呢？伴隨著東君的抱怨，敏鹿感覺出來了，東君的日子過得已經相當地不錯了。敏鹿抬起頭，該死的天空是那樣的黏稠，空氣很結實，每一次吸進鼻孔都要咯噔一下。

——東君的思路直接跳過了股市，迅速地抵達了房產，準確地說，別墅。東君大聲地告訴敏鹿，她最近可是做了功課的，沒事就開著車，往郊外跑。「——你知道嗎敏鹿，」東君說，「現在的郊外漂亮啊，開了眼了，可開了眼了。——敏鹿，世界變啦，城市的周邊不再是鄉下，是花花世界。到處都是小洋房，獨棟的、聯排的，都把城市圍成一圈了。有南歐風，有中歐風，有北歐風，有東歐風，還有北美風。連護照都不用掏，一出城直接就出國了。」

東君在那裡自言自語，其實，這一趟也有她的小九九。她在西郊的「藍色海岸」看中了一套獨棟別墅，是湖景房。公司正在做「活動」，也就是促銷。公司所採取的促銷方式是捆綁，還是傳銷的老路子。傳銷嘛，它的精髓就不在交易，而是下家。東君已經和公司談好了，只要她能帶進來一個下家，她就可以得到一個免費的院子。兩百個平米呢。這就太誘惑人了。東君很有數，在她的閨蜜裡頭，有實力購買別墅的，除了她自己，剩下的也只有敏鹿。道理很簡單，她老公的手上也有一把手術刀。郭棟能掙到的錢，傅睿一分一毫都不會少。傅睿只會更多。——東君的這一趟就是為了這筆生意。東君抬起頭，附帶著看了一眼敏鹿的背影，她的身材保持得可真是好啊。敏鹿的屁股尤其好看，左半邊值一百個平米，右半邊值一百個平米。絕對值。

一道大菜對宴會的作用是關鍵性的。誰也沒有想到，大爺不只是「大清」的順民、一個好老闆、一個優等的服務員、一個本色的好演員，他還是一個隱藏在民間的超級大廚。民間大廚有民間大廚的特點，刀功沒那麼講究，營養的協調性也沒那麼在意，裝盤就更談不上了。他們的重點就兩個字：好吃。何為好吃？當然不是清淡，是重口味，是口腔對高脂肪和高膽固醇的巔峰體驗。這是由人類的味覺基因決定了的。人類的生活麼，一日三餐，然而，這是一個假象。人類一日三餐的歷史其實很短，在人類的絕大部分時刻，人類和所有的野生動物一樣，過的都是有一頓沒一頓的日子。為了讓自己活下去，野生動物的身體自創了一種本能——盡一切可能去儲存脂肪。脂肪本身有它的需求或記憶，那就是儲存，這是肉體最基本、最原始的隱祕。人類還想減肥，那不是做夢麼，是反生命和反人類的。為了激勵儲存和嘉獎儲存，肉體強化了一種機制：一旦遇上脂肪，或膽固醇，味蕾就會亢奮，就會手舞足蹈並引吭高歌，然後瘋狂地分泌。這個隱祕的機制隱藏在所有的生命裡，人類卻給了它最為璀璨的命名——好吃。「好吃」不是別的，它是「吃」的附加值，是「吃」本身的利息，是鼓舞，目的就一個——儲存脂肪。誰知道下一次「吃」是什麼時候呢？

大爺的菜好吃啊，他最為擅長的就是爆炒。一頭體態中等的山羊被他預先宰殺了，羊肉也被大爺割好了，均分了，統統被塞進了冰櫃——在客人臨走的時候，他會替他們裝進後備箱。至於晚上的大菜，大爺自有大爺的主張，他放棄了羊肉。他要用羊的「附件」——也就是腸、肚、心、肺、胰、舌頭、睪丸，再加凝固的、被切成小塊的羊血——為客人們做一道「天上人間」。「天上人間」這個名字當然不是他取的，它來自總公司。大爺只是依照公司的文案負責操作、負責解讀、負責宣傳。大爺在熗鍋的時候所選用的油也不是植物油，是羊油。羊油早就被大爺熬製好了，現在，所有的羊油都在鍋裡，大火，高溫。鐵鍋裡生煙了。大爺把事先預備好的大蔥、薑、花椒、辣椒扔在了油裡。熗完了，廚房裡芳香四溢，未成曲調先有情哪。油鍋就是在這個時候燃燒起來的，它的火苗躥得比大爺的腦袋還要高。大爺瞅準了這個時機，倒進了羊雜——當然了，肚、心、肺、舌頭事先是煮了的，油鍋嗞啦一聲，既像疼，也像高潮。烈火烹油，鮮花著錦。所有的羊雜當場就改變了它們的顏色與造型。利用這個短暫的瞬間，大爺倒了一些料酒。酒是揮發的，它可以帶走內臟的腥。這就是「烹」了。它的關鍵是時機，最為核心的技術也是時機。這裡所倚仗的，全部是大叔的經驗和直覺。鍋非常地大，油相當地足，火相當地旺。大爺一邊炒、一邊顛。所謂的炒和顛其實是為了降溫。到底是加溫呢還是降溫呢？一切都取決於大爺神奇的視覺和神奇的嗅覺。就在顛炒的過程中，大爺放鹽了。鹽永遠也不是一道菜的主角，誰會去吃鹽呢？但是，鹽可以決定主角的命運。它足以成事，亦足以敗事。加完了鹽，也就是「片刻」，大爺起鍋了。這個「片刻」是特定的，是關於火的時間概念，也叫「火候」，任何鐘錶都無法去界定它。它是模糊的，更是精確的；它分秒必爭，也錙銖必較。臨了，大爺在鍋裡「點」了「少許」的醋，這個「少許」究竟是多少呢？全世界只有一個人知道——這個時刻的這個大爺。起——走——

「天上人間」剛一上桌就把兩個家庭給鎮住了。六分驚悚，六分痴愣，六分摩拳擦掌。香啊，香。這不是一般意義上的香，像命運的撞擊。它帶上了濃郁的人間煙火氣，又是非人間的。它伴隨著致命的誘惑，驚為天人。天上人間，不枉此生。

望著「天上人間」，郭棟並沒有在第一時間動筷子。他弓著腰，站起來了。看得出，他的身體都敞開了，驚人的唾液與胃酸都替他預備好了。郭棟搓起了巴掌，說：「享受啊。」他轉身去了一趟天井，回來的時候一手拿著白酒，一手拿著威士忌，胳肢窩裡頭還夾了一瓶紅酒。敏鹿就奇了怪了，郭棟的汽車哪裡還是汽車，它的後備箱簡直就是一個百寶箱，什麼樣的寶貝都有。郭棟把三瓶酒蹾在了桌面上，說：「傅睿，好好享受！喝什麼，你挑。」傅睿滴酒不沾，在猶豫，傅睿最終說：「我來點紅酒吧。」別看大爺是個農民，開起紅酒來卻是一把好手。刀法流暢，錐子用得也熟稔。最終，在軟木塞子離開瓶口的剎那，啵的一聲。郭棟卻不急，他變戲法一樣掏出了三只杯子，分別是白酒杯、威士忌杯和紅酒杯。他前後用了三趟，分別給自己加上了白酒、威士忌和紅酒。敏鹿望著郭棟面前的酒杯鋪子，說：「郭棟，這是怎麼一個說法？」東君說：「貪。」郭棟說：「全面出擊，全面享受。」

這頓飯並沒有吃出歡樂和盛大的氣氛，冷清了，甚至出現了豆腐飯的格局。問題首先出在孩子們那一頭。兩個孩子哪裡見過如此熱烈的羊雜，他們跪在了條凳上，幾乎就是搶。孩子們一搶，吃飯的節奏就給帶動起來了，一邊吃一邊歡呼。吃飯是不能快的，一快就容易飽；一旦飽了，吃的熱情就再也沒法提升了。——也就是二十來分鐘，高油、高脂肪、高膽固醇和重口味的「天上人間」就把兩家六口同時給「噎」住了。「噎」是吃的大忌諱，飯局的氛圍下行了，出現了穩中有降的態勢。飯局一旦停滯，傅睿的形象就凸顯出來了，他不怎麼吃，幾乎也不喝，更不說話。他寡歡的氣質在酒席上慢慢地就占了上風。郭棟知道傅睿不喝酒，和傅睿吃飯他本來也沒打算喝酒。可郭棟哪裡能抵禦「天上人間」的召喚，硬是把酒給拿上來了。麻煩了，這個酒有點喝不起來。

敏鹿和傅睿畢竟是多年的夫妻，她最了解傅睿吃飯的方式了，早就適應了。敏鹿還記得第一次和傅睿吃飯的情景，那是讓敏鹿大開了眼界的。傅睿實在是太優雅了，在他用餐的時候，上肢架得很直，速度相當地慢，真的是「一口一口」的，幾乎不說話，即使說話了，聲音也相當地克制。只有長期的和嚴格的家教才能養成傅睿那樣的「吃」，斯文，高貴，裝不出來的。敏鹿十分迷戀傅睿身上的這股子派頭，一直想按照傅睿的樣子去塑造麵團，卻不成功。可是，話又要分兩頭說的，敏鹿從自己的父親那裡繼承了一手好廚藝，公正地說，甚至超過了她的父親。哪一個下廚的女人不希望自己的丈夫狼吞虎嚥呢？好吧，就算做不到狼吞虎嚥，你總得表現出你對食物的渴望和喜愛吧？相對於「飯」，「吃」是「做」的一種回饋，是回應。「吃」最能夠締造美滿的家庭氣氛了。傅睿倒好，他吃「佛跳牆」與喝礦泉水都沒有區別，你永遠都不知道傅睿對食物的反應。他只是永遠地斯文，永遠地優雅，永遠地高貴。哎，要說居家過日子，還是郭棟這樣的吃貨歡騰，看他一眼都豐衣足食。

孩子們的喉嚨終究很淺，風捲殘雲了一番，飽了。主食都沒來得及上桌，兩個孩子就回到東廂房玩掌中寶去了。這一來八仙桌就退化成了四仙桌了，也可以說，升格成了四仙桌。而所謂的四仙，其實只有三仙，傅睿是不能算的。而所謂的三仙，其實只有一仙，兩個女人是不能算的。到最後，所謂的聚餐，成了郭棟的自斟與自飲。他一個人喝，白酒、葡萄酒和威士忌輪番著來，看著鬧騰，實則寡歡。郭棟喜歡酒，更喜歡的卻是酒席的鬧，最好能有人站出來，和他鬥酒。沒人鬧，沒人鬥，他的豪邁就受到了抑制。郭棟還能怎麼辦？一個人享受唄。但爆炒羊雜是好吃的，真他媽的滿足。

說起吃和喝，東君對郭棟相當地不滿。無論郭棟多麼聰明、多麼能掙，他是個鄉下人，這個底子他永遠也脫不掉。他實在是太能吃、太能喝了。關鍵是他的吃相很不得體。東君提醒過多次，改不了。首先是夾菜。郭棟的塊頭足，胳膊粗，手大，又穩。這都好。可是，在他夾菜的時候，難看啊，筷子的張口太誇張了，一筷子夾下去就是小半個乾坤。這就帶來了一個問題，因為夾得多，怎麼進嘴呢？嘴就必須張得大，是抵達極限的樣子。太凶殘了。一張嘴給塞得滿滿的。總要咀嚼吧，咀嚼之前總要調整好食物和牙齒的空間關係吧。郭棟的調整馬虎了，粗枝大葉。他吃得快，咀嚼就粗疏，也就是象徵性地動幾下，然後就是下嚥。對郭棟來說，這就到了最為要命的一個環節。郭棟的下嚥不流暢。不流暢也沒關係，郭棟會努力，也就是向脖子上的肌肉借力。這一下殘暴了，郭棟的脖子一定要往前伸一下。郭棟最為難看的地方就在這裡，東君對郭棟最不滿意的地方也在這裡，還說不出口。他的吃相太貪婪了，太醜陋了。郭棟的每一頓飯都像玩兒命。是爭分與奪秒，是強取與豪奪。是落荒。是餓狗遇上了新鮮屎。而他在喝酒的時候就更沒有分寸了。郭棟的社會地位雖說沒有那麼高，但是，宴請郭棟的人有身分哪，沒身分郭棟也不會去。人家是有求於郭棟的，當然要客氣，是把郭棟給架起來的意思。你郭棟呢，起碼要矜持一些，拿起酒杯意思一下也就可以了。你可是「第一醫院」的主刀醫生呢。郭棟不。郭棟一喝酒就摟別人的脖子。一些人的脖子是一定不能摟的，而另一些人的脖子則是千萬不該摟的。郭棟不管，統統摟。東君也不是不管，管的；郭棟也不是不裝，裝的。可他永遠也堅持不了一小時。郭棟學不會，他爬不高的。他沒氣場，他就是不願意養他的「浩然之氣」。在東君的眼裡，第一醫院的主刀醫生就該是傅睿這樣，矜持，拿著，端著，這才是高級知識分子的舉止，還帶著前沿科學的深奧。可以預見，用不了多少年，傅睿一定是挽救生命的菩薩，是所有人見到他都要燒香的樣子。權威，持重，沉穩，慈悲。郭棟做不到。鳳凰男永遠是鳳凰男，說到底，他就是一個手藝出眾的打工仔。不得不承認，郭棟還是個混社會的。東君嫁給他，也就是撈個現。當然，很好了。

眼見得家宴的氣氛沒落下去了，那怎麼行呢？別墅的事情還沒有談呢。東君倒了一些紅酒，用她的指尖捏著酒杯的高腳，對傅睿說：「傅睿，咱們喝。咱倆走一個。」東君的目光清澈，她望著傅睿，酒杯的沿口碰撞了一下，悠揚，動聽。紅酒在酒杯的底部晃來晃去。東君說——

「我可都告訴敏鹿了哈，藍色海岸。」東君對傅睿說，「我買了一套，你們也買一套。將來做鄰居。離機場多近哪。」

傅睿不知所以。但是，猜得出，東君說的是別墅。傅睿笑笑，說：「我怎麼買得起。」

東君正在喝。她仰著脖子，耷拉著眼皮，睃了傅睿一眼，說：「傅睿，這話可不像你說的。咱們四個可都是知根知底的。」

「我真的沒錢。」

郭棟放下白酒酒杯，要插話了，卻被東君攔住了，說：「不是先有錢後買房，是先買房後有錢。」

這話傅睿聽不懂，敏鹿卻懂。幾口酒剛下去，傅睿的臉已經微紅了，這種紅是鋪開的，彷彿某種毫無必要的耿直。傅睿並沒有倔強，看上去卻特別地倔強：「我確實沒錢。」

郭棟說：「會有的。都會有的。」

敏鹿也端起了酒杯，對郭棟說：「郭棟你別理他。他木頭。他真的不懂。我們喝。」

郭棟說：「好。享受一個。」

郭棟盯著敏鹿的紅酒，突然想起什麼來了。郭棟說：「敏鹿，你紅酒，我白酒，沒這個喝法。」郭棟回過了頭去，高喊了一聲，「——那個誰？」

大爺即刻趕了進來，弓著腰：「老爺您吩咐。」

「換杯子。」

「喳。」

換杯子就換杯子。敏鹿平日裡不喝酒，那是因為傅睿不喝的緣故。敏鹿倒也不是一點酒量都沒有的人，娘家帶來的。在敏鹿的娘家，逢年過節了，父親一定會喝一點兒。敏鹿有時候也會陪。不能說敏鹿貪酒，那不會，但小酌，敏鹿就很願意，說嚮往都不為過。——敏鹿的父親是一個普通藍領，健康、世俗、快樂，每時每刻都歡天喜地。敏鹿的父親並沒有什麼特別的愛好，一定要說有的話，那就是愛吃。他對生活的基本理解就是吃，關鍵是會吃。從敏鹿懂事的那一天起，父親就是家裡的大廚。每一天的晚上，敏鹿的父親都要做一件相同的事情，他會來到敏鹿的房間，先敲門，然後在門外大聲地問：「丫頭，明天想吃什麼？」父親可不是隨便問問，對他來說，那就是生活的方向。每一天的大早上，他都要去一趟菜市場，不是買菜，而是完成寶貝女兒前天晚上所交代的任務。敏鹿的父親親自下廚，不許敏鹿的母親插手。到了週末，那就是父親宴請女兒的大日子。他會把老婆和女兒趕出家門，讓她們「散步去」，然後呢，關上廚房的門，插上。繫好圍裙，給自己斟上一杯酒，預備著。擇菜，洗菜，切菜，做菜。在烹飪的過程中，他喜歡琢磨，偶爾有了心得，或者說，因為他的別出心裁，他會把事先斟滿的酒杯端起來，自己獎勵自己一小口。他享受這樣的過程。他知道的，女兒會誇他。女兒不會說爸爸的菜燒得好，也不會說「爸爸我愛你」，那些虛頭巴腦的東西一點兒意思都沒有。女兒會誇人啊，她會說爸爸的菜「特好」、「巨好」、「超好」、「狂好」、「傻好」、「瞎好」、「歐耶好」和「玩命好」。他享受女兒的誇，也扛不住女兒的誇。女兒一旦誇狠了，他會流淚。——他的這一輩子美滿哪，幸福。都沒邊了。他親手餵了一頭老母豬，又親手餵了一頭小母豬。還有比這個更好的麼？沒有了。她們「特好」。她們「巨好」。她們「超好」。她們「狂好」。誰能想到呢？他的女兒，一個吃貨，一頭粉嫩的小母豬，居然被他餵進醫科大學。他想都不敢想。這是怎樣的功德！圓滿啊。這個靠體力養家的男人在私底下堅信：女兒為什麼能嫁得那麼好？全是他這個飼養員飼養得好。

如果傅睿愛吃、能吃，再能對付幾杯小酒，敏鹿會有多幸福呢。她每個星期都會把丈夫和孩子帶回姥姥和姥爺的家。她願意和她的母親一道，看著三個男人餓虎撲食。那是敏鹿所渴望的日子。敏鹿遺憾了，傅睿和她的父親吃不到一起去。也可以這樣說，傅睿不喜歡敏鹿的父親所做的菜。這就生分了。敏鹿的父親是一個多麼知趣的男人，老傅家的門檻多高哇，哪裡能看得上他們家的醬瓣氣。

郭棟既然要喝，喝唄。敏鹿端起了白酒。還沒來得及說話，她的「兒媳婦」子琪卻突然從東廂房衝了出來，一出門就哭。東君把子琪摟了過去，想問問為什麼。子琪哪裡還來得及，已經開始了她的控訴：「麵團咬我。」

東廂房並不遙遠，麵團當然能聽得見，他辯白說：「是她先咬我的。」

——「你先！」子琪說。

——「是你先！」麵團說。

「你先！」

「你先！」

「就你先！」

「就你先！」

這是怎麼說的，這是怎麼說的呢。

「乾了吧？」敏鹿邀約說。

傅睿說：「乾了。」

「乾了！」郭棟說。

東君瞥了敏鹿一眼，說：「乾了。」

敏鹿大清早就醒來了。醒得早並不意味著她睡得好，相反，敏鹿睡得並不好。畢竟喝了一點兒酒，有欲望的。不過，傅睿的那一頭很寂靜，又是在外面，還是不要自討沒趣的好。當然了，敏鹿沒有睡好的根本緣由還是來自西廂房。東君她太能鬧了，真鬧啊。雖然只叫了兩三聲，可這兩三聲太駭人了，還裝著很克制，完全是紙包不住火的樣子。東君你也太會裝了，都裝到床上去了。你要麼就別出聲，要出聲你就痛痛快快的，那麼克制幹什麼呢？就好像全世界只有你一個人會，還怕人聽見了。就好像敏鹿妨礙了她似的。

敏鹿下了床，直接來到了河邊。她一直惦記著柳樹下面的那兩張吊床，要不是怕蚊子，昨天晚上她就過來了。大清早當然不會有蚊子。吊床又有什麼好呢？似乎也沒什麼好，可敏鹿惦記著它。敏鹿沒有用過，好奇罷了。

可敏鹿還是晚了。郭棟比她更早，已經躺在吊床上了，一個人，面對著遠方的曠野。他的手裡夾著一根粗大的雪茄，茶杯放在地上，茶盅卻被他放在了自己的肚子上。——這真是一個會享受的主兒，他也太逍遙、太安逸了。敏鹿想整他一下，嚇他一個激靈，故意放慢了腳步，貓一樣，繞起了彎子。她想走到郭棟的腦後去。——受了驚嚇的郭棟將會是怎樣的呢？雪茄掉下來？茶盅從肚子上滑落下去？都是說不定的。一想起郭棟驚慌失措和手忙腳亂的樣子，敏鹿就想笑。敏鹿已經笑出來了，只是沒有聲音罷了。郭棟紋絲不動，卻用手裡的雪茄指了指右側的另一張吊床，意思很明確了——請。咦，一點動靜都沒有，他怎麼就知道的呢？敏鹿還沒有來得及問，郭棟已經開口回答她了：「一條蛇遊過去我都能聽得見。」敏鹿也就不再躡手躡腳的了，直接走到吊床的面前，想躺下。可是，因為柳樹和柳樹之間的空間關係，兩張吊床像漢字的「八」，一頭是挨著的，另一頭是分開的。敏鹿的腦袋如果放在柳樹的那邊，也就是對面，她的腳就勢必要挨著郭棟的腦袋。那就不合適了。還是把腦袋放在同一側吧。郭棟的身體是東南—西北向的，而敏鹿的身體只能是西南—東北向。

郭棟一直都沒有睜眼，就那麼閉著眼睛喝茶、抽雪茄。他用夾著雪茄的右手端起了腹部的茶盅。敏鹿注意到了，郭棟也有一雙特別大的手，手指非常地長，也許更有力。因為食指與中指夾著雪茄，而大拇指與無名指又端著茶盅，郭棟手指的造型有趣了，構成了一種既複雜又奇妙的關係。很別致。傅睿的手不是這樣的，哪裡不一樣呢？敏鹿也說不上來，只能盯著他的手看。

郭棟的眼睛突然就睜開了。猝不及防。這傢伙的眼珠子早已經在眼皮子的底下斜過來了，一旦睜開，直接就是對視。敏鹿哪裡能料到郭棟會平白無故地睜開眼呢？那麼近，像躺在一張床上。敏鹿唬了一大跳，目光即刻就躲開了。等真的避開了，敏鹿又覺得自己小題大做了，這有什麼可回避的呢？只能又看回來。嗨，弄過來弄過去，敏鹿沒能嚇著別人，反而把自己給嚇了一回。——躲什麼呢？完全沒有必要。

人在尷尬的時候只有一件事可以做，沒話找話。——「怎麼起這麼早呢，你？」敏鹿說。

郭棟把他的目光挪開了，慢騰騰說：「享受生活。只爭朝夕。」

也好。敏鹿原本就想找個機會和郭棟聊聊，沒想到機會就這麼來了，完全是不期而遇。敏鹿真正想問郭棟的其實是這樣的幾個問題——作為一個承受了風險的外科醫生，你有壓力麼？——患者突然死了，你的內心是怎麼處置的呢？——關鍵是，如何去排解呢？可是，這些話畢竟是不好說的，一時也不知道如何開口。對，敏鹿想起來，她應該回到房間去，也拿上一個茶杯來，這一來就可以和郭棟邊喝邊聊。這麼一想敏鹿就下床了。

可是敏鹿疏忽了，這是吊床，和通常意義上的下床不是一碼事。道理很簡單，普通的床，即便是席夢思，質地也還是硬的，它會提供一個支撐點。吊床卻是網狀的，軟的，支撐點隨時都可以移動，也就沒有支撐點了。沒有支撐點就不能提供反彈力。沒有反彈力就無處可依。敏鹿努力了半天，卻發現自己的身體不聽指揮，怎麼也下不了床。她成了一條魚，或者說，困獸，被困在了網兜裡。敏鹿自己把自己弄成了猶鬥的困獸。這很累，主要是難堪。吊床在晃，而敏鹿在喘，就是下不了床。

郭棟也不動，也不說，就那麼靜悄悄的，看著敏鹿和吊床搏鬥。他的嘴角已經出現了笑容。淺淺的，歪著，很不著調了。

敏鹿還在努力。因為一次又一次的失敗，敏鹿狼狽了。郭棟看得出來，這個自尊的和驕傲的女人滿臉已漲得通紅，很委屈，很無解，有了惱羞成怒的跡象。「小姑娘，躺平了，」郭棟教導說，「岔開兩條腿，分別著地，先用腳找到一個支點，再轉身。」

敏鹿真的惱羞成怒了。敏鹿說：「不用你管！」

話雖然是這麼說，為了下床，敏鹿只能依照郭棟的指令去做了。嘗試了一下，果然成功了。可過分的努力與過分的掙扎消耗了敏鹿，也分散了敏鹿。她早已氣喘吁吁，再也想不起拿茶杯喝茶的事情來了。那就先歇會兒吧。那就再躺一會兒吧。姑奶奶不喝茶了，姑奶奶還就不下去了。

河邊重新恢復了安靜。雪茄在郭棟的手裡燃燒，因為無風，餘煙嫋嫋。湛藍。

郭棟和敏鹿一點兒都沒有留意到東君。這個熱衷於惡作劇的女人穿過了菜地，躡手躡腳的，突然出現在了吊床的面前。東君憋足了力氣，大喝一聲——

「被我抓住啦！」

郭棟被實實在在地嚇了一大跳，手裡的雪茄和腹部的茶杯都落在了地上。

敏鹿說：「東君，你個冒失鬼，你抓住什麼了？」

東君成功地嚇了敏鹿和郭棟一大跳，興高采烈。她大聲地喊道：「抓住你們了！你們睡在一起，被我抓住了，這叫捉雙！」

敏鹿卻笑了，說：「天都亮了，睡也睡過了，我們的衣服也穿好了，你還能抓住什麼？」

東君沒想到敏鹿會這樣回話。東君說：「敏鹿，你不要臉。」

敏鹿笑笑，平躺著，張開雙腿，兩隻腳在地面上找到了支點，一邊起身一邊說：「睡覺不犯法。你逼良為娼，這才犯法。郭棟，你老婆不要臉，要管。」敏鹿站起來了，反過手來把東君摁在了吊床上，臉上的笑容出格了，邪性了。敏鹿壓低了聲音，說：「東君，你就是喜歡大呼小叫。要改。」

——麵團和子琪也起床了，他們早就忘記了昨天的不愉快，留在了天井。子琪在餵羊，而麵團的興奮點卻在豬。豬和羊當然也沒什麼可看的，但是，對城市裡的孩子來說，不看則罷，一旦看上了，和逛動物園其實也沒有區別。子琪已經確認了，羊「不咬人」。隔著柵欄用手撫摸了幾次，子琪的膽子逐漸大了，乾脆打開了羊圈，四隻羊都來到了天井。羊到底還是熱愛自由的，在牠們獲得廣闊的天地之後，牠們的身體洋溢著歡喜。最小的那隻小公羊頂可愛了，牠一躍而起，上半身都騰空了。就在牠的兩條前腿落地的時候，牠的腦袋卻摁了下去，這一來牠的犄角就頂在了前面，彷彿要和清晨來一次搏鬥。小動物就是這樣，在牠們成長的過程中，總要和虛無頂撞一番的。麵團從這隻小山羊那裡得到了啟發，也打算給豬自由。他打開了柵欄，豬卻不領情，牠們寧願側臥在豬圈也不願意出來。麵團說：「出來！」豬的腹部一收，「嗯」了一聲，聽上去很像回答。卻不動，原來也不是回答。麵團說：「你們出來！」豬的腹部再一收，說：「嗯。」這樣的互動給了麵團靈感，麵團調皮了，對著豬圈喊：「郭子琪！」

豬回答說：「嗯。」

「郭子琪！」

「嗯。」

子琪正打算騎羊，聽見麵團喊她，趕緊走到豬圈前面。她看了一眼麵團，又看了一眼豬圈，懂了。子琪踮起了腳尖，伸出腦袋，對著豬圈高叫一聲：「麵團！」所有的豬都一起答應了，牠們的應答此起彼伏。

子琪開心了，對麵團說：「麵團，牠們都替你答應了。」子琪說：「我只是一頭豬，你厲害哦，你等於三頭豬。」這話麵團不愛聽，他決定撈回臉面。他再一次對著豬圈高喊：「郭、子、琪——」奇了怪了，這一回豬卻不搭理了。

——三頭豬沒有搭理麵團，麵團的臉面上突然就有些掛不住。麵團很少挫敗，這樣的挫敗他很難面對。麵團慌不擇言了，對子琪說：「你媽媽想和我爸爸睡覺！」這是哪兒對哪兒，前言不搭後語的。子琪沒有想到麵團居然這樣羞辱自己的母親，當場就給了麵團最有力的反擊：「你媽媽想和我爸爸睡覺！」

麵團說：「我昨晚就看出來了！」

子琪說：「我昨晚也看出來了。」

「你媽媽就是想和我爸爸睡覺！」

「是你媽媽想和我爸爸睡覺！」子琪到底是女孩子，身體的靈活性遠遠超越了麵團，她開始跺腳，跺一腳說一句，再跺一腳再說一句，「就是的！就是的！」

從場面上看，這一場突如其來的戰鬥子琪並不落下風。可女孩子到底是女孩子，容易委屈。女孩子一旦委屈了，那就必然是天大的事情。子琪一撇嘴，又哭了，掉頭就跑。她穿過了堂屋，來到了後院。她沒有撲向自己的母親，而是一頭撲在了敏鹿——她婆婆——的懷裡。敏鹿知道的，一準是麵團又欺負子琪了，只能哄。子琪仰起頭，無限憂傷，無限悲憤。子琪說：「婆婆，麵團罵我。麵團說，我媽媽和我公公睡覺了。」

這話有點繞，不容易懂的。敏鹿花了好大的力氣才把這句話給弄明白了。敏鹿站在河邊，隔著三間房子，對著天井呵斥說：「麵團！你胡說什麼?!」

麵團尖細而洪亮的聲音從天井裡傳過來了，河邊的人很快就聽清了麵團遙遠的申訴，同樣憂傷，同樣悲憤——

「子琪罵我了！子琪說我媽媽想和我老丈人睡覺！」

「你先！」後院對天井說。

「你先！」天井對後院說。

鄉下的空氣就是好，沒有人流，沒有馬達的轟鳴。鄉下的空氣透明了，擁有不可思議的穿透力，再遠的聲音都能聽得見。

「這兩個小東西，」郭棟躺在吊床裡，慢悠悠地說，「不是冤家不聚頭，每次見面都要鬧。——我看他們說的都挺好。」

「郭棟！」敏鹿厲聲說。

「當著孩子呢！」東君說。

敏鹿蹲了下去，在子琪的臉上親了又親，撫慰說：「好兒媳，回頭我批評你男朋友。你乖，他不乖。婆婆回去教育。」敏鹿拍了拍子琪的屁股，補充說，「婆婆回去打他——你去玩吧。」

等子琪走遠了，東君突然說：「敏鹿，我看你挺高興。」

敏鹿笑笑，說：「不對吧東君，不對吧。」

氣氛挺好，可隱隱約約地，似乎也有了不好的跡象。郭棟懶洋洋地說：「就你們鬧。」

東君掉過臉子，說：「滾一邊去！」

敏鹿把東君的話接了過來，說：「東君說得對，郭棟你滾一邊去。」

郭棟在吊床裡頭翻了一個身，說：「我滾。」郭棟說：「可滾來滾去我還在這裡。」

東君撲哧就笑了。敏鹿也補了一聲笑。所有的跡象表明，所有的一切都好了。

「傅睿還在睡呢？怎麼還不起來？」東君說。

「我老公累了，我老公還不能睡個懶覺了？」敏鹿說。

傅睿對自己的睡眠並沒有確鑿的把握——睡著了呢還是沒睡著呢？也不能確定。傅睿唯一可以確定的是自己的累。對傅睿來說，每一次睡眠都是一次巨大的消耗，猶如持續了一夜的逃亡。這一來，傅睿的每一次起床多多少少就有些勉強，早飯就更勉強了，一點兒胃口都沒有。傅睿原先的打算是好好地睡一個懶覺的，誰能想到呢，居然撞上了鄉下的鳥鳴。各種鳥，換著花樣叫。傅睿並不熟悉鳥類，唯一有把握的只有麻雀。麻雀的叫聲相對短促，可架不住麻雀的數量巨大，那些細碎和短促的叫聲真煩人哪，猶如喧賓奪主的和聲。

傅睿起床起得相當晚，完全是沒有睡夠的樣子，眼瞼那一把甚至還有些腫。敏鹿知道的，在精力上，傅睿永遠都欠一口，不是欠一頓飯就是欠一個覺。為了等待傅睿，他們的早飯已經拖延了一些時候了。到了傅睿開始用餐的時候，敏鹿已經想好了，一吃完早飯就把後院霸占過來，就留下她和傅睿。好在傅睿吃得並不多，就一個燒餅加一碗豆漿，也就是郭棟三分之一的量。眼見著傅睿吃完了，敏鹿關照東君說：「東君，女婿交給你了哈。——我要和傅睿到河邊談戀愛去，你們別打攪我們。」這麼說的時候敏鹿已經把傅睿給拉起來了，來到了堂屋的北門口。就在出門的時候，敏鹿特地回過了身子，把北房門給帶上了。東君衝著敏鹿說：「膩去吧，膩不死你。」敏鹿抿著嘴，瞇起眼睛，吊起了眉梢，衝著東君嫵媚，眼睛全彎了。東君側過臉，一擺手，說：「去去去，少來。我不看。」

多麼難得，多麼舒服，多麼輕鬆啊。傅睿，還有敏鹿，他們在吊床上躺下了。這裡只有天，只有地，剩下的，那就是河流與植物了。榆樹，還有柳樹，它們是如此的高大，鬱鬱蔥蔥。敏鹿有理由相信，這就是蠻荒之地，是大地的盡頭和宇宙的拐角處。在這裡，他們可以地老天荒。他們沒有被世界遺忘，相反，他們拋棄了世界，就剩下了他們兩個。上一次他們兩個人待在一起是什麼時候呢？敏鹿有點想不起來了。敏鹿的生活是如此的正常，敏鹿結婚，敏鹿懷孕，敏鹿生孩子，敏鹿哺乳，然後呢，敏鹿就「相夫教子」了。這是面試的那一天就已經被確定下來的，應當說，每一步都如敏鹿的願。不管怎麼說，她每一天都和傅睿在一起。可「在一起」和「在一起」的差異是如此的巨大，她很少能意識到她和傅睿「在一起」。但此刻，她和傅睿真的「在一起」了，遠方配置了那麼多的莊稼，近處配置了這麼多的樹。它們都是物證。

傅睿是平躺的，而敏鹿則沒有，她選擇了側臥。吊床到底不是席夢思，席夢思再柔軟，腦袋、胯部、膝蓋和小腿總還是在一個平面上。吊床則完全不同，它不可能有平面，敏鹿的整個胯部就陷落下去了。胯部的那一把凹出了一道很大的弧。敏鹿婀娜了。敏鹿頓時就覺得自己是一條美人魚，胯部以下的部分都是魚的流水線。美不勝收。

「傅睿——」

「嗯。」
「老公——」
「嗯。」
「孩子他爹——」
「嗯。」
「老同學——」
「嗯。」
「小傅——」
「嗯。」
「傅醫生——」
「嗯。」
「傅睿大夫——」
「嗯。」
「兒子——」
「嗯。」
「麵疙瘩——」
「嗯。」
「手指先生——」
「嗯。」
敏鹿就這麼輪換著呼喚，單調，無趣。這樣的呼喚有什麼意思呢？也沒有。沒有目的，沒有目標，也無須勞作。然而，有兩樣東西又是如此地具體——敏鹿自己——還有丈夫傅睿。敏鹿切實地感受到了自我的存在，而傅睿就在她的眼前。把他們歸攏在一起的不是吊床，而是柳樹。它的枝幹粗大、枝條茂密。柳樹真的算得上是樹的異類了，它們的枝杈從不向上，相反，它們向下，是從天而降的趨勢。柳枝是多麼地柔軟，在無風的上午，它們安安靜靜，它們密密匝匝。它們就這樣覆蓋了敏鹿，當然也就覆蓋了傅睿。

傅睿是平躺的，在仰望柳樹。就在這個春天，三月十三日，當著柳樹的面，傅睿答應過田菲，他會把她還給她，而傅睿兌現的僅僅是一棵柳樹。這就是說，柳樹上的每一根枝條都有一個屬於自己的田菲，臨床卻沒有支撐這樣的說法。因為理論上的假說，柳樹的枝條選擇了向下。只有這樣，它才能和傅睿形成面對面的關係。所有的柳枝都是衝著傅睿來的，覆蓋，更像萬箭穿心。傅睿閉上了眼睛，胳膊耷拉了，而香菸也從傅睿的指間滑落了出去。——「這才是我呀」，田菲說、柳樹說、天空說。

敏鹿還在自說自話。她是多麼享受她的自言自語哦。她的眼睛一會兒是睜著的，一會兒又閉上了。她在說話，有一搭、沒一搭；深一腳、淺一腳；一會兒在天上，一會兒在地上。她差不多已經是一個新娘子了，她質壁分離。

可是，吊床畢竟是吊床，它是單人的。無論如何，敏鹿也要躺到傅睿的身邊去，乾脆一點，躺在傅睿的懷裡。依照郭棟所關照的操作步驟，敏鹿順利地下了吊床——傅睿看上去又睡著了。那也不行。敏鹿決定把傅睿給拽起來。不能躺在他的懷裡，還不能撲在他的懷裡麼。她把閉著眼睛的傅睿給拽起來了，她就是要撲在傅睿的懷裡，讓他好好地聽一聽她身體內部的聲音，吱吱的。

這個擁抱漫長了。用東君的話說，膩死了。傅睿就那麼抱著敏鹿，聽敏鹿一個人自言自語。可再長的擁抱也有撒手的時候，傅睿放開了他的胳膊。敏鹿開心啊，當她離開傅睿的懷抱的時候，她在傅睿的面前旋轉了七二〇度。當她決定向一〇八〇度發展的時刻，她的腳被絆了，一個踉蹌。還好，敏鹿一把抓住了幾根柳枝，這才穩住了。那好吧，那就附帶著擺一個pose吧。敏鹿一手拽著柳枝，一手叉腰。她衝著傅睿微笑了，就好像傅睿的眼睛已不是眼睛，而是單反萊卡。

「放下。」傅睿說。

「什麼？」

「你放下！」傅睿的口吻突然變得嚴厲，嚇人了。

而傅睿的臉上出現了淚痕，好好的，他的臉上怎麼會有淚痕的呢？她放了柳枝，用她的手指把傅睿臉上的淚珠接住了。

「這是怎麼回事？」

「沒有。」

敏鹿把指尖伸給了傅睿，說：

「這是什麼？」

傅睿側過了臉去，說：

「沒有。」

河流的對岸全是莊稼。滿滿的。

郭棟在天井裡晃悠了幾圈，無所事事了。閒著也是閒著，那就做幾組俯臥撐吧。郭棟的計畫是先做六組，一組十五個。第一組只做到一半，郭棟停下了，他不過癮。他的肌肉早已適應了健身房的負荷。一下子失去了負荷，肌肉還不適應了。郭棟便把子琪叫了過來，讓她騎在了自己的脖子上。麵團遠在豬圈的那邊，看見了，這個熱鬧他要湊的，他也要騎。說時遲、那時快，麵團直接就爬到了郭棟背脊上。準確地說，腰部。一下子加上了兩個孩子的重量，郭棟也吃力，勉強只完成了一個動作，卻再也起不來了。郭棟的整個腹部貼在了地面上，氣喘吁吁地說：「麵團，老丈人起不來了。」

麵團很失落，他碩壯的岳父原來是一匹死馬，連旋轉木馬都不如。失落的麵團很固執，他賴在了老丈人的後背上，不下來。那隻歡快的小山羊也趕過來湊熱鬧了，牠來到麵團的面前，用牠的鼻頭去鑒別麵團，也沒有發現什麼特殊的內容。麵團順手一把抓住小山羊的犄角，站起來了。——為什麼一定要騎老丈人呢？為什麼他就不能騎一騎羊呢？這麼一想，麵團就跨到小山羊的背脊上去了。他已經想好了，他會把兩條腿分開，然後，像電影裡的好漢那樣，用力地一夾，大吼一聲：「駕——！」

誰能想到呢，麵團的雙腿剛剛打開，卻一腦袋栽了下去。同時摔倒的還有小山羊。還好，麵團並沒有傷著，只是受到了驚嚇，在號哭。小山羊的身體卻抽搐了，同時發出了十分怪異的叫聲。小山羊的叫聲總歸是好聽的，牠嬌媚，附帶著一股柔弱的和動人的顫，十分地招人憐愛。可這隻小山羊的叫聲頃刻間就不一樣了，牠沒有顫，直接就有了聲嘶力竭的跡象，都不像羊了。小山羊的眼睛瞪大了，到了極限。牠黑色瞳孔的周邊圍上了雪白的和驚恐的圓圈。而牠的後腿則十分地不安，在抽搐，彷彿不能完成的蹬踏。

最早發現問題的是子琪，她發現小山羊右側的前腿分成了兩截，是小腿，折疊了，還多出了一樣東西，白花花的。小山羊骨折了，牠的斷骨戳破了皮膚，直接頂在了外面。骨頭的斷口並不規則，宛若陡峭的群峰。奇怪的是，斷口的四周沒有血，就那麼白花花的。因為劇痛，小山羊的舌頭耷拉了，癱在了水泥地面上。子琪知道的，那是疼，是鑽心的和再也不能忍受的疼。子琪說：「爸爸，你看。」

天井裡頓時就有些亂。儘管在後院，傅睿和敏鹿還是聽到了天井裡的動靜。他們中斷了他們的蜜月，火速回到了人間。麵團、郭棟、子琪、東君、大爺和大媽已經把小山羊圍成了一個圈。傅睿拽開麵團，他一眼就看到了躺在地上的小山羊。牠備受煎熬。疼痛已毀壞了牠的聲音、長相和動態。牠在掙扎。

郭棟正在和大爺商量。乾脆，把這一隻也殺了：「算我們的。」

傅睿躬下腰，單膝跪在了水泥地面上。他望著小山羊，滿眼、滿臉和滿身都是疼。傅睿疼，傅睿疼。他的表情剎那間就出現了絕望的傾向。他想做些什麼，手腳卻僵硬了，其實是另一種意義上的手足無措。還是先把山羊抱起來吧。可他的手指剛剛觸碰到山羊的蹄趾，山羊軀體突然就是一個大幅度的顫動，傅睿只能放下來，絕望就這樣變成了他粗重的呼吸。

郭棟說：「那就宰了吧。」

傅睿仰起頭，他想喊，他要喊救護車。可小山羊的另一條腿頂著他的喉嚨了，他再也沒能發得出聲音。他心心念念的只有一樣東西，救護車。

七

科技是多麼地神奇，它改變了時代。科技也是戲法，它消弭了物理世界的所有維度，然後呢，彷彿神仙吹了一口氣，ＢＩＵ——所有的現實就被扔進了虛擬世界。那個虛擬的世界叫網路。虛擬世界就一定是「虛擬的」世界麼？當然不是，那才是現實，只不過剔除了它的物理性。但事情就是這樣，物理性失去了，公共性卻提升了。網路正是這樣的一種東西：它失去的只是維度，得到的卻是整個世界。相對於那些願意隱匿自我的人來說，公共性就是一切，是存在的最佳方式。唯有公共的才是合理的，唯有公共的才是安全的。所謂的虛擬世界，其實是一次切割，公共與私人之間彼此都實現了清除。老趙驚喜地發現，他隱匿了，可是，世界真的誕生了。

在愛秋的指導下，老趙走進了網路：「象牙塔」。多麼美妙的一個區域，人山人海，人頭攢動，卻又無關紅塵。當然了，和販賣百貨、食品的商場不同，「象牙塔」所從事的是正義與真理的貿易。要不怎麼會叫「象牙塔」呢？——拿破崙真的是慢性中毒麼？番茄的維生素含量比獼猴桃多還是少？父親節的社會倫理意義大還是母親節的社會倫理意義大？愛因斯坦的假說已經被證明了，霍金的假說如果可以被證明的話還需要多少年？南非為什麼需要三個首都？商鞅改革最後傷害了誰？把喜馬拉雅填到馬里亞納海溝，正負比是合理的麼？大蒜到底有益於前列腺還是有損於前列腺？核動力的航空母艦和核動力的潛艇在海洋裡相遇了，誰更有優勢？卡列拉斯、多明哥和帕華洛蒂同時抵達了高音，誰的中音部醇厚一些？在婆婆與兒媳的關係當中，關鍵因素是兒子還是公公？二進位和顯微鏡，誰改變了世界？貝克漢擅長右路傳中，如果把他放在中路，他的左腳還能有多大的作用？四十歲的男人和四十歲的女人哪一方更有「性趣」？如果是購買第二套房子，一百二十平米以上的公寓房到底有利於出售還是不利於出售？西門慶踢中的如果不是武松的心窩，而是褲襠，武松打得贏麼？水洗咖啡和日曬咖啡，酸度為什麼不同？醫改是先從藥價開始還是從門診開始？太平洋的風叫颱風，大西洋的風叫颶風，印度洋的呢？檀香肥皂在夏天使用合適還是冬季？小三上位符合不符合現代倫理？輪軌高鐵和磁懸浮高鐵性價比究竟如何？一個清潔工和一個信訪辦的工作人員，你需要誰？陪酒小姐工作一年，損失的稅收是演藝界的多少倍？真理到底體現為少數還是沉默的大多數？戈比諾做過托克維爾的祕書，他們的價值分野怎麼會那麼大？在客廳裡放一塊石頭，西南角有利於家庭主婦還是東北角？緬甸的翡翠和巴西的碧璽在礦物性上到底有什麼區別？自行車被盜，業主和保安哪一方的責任更大？海洋文明和大陸文明真的就沒有中間地帶麼？哈士奇和阿拉斯加哪一個品種更適合鰥夫？老百姓的生活受匯率的影響為什麼超過了股市？單胎、雙胞胎和三胞胎，他們的生活成本是正比例關係麼？市政建設為什麼一般由常務副市長擔任？紋身的心理機制是什麼？吳三桂究竟有幾個老婆？個人主義和集體主義，誰代表著未來？「玄武門之變」對中國歷史倫理的作用到底是正面的還是負面的？路易十四和康德都只有一米五八，能不能說，一米五八的身高與歐洲文明之間存在著一種隱性的聯繫？朱生豪的翻譯更具中國傳統詩歌的特徵，這和他沒有去過歐洲到底有關係麼？五十八歲最容易貪汙，是真的麼？大資料到底有沒有支援這個說法？激素水準下降一個百分點，脂肪積累大概會上升多少？如果地球的自轉不是自西向東，而是自東向西，對人類的智商究竟會產生什麼樣的影響？酒後吐真言，能不能說，講真話其實是人類的心理機制和第一需要？……

這些都是問題。問題的背後當然是正義。線民是多麼地別致，一旦面目模糊，必將熱愛正義。人們在「象牙塔」裡表達、辯論、考據、歸納、辱罵和威脅。而維護正義的工具則無限地開放，人們在這裡裁縫正義、燒烤正義、鍛造正義、堆砌正義、設計正義、駕駛正義、激打正義、治癒正義、咀嚼正義、排泄正義、貿易正義、提升正義、隔離正義、嫁接正義、熔化正義、高仿正義、水洗正義、臨摹正義、粉刷正義、聚焦正義。「象牙塔」，多好的名字。「狗嘴裡吐不出象牙」，這是庸俗世界的混帳邏輯。「象牙塔」卻不是這樣，任何一個物種，只要你有勇氣把嘴裡的東西吐出來，吐出來的東西就必須是象牙。象牙是勇氣，是激情。正義也是勇氣，也是激情。這一來，象牙就是正義，而大象只能退居於事實的背後。世有象牙，然後有大象。象牙常有，而大象不常有。怒吼吧，大地，正義像象牙一般光潔，像象牙一般銳利。一路縱橫、一路馳騁並摧枯拉朽的，是象牙。

老趙不吼叫，也不馳騁。他只是被傅睿感動了，他滋生了傳播傅睿與再造傅睿的激情。他一心想把傅睿的故事送到「象牙塔」裡去。老趙嘗試著做了幾個不同的版本，他對自己的「文筆」相當自信，即使老趙沒有做過哪怕一天的記者。老趙堅信，如果命運在當年做了其他的安排，他一個人就可以勝任「本報訊」、「本報特約評論員」、「編者的話」甚至「讀者來信」。老趙發現了，他可以駕馭多種不同的語言風格，莊重可，俏皮亦可，撒潑打滾他也不在話下。老趙把不同風格的文稿都嘗試了一遍，最終還是選擇了他最擅長的老路子。他把檔列印了出來，給明理看。明理只看了一半，說：「不好。」明理是站著看的，一隻手握著拖把，一只手拿著A4紙，像個豪傑。老趙陪著她看，附帶著把他的巴掌搭在了明理的臀部，似乎家常了。明理的注意力自然都放在了稿件上，看完了，明理再一次告訴老趙：「不好。」完全是有一說一的樣子。老趙並沒想到明理會這麼說，就問她：「怎麼就不好了呢？」明理撇了撇嘴角，說：「和報紙上的一模一樣。」老趙笑了，就對了嘛。老趙對明理解釋說，他的「日記」在寫法上所遵循的原則也還是新聞寫作，簡單地說，五個W，一個H，一個都不差。為了把這個問題說清楚，老趙只能用他的巴掌打比方：五個W就是五根手指；一個H呢，剛好是一個掌心。老趙把他的巴掌摁在了明理的屁股上，「——幹活去吧。」

回到座位之後，老趙摁住了滑鼠。只要一個點擊，他的「老趙日記」可就發表出去了。老趙突然就猶豫了，他想起來了，還沒審呢。這怎麼可以呢？這麼一想老趙就覺得事態有些重大，他陷入了深切的擔憂。好在老趙擔憂的時間並不長久——他糊塗了嘛，退休之前他就是報社的領導，他看就是他審，他審等於他看。這麼一想，老趙舒心了，再一次收斂了自己的注意力，還有表情。他逐字逐句，一字不落，開始「把關」。幾乎就在看完最後一個字的同時，老趙高呼了一聲：「同意。」他十分迷人地微笑了，說：「發。」電腦的頁面在老趙的想像當中放大起來，足以涵蓋地球的表面。

老趙卻沒有離開他的電腦。他在看，其實是在等。用不了多久，「象牙塔」的線民一定會像蜜蜂或者像螞蟻那樣洶湧到老趙這邊來的。這是網路所特有的盛景，說嘯聚都不為過。網路所需要的僅僅是一點點的氣味，然後就是聚攏，然後就是發酵，再然後就是澎湃。

誰能想到呢，虛擬的世界也市儈。一個小時都過去了，「老趙日記」的底下沒有出現哪怕一個線民的留言。他的「和報紙上的一模一樣」的帖子下面，不要說沒有讚美，批評都沒有，甚至連挖苦也沒有。這等於說，老趙親手在鬼城建造了一條鬼街。鬼街的兩側高樓林立，行道樹挺拔、葳蕤，商家遍地、商品富足，就是空無一人。大地是闃寂的，沒有人的氣息。不是人跡罕至，而是根本就沒有人。老趙孤零零的，一個人立在了街頭。滿眼望去，他沒有發現同類，沒有找到任何生命的遺存。這是人間的無人區和人間的非人間。這就恐怖了。老趙被自己的類遺棄了，被自己的群或部落遺棄了。但是，老趙知道，這不是真的，是所有的人一起偽裝，是存在偽裝成了不存在。人們不只是偽裝，還凝聚起來了，他們在用眾志成城這種鐵血的方式建立起了一個於無聲處的世界。老趙望著自己的電腦，滿眼的荒涼。驚慌啊，恐懼了。但最終，老趙的憤怒取代了一切，他絕望。——這麼好的帖子怎麼會沒有關注呢？老趙決定行動，取出了他的電話號碼簿，拎起電話，同事、病友、親戚、鄰居，一個挨著一個打。其實就是通告。老趙開宗明義：到「象牙塔」去！必須去。折騰了一個多小時，老趙也僅僅為他的「老趙日記」爭取到了三條留言，都是「早日康復」之類的廢話，放屁了嘛！言不及義、言不及情、言不及理，言而無義、言而無據。老趙嘆了一口氣，上床去，躺下了。他放平了身體，像一具屍首。

意外總還是有。有時候，意外就是驚喜。黃昏之後，老趙意外地看到了另一個帖子，「老胡日記」。不看不知道，一看嚇一跳，「老胡日記」幾乎就是「老趙日記」的翻版，老趙有些得意，他的文章這麼快就被一個姓胡的人仿寫了，這說明老趙的日記確實寫得不錯。但很快，老趙再一次憤怒了。這哪裡還是仿寫，這是明目張膽地剽竊。老趙在憤怒之餘把愛秋叫進了書房。愛秋耐著性子，看完了，對老趙說：「你激動什麼呢？」老趙說：「事關知識產權，我怎麼能不激動？」

老趙知道的，愛秋又要說一通「大病初愈」和「愛惜身體」之類的話了。這些他哪裡能不知道呢，他不會真的憤怒。他只是想重溫一下憤怒的樣子。

愛秋對老趙說：「這不是剽竊。——你憑什麼說人家剽竊了呢？」

這句話老趙就不能同意了。老趙說：「這麼多的內容都一模一樣，幾乎就是重複，這不是剽竊又是什麼？」

愛秋說：「你看哈——人家傅睿大夫又不是只有你一個病人，人家傅睿大夫就不能去關心別人了？」愛秋說：「醫生和患者之間的事都是相似的。發生在你身上的事，怎麼就不能發生在別人的身上呢？——你看哈，你的日記，老胡日記，時間不一樣，地點不一樣，患者的名字也不一樣。只有一個元素是一樣的，傅睿大夫。」

老趙不停地眨巴他的眼睛，明白了。YES，YES，YEA！I SEE，I SEE！傅睿大夫是「這樣」對待自己的，自然也是「這樣」對待他人。

老趙到底還是想起來了，確確實實，是有一個「老胡」的，他們在醫院裡有過交集，不是在草坪就是在過道。當然了，因為所有的患者都必須戴口罩的緣故，患者與患者之間都沒什麼清晰的記憶。老趙對「老胡」之所以還能有點印象，完全是因為他的兒子，「小胡」。說是「小胡」，其實也是四十好幾的人了，穿著很體面。

老趙隱隱約約聽護士們說過的，「小胡」似乎是某個房地產開發公司的董事長呢。老趙一聽到「董事長」就知道「小胡」幾斤幾兩了。——在這個城市，一個連老趙都沒聽說過的房地產公司的董事長，怎麼好意思叫董事長呢。

不管「小胡」該不該叫成董事長，他的父親，老胡，作為老趙的病友，到底在網路上露面了。這就是「同志」了。喜訊是接踵而至的，不到兩個小時，「象牙塔」上居然又冒出來一個「老黃日記」。「老黃」的情況和「老胡」類似，自然也和老趙類似。老黃—老胡—老趙，老趙—老胡—老黃，這就是網路世界的迷人之處。空間被摘除了，在虛擬的世界，三個病友連結成了一個整體。他們在「象牙塔」會師，會師嘍。這是一個勝利，也可以說，是傅睿大夫的勝利。如果沒有傅睿，他們也許就已經死了。可是，他們還活著，在空間之外。

老趙拿起了電話。站得筆直，像旗杆。他權衡再三，最終撥通的是下屬晚報的電話，老趙說：「肖羽同志嗎？請到我家裡來一趟。就今天，ＯＫ？」

聞蘭的每一個上午都要從一杯咖啡開始，空腹，這是她多年養成的一個習慣。咖啡卻並不講究，用的是即溶，配料則是鮮奶。說到底她還是喜歡鮮奶的潤滑。究竟是牛奶配咖啡還是咖啡配牛奶，這就不用追究了。總之，這就是聞蘭的口味，她要的就是這一口。為了喝好這一杯咖啡，聞蘭特地訂了一份報紙，是晚報。說是晚報，其實是和晨報一起發行的。聞蘭喜歡一邊翻著當天晨報其實是晚報，一邊享用她的咖啡其實是牛奶。新聞當然沒什麼可看的，但是，光喝咖啡，不看報紙，哪裡還像個知識分子？

在第七版，也就是「社會新聞版」，聞蘭原打算只瞄一眼的。彷彿得到了神的啟示，聞蘭剎那間就有了某種預感。一個熟悉的名字突然出現在聞蘭的眼簾中。聞蘭定睛一看，是她的兒子，傅睿。聞蘭的腦袋轟的就是一下。她最為擔心的事情到底還是發生了，傅睿，她的兒子，他的姓名見報了。聞蘭扶了一下老花鏡，盡量地克制。她在讀。逐字逐句，逐句逐字。再一次讓聞蘭吃驚的事情卻發生了——原來不是新聞，更不是所謂的

「曝光」，是一篇完完整整的新聞特寫。正面報導，類似於好人好事。聞蘭的目光離開了版面，看著窗外。這就納了悶了——這個么蛾子又是從哪裡放出來的呢？

聞蘭摘下老花鏡，站起身來。她一把抓起報紙，轉身走進了臥室。老傅還在睡。隔著羊毛毯，聞蘭把當天的晚報拍在了老傅的腹部，附帶著就把老傅推醒了。老傅懵裡懵懂的，不明就裡。但是，聞蘭的這個動作太嚇人了。只有醫院出了不可控制的「大事」聞蘭才會這樣。——第一醫院還是見報了。老傅支撐起上身，哪裡還來得及戴眼鏡，只能瞇起眼睛，勉強看得見標題。老傅從黑體的通欄標題當中看到了「傅睿」。都沒來得及和聞蘭說話，家裡的電話就已經響了。來電顯示，打電話的是第一醫院的雷書記。老傅慢悠悠地，他從乳白色的座機上取下了乳白色的話筒。這個電話他要親自接的。

「老書記，看到今天的報紙沒有？」

「還沒有。」老傅說，老傅的口吻隨即就嚴肅起來了，「不要急。不急！有話慢慢說。天也塌不下來的。」

傅睿關機了。家裡的電話也沒人接聽。聞蘭想給敏鹿打個電話的，想了想，還是把電話放下了。老傅去了趟衛生間，他需要冷靜。在需要冷靜的時刻，老傅的首選是衛生間。聞蘭一屁股陷進了沙發，重新把報紙平攤在了茶几上。她端詳著「傅睿」這兩個黑體字，心情複雜了。整整一個版面上，全是傅睿的「事蹟」。這些「事蹟」聞蘭當然是不知情的，但是，作為母親，她信。她相信這些都是她兒子做出來的事情。如果傅睿不是她的兒子，聞蘭願意承認，多麼好的一位醫生啊。但問題就在這裡，傅睿是她的兒子。這孩子遭罪了，他這個醫生當的，沒日沒夜了。這麼多年了，聞蘭還是第一次知道兒子是這麼做醫生的，換一個說法，聞蘭也是第一次知道她的兒子是這樣生活的。他的日子還過不過了？他的覺還睡不睡了？怎麼從來就沒聽見敏鹿抱怨過呢？

聞蘭這就想起一件很小的事情來了，小到幾乎可以忽略。那是傅睿五年級下學期的期末，傅睿迎來了他的期末考試。就在考完語文的當天晚上，傅睿不吃飯了。他帥氣的小臉上憑空就流露出了緊張的跡象。一問，是考試出了大紕漏。那是一道閱讀理解題，在回答第四個問題的時候，傅睿是這樣回答的：「這一個小節重點描繪了歡天喜地、舉家團圓的氣氛。」這個回答很好，傅睿回答兼顧了「歡天喜地」和「舉家團圓」這兩個元素。可問題在於，在兩個元素之間，他用的是逗號還是頓號呢？傅睿不確定了。想起這件事的時刻，傅睿正在剝基圍蝦，他停止了手裡的動作，在追憶。追憶的結果很不幸，經過傅睿的確認，是逗號。這當然要扣分，可以是一分，也可以是零點五分。傅睿的臉當場就失去了顏色。傅睿在意他的考分聞蘭是知道的，他有對手——同班同學姚子涵。核心的問題卻不在這裡，核心的問題是，姚子涵的母親也是播音員，是聞蘭的女同事。「女同事」是怎麼回事，傅睿無師自通，他懂。因為有了這樣的一層關係，傅睿的總分始終是第一，一直把姚子涵壓得死死的。不幸的是，進入四年級之後，姚子涵似乎開了竅，她會學習了，也可以說，她會考試了，她的總分與傅睿呈現出了並駕齊驅的勢頭，也就是一兩分的事兒。現在，一個逗號，其實是頓號，極有可能改變命運。傅睿聽到了身後的腳步聲，很壓迫，他不可能不緊張。一個家就這樣陷入了寂靜。家就是這樣，一旦出現了一個懂事的、可以替母親出頭的天才，家裡的氣氛基本上就取決於天才的心情。當然，在傅睿的妹妹、這個永遠也不受母親待見的假小子看來，傅睿簡直就是沒事找事。為了一個逗號而放棄基圍蝦，這不是神經病麼？

星期天的上午是傅睿返校的日子，因為連續數日的自我折磨，傅睿不肯起床。他怕，他懼怕返校。聞蘭沒有叫他。她了解自己的兒子，不用逼，到時候他自己會起來的，一分鐘都不會遲。這是暑假前的最後一天了，也是聞蘭去學校「看一看」的日子。聞蘭的重點是和傅睿的班主任兼語文老師見個面。「意思」要有，這個「意思」不能少。任何一門任課老師都不能少。當然，班主任老師會逐一幫聞蘭轉達的。就在學校的大門口，傅睿的語文老師迎面走上來了，傅睿立住腳，不敢動，額頭上全是汗。語文老師姓戈，早早地就看見聞蘭和傅睿了，她跨下自行車，微笑著，朝傅睿走來。決定命運的時刻就這樣不期而至，聞蘭吸了一口氣，也緊張，客客氣氣地說：「戈老師，傅睿失手了吧這次？」戈老師用她好看的眼風批評了傅睿的母親，十分溫和地說：

「我們的傅睿怎麼可能失手呢？從來不會的。永遠也不會的。」聞蘭說：「那麼，語文到底怎麼樣呢？」戈老師還故意拉下臉來，說：「還能怎麼樣，穩穩的。」

傅睿和母親火速對視了一眼。這一眼揪心啊，只有他們兩個人才懂。傅睿擔心母親詢問頓號的事，而母親更擔心傅睿詢問頓號的事。出門的時候都忘了相互交代了，這可怎麼好呢？千鈞一髮了。傅睿並沒有讓這個危險的時刻延宕下去，他放開母親，一把抱住了戈老師。傅睿仰起了頭，大聲地喊道：「——戈老師好！」死裡逃生了。戈老師哪裡能懂得傅睿的這一聲呼喊蘊含著怎樣的內容呢，她唯一能夠感受到的是傅睿這孩子懂得感恩。戈老師摸著傅睿的腦袋，順便就把手裡的車龍頭交給了聞蘭，反過來便把傅睿摟在了懷裡，眼圈都紅了。是啊，誰還不喜歡懂得感恩的孩子呢？當著那麼多行人的面。戈老師望著這一對母子，百感交集，不知道說什麼好。而聞蘭也望著這一對師生，百感交集，不知道說什麼好。

知子莫若母。傅睿這孩子打小就這樣兒，他熱衷於額外的承擔，他滿足於額外的承擔。然而，這承擔並不針對任何人，相反，他針對的僅僅是他自己。在骨子裡，這孩子卻冷漠，很冷，尤其是和他親近的人。在他所認定的承擔之外，具體的事和具體的人恰恰又很難走進他的內心。這孩子的冷漠也是天生的，只有極為親近的人才能夠體會得到。聞蘭記得的，那同樣是一個週末，一個晴朗的冬天，聞蘭在廚房裡剁雞，一不小心就把自己的左手給劃破了，刀口很深。聞蘭尖叫了一聲，捏著傷口衝出了廚房，鮮血淋漓。初中一年級的三好學生正在做作業。聞蘭以為傅睿會撲上來的，沒有。他抬起頭，鮮豔的血光一點兒都沒有引起傅睿的關注，他毫無表情。隨後，傅睿低下了腦袋，繼續他的運算去了。聞蘭一個人去了醫院，她在去醫院的路上內心湧起了一股說不出口的悲涼，這孩子動都沒動，那也罷了，他怎麼都不知道問候一聲呢？聞蘭不甘心。當天晚上她就走進了傅睿的臥室，聞蘭說：「傅睿，媽媽的傷口那麼深，你怎麼都不著急的呢？」傅睿說：「我著急有什麼用？我又不是醫生。」聞蘭說：「不是這個道理哎傅睿，你不關心媽媽疼不疼嗎？」傅睿反問說：「關心了又有什麼用呢？你還是疼啊。」合情合理。聞蘭說：「那你也應該關心一下媽媽，對吧？」傅睿說：「你也沒說要我關心。」聞蘭說：「這個還用說麼？」傅睿又想了想，是渴望結束這場對話的模樣，說：「我在寫作業呢。」實際上，聞蘭十分後悔這一場對話，她不該走進兒子的臥室的。她走不進這孩子的內心去。在她與傅睿之間，沒有這一次對話該有多好呢。

有一句話聞蘭始終都沒有說過，她只能在一個人獨處的時候玩味，她是個失敗的母親，無論她這個母親多成功。在兒子傅睿的這一頭她失敗，到了女兒傅智的那一頭她依然失敗。這裡頭有它的連帶性。作為母親，她偏心。她知道她偏心。從懷孕的那一刻就決定了的。她還記得她懷上傅睿之前的那段日子，她和老傅做了多麼精心的準備哦，每一天的體溫都是量好了的，而日子也都是掐好了的。她哪裡還是備孕，是躲在家裡做生化試驗。——可懷上傅智則完全是一個意外，是老傅酒後的浪。聞蘭在好一通擔驚受怕之後才迎來了她再一次懷孕的消息，沮喪得要命。她不想要。她不想要主要是因為傅睿給她的孕感實在是太糟糕了，從第四個月開始，聞蘭就抑鬱，都動了死的念頭。——可年輕的老傅就是浪，傅睿還在吃奶呢，年輕的老傅也要浪。聞蘭記得的，整個過程老傅都戴著避孕套，然而，到了最為緊要的關頭，年輕的老傅一把就抹去了，扔了。傅智就這樣一頭衝進了聞蘭的體內。傅智都沒有出生聞蘭就有些厭倦她，你折騰什麼呢？你說你在肚子裡鬧什麼鬧？——你讓我噁心，這就是尚未出生的傅智與聞蘭之間的真實寫照。聞蘭噁心得都犯暈，一天都不想活。而傅智的長相就更有問題，頭不是頭，臉不是臉，大手大腳，沒心沒肺，全像她的老子，一看就是她老子的急就章。

也不能說聞蘭對傅智就一點兒都不愛，也愛。但是，愛這個東西從不抽象，它具體，它有一個具體的體現——耐心。對傅睿，聞蘭有取之不竭的耐心；可到了傅智這邊，聞蘭急躁了。她最愛做的一件事就是給做妹妹的樹立標杆：「看看你哥哥！」做妹妹的就知道了，哥哥是她不可企及的範本。傅智在成年之後和聞蘭一直不親密，結了婚就很少往來了。這一點聞蘭也認，她不抱怨。聞蘭就是不明白，傅睿的冷漠到底是從哪裡來的呢？老傅不這樣，她自己就更不這樣了。

——敏鹿這孩子不容易啊，不容易。只有她這個做婆婆的知道，她的這個兒媳婦不容易。回過頭來想，聞蘭只能嘆服於自己看人的眼光，她這個兒媳婦畢竟是她親自挑選的。她看得準、選得對。聞蘭之所以一眼就能看中敏鹿，還是她身上濃郁的賢內助的氣質。傅睿需要這個。一個外科醫生，尤其是頂端的外科醫生，哪裡能少得了賢內助呢？不過聞蘭私底下承認，她自私了。她希望自己的兒子得到最好的照顧，然後，一心一意地忙他的事業。——可是，「事業」也不能這麼一個忙法。如果不是晚報給聞蘭帶來了突如其來的消息，聞蘭哪裡能想到傅睿是這樣做醫生的呢。這日子還過不過了？他還要不要自己的那張床和床上的那個人了？聞蘭對敏鹿突然就是一陣心疼，她失神地望著報紙，一會兒心疼兒子，一會兒心疼兒媳。哪哪兒都不對了。

老傅終於從衛生間走了出來。他魁梧，憂心忡忡。此刻應該是他的晨跑時間，然而，今天的情況有些特殊，那就只能下午了。老傅不停地在客廳裡踱步，因為高大的體形所帶來的壓迫感，客廳頓時就有了辦公室的氛圍——帶上了等待決策的意味。老傅在衛生間待了相當長的一段時間，比平日裡整整多出了一倍。報紙他看了，是好事。當然是好事。可是，在私底下，老傅對這樣的報導多多少少有些失望。這不是他所渴望的。他所渴望的傅睿不應當以「這樣的」方式走向公眾。傅睿應該以他的業務——理論突破，或臨床上的創新——走向傳媒與公眾。這算什麼呢？這對傅睿毫無意義。傅睿的學術背景和業務能力絕對不是「好人好事」可以概括得了的。幼稚了嘛。時機也不對。老傅對這一屆班子有一股說不出的失望，抓不住重點啊，不尊重人了嘛。偏離了嘛。什麼是好領導？——讓合適的人走合適的路。

多虧了雷書記的電話，老傅清楚了，晚報的報導不是院方組織的，屬於報社的自發來稿，類似於「人民來信」。但小雷的電話倒也不是因為一篇報導才打來的，他有他的「考慮」：市裡正要舉辦新一期的「骨幹培訓」，各個單位就存在一個「報名」的問題。第一醫院也開了好幾次會了，名單一直都沒能定下來。「坦率地說，」小雷告訴老領導，「我們沒打算報傅睿。」雷書記在電話裡說，「我們也難。可人算不如天算，報紙來了，那還討論什麼呢？不會有阻力的。」老傅當然知道「骨幹培訓」是什麼意思；「名單」是什麼意思那就更不用說了。這個小雷，這哪裡還是請示，邀功了。老傅一下子陷入了猶豫——該不該把傅睿往「那條」道路上推呢？老傅的第一反應是不贊成。既然不贊成，一時也不知道怎麼答覆，還是先去一趟衛生間吧。

在衛生間，老傅做了一番周密的分析。最終拍板了，傅睿的「培訓」先放一放。時機合適與不合適另說，傅睿還是不應該走那條路。那是他老傅的路，並不理想。退一步說，即使將來走，也不是現在這麼一個走法。傅睿的業務畢竟已經到了這個程度了，在傅睿這樣的年紀，重點還是應當放在業務上。走出衛生間之後，老傅再一次走到電話機的面前，重新拿起了電話。這個電話很重要，它牽涉傅睿的未來。老傅哪裡能想到呢，小雷卻固執了，語調謙卑，態度卻十分地堅決，一點兒也沒有向老領導退讓的意思。小雷再三懇請老領導不要「太低調」了——事態是清晰的、明朗的，用不了太久，傅睿將會出現在各式各樣的媒體上。事態萬一再持續下去，傅睿的「事蹟」將會遍布整個文衛系統。如果我們在這樣的時刻忽略了傅睿，上面問起來，我們的「敏感性」哪裡去了？

新老書記並沒有在電話裡達成共識。「敏感性」說大不大，說小也不小。這種事別人可以不考慮，做書記的卻不能在「敏感性」上出紕漏。——無論老傅退下來有多久，這個原則他不能不懂。一屁股坐下來之後，老傅就再也不想說話了。就那麼挨著聞蘭，坐著。別看生活安安靜靜的，其實也有波瀾，看不見罷了。關於傅睿，老傅很為難，可以說，兩難。他很想和聞蘭喟嘆幾句，卻不知道從哪裡說起。聞蘭也是這麼一個情況，關於她這個兒子，她也有話要說，也不知道從哪一頭說起。兩個人就這麼乾坐著，心裡頭都裝著傅睿，卻各是各的心思。最終，老傅把聞蘭的手拉了過來，慢慢地撫摸著。就這麼撫摸了片刻，聞蘭問：「你沒洗手吧？」

老傅說：「我記得我洗了的。」

「什麼叫『我記得』我洗了的，到底洗了沒有？」

「我記得我洗了的。」

「出衛生間都不洗手，還四處摸。摸什麼摸！」

上午十點，按照事先的預約，黨辦和院辦的小嚴主任把傅睿領進了第一醫院的小會議室。雷書記在，范院長也在。燈火通明，鄭重了。傅睿知道會有這樣的一次談話，任何一次重大的醫療事件，包括糾紛，都會有這樣的一次談話。可這樣的談話比傅睿預想的早了一些，人數也不對，太少了些，地點就更不對了。傅睿也提醒過自己，無論院方怎樣關心那一天的衝突，他不會在打人的事情上糾纏。雖說小蔡也受了點輕傷，但作為當事人，他畢竟沒有遭到襲擊，那就過去了吧。至於手術，傅睿不打算在這裡談，那個還是在專題會議上討論更合適。傅睿的身分畢竟有些特殊，剛走進會議室，雷書記和范院長都站起了身，握手，寒暄。雷書記都還沒來得及說話，范院長卻先開口了：「周老來過電話了，他很關心。」范院長所說的「周老」當然是傅睿的導師，周教授。范院長每一次和傅睿見面都要提一提「周教授」，無非是看得起傅睿，他和傅睿也算同門師兄弟呢。雷書記點上香菸，順手便把香菸與打火機一併丟在了桌面上，對傅睿說：「上面很重視。我們也很重視。」小嚴在這個時候再一次走進了小會議室，他給傅睿大夫送上一杯袋泡的立頓紅茶。雷書記看著小嚴的手，看著小嚴把茶杯放在傅睿大夫的面前，夾著香菸的手指向外撣了撣。他其實用不著撣的，他不撣小嚴也會出去。但雷書記的意思不是叫他出去，是讓他隨手關門。

雷書記的心情不錯，門一關上就開始了他的自我批評。單位裡出了這樣的人、出了這樣的事，他這個做書記的居然一點兒都不知情，顯然是工作還不夠細。雷書記在自我批評的時候心情是舒暢的。他的愉快在放大，不只是批評了自己，附帶著還批評了整個「班子」。都有問題。這是傅睿第一次正式和雷書記見面，只用了幾分鐘，傅睿就發現有些不對勁兒，雷書記怎麼就那麼開心呢？——傅睿所以為的「事」是糾紛，而雷書記所說的則是晚報。岔得比較遠了。不過傅睿很快就發現了另一件事：雷書記和自己的父親實在是太像了。這個像並不是長相，而是說話的口吻，還有手勢，還有表情。連遣詞造句和說話的腔調都像。當然了，最像的要數這個了——他們的語言和他們臉上的神情往往不配套。這麼說吧，在他們表達喜悅的時候，他們的面色相對嚴峻；反過來，到了「教訓很沉痛、很深刻」的時候，他們的臉上卻又輕鬆了。傅睿端詳著雷書記，頓時就有了一個錯覺，父親唯一的兒子不是自己，父親唯一的兒子正在對面和自己說話。——這就虛幻了，有些詭異。這讓傅睿特別地茫然。傅睿所不知道的是，眼前的雷書記和自己的父親一直工作在一起，他們在一起的時間遠遠超過了父與子的相處。單位裡的工作就這樣，一個用心地教導，一個用心地模仿，耳在濡，目在染，上下級之間難免會越來越像。——做完了自我批評，雷書記收斂了笑容，話題自然就轉到傅睿的身上來了。重點是誇。雷書記的誇獎帶上了演講的性質，莊嚴了，逐漸走向了悲壯。傅睿其實在等，他在等雷書記能早一點切入正題。他不能知道的是，雷書記並沒有跑題，他自始至終都在正題上，他的任務就是謳歌傅睿。傅睿慢慢地也就恍惚了，他有了一個錯覺，他不是經歷了死亡與醫患糾紛的醫生，是戰士。為了第一醫院的榮譽，他頂著槍林彈雨，已經捐軀了。現在，第一醫院終於迎來了他們的烈士。傅睿，作為烈士，正躺在雷書記的悼詞裡。雷書記在謳歌，傅睿在聽。可傅睿終於難為情了，太難為情了，他承受不了謳歌的殘暴，謳歌在蹂躪他。傅睿動了動手，想打斷他。但雷書記對烈士的悲情業已迸發，誰也不能阻擋。他在追思，他要緬懷，他必須抒發。傅睿只能忍，忍到最後卻忍無可忍。

他想起了田菲的父親，順手就拿起了菸缸。這是一只碩大的水晶菸缸，造型雄偉，足以容納天下所有的菸頭和所有的菸灰。傅睿把天下所有的菸頭和菸灰一股腦兒撒向了雷書記的腦袋。一部分還連帶了范院長。菸頭四濺，菸灰彌漫。雷書記的臉被菸灰覆蓋了，只留下兩隻眼睛。數不清的菸頭落在了雷書記和范院長的頭頂。雷書記卻絲毫也沒有受到傅睿的干擾。頭頂的菸頭和滿臉的菸灰同樣沒能中斷他。雷書記巋然不動，用他僅剩的兩隻眼睛望著傅睿，他打著手勢，在追思，在緬懷，在抒發。

傅睿憤然離開了。就在走到衛生間門口的同時，他感覺到了後背上的癢，很強烈。起初只是一個點，在他的後背上「刺」了那麼一下。但「癢」是多麼奇異的一個東西，像原子，可以裂變，也可以聚變。——「癢」的品質消失了，「癢」的能量迸發了出來。也就是一個轉眼，「癢」，它喪心病狂了。它們密密麻麻，在傅睿的後背上洶湧澎湃。尖銳，深刻，密實，猖狂。天下所有的「癢」都是一家的，它們串通過了，商量好了，一起撲向了傅睿的後背。

傅睿只能走到衛生間去，他把門反掩了。他在衛生間的房門背面用力地蹭。蹭是對付癢的最佳方案，癢熄滅了，一個又一個。癢的熄滅必然會帶來快感，快感誕生了。快感讓傅睿張大了嘴巴，每一個毛孔都滋生出了吟詠與歌唱的願望。無盡的快感就這樣傳遍了傅睿的全身。要是有人能夠給傅睿撓撓多好啊，最好能用刀片刮一遍。從傅睿的脖子到傅睿的腰部，對，也就是腰五骶一的那個位置，全部刮一遍，所有的癢將無所遁逃，它們的屍體將會掉落在傅睿的腳後跟那裡，屍橫遍地。

身後卻有人敲門了。傅睿拉開門，是雷書記，他站在了衛生間的門口。他的面部完整，乾乾淨淨，表情一點兒也不悲傷，終於微笑了。而他的頭髮一點兒也沒有凌亂，在腦袋的周邊繞了一個圈，完完整整地覆蓋了他的天靈蓋。他的頭頂沒有菸頭，面部也沒有菸灰，絲毫也看不出清理過的跡象。傅睿狐疑起來，對著雷書記的面部看了好大一會兒——這麼短的時間，他是如何做到的呢？

「我們已經商量過了，」雷書記對小便池說，「都討論好了。」

為了掩飾，傅睿也只能小便。在小便池的面前，他終於和雷書記同步了。可傅睿的小便只有雷書記三分之一的量，也就是說，只有雷書記的三分之一的長度。——利用這個時間差，傅睿再一次回到了小會議室。他不放心。傅睿奇怪的是，范院長也好好的，正在喝水。小會議室被清理過了，只用了雷書記三分之一的小便時間。桌面整潔，雷書記的香菸和打火機還在原先的位置上。為了恢復原樣，所有的菸頭和所有的菸灰也收進了那只碩大的、造型雄偉的水晶菸缸。

「我們已經討論過了，」范院長笑瞇瞇地告訴傅睿說，「都商量好了。」

八

嚴格地說，小蔡並沒有獨身，有家。她和胡先生生活在一起已經有些日子了。她的家離尚恩咖啡也不遠，兩站地鐵的路。

胡先生的衣著給整個第一醫院都留下了深刻的印象，他可真是太講究了。講究的衣著使他看上去分外地凝重。不過，所有醫護人員都知道，讓他凝重的不可能是他的衣著，還是他父親的病。為了他的父親，他給現場的每個人都發了一圈名片，其實也沒這個必要。但父親的病情太過嚴重了，太過嚴重的事情就必須慎重地對待。小蔡記得的，她沒有看胡先生的名片，隨手就塞進了口袋。年紀稍長的護士們卻認識胡先生，也可以說，認識胡先生的公司。他的公司有點影響力，前一段時間電視、晚報和大街上到處都是他們樓盤的廣告。小蔡不關心樓盤，既然大夥兒都對胡先生表示出了熱情，利用上衛生間的工夫，小蔡便把名片掏了出來。知道了，「海潤集團」的「海」原來就是董事長胡海先生的「海」。小蔡把胡海的名片丟進了垃圾桶。患者家屬的名片她多了去了，對一個護士來說，無論是胡海、胡江還是胡河，都一樣。地位越高的人對小蔡來說就越是沒意義。地位高的人只認院領導、主刀大夫、麻醉師，最多也就是對護士長客氣一點兒。誰會認真地對待病房護士呢？

父親術後的第一個二十四小時，胡海沒有合眼。胡海沒有合眼和傅睿大夫的交代有直接的關係。傅睿大夫說，「理論上」，移植手術有一個特徵，第一個二十四小時熬過來了，一個星期就有希望；第一個星期熬過來了，一個月就有希望；一個月熬過來了，活一年就有希望；等真的熬過了第一年，三年五載都有可能。——這是不是真的，並沒有臨床統計資料的支撐。但傅睿大夫的話胡海不可能不聽。當然了，任何一句話都有一個認知角度的問題。在傅睿的這一頭，他說這番話的重點是「活」，而到了胡海的耳朵，看問題的重點卻是「死」。——老父親會不會在第一個二十四小時就撒手呢？這一來，在第一個二十四小時，胡海在病房的外面就處在了「倒計時」的狀態裡。倒計時的狀態太折騰人了，是逼近死亡所特有的計時方式。

胡海沒有合眼，翻班的護士卻是小蔡。胡海分不清護士。胡海對人的確認有一個特點，大多都從嘴巴的那一把開始。對胡海來說，嘴巴是表情的主旋律，真的到了眼睛這一帶，他反而不容易搞清楚。這一來麻煩了，護士們都戴著碩大的口罩，她們的嘴巴沒了，就等於整體的表情沒了，誰還認識呢？——所有的護士都是兩隻眼睛。凌晨四點，小蔡過來換藥，胡海站起身，並沒有凝視父親，相反，他盯住了小蔡。這也是患者的家屬們常有的心態了，在要緊的關頭，他們格外在意醫生或護士的眼神。他們認為，這些眼神往往包含了患者的命運。胡海注意到了，小蔡的眼睛裡頭有了一絲喜悅的成分。然而，因為是下半夜，每個人都懶得說話，小蔡也就懶得說話了。她的目光從胡海的臉上挪開了，迅速地瞥了一眼病床的下方。順著小蔡的目光，胡海看了一眼父親的導尿袋，這一眼不要緊，胡海吃了一大驚，導尿袋血紅——他的父親居然尿血了。胡海哪裡能知道呢，這不是尿血，是被移入的腎臟開始代謝的徵候。經過小蔡的一番解釋，胡海明白了，這叫「腎存活」。也就是說，腎臟在父親的體內參與代謝了。這是天大的喜訊。還有什麼比這個更好的呢？凌晨四點，病房像鬼門關那樣沒有好歹。可病房護士卻帶來了好消息，她可是報喜鳥呢。胡海在激動之餘瞥了一眼護士的胸牌。她姓蔡。

胡海再一次見到小蔡的時候，父親已經開口說話了。一來一去，也就是幾句話的事情，這就不一樣了。胡海輕鬆了。輕鬆的來臨和疼痛的消失極為相似，它可以把一個人還給他自己，胡海就此進入了常態。胡海再也不用把他的注意力聚集在父親的身上啦。他的視覺和聽覺都活躍了起來，比方說，無所事事地觀察周邊。胡海很快就注意到不同護士的不同習慣了。比方說，小蔡，到了注射的時刻，她就有一個習慣，在尋找靜脈、打算進針的時候，小蔡往往要把她的口罩摘下來。也不是真的摘下來，而是掛在右側的耳朵上，然後，伸長了脖子。她的嘴巴是張開的，不是用鼻孔，而是用嘴巴去呼吸。小蔡的胸部相當地挺，這一來小蔡的呼吸就不再是呼吸，更像喘，整個胸脯都聯動起來了。那是一種十分輕微的起伏。伴隨著這樣的起伏，小蔡就把針頭插進血管了。這是寂靜的動態，全神貫注，特別地美，天然，同時還兼顧了職業的特徵。胡海在他的公司從來都沒有見過這樣的全神貫注。這個中年男人就此知道了一件事，美女的美不在局部，不在眼角、鼻尖、嘴巴乃至於大腿、臀部和腳踝，不是的。美女的美是系統性的，是她的整個系統讓某一種靜態或某一種動態煥發出了無與倫比的魅力。

就在術後的第四天，一切跡象都在表明一件事，胡海的父親絕對能活得過「一個星期」。刀口也已經「不疼」了，父親也就擺脫了疼痛，表情裡不再有忍。胡海的心情好得不能再好了，他在過道裡頭叫住了小蔡，特地遞給了小蔡一張名片。小蔡正在忙，她背對著胡海，為了和胡海構成對話的關係，她的上身只能是後仰的。這個姿態好看得很。她看了一眼名片，看了一眼胡海，再看了一眼名片，再看了一眼胡海，最終把名片放進口袋。胡海看出來了，當小蔡撥動她的眼珠子的時候，有極好的姿態，類似於弱電的分流。胡海掏出了他的手機，在那裡等。小蔡明白過來了，上眼瞼彎了，應該是歉意的笑。她報出了她的手機號。她把她的號碼分成了三組，第一組三位數，第二組三位數，第三組則是五位數。

就在當天晚上，小蔡待在她的單身宿舍裡頭，正在玩電腦，都打算睡覺了。手機上突然跳出了一行字：「來我們公司吧。」這當然是詐騙短信。第二天一上班，短信的下面再一次跳出了一則短信：「考慮一下唄。」小蔡突然想起什麼來了，她去了一趟衛生間。從口袋裡掏出了胡海的名片，一比對，果然是的。小蔡對這樣的曖昧一點興趣都沒有，這樣的曖昧她在病房可是見得太多了。作為一個業內人士，有一件事小蔡是知道的，這年頭，護士的流動性相當大。那些年輕漂亮的姑娘們哪裡去了呢？大家都有數，院方也有數。心照不宣罷了。比較下來，泌尿外科的病房就更為嚴重。道理也簡單，腎病是富貴病，家裡沒有一點家底是不會把患者送到這裡來的。泌尿外科是住院部的「頭等艙」啊，頭等艙自然會有頭等艙的人生風景。

小蔡把手機窩在掌心，眨巴了幾下眼睛。臨了，開始打字。「胡總也想開醫院哪？」又檢視了一遍，口吻很得體，算是對付了。

一出衛生間，小蔡就給胡海的父親換藥去了。她端著託盤，徑直從胡海的身邊走了過去。這一次小蔡沒有和胡總打招呼，甚至都沒有對視，但是，胡總的存在感卻放大了，就在小蔡眼角的餘光裡。餘光告訴小蔡，胡總正在閱讀她的資訊。小蔡來到床前，把針頭從空瓶子上拔下來，再把針頭插到新瓶子上去。就在整理滴管的時候，口袋突然就是一陣振動。小蔡知道了，是胡海的短信回覆了。護士在值班的時候當然是禁用手機的，但是，今天的手機會有特別的事態，那只能另當別論。小蔡把手機調到了振動，但振動也有它的聲響，類似於昆蟲的翅膀。小蔡聽得見翅膀的聲音，想必胡先生也聽得見。可小蔡就是不接，臉上是置若罔聞的神態。換完藥，小蔡卻沒有當即離開，她刻意逗留了片刻，掀起被窩看了一眼老爺子的刀口，說：「挺好的哈。一天一個樣，挺好。」一都是嘴邊上的話。

整整一個工作日，小蔡彷佛失蹤了一樣。這對胡海來說可不是什麼好消息。這話也不準確，她一直都在病房。是護士在這裡，那個叫小蔡的「姑娘」卻不在這裡。胡海剛才的短信是這樣說的：「醫院我辦不了，康復中心或者養老院我正在考慮，未來有那麼多的老人呢。」胡總的這個短信很沒見識了，這一套說辭在他的那一頭勉強可以算一個創意，在小蔡的這一頭，再普通、再平庸不過了。小蔡有過類似的機會，可鄉下人有鄉下人的邏輯，很看重體制。小蔡就喜歡「第一醫院」這一塊招牌，哪裡都不會去。小蔡再怎麼浪，「頭等艙」的事情不會發生在她的身上。這樣的男人小蔡可不玩，再說，年紀也大了。

胡老闆的短信換了主題了，還是平庸的創意。請小蔡「吃頓飯」。這個小蔡答應了。在這件事情上胡海做得還算體面：時間由她定，地點也由她定。那小蔡就不用客氣了。她答應了第二天的午飯，地點則是離第一醫院不遠的「粵仙」，是一家海鮮館。小蔡每一次路過「粵仙」都能看見他們的廣告，她喜歡圖片上的澳洲龍蝦。龍蝦的肉剔透了，有自動的光源，嬰兒的口水一般。小蔡從來沒吃過龍蝦，說到底，「粵仙」可不是為小蔡這樣的人開的。——既然胡總要請客，也好，那就周瑜打黃蓋唄，一個願打，一個願挨。

午餐大概只進行了一個小時。畢竟是午餐，多少有些倉促，也沒酒。胡老闆到底是長了一輩的人，幾乎沒怎麼吃。那小蔡就不用客氣了。總體上說，龍蝦的味道相當好，比廣告的效果還要好，尤其是牙齒切入蝦肉的那個剎那。看著小蔡吃完了，胡海放下叉子，放下刀，抿了一口礦泉水，說了幾句場面上的客套話。概括起來說，就是辛苦你了，非常感謝。說完了客氣話，胡海拿出了一張卡，摁在了桌面的白色臺布上，一直推到小蔡的面前。胡老闆說，一點心意。小蔡沒有扭捏，說：「這怎麼好意思？」也就「笑納」了。說話的工夫胡老闆已經起身，一邊起身一邊交代密碼，是六位數，12－12－12。說完了胡總就笑，小蔡也笑——這個胡總，哪裡還是老總呢，就像隔壁小學的體育老師，在喇叭裡喊口令呢。不管怎麼說，小蔡和胡總總算笑到一起去了。胡總也沒有逗留，再次道謝，起身，走人。

小蔡當然是拿過紅包的，通常都是和杜蕾斯一樣超薄型。露骨的也有，直接就是兩張現金。胡總還是不同，是一張卡。數額就不用管它嘍。卡有卡的意義，好看，也正式。小蔡到底還是個女孩子，哪裡綳得住。好不容易熬到下班，小蔡故意繞了一個大圈子，來到了ATM的面前。她急於想知道卡內的祕密有她的動機，這動機來自於她的一個誤判。她沒見過護士長們拿紅包，那麼，一定就是卡。一張卡究竟是多少？小蔡沒法問，也就不可能知道。現在好了，她也有了一張卡，護士長的價碼自然就揭開了。——這裡頭有小蔡人生的小目標，如果值當，她就應當朝著護士長這個目標去努力。如果不值，立即拉倒。

ATM的顯示器顯示了，是餘額。一出來就把小蔡嚇了一大跳，一嘟嚕全是0。領銜的是2。小蔡的腿都嚇軟了。2的後面一口氣續了五個0。小蔡張開了手，借助於手指，依照個、十、百、千、萬這個序列，一口氣數了好幾遍。確認了。小蔡雖說被嚇了一跳，好在也沒有失去冷靜，她沒有取。她把卡拔了出來，一個人來到了馬路邊。車水馬龍再也不是車水馬龍的模樣了。

這當然不是一個紅包，不可能是。那一頭很清晰，幾乎是宣言，他志在必得，要睡她。可二十萬究竟是怎樣的一個睡法，小蔡無法確認。睡一下當然不是什麼問題，和誰還不是睡呢。問題是，二十萬究竟意味著什麼呢？小蔡一時半會兒也理不出頭緒。

出乎小蔡的意料，「粵仙」的澳洲龍蝦之後，胡海的那一頭沒動靜了，和消失了一模一樣。這個就奇了怪了。胡海到底是哪一路的神仙呢？他又是怎樣的一個物種呢？——老虎有老虎的方法，先起跳，整個身體都一起撲；——蟒蛇則是蟒蛇的撲法，牠只用小半個身子，其餘的部分原地不動，那是可以吞得下一頭大象的；——蜥蜴呢，牠靜止，牠的身體不動，需要出擊的僅僅是彈簧一樣的舌頭。胡海不是虎，不是巨蟒，也不是蜥蜴。他又是怎樣的一種打法呢？對，他是蜘蛛。蜘蛛所擅長的不只是不動，甚至還避讓，牠只是等待獵物自己撞上來。如果是蜘蛛，這個男人就太陰險了，和「胡總」的稱呼很不相配。那麼好吧，既然你決定了做蜘蛛，那姑奶奶也是一隻蜘蛛。——卡在我的手裡，我可以還給你，也可以不認帳。說到底又不是我搶過來的。只要把密碼換一換，誰知道這張卡是誰的，12—12算個屁。

胡海給小蔡打電話已經是他的父親出院後的一個星期了。電話有些突然，正是小蔡百無聊賴的一個時段。胡海沒發短信，直接就撥通了手機。小蔡都沒過腦子，隨口說：「在班上呢。」出乎小蔡的意料，胡總沒有嬉皮笑臉，相反，胡總口吻居然莊重起來了。胡總說：「小蔡，我們不撒謊，敞敞亮亮的，好不好？」

「你憑什麼說我撒謊？」

「你們的值班表我都能背出來。我說的是你的值班表。——出來逛逛唄，我陪你遛個彎兒。」

小蔡笑了。那就逛逛唄。小蔡讓胡海在貴陽路和安慶路的交叉口等她。這裡有第一醫院的集體宿舍，一個人一小間的那種。小蔡很喜歡她的宿舍，再怎麼說，在這個城市裡，這裡屬於她，這是她與這座城市所建構起來的一個關係。和大部分姐妹不同，輪休的時候小蔡不喜歡逛街，她寧可一個人待著。——又有什麼可逛的呢？無非是多認識一個男人，多喝幾次酒，多做幾次愛，然後分手。小蔡畢竟是曾經滄海的人了，情願在休息的日子裡睡個懶覺，再看看電視，也挺好。——胡海到底還是來電話了，小蔡對這一次的見面並沒有自己預估的那樣熱心。卡她是帶上了，見機行事吧。這張卡她不會要的。沒睡，她不要；睡了，她也不要，就算給胡海的勞務費吧。

一見面，胡海的樣子特別了。他沒有衣冠楚楚，隨意得都有些過分，就一件套頭衫。和他的豪車很不相宜。因為套頭衫是黑色的，又緊身，顯肚子了。胡總的倜儻一下子就不見了，此刻，他和大街上的走卒也沒什麼兩樣。胡海說：「想到哪裡逛逛去？」小蔡說：「就坐在車上逛逛街吧。」胡海點點頭，說話的工夫胡海已經把小車啟動起來了，車開得很慢，不像有四個輪子，倒像長了兩條腿，真的是逛街的樣子。胡海把著方向盤，慢騰騰地說：「——你吧，這身衣服不好看。」這話說的，哪有一個男人一見面就批評女人的衣著的呢？也不看看他自己都穿成了什麼樣。小蔡說：「要不換一身去？」胡海說：「也行。」說話的工夫胡海的車已經掉頭了。也就三四分鐘，小車來到了地中海購物中心，胡海一個急拐，小車順勢就衝進了地下車庫。小蔡說：「你這是幹什麼？」胡海說：「你說了，換一身去。」小蔡說：「好好的換什麼衣服啊？」胡海說：「閒著也是閒著。你穿成這樣，一點兒也不像小蔡——我這是和誰逛街呢？」這話說得沒臉了，就好像除了小蔡，他就再沒和女人逛過街似的。

——這裡是地中海購物中心的七樓，女性服裝與女性鞋帽的專賣層。小蔡沒有在這裡消費過，地中海哪裡是小蔡消費的地方。不過話要分兩頭說，不消費不等於不來。小蔡偶爾來這裡的，主要是逛，說得有文化一點，也就是流連。基本上屬於心理行為了。小蔡在流連的同時當然也要挑選和嘗試，在挑選和嘗試的過程中孤芳自賞，那也是一種生活，又幽眇又高級，是夢一樣的隱暗性生活。今天卻有些不一樣，身邊站著買單的主兒呢。小蔡定心了，那就慢慢地挑唄。小蔡走到哪裡胡海就跟到哪裡。小蔡突然就犯過想來了，以胡海的年紀和身分，陪著一個姑娘在這裡買衣服，不合適吧？胡海卻反問了一句，這光天化日的，有哪裡不合適呢？這話把小蔡問住了，是啊，有什麼不合適的呢？倒好像小蔡懷了什麼鬼胎？他們就一邊走，一邊挑，偶爾還有商有量。小蔡覺察出來，在買衣服這個問題上，胡海有品味，是高手，重點是系統性強。他們就一件一件地試，有上衣，有褲子，有裙子，有鞋。一層樓再上一層樓。在這個漫長的過程中，胡海也會給小蔡一些建議的，比方說，那件無肩的旗袍，那條紫色的重磅真絲，滿適合你，和你的氣質搭，可以試試看。——小蔡喜歡這樣的建議，這一番建議裡暗含了某種不易覺察的誇，小蔡是有「氣質」的，那就試試看唄。——重磅真絲的墜感真的是妙不可言了，面料一路向下，拉上拉鎖之後，小蔡胸是胸，臀是臀，腹是腹。這哪裡還是真絲，成了她的身體，比她的身體更能體現她。哦，高檔的衣服原來是這樣的，不是衣服高檔，是「讓」女孩子高檔。女孩子的高檔所體現出來的不是別的，是穿的哲學——不是透過現象看本質，而是透過本質看現象。妙不可言的。當然，這件旗袍小蔡並沒有買，短了。胡海說，可以去訂製。兩個小時之後，小蔡其實也就不關心「訂製」的問題了，她開心。什麼都還沒買，小蔡已心花怒放。

可買總是要買的。胡海所看重的是褲子。胡海說，和裙子比較起來，小蔡的體形其實更適合褲子，可以凸顯她的兩條腿。小蔡的腿長，小腿瘦，卻有一個短板，大腿粗，為了掩飾她大腿的粗，小蔡就規避了褲子。胡海的意思正好相反，女孩子的大腿可不能太細，關鍵是褲子要合適。那就來一條褲子唄。一上身，小蔡服氣了，她的大腿哪裡粗，是恰如其分的樣子。小蔡高興啊，這哪裡還是買衣服，都解決了她的心理頑疾了，值得擊掌相慶。但是，小蔡高興得還是太早了，到了買單的時候，她不高興了。她不高興，胡海也就不高興了。恰恰就為了這條褲子——就在確定了長度、鎖好邊、小蔡再試的時候，胡海說，別脫了，就穿著吧。小蔡不願意，她想換上她的舊衣裳。一個要換，一個不讓，兩個人槓上了。一來二去，兩個人還不說話了。最終還是導購小姐出面打了圓場，她站在了胡海的這一邊，對小蔡說：「先生都買了，你就穿著唄。穿衣要新哎。」

導購小姐的話小蔡就不好回了。胡海怎麼就成了「先生」了呢？但是，胡海不是先生又是什麼？也不能是女士吧。不管怎麼說，胡海從頭到尾一直陪著她，導購小姐都看在眼裡了，這樣的男人可是不多的。就算是導購小姐判斷錯了、說錯了，又怎麼樣呢？小蔡到底該接著生氣呢還是該高興起來呢？很不好拿捏。還好，胡海倒是沒有計較，他衝著導購小姐使了一個眼色，匆匆刷了卡，提上包好的舊衣服，對小蔡說：「走吧。」

人是要衣裝的，這是真理。小蔡花了半個下午置辦了一身新行頭，值得。她步行的動態都拉風了。胡海卻反了過來，提著大包和小包，幾乎成了小蔡的小跟班。商場裡有許多粗大的柱子，那些柱子的外表都包裹著一層鍍了鎳的鋁板。從實際的效果來看，它們都是鏡子，圓柱形的。小蔡望著圓柱形的鏡子，找到自己了，她的身體變成了一個瘦長條，猶如夢幻世界裡的幻影女王。可小蔡很快就發現身上的不對勁了，是頭髮，和她的一身新完全不搭調。小蔡對著柱形的鏡子捋了好幾撥頭，都沒來得及說話，胡海說：「還是得做一下頭。」小蔡猶豫了一下，背過身去，抿著嘴笑。笑了好大一會兒，小蔡轉身了，說：「那要多長的時間啊。」胡海說：「時間是這個世界上最沒用的東西。」上帝啊，都像箴言了。小蔡想想，也對，時間又有什麼用呢？

既然要做頭，那就不用下樓了，得反過來，上樓。——到底是地中海的美髮廳，氣派。黑色的地磚，黑色的牆體，卻透亮。在美髮廳，就好像這個世界有一種專門的東西，叫黑光。美髮師也是黑色的，黑皮鞋，黑褲子。白襯衣，外面卻罩了一件黑馬甲。小蔡找了一張空椅子，坐了上去。胡海則在不遠處陷入了一張沙發。雖說是在小蔡的身後，小蔡卻可以在鏡子的深處觀察到他。胡海已經做了持久戰的預備，他搬來了一摞子《時尚芭莎》，二郎腿也蹺上了，慢慢地翻閱。他的情態與其說是耐心的，不如說是休閒的。與其說是休閒的，不如說，這就是生活了，也就是過日子的那種。小蔡想，你一個買鮮魚的，我一個賣鹹魚的，你都悠閒，我急什麼？那就慢慢地來。先洗頭，吹乾了，再和美髮師慢慢地討論具體的細節。主要是髮型，這是改頭換面的事，要慎重。到底選擇什麼式樣的髮型呢？小蔡在直髮與大波浪之間猶豫不定。她是傾向於直髮的，說到底，直髮更有少女感，她這個年紀的女人只要再勇敢一點，還是可以往少女的那一頭挪一挪的。可現實的問題是，直髮和新換的這一身的行頭似乎又不妥帖。可大波浪也不行啊，再有風韻，終究還是老氣。商量到了最後，小蔡終於明白過來了，幹麼那麼死腦筋呢，一切都交給美髮師不就完了麼。美髮師的口吻相當地專業，說：「還是要燙，燙完了再拉。」這是什麼話呢，這不是鬧呢麼？帥氣的美髮師客客氣氣地解釋說：「燙完了，頭髮才能夠蓬鬆；再拉，顯得頭髮多。」哦——原來是這麼一個道理。小蔡一下子就想起了電視畫面上的女主播，難怪她們的頭髮那麼多、那麼好，難怪她們的小臉總是可以被頭髮包裹在最裡面，難怪呢。那就開始吧，先燙，再拉，附帶著塑型。

小蔡還是低估了做頭所需要的時間。這是一項太過複雜的工程，耗時，費力，尤其在燙這個環節。美髮師把她的頭髮一縷一縷地分開，用捲筒捲起來，固定好，燙。燙完了再洗，然後才是一梳子一梳子地吹，一梳子一梳子地拉。等所有的頭髮都吹得鬆軟了，聽話了，最後才能定型。小蔡的頭髮果然給美髮師拉出了精神頭，腮幫子兩側的頭髮居然都有了張力，呈現出富有彈性的弧度。它們與小蔡的腮幫子保持了一定的距離，卻又在面部的兩側護衛著小蔡的臉。小蔡就那麼望著自己，有了楚楚動人的跡象。附帶著，小蔡也就看見了鏡子深處的胡海。事實上，小蔡已經把胡海忘了，可胡海依然斜坐在那裡，像個顧家的好男人。陪伴他的依然是那一堆《時尚芭莎》。不同的是，《時尚芭莎》已經從他的左側挪移到他身體的右側去了。小蔡對著鏡子的深處「嗨」了一聲，胡海捏著手機，走上來對著鏡子說：「做好了？」小蔡說：「沒呢——你覺得這個髮型怎麼樣？」胡海看了看，說：「很好，短一點更合適你。」口吻特別地家常，就好像他們在一起生活已經有些年頭了。是從什麼時候開始的？他們之間怎麼就形成了這麼一個局面的呢？這一問一答的，這一來一去的，就差柴米油鹽醬醋茶了。

就在當天，他們去了酒店，沒有試探，也沒有交流情緒。就是過日子的樣子，兩個人外出旅遊了。小蔡並沒有體現出特別的激情，只是順暢。胡海和他購物與做頭的狀態相差無幾，他穩妥，綿長，不逞能。很照顧人。唯一不同的是，小蔡在事後有了情緒上的反應，很安心。特別地安心。基於這樣的心理基礎，小蔡認為，有些事情還是要談一下的。她就把話題重新給挑了出來。胡海說，還是到公司比較好。小蔡不同意，她不想捨棄她的第一醫院，畢竟讀了那麼多年的書。胡海想了好半天，說，我還是得給你安排一個崗位，健康助理，怎麼樣？你可以不用去上班。小蔡思考了相當長的一段時間，最後說，好的。小蔡又想了想，說，先生還是租一套房子吧。先生說，那當然。小蔡又想了想，她感覺到了相似性。這個感覺荒謬了，沒頭沒腦，和什麼相似呢？她的這個感覺基本上就不能成立。——什麼都沒有，哪裡來的相似？可小蔡就是感覺到了相似性。同時，這個相似性還有了深入人心的趨勢。

九

新世紀的突飛猛進不可能只是體現在大街上，還有悄然的與無所不在的培訓。培訓，它革新了，革新了的培訓充滿了活力。為了提升培訓自身的激素水準和代謝能力，它在招租，也在尋租。招租與尋租所帶來的結果相當地喜人，發展的速度它上去了。高速不只是高速，也模糊——印象派繪畫所表達的就是這個：一切都是順帶而過的，它稍縱即逝，來不及認知。哪怕是湖水、星辰與花朵，它們也只能模糊。模糊是一種結論，它告訴人們一件事，湖水、星辰與花朵已不再是湖水、星辰與花朵，它們飛奔了，像子彈，只要空間不要時間。物質的造型就此消失，肌理也一併消失，留給你的只有印象。它是世界賦予人類最後的饋贈。世界變成「印象」已經是一百多年前的事了——現在，輪到傅睿去「印象」了。——「高級培訓」很模糊，傅睿甚至都還沒有來得及產生印象：它既是官方的也是民間的；它既像組織行為也像商業模式；它的結業證書既可以作為人生的硬通貨也可以看成一張廢紙。傅睿的「高級培訓」當然很正式，有正規的來頭，承辦方卻是一家銷售機構。銷售機構又把它肢解了，分包給了不同的公司。一些公司負責聘請教師，一些公司負責承包場地，另一些公司則負責綜合管理。傅睿唯一能確定的是，包租的場地是一組被廢棄了的民國老建築，翻新了。當然了，再怎麼新，風格還是老款式，擺脫不了廢物利用的性質。圍牆自然也翻新過了，頂部壓了一層藍色的琉璃瓦。

這是一堆疏朗的建築，幾經翻修，不同的建築早就更改了它們的功能。但是，無論怎樣更改，禮堂、教室、圖書館、宿舍和食堂都各歸其位，正在發揮它們現有的功能。從公告欄的殘留廣告上可以看得出，這裡不只是舉辦「高級培訓」，也有眾多的基礎培訓和中級培訓，甚至包括寒暑假期的中學生英語和拉丁舞。想想也是，培訓什麼並不重要，客戶需要什麼，那就培訓什麼。

廢棄的民國時期老建築獲得了新生。它不只是被翻新了，也在拓展。新的建築物正拔地而起，那是一家多功能的圖書館，民國為體，時代為用。傅睿遠遠地就看見了那座吊塔，它高聳，攪拌機正在轟鳴。攪拌機會把水泥、黃沙、石子的關係搞均勻的，它借助的是水。等均勻的水泥、黃沙與石子依照設計師的意願澆灌到預製板的內部之後，水會全身而退，水泥、黃沙和石子則一起凝固。復古主義的現代性就這樣獲得了它的強度和硬度。

傅睿拖著他的拉杆箱，一個人來到了東郊，培訓來了。一走進這組新老並峙的建築，傅睿就相當地恍惚。他所理解的「高級培訓」當然就是上課，原來不是。開會也不像，旅遊就更不像了。但傅睿在來到培訓中心的第一天就得到了一個好消息，「高培」的結業不用考試，那就輕鬆多了。傅睿有他的隱祕，或者說，擔憂。他害怕考試，以他的睡眠狀況，再簡易的考試他都難以勝任，那還怎麼向第一醫院交代呢？培訓好啊，他終於可以在培訓中心踏踏實實地失眠了。傅睿失眠，他的睡眠幾乎就是一隻一刻也不能安穩的猴子。好在培訓中心用不著上班，好在培訓中心也不用手術。那就失眠唄，那就日夜顛倒唄，就當免費去了一趟美國。

睡眠不是猴子，是水藻，它一直在困擾傅睿。即使借助於藥物，傅睿的睡眠也從不保險。傅睿有一個沉重的和難以啟齒的負擔，他懼怕夜晚，那個只屬於睡眠的時間。但夜晚會放大，它能涵蓋到黃昏。這一來，傅睿也害怕黃昏。嚴格地說，黃昏一旦降臨，傅睿就開始擔憂，今夜他能不能入睡呢？殘陽如血。但殘陽從來不是答案，也不是承諾。殘陽只是如血，這一來殘陽就帶上了不祥的性質，它的光芒與色澤都偏於凶險。關於睡眠，傅睿鬱悶，他了解人體內部的所有臟器，可睡眠在臟器之外。睡眠到底在身體的內部還是在身體的外部？

傅睿吃不準。它流動，也堅固，像人為，更天然。它可控，卻不可控。它自主，也不自主。它靜穆，也喧騰。它簡單，更複雜。它親和，又猙獰。它雙目緊閉，又目光炯炯。傅睿原本的睡眠挺好，一進入大學，壞了，睡眠出了大問題。導致傅睿失眠的原因並不複雜，是解剖，嚴格地說，屍體。傅睿害怕屍體，這就說不出口了。醫科大學最為普遍的看法是，克服對屍體的恐懼只是一個過程。等時間積累到一定的地步，自然而然就好了。傅睿一直沒能「好」，他能做的只有硬撐，也就是假裝。傅睿也問過自己的，他所恐懼的究竟是什麼呢？傅睿最終給出了答案，是表情。屍體的表情。任何一具屍體都有它的表情，那是殘留的偏執，就在牙齒、眼角、嘴角或太陽穴上。傅睿很能夠體會這樣的偏執，在生與死相遇的剎那，生命獲得了驚悚。因為死，這驚悚就凝固了，成了固執，最後也只能是偏執。——事實上，屍體也不是偏執，那是一種堅持，是不能放棄。不能放棄就意味著一件事，他活著。是什麼讓他活著的呢？當然是疼。不是他不願意放棄疼，是疼不肯放棄他。——多種多樣的疼，深入的疼，隱藏的疼，劇烈的疼，撕裂的疼，無休無止的疼，一陣一陣的疼，酸疼，下墜的疼，亢奮的疼，擴散的疼，猶豫和鬼祟的疼，沒頭沒腦的疼，發射的疼，凝聚的疼，突發的疼，吞噬的疼。這些疼都源自於哪裡呢？很難確認。關節還是淋巴？牙齦還是脾臟？腫瘤還是炎症？權力還是鈔票？上司還是鄰里？意外還是陰謀？傅睿吃不準。為了捕捉這些表情的來由，傅睿躺直了，雙腳併攏，擺出屍體的姿態，然後，去假想那種疼。傅睿就這樣和黑夜構成了對話關係，這樣的對話關係只有起始，沒有終結。然後，天就亮了。

屍體有可能微笑麼？傅睿從來沒見過，一次沒見過。但微笑是屍體的可能，許多人證實了這一點，他們看見了「含笑九泉」。「含笑九泉」差不多已經是人間的普遍文化了，傅睿沒見過。沒見過卻不等於沒有。傅睿也沒見過睡眠，睡眠也有的。傅睿嘗試過「含笑九泉」，他躺平了，擺出了屍體的姿態，然後，開始微笑。他保持著微笑，這就迷人了。這是一筆極好的遺產，應該普及。天又亮了。

日復一日的失眠讓傅睿很失措。他只有努力。但睡眠與努力所建構的是魚和天空的關係。他的努力得到了饋贈，天亮了。

攻讀研究生之前，傅睿還沒有學會使用安眠藥，那個凌晨的四點，傅睿站在了衛生間的鏡子面前。他的樣子醜陋了。像縱欲。像酩酊。像被捕與招供。像出賣。像軀殼。像奄奄一息。傅睿生自己的氣。失眠成了紅頭的蒼蠅，就一隻，圍繞在傅睿的腦袋周圍，傅睿永遠也拍不死它。

發現並關注傅睿失眠的，是傅睿的母親。第一個反對傅睿使用安眠藥的也是傅睿的母親。——怎麼能吃那個東西呢？它的副作用太大了，對肝、對腎、對神經系統都會有極大的傷害。聞蘭只相信中醫，中醫的精華其實就是兩個字：一個是調，調養的調；一個是養，靜養的養。聞蘭雖然沒有學過醫，但是，聞蘭在收音機裡播送過一篇稿子，聞蘭很同意這篇稿子的觀點：中醫不是科學，中醫在科學之上。它來自神示，肇始即巔峰，然後，流傳有序。傅睿聽從了母親的勸告，把植物的葉子、根莖和昆蟲的屍體熬成了湯劑，利用這些湯劑去「調」。「調」過來「調」過去，天又亮了。東方紅腫了，化膿了，淤積了一堆的血和膿，看上去特別地疼。傅睿在氣急敗壞之餘背叛了母親，他去了醫院，開了一板舒樂安定。舒樂安定，它的效果美妙了。夜深人靜之際，那個小小的、白色的顆粒變成了一只巨大的輪子，十分緩慢、十分安詳地從傅睿的身軀上碾了過去。傅睿看見自己成了一隻卡通貓，巨輪壓住了傅睿的尾巴，沿著傅睿的尾巴一點一點地向前推。睡眠是一個扁平的東西，傅睿很平整。傅睿就這樣由三維過渡到了二維。傅睿一口氣睡了八個小時，類似於消融。消融帶來了驚人的結果，天亮啦。

培訓班的開班典禮一點兒也不複雜，就在報到日的當天晚上。程序簡單，氣氛內斂而又低調。現場來了兩個領導，象徵性的。不過，禮堂裡卻有一股子隱匿的亢奮。是的，四十八個學員，都是四十上下的年紀，正是懈怠的時候。家裡懈怠了，辦公室裡也懈怠了。然而，四十來歲的懈怠和六十多歲的懈怠到底不同，它所需要的僅僅是外部的一個理由。再怎麼說，他們哪裡是「學員」呢？是四十八個行業精英，是全社會的翹楚。現在，他們進入了「高級培訓」這個階段。除了傅睿，誰還不知道「高級培訓」意味著什麼呢？不言而喻的。

中心主任是一個已經退了休的男人，稍稍帶著一些行伍氣，卻還是讀書人的樣子，說不好。他鬆弛而又平靜。就是這樣一個鬆弛而又平靜的人，一起手就把簡單的開班儀式搞得激情四溢了。他帶著悠閒的姿態站在了講臺上，然後伸出了他的右手，他用右手對著下面的學員畫了一個很大的圈。這個動態的含義很模糊，有可能只是一個習慣動作，也有可能代表下面所有的人，或者，預示著某個領地。不管怎麼說，他綿軟的手勢所帶來的效果氣魄宏大，大夥兒即刻就安靜了。等所有的人都安靜下來，中心主任開口了，說話了。「我們來到這裡，目的只有一個，我們。」中心主任說，「這是我們的時代，也是我們的世界——我們準備好了沒有呢？」中心主任說到這裡突然就笑了，不是大笑，也不是微笑，是很有禪機的那種笑。然後，他伸出了右手的食指，把剛才那個很大的圈重新畫拉了一遍。「這一切都屬於誰？」中心主任問。

臺下一片寂靜，無人作答。中心主任只好又問了一遍——

「屬於誰？」

「我們。」禮堂裡有人回答了，聲音寂寥，是孤掌難鳴的樣子。

「不自信嘛。」中心主任說。中心主任大聲問了，是第三次問：

「屬於誰？」

「我們。」大家齊聲說。

「再來一遍！」

「我們！」

誰能想到呢？中心主任居然又一次在畫圈了。這一次他畫得格外地大，可以看作禮堂，也可以看作培訓中心，當然，也可以看成培訓中心的衍生空間。中心主任說：「看起來大家都懂了。那就散會。」

「我們」從來都不是現成的，它只能是成果。把「我」變成「我們」，這才是培訓中心的中心議題。培訓的方式當然有多種，但是，培訓中心革新了，他們研究了傳銷，在傳銷培訓的方式當中做了甄別，然後，去粗取精。傳銷不可取，但傳銷的培訓不可忽視。道理很簡單，傳銷不是別的，是哲學。其實質就一條，把「我」變成「我們」——光有我，沒有我們，傳銷不可能。

年輕的培訓師們把四十八個學員拉到足球場上去了，他們讓四十八個學員從最為基礎的訓練做起。培訓師真的是年輕啊，清一色的年輕人。年輕人帶來了年輕的理念與手段。第一個項目是「後臥」。——所謂的後臥自然是一個「我們」的項目，五個人一組。方法很簡單：一個人站得筆直，雙手貼緊褲縫，像一根竹竿那樣向後臥倒；然後，另外的四個人——八隻手——去接住他。這項訓練有它的理論基礎：從生理常識上說，後臥這個動作不成立，後腦勺是人體最為薄弱的一個部分，一個人不可能主動地選擇這個動作。它是反人類的，除非得到保護。可要領就在這裡，「我」不是我，是「我們」，「我們」的後腦勺長著八隻胳膊和八隻手呢。「我」反人類，「我們」卻不反。那還猶豫什麼？把你的後腦勺砸向大地吧，你能得到的，一定是章魚一般的自我擁抱。

傅睿犯難了。當他和「我們」站立在一起的時候，他還是「我」，只是「我」，他無法建構龐大的「我們」。每一次後臥之前，傅睿其實都鼓足了勇氣的，但最終，他就是做不到，實在做不到。他只能像一隻熊貓，先蜷曲身體，然後呢，不是向後倒，而是向後滾。傅睿的模樣極其猥瑣，即使站在地面上，他也沒有一次像樣的後臥。就在傅睿還在為原地後臥犯難的時候，難度已經升級了。他已經站在了兩米高的高臺上。這是一個令傅睿窒息的高度，他在抖。如果不是「我們」的扯拽，他甚至連爬下來的勇氣都沒有。

傅睿在這個項目上最終還是達標了。想想也是，四十八個精英，是一個更大的「我們」，怎麼可能有一個「不合格」呢？能不能完成是一回事，能不能達標則是另外的一回事。就在傅睿對自己的膽怯深感絕望的時候，「後臥」訓練已勝利結束。「後臥」訓練取得了全面的和徹底的勝利。可新的專案卻又開始了。新項目叫

「走路」。傅睿望文生義，以為「走路」是一個很容易的項目，頂多就是耐力訓練。原來不是。「走路」，專業的說法叫「一人走」。——不是一個人單獨地行走，而是十六個人一組，用同樣的速度、同樣的節奏、同樣的步幅大踏步地向前。從地面所留下的腳印看來，不是十六個人，而是「一個人」。這就太難了。教練員是一個小姑娘，一身的迷彩，束腰，高筒靴，十分地英氣。大家都以為她是退了伍的特種兵，一問，卻是一個退了役的體操運動員。這個退役了的體操運動員鐵血得很，尖聲細氣的，卻霹靂。她又尖又細的嗓音猶如分割玻璃的鑽石刀，嗞的一聲就可以將整塊玻璃分成兩半。依照她的要求，所有的學員必須將腳掌完完全全地落實到前一個人的腳印裡去。這不夠，遠遠不夠，必須要有同樣的節奏。為了實現這一個目標，小姑娘拿來了一條繩子，按照五十八釐米這樣的等距，她把每一個人的右腳都捆上了。這一捆就看出問題了，只要有一條小腿失去了節奏，一堆人即刻就會亂。亂是不行的，亂永遠也不能被接受。——什麼是亂？是「我」脫離了「我們」：「我」比「我們」慢了，或者「我」比「我們」快了，再不就是「我」比「我們」左或者右。小姑娘望著東倒西歪的學員，俏皮了——

「我們容易麼？我們不容易。」

「一人走」要了傅睿的命。再怎麼說，「後臥」還是傅睿一個人的事，大夥兒可以捎帶過去，它的後果也呈現不出來。「一人走」卻不行，傅睿耽誤事兒了。他不會聽口令。聽口令表面上是聽覺上的事情，哪裡有那麼簡單？它是統感的，體現的是精神上的嚴絲與合縫。許多人其實並不理解命令該怎麼聽。聽命令的要義是精神上的領先，在命令發出的時候，正好合拍。等聽見了，再行動，其實就慢了半拍。慢半拍要緊麼？不要緊，可你就把另外的十五條小腿給拽住了，最終的結果是一鍋粥。傅睿望著草地上的「一鍋粥」，知道了，他是一粒老鼠屎，他配不上「我們」。

為了實現「一人走」的硬實力，小姑娘上難度了。她扔掉了繩子，換了新教具——竹竿。現在，捆綁在十六個學員腳踝上的不再是綿軟的繩索，而是硬傢伙。和軟東西比較起來，硬傢伙沒有容錯率。硬傢伙在統計上的體現極為極端，要麼一起走，要麼一起倒。作為一個低能的、慢騰騰的人，傅睿只能搶。這一來傅睿就再也不是慢了，而是激進。他的激進所帶來的效果相當地驚人：一倒一大片。

「我們」並沒有實現，它被傅睿一個人給毀了。他懊惱，又害怕又自責。傅睿聞到了自身的氣味，類似於吲哚，類似於大便。他是屎。是的，是屎。「我」還能是什麼？只能是「我們」的排泄物。他臭氣熏天。

一次又一次的「再來」終於擊垮了傅睿，他的背肌，尤其是腰部的肌肉，徹底僵硬了，出現了痙攣的跡象。傅睿一屁股坐在了地上，被捆綁的小腿蹺得老高。無論女教官怎樣尖叫，他起不來。傅睿躺在了草皮上，不遠處的高空是一座吊塔，傅睿聽到了攪拌機的聲音。傅睿的躺倒是連帶的，他躺下了，另外的十五個人也就順著竹竿一起躺下了。沒有人抱怨傅睿，沒有。誰還不知道呢？在這一撥「高級培訓」班裡，傅睿是最為特殊的一個，他已經是這個城市最著名的新聞人物了，誰還好意思去抱怨他。傅睿感覺到了疼，他的腳踝已經被竹竿磨破了，局部都有了糜爛的跡象。傅睿望著自己潰爛的傷口、潰爛的肉，一下子就想起烏龜來了。烏龜好哇，烏龜好，所有的物種都是皮肉包著骨頭，烏龜偏偏不，它用骨頭包裹著皮肉。傅睿無限地神往起烏龜，如果鈣質也能為他的身體提供一個硬實的框架結構，他的皮又何至於被磨破了呢？傅睿解開了腳踝上的竹竿，自由了。自由了的傅睿從框架結構的內部緩緩伸出了他的四肢，這個姿勢舒坦啊，舒坦。榜樣的力量是無窮的，其餘的十五個人，也就是剩下的那些「我們」，一起仰在了草地上。他們像傅睿那樣，也可以說像烏龜那樣，做出了統一的、放鬆的動作，其樂融融。

理論學習大多放在上午，是講座，在一個小禮堂裡頭。雖然小，但禮堂就是禮堂，有禮堂的規制和質地。它高大，壯麗，容得下百人左右。小禮堂的裝潢相當地考究，燈光柔和，卻輝煌。即使在大白天，禮堂內部的頂燈和壁燈也都開著，類似於手術室的無影照明。與柔和而又輝煌的燈光一起傾瀉下來的，是冷氣。為了恆溫，高大的門窗閉合起來了。窗簾緊閉。窗簾是墨綠色的，很厚，帶有濃郁的民國風。這一來禮堂的內部就有了特殊的況味，似乎有了機要性。這樣的培訓需要保密麼？當然不需要。但是，需不需要保密是一碼事，有沒有保密的氛圍則是另一碼事。相對於「高級培訓」而言，機要性是規格，也是待遇。內容包括簡明哲學、人類文明史綱、經濟學基本原理、行政與組織管理、傳媒攻略、應急公關、交際的藝術。其實都是大路貨，和保密八竿子也打不著。教師們都上了年紀，毫無疑問，他們是高校裡退了休的教授。課時費都很準時，一課一結。

除了傅睿，四十七個學員絕大部分都已經在「崗位」上了，可是也頑皮。人就是這樣，無論多大的年紀，一旦離開了「崗位」，他的天真與爛漫就會被集體性激發出來，彷彿回到孩提時代。他們熱衷於給教授們起綽號。講授人類文明史綱的倪教授並不那麼在意歷史，相反，他熱衷於結論，他的知識結構就是結論，他是結論的一個譜系。所謂的人類史或者說文明史，當然是一部結論史，幾張紙就可以寫完了。當然，不用寫，都在倪教授的腦子裡。有一句話他重複得特別多——「我早就說過了」。太多的結論聚集在他的身上，他疲倦，甚至有些傷感。「早就說過了」，那還需要他重複多少遍？任何問題在他這裡其實都不再是問題了，最多是「早就說過了」的翻版。但倪教授偏偏又是一個熱衷於現實和未來的人，現實與未來到底是什麼模樣，他都知道。早就說過了。這一來倪教授所講授的又不是文明的歷史了，而是文明的未來。文明之所以還有未來，是因為時間這個東西它還存在。文明還能是什麼？就是時間。——嗨，他娘的，文明就是一份職業，五十分鐘五十塊錢，超過五十塊錢的部分就不叫文明，叫商業。同學們笑了，私底下給他起了一個綽號：「先知」。「先知」很瘦，他的側影類似於刀背，而他的手指頭更瘦，像箭頭。「先知」是合金，有合金的光澤和銳度，這就保證了「先知」既不高於商業也不低於商業，完全吻合於文明的屬性。

簡明哲學的老師則反了過來，相當胖，說話的腔調特別地委婉。實際上，他完全用不著那樣委婉，可他就是要委婉。無論他說起什麼，他都會習慣性地笑笑，同時強調：「這需要商榷。」「商榷」自然就是商量，但是，比商量鄭重，具備了理性的色彩與思辨的格局。傅睿很喜歡「商榷」這個人，他是雙軌制的，開口與微笑並轡而行。他就那樣富富態態地端坐在麥克風的後面，微笑著，心曠神怡地和各種主義、各種思潮、各種思想、各種理論商榷。可無論他介紹什麼，他的話通常只說一半，然後，用「但是」與「然而」把他的話題轉到另一個維度上去，通常是反面。這麼說吧，他總是用一半的時間去肯定一個問題，再用剩下的一半時間去否定同樣一個問題。他是零和的。他喜歡零和，在零和之外，微笑誕生了，他是一個極好的意象，哲學是在微笑的態勢下誕生的，然而，也在微笑中消亡。一個偶然的機會，傅睿在一棵樹的下面發現了，「商榷」並沒有微笑，他的皺紋就長成笑的走勢。簡明扼要，兼備了啟示性。

講授應急公關的楊教授和「商榷」有某種神似的地方，可是他不愛「商榷」，他所熱衷的是「不好」。他一直把「不好」掛在嘴邊。什麼都「不好」。在和學員們討論的時候，他的第一反應永遠是「不好」。為什麼就「不好」了呢？他也不解釋。那麼，與「不好」相對應的另一面，也就是相反的那一面，是不是就一定是「好」的呢？也不一定。某種程度上說，也「不好」。

比較下來，講授經濟學基本原理的褚老師則非常地樂觀，他使用率最高的那個詞是「濫觴」。傅睿並不熟悉「濫觴」這兩個字，後來得到了解釋，明白了。傅睿注意到了，「濫觴」特別受學員們的歡迎，這一點「濫觴」自己也是知道的，「濫觴」自己也在強化它。「濫觴」是怎麼做的呢？重點是結合實際，當然是經濟的實際。這一來，「濫觴」的課堂就有了現實的鼓動性。如果沒有其他的教授，只讓「濫觴」一個人上課的話，你會發現，人類的歷史幾乎就是空白，從來都沒有出現過「經濟」這麼一個東西。所謂的「經濟」，或者說，「經濟的歷史」，也就是眼前的事情——它濫觴於此刻與此時。「經濟」可不是別的什麼，其實是我們的一個發明。「濫觴」最為令人欽佩的是他的記憶力，每一次授課，他起碼可以羅列出上百個數據，很炫目。不過，嫉妒他的人也有，那些嫉妒他的人說，他記得個鬼，誰能記得那麼多的數據？他的資料都是即興的，連小數點都是即興的。然而，即興和令人亢奮是一碼事，一個在情緒的這頭，一個在情緒的那頭，它們可以構成一個蹺蹺板。我在上面，他就在下面；我在下面，他就在上面。很好的局面。許多人都不相信「濫觴」，但是，聽了「濫觴」的課，傅睿相信，人類才剛剛起步，到處都是創世記的景觀。這是多麼地迷人。

傅睿的第一個星期就是在「先知」、「商榷」、「不好」和「濫觴」的輪換當中度過的。到底是學醫出身，他有些掙扎。作為一個在夜間難以入睡的人，他的上午艱難了。一般說，上午九點過後，傅睿在禮堂裡坐得好好的，然後，睡意就來了。這股子睡意可不像小偷，相反，像帝王，有儀仗，很鋪排，有磅礴氣，是碾壓式的。——在小禮堂補一覺原本就是傅睿計畫好了的事，可真的到了小禮堂，傅睿也犯難。他不好意思睡，做不出來。做不出來那就只能是硬撐。傅睿只好用他的胳膊托住下巴，至少保留了傾聽的姿勢。可瞌睡終究撐不住，傅睿只能分段，一覺一覺地睡，再一次一次地醒。他的每一次醒都是驚醒。傅睿就始終處在了睡著與驚醒的臨界點上，在睡著與醒來之間不停地折騰。傅睿後來就知道了，在深夜，他的睡眠就是這樣，可以睡著的，每一次都是在睡著的同時醒來。

輪到傅睿的課了，是傅睿的物理課。傅睿在課堂上總共才站了兩三分鐘，他注意到了一件事，田菲在打瞌睡。也許已經睡著了。和許許多多趴在桌面上呼呼大睡的同學不同，即使睡著了，田菲依然保持著聽講的姿勢。為了不讓自己的腦袋耷拉下去，田菲特地用她的巴掌托住了下巴，這一來她的整個腦袋就被卡住了。然而，她的上眼瞼卻支撐不住，一次又一次地往下掉。傅睿就在講臺上，田菲離他只有四排的距離，是第五排。他看得清清楚楚的，田菲在和她的瞌睡做抗爭。最終，瞌睡壓垮了田菲，她睡著了。教室裡真冷啊，傅睿感覺到了冷，想必田菲也相當地冷。——會不會感冒了呢？

既然田菲已經睡著了，傅睿乾脆就停止了講授。作為田菲的物理老師，傅睿當然不可能只為田菲一個人上課，但是，某種意義上說，這一節課是的。——田菲的單元測驗又失手了，是老問題，還是浮力的這一個小節。老師們都知道，田菲也不是從不出錯，但田菲有一個特點，她絕不二過。這是老師們對田菲格外放心的地方，任課老師們喜歡田菲當然是有道理的。可是，這孩子最近是怎麼搞的呢？同樣的題目，同樣的測驗，她硬是錯了兩次。最不可思議的是這孩子最近的變化，她突然就胖了。田菲的父親顯然也發現了這個不好的苗頭，他的寶貝女兒不該如此拉胯。田菲的父親來到了學校，專門找到了傅睿，表情焦慮。他想知道田菲在學校裡的

「表現」。傅睿很清楚，「表現」是一個十分模糊的說法，類似於黑話，或者說，暗語。它的潛臺詞是早戀。家長們通常都有一個固定的認知，女孩子的學業一旦出了大問題，最大的可能就是早戀。傅睿還沒有來得及說話，辦公室的一位女教師接過了田菲父親的話題，說，沒有，田菲沒有早戀。田菲的父親說，你確定麼？那位老師用十分肯定的語氣說，我不確定。女教師說，可田菲胖了這麼多，怎麼可能是戀愛？——哪有談戀愛的女孩會發胖的？田菲的父親很不放心，刨根問底了，說，那會不會是失戀了呢？女教師說，也沒有。女教師補充說，沒有戀愛，失什麼戀呢？田菲的父親想了想，也是。他嘆了一口氣，說，田菲吃得倒也不多，比以往還少呢。就是貪睡，一天到晚都睡不醒，迷糊啊。這句話傅睿是聽得懂的，田菲的父親無非是想說明，他的女兒並不貪吃，再怎麼說，一個女孩子變胖了，貪睡總要比貪吃體面一些。

是啊，田菲貪睡。可一想到田菲單元考試的一錯再錯，傅睿按捺不住了。這一次的單元測驗傅睿之所以出了一模一樣的題目，無非是想給田菲一個機會。——她居然又錯了，還睡覺。傅睿怎麼能不生氣呢？利用田菲睡熟的機會，傅睿開始板書。他把這道測試題直接寫在了黑板上，無論如何，這是第三遍了，如果田菲還不能解決這一道題目，那田菲的未來將是十分危險的。

盛有液體的圓柱形容器於水準桌面上，如圖甲所示，容器對桌面的壓強為500Pa；用細線拴住一金屬球，將金屬球浸沒在液體中，如圖乙所示，容器對桌面的壓強為600Pa；將細線剪斷，金屬球沉到容器底部，如圖丙所示，容器對桌面的壓強為1500Pa。已知：容器的底面積為100CM^2，金屬球的密度為8G/CM^3，g取10N/kg。則下列判斷正確的是：

A 金屬球所受浮力是6N

B 金屬球的體積是100CM^3

C 液體的密度是0.8G/CM^3

D金屬球對容器底部的壓力是10N

傅睿抄寫得很慢。他想給田菲的睡眠再留一些時間。可這個冬天真冷啊，整座教學大樓都被濃稠的冬霧裹緊了。所有的燈都開著，濃霧並沒有使教室的內部昏暗，而是分外地明亮。抄完題目，傅睿用粉筆敲了敲黑板，他這是要叫醒田菲。田菲醒來了，她不相信自己睡著了，迅速地看了一眼四周，立即做出集中注意力的樣子。傅睿的這一遍講解得格外地仔細，每一道步驟都在黑板上寫下來，最終的結果是C。是C哈，C。傅睿強調說：「這道題表面上容易，其實挺難。越是學得好的同學越是容易出錯。」

傅睿的話當然有所指。他不想傷田菲的自尊。可以說，他愛護田菲的自尊。傅睿拿起黑板擦，擦去了解答的部分，問：哪個同學有興趣到黑板上來演示一遍？田菲自然聽得懂，她來到了黑板的面前，開始用粉筆演算，每寫一行她手裡的粉筆就縮短了一截。最終，粉筆用完了，她的答案也出來了——金屬球所受的浮力是「0」。

傅睿說：「田菲同學，你這個0是從哪裡來的？」

田菲不回答，傅睿只能接著問：「你這個0是從哪裡搗鼓出來的？」

田菲什麼都沒說，就那麼望著傅睿。傅睿也就什麼都不說了，就那麼望著田菲。她居然又錯了，太離譜了。傅睿很生氣，傅睿自己都沒有想到自己會生這麼大的氣，所有的憤怒與失望全部寫在了臉上。傅睿說：「你回去吧，我教不了你。」田菲的臉上當即就改變了顏色，看得出，她的內心經歷了一場重大的震動。田菲變圓的面龐羞愧難當。她轉過身，離開了講臺，朝著教室的大門走去。傅睿都還沒來得及做出反應，田菲已經走出大門，跨越了陽臺上的欄杆。她並沒有跳下去，而是跨了出去。傅睿都沒來得及錯愕，田菲的雙腳已經行走在虛空中了。她在攀爬，在並不存在的階梯上。田菲攀爬的樣子真的是從容啊，她就那樣沿著三十五度的坡面，那條抽象的斜線，一步一步走向了高處。她是斷了線的氫氣球，神奇和偉大的空氣浮力體現出來了，田菲在天空中遠去了，霧霾就這樣吸納了她。空氣越來越稀薄，傅睿很清楚，在一定的高度，田菲這只氫氣球會自行爆炸的。

十

「高級培訓」的生活自然很熱烈，可骨子裡也平靜，無非是日復一日。無論發生了什麼或沒有發生什麼，一天終究是一天，來了，以及去了，不會有哪怕一丁點的富餘。好端端的，培訓中心卻出了意外，幾個小偷光顧了學員的宿舍。

培訓中心怎麼能出這樣的事？開玩笑呢吧。它遠離市區，太孤遠了，小偷們怎麼會想起這兒的呢？培訓中心其實是一個孤立的建築群，它的周邊原先是一大片的灌木林。伴隨著大規模的開發，鋪張的灌木林被砍光了，變成了一個又一個的開發區。準確地說，是儲備開發區。儲備開發區都有一個共同的標誌：除了圍牆，它一無所有。當然，圍牆上的大幅廣告是有的，無非是科技園區、高科技園區、開發區，自然也少不了文創公司和藝術村。因為尚未開發，培訓中心自然也就成了一個人跡罕至的孤島。可事情往往就是這樣，越是人跡罕至的地方，保衛工作就做得格外地嚴實。這一點從培訓中心的圍牆上就可以體現出來了。在圍牆的頂部，不只有倒立的鐵釘，還安置了刀片和鐵絲網。幾乎就是全封閉。因為安保工作的嚴格，培訓中心內部的鳥類有福了，它不只是鳥的棲息地，而且是天堂。牠們大多是常駐的，不怕人，這就祥和了。培訓中心永遠是一片龍鳳和鳴的樣子，種類最多的自然是麻雀與灰喜鵲，布穀和花翎鳥也占有一定的比例，喜鵲也有。因為安寧，培訓中心的喜鵲不怎麼喜歡高大的梧桐和榆樹，牠們更熱衷於草坪。閒來無事的時候，喜鵲們習慣於棲息在草坪上，散散步。這可是真正的閒庭信步，很有派頭。——喜鵲們會把牠們的翅膀背在背脊上，然後，邁動左腿，再邁動右腿，氣宇軒昂了。喜鵲的氣質麻雀很難具備，麻雀們不會走，牠們只會把雙腿併在一處，跳，或者蹦。這就糟糕了。蹦蹦跳跳永遠也無法展現款款而行的高貴。這就是培訓中心的價值所在，任何一個人，不管他原先是不是蹦蹦跳跳的，到了他結業的時候，他都會像喜鵲那樣走出培訓中心的大門。

就是這樣的一個培訓中心居然被盜了。被盜的學員一共有三位：開發銀行副行長郭鼎榮，工藝美術學院人力資源部部長須征壕，秣陵區副區長印暉。照理說，這樣壞的消息應該在早飯的時候就流傳開來的，實際上不是，流傳開來已經是中午時分。——郭行長、須部長和印區長一個上午都沒有出現在小禮堂。到了中午，他們次第從睡夢中醒了過來。第一個醒來的是郭行長，就在捋頭髮的時候，他發現手腕上的陀飛輪不見了，手機也不見了。再一查，放在公事包裡的錢包也不見了。最可氣的是，盜賊們居然順走了郭行長的高檔菸和高檔酒，三瓶年分瑪歌和五條軟中華。郭行長在第一時間就把失竊的消息彙報給了中心，中心沒有耽擱，當即報了警。就在警察趕到現場之後，須部長和印區長也做了相應的彙報，他們的損失同樣慘重。這就到了午餐的時間了。學員們哪裡還有心思吃飯呢？他們紛紛返回宿舍，自查。自查的結果還算好，被盜的範圍並沒有擴大。學員們再一次回到餐廳，就著飯菜，七嘴八舌的，不能理解啊——那麼嚴實的鐵絲網，再加上二十四小時不間斷執勤，盜賊是怎麼進來的？他們是怎麼走動的？他們又怎麼離開的呢？

培訓中心無小事。警方說，他們高度重視。警方派來了三名幹警。年輕的警察查勘了現場，最初的結論出來了：盜賊是一個犯罪團夥，總共有兩個人。他們先上了樓頂，然後，利用繩索，從窗戶進入了室內。郭行長、須主任和印區長的宿舍都在頂層，是四樓，所以趕上了。培訓中心的一位老人一聽說這麼一個情況，當場就不高興了。多年之前，他建議按照傳統的模式建一個故宮式的大屋頂。為了節約成本，相關部門並沒有採納他的建議，最終選擇了平頂——結果就是這個，都看見了吧？

最初的結論只能是最終的結論。事情就是這麼一個事情，情況也就是這麼一個情況。經過匯總，失竊的總額統計出來了，不算大。想來還是郭行長他們有所保留了。他們犯過想來了，態度很鮮明，不想讓事態擴大。——數額太大對他們又有什麼好處呢？反正也追不回來。但是，依照三位學員的具體陳述，警察警覺了，兩個盜賊在破窗之後分別使用了迷幻劑。這就惡劣了。它的「性質」改變了。——入夏以來，類似的「迷幻案件」已經發生過好幾起，都是無頭案。培訓中心的案件完全可以與其他案件併案。問題是，如何破案呢？事態一下子陷入了僵局。就在三位年輕的幹警一籌莫展的時候，保衛處處長突然高喊了一聲——還沒看探頭呢。是的，探頭。培訓中心的內部有多得數不過來的探頭，它們或明或暗、或高或低，每天都在記錄中心內部的一舉一動。培訓中心是「現代」的，「現代」就意味著監控「無死角」。年輕的幹警哪裡能不知道探頭，可他們不情願觸碰那樣的東西。——那可是大得沒邊的大資料，可以用汪洋一片去形容。看監控可不是看電影，它太無聊、太枯燥，絕大部分都無功而返。想想也是，每一個探頭內部都是沒完沒了的整日子，這麼說吧，假如培訓中心一共有三十個探頭，這意味著什麼呢？意味著培訓中心一天的監控畫面就等於一個月。如果一幀一幀地看過去，看完一個月的監控就需要九百天。那不要命了麼。就算你在海量的資訊當中確定了懷疑的物件，又能怎麼樣？最多就是一個背影。人海茫茫，要想在現實世界裡尋找並捕獲到監控錄影裡的背影，小偷們也許已經在布宜諾賽勒斯歡度晚年了。

當然了，既然中心具備了監控，那還是要去看一看。不看不知道，一看嚇一跳，本該有專人看守的監控設備，居然都成了擺設，所有的戶外探頭都不在工作的狀態。就在安裝這些設備之前，中心的領導專門提出了要求：培訓中心理當透明、理當陽光，不可以有黑夜，不可以有死角。也就是一說。現在倒好，年輕的警察們一無所獲。他們反倒鬆了一口氣，表情是極度失望的樣子。

說什麼好哇，說什麼好呢。因為盜賊是從戶外入室的，可戶外的探頭都是擺設，沒有任何資料。這還怎麼查呢？

警察拒絕了茶水、拒絕了香菸，留下了「加強防範」之類的狠話，走人。事態一下子就進入了僵局。中心主任看了看四周，關照說：「外鬆內緊吧。」這句話帶有極高的科技含量，屬於極為高端的方法論。何為「內緊」？何為「外鬆」？如何做到「內緊」？如何做到「外鬆」？其實沒有人明白。但方法論就是這樣，當它高級到了一定的地步，事情其實就已經解決了。學員們最終散去，中心也不再聲張。——聲張什麼呢？探頭都是擺設，說到哪裡都不好聽，鬧不好還牽扯到貪腐。培訓中心可不做那樣的虧心買賣。怎麼辦？只能回過頭來「做工作」。所謂做工作，那就是更加高端的方法論了，它觸及靈魂。具體的做法是這樣的：兩個人，一個「做」，另一個就是「工作」。最終，聽的人相信了說的人所說的一切，並表示完全同意。「做工作」有一個恆久的主題：什麼都沒有發生。「做工作」的結果不久就出現了：郭鼎榮副行長－須征壕部長－印暉副區長，他們一致認為，什麼事也沒有發生。事實證明，確實什麼也沒有發生。

小駱卻沒有死心。小駱是幹部學院的一個合同制保安，瘦小，機靈，三十七八的人了，一無所長，卻對偵探、緝拿之類的事情有一種隱祕的激情。就這麼的，從三位年輕的警察走進培訓中心的那一刻起，他一直跟隨在他們的後面，理由是配合工作。警察以為他是中心派來的，而中心卻以為這是辦案的助理，小駱全面參與進來了。誰讓他也穿著制服呢？制服在本質上都是大同小異的，在視覺上具備了合法性。就在警車開走了之後，小駱找到了中心的領導，他提出了這樣一個假設——盜賊固然是從樓頂懸降的，但是，在他們得手之後，有沒有可能從大樓的內部撤退呢？這個不僅是可能的，也是必然的。那好，既然是從室內撤退的，那麼，室內的探頭應該處在工作的狀態，那就不該不檢測。中心主任卻沒開口，不說是，也沒說不是。他累了，顯得很不耐煩。他用他的腦袋做了一個毫無意義的動作，隨後就背著手離開了，優雅得像草地上的喜鵲。

小駱對監控室的人說，主任點頭了，同意了，這個任務必須完成。小駱帶上了電熱水壺，泡麵，香菸，打火機，一個人來到了監控中心。說是「中心」，其實就他一個人。宿舍的探頭一共有五個，也就是五組畫面。大廳一個，一樓一個，二樓一個，三樓一個，四樓一個。可結果很不樂觀，小駱花了整整一夜的工夫，沒有看到蒙面人，也沒有發現任何鬼祟的動態和鬼祟的表情。

小駱堅持要看室內的監控其實另有原因：他有前科，很小很小的前科。因為數額太低，認罪的態度虔誠，最終被免除了刑事處罰。但審訊中的一個環節卻給小駱留下了銳利的印象，那就是認罪。小駱剛剛被捉住的時候，抗拒過一陣子，最終卻沒能堅持到天亮。他招供了。讓小駱終生難忘的正是這次招供。招供太他媽舒坦了，一開口就是高潮，每個字都是精子，簡直就是射。——這是怎樣的欲罷不能。基於此，小駱就此落下了一個毛病，一旦有了案件，他的第一反應就是自己幹的，他發瘋一樣緊張，同時也發瘋一樣渴望。培訓中心的宿舍樓失竊了，小駱一聽到消息就成了一匹被圍困的狼。如果是他幹的，他一定會帶上所有的贓物前去自首，他會射的。這個決定讓他魂不守舍，他在抖。但是，到底是不是他幹的呢？口說無憑，要證據的。他回到了宿舍，完完整整地翻了一遍，再翻了一遍，又翻了一遍，沒有發現任何贓物。小駱還是不放心——沒有贓物能說明什麼？什麼也說明不了。要接著查。要查。

小駱全力配合警察。可即便警察在場，他們也沒能得到任何有價值的結果。小駱沒有絕望。他只知道一件事，警察有時候也不頂事，警察要找到真相，依靠的還是千千萬萬個自己。只有自己才能夠逮住自己。——監控設備壞了，不等於自己就沒有偷，這個信念不能丟。——有沒有這樣的一種可能？小駱這樣問自己，為了盜竊，他提前一天就潛伏在了現場。這樣的可能性有沒有？不能說有，也不能說沒有。這是一個全新的思路，全新的思路給小駱帶來了全新的勢能。小駱當即決定，前溯，不能把自己的思路局限在當天夜裡。

雖說工作量極其浩大，小駱卻也沒有蠻幹。他會分析。依照盜竊的常態，小駱把他的重點放在了凌晨三點到凌晨五點之間——就在上一個星期六，凌晨5：02，小駱終於在三樓的過道裡發現了一個單獨的身影。這個單獨的身影讓小駱有了意外的收穫感。但驚喜歸驚喜，結果還是令人遺憾，那不過是個清潔工。男，四十上下的樣子。監控圖像科學地顯示，清潔工的工作很有規律，大體上說，都是在凌晨五點前後完成他的打掃。

小駱的這一趟看起來是無功而返了。就在小駱打算收工的時候，小駱的天靈蓋卻被打開了——清潔工很有可能不是清潔工。依照一般的邏輯，清潔工應該從樓梯上樓，完成工作之後，再從樓梯下樓。這個清潔工卻不同尋常，每一次他都是從宿舍出來，然後呢，再一次回到學員的宿舍。——小駱把類似的畫面檢測十幾遍，上午7：11，他拿起了手機，他堅信，他「突破」了。8：42，中心主任領著一干人來到了監控室。視頻從不撒謊，真相出現了，畫面裡的「清潔工」是傅睿，他現在可是熱門嘍。中心主任和傅睿並不熟悉，和他的父親老傅卻是多年的老相識了，多好的朋友也說不上，可每年總要打幾次交道。嗨，誰家還沒個病人呢。中心主任徹底放鬆下來，乾脆集中起注意力，往下看。這個小駱，簡直就是神經病，個豬腦子，怎麼能懷疑到傅睿的頭上來呢？傅睿差不多在每天凌晨的五點前後都要出門，遊蕩，並恍惚，然後，走到走廊的盡頭——探頭死角的那個位置——拿起拖把，再然後呢，一心一意地拖地。中心主任點了一根菸，瞇起了眼睛，哎，到底是知識分子，一點行情都不了解，這年頭誰還弄這個？街區的基層幹部都不這麼幹了。知識分子一著急就格外地蠢，弄這個，實在不好看了。當然了，也可能是睡眠不好，大清早借助於拖把運動一下，那個另說。小駱並沒有在中心主任這裡得到熱烈的回應，還想再說些什麼。中心主任卻不耐煩了，把他支走了，回過頭來關照身邊的人，說，宣傳一下吧，借他的光，中心也得宣傳我們自己。內部表彰一下。

失竊案過後的第四天，是一個星期五。依照課表，星期五的上午原本是簡明哲學，「商榷」卻沒有來。主席臺也不是過往的樣子，它被重新布置了，簡潔，正規，隆重。主席臺的背景牆上其實有一塊大螢幕，一直都捲在高處，此刻，它被放下了。八點整，禮堂裡響起了廣東音樂。伴隨著〈步步高〉，培訓中心的領導們次第走向了主席臺。學員們安靜下來，中心主任起立了。他並不說話，只是用他的目光不停地掃描。最終，他淺褐色的眼球落在了傅睿的座位上。眼神親切，表情莊嚴。他就那樣親切和莊嚴地看著傅睿，中心主任最後說：「我們臨時決定開一個會。——閒話少說，請看大螢幕。」

大螢幕所播放的不是電影，是一組探頭的錄影剪接。畫面幽暗，僵硬。即使剪輯過了，畫面也脫不了鬼祟和醜陋的性質。傅睿很快就在視頻上看見自己了，他的樣子真難看啊，說狼狽都不過分。——這就是監控畫面的特徵了，為了最大限度地獲取監控的空間，探頭只能選擇廣角。廣角就必然有弧度，弧度就帶來了變形。在視頻裡，傅睿的體態和面部不只是模糊，還嚴重地扭曲了。在他靠近探頭的時候，他的臉被拉成了橄欖狀，中間鼓、兩頭尖，顴骨全頂出來了，是貪婪與下流並重的面相。這就是探頭，它不可能是電影。電影的畫面倒是好看，那可是導演調度的結果。它講究機位，講究角度，講究聚焦，講究長短的節奏，講究光線，甚至兼顧服裝和化妝，還推、還拉、還搖、還移。探頭不可能是創作，它是監控，它貪大、僵死、客觀，這一來它的畫面就只能有一個特徵：醜。對探頭來說，醜即真，唯有醜才能獲得視覺上的信任。——隨便拉出一段監控就是張藝謀或王家衛的風格，你信？章子怡和張曼玉是你家的？

畫面在流動，也就是說，畫面在重複。一如一日。傅睿就坐在臺下，一遍又一遍地看自己。他真醜。太醜了。恍惚、不堪、下流，鬼頭鬼腦，神態卑劣。傅睿自己也納悶，他為什麼要耍弄拖把呢？傅睿也緊張了，剛剛經歷失竊事件，培訓中心播放這樣的視頻，出於什麼目的呢？

謝天謝地，所有的視頻都播放完了，傅睿只是失神、只是遊蕩、只是擺弄拖把，並沒有幹別的。可無論他有沒有幹別的，傅睿的臉算是丟盡了。監控顯示，他是夜遊的，這一點毫無疑問，傅睿也無法否認。可他的夜遊值得這麼多的人一起觀摩麼？培訓中心為什麼要讓他在這麼多的學員面前出這樣的醜呢？他出汗了。他的汗腺崩潰了。汗水在他的兩腋、額頭和後背噴湧出來，汩汩的。他的汗珠是多麼地無力，斷了線，不間歇地往下滾。傅睿張開了兩腋，站了起來。與此同時，傅睿低下了他的腦袋，偏右，在等。他在等巡迴護士給他擦汗。巡迴護士必須給主刀醫生擦汗，相對於患者的創口來說，每一滴汗水都是災難——它會導致感染。汗水在傅睿的眉毛上聚集起來了，眉毛是必須的，眉毛可以減緩汗水的流淌。任何人都可以失去眉毛，外科醫生不能。人類在起源的時候並沒有眉毛這一道設置，因為有了外科，這才有了眉毛。傅睿在等，架著他的胳膊。可傅睿終於沒有等來他的巡迴護士，他沒能看見巡迴護士的手。所有的手都開始了另一個工作，它們在鼓掌。傅睿回過頭，四十七個學員都站立起來了，在用力地鼓掌。傅睿遲疑了片刻，也鼓掌。大家都鼓掌了他就不能不鼓掌。

這是一陣漫長的掌聲。掌聲結束之後，所有的學員重新坐定。中心主任則開始講話。這一段講話漫長了。他先做了一番感人肺腑的自我檢討，然後，盛讚傅睿、謳歌傅睿。他的口吻與行腔和第一醫院的雷書記很像，和傅睿的父親很像，應該是傳承有序的。因為是禮堂，中心主任的謳歌和第一醫院的小會議室不同了，有了排山倒海的氣勢。這一次傅睿沒覺得自己是烈士，他沒能靜悄悄地躺在萬花叢中。謳歌是多麼地殘暴，傅睿是患者，被捆好了固定帶，他已經被推上了手術臺。燈火通明，無一陰影。這一臺手術要切除的不是腎，是傅睿臉部的皮，也就是傅睿的臉。傅睿很清醒。傅睿知道了，麻醉師沒有對他實施全麻，是局部麻醉。稍後，中心主任、雷書記、老傅，他們齊刷刷地站在傅睿的身邊。傅睿的父親，老傅，終於拿上了他夢寐以求的手術刀。他主刀。他要親手剝了傅睿的臉皮。傅睿親眼看著父親手裡的刀片把自己的額頭切開了，中心主任和雷書記一人拽住了一隻角，用力一拽，傅睿面部的皮膚就被撕開了，是一個整張。傅睿的面目模糊了，鮮紅的，像一隻潰爛的櫻桃。卻一點都不疼，只是癢。生命顯示儀就在傅睿的身邊，血壓正常，心率正常，呼頻正常，血氧飽和度正常。

現在，中心主任就拿著傅睿的臉皮，高高舉過了頭頂。傅睿看見了，他認識，那是他自己麼？傅睿對著主席臺突然就高喊了一聲：

「這才是我呀！」

傅睿當然沒能叫出聲。局部麻醉使他的聲帶失控了，他想說話，卻沒能說得出來。彷彿是天人感應一般，中心主任知道傅睿想說話，搶在傅睿說話之前，中心主任對著麥克風說：「不要感謝我們，我們要感謝你——傅睿學員，就是你！」幾乎是同時，麥克風把中心主任的聲音播送了出去，被放大了。中心主任被放大的聲音一頭撞上了小禮堂的牆壁，全是大理石。

郭鼎榮副行長的座位就在傅睿的正後方。他聽見了大理石的迴響，很震撼。某種程度上說，今天所發生的一切都是因為他。如果他沒有失去該死的陀飛輪、該死的菸和該死的酒，今天的一切就不會發生，哪裡輪到傅睿呢？這是命，是他成全了傅睿。小偷為什麼就偏偏選中了他呢？郭鼎榮做了深刻的反思，他露富了？輕狂了？似乎也沒有。郭鼎榮平日裡相當注意這些細節。那麼，究竟是為什麼呢？郭鼎榮找不到結果。

郭鼎榮很了解自己，他不算聰明，但是，有一個心理頑疾一般的優點，他渴望不停地進步。作為一個在省城讀了低級文憑並成功地留在省城的鄉下人，郭鼎榮是從櫃檯開始起步的，可以說，一步一個腳印。但郭鼎榮最痛恨的就是「一步一個腳印」，這是烏龜唯一能做的事。郭鼎榮的人生「第一步」是副科，這個副科來之不易了，他是靠點鈔票給「點」來的，很不容易。郭鼎榮一沒有學歷，二沒有背景，心裡頭又盼望著「進步」，怎麼辦呢？他把他的突破口放在了點鈔票上。銀行對每一個櫃員的點鈔速度有它的硬指標，合格線是十分鐘二十本。「本」就是現鈔，一萬元一「本」。依照這樣的速度，點完一萬元也就是三十秒。郭鼎榮做了一番全面的研究，把各種點鈔法的優劣都做了分析。——點鈔一共有四種手法：單指多張、多指多張、扇面式，還有一個較為原始，那就是單指單張。哪一種好呢？郭鼎榮也搞不清楚。搞不清楚就做實驗。每一種方法郭鼎榮都苦練了一個月——四個月之後，結果出來了，速度最快的是扇面式。然而，扇面式也有扇面式的短板，如果鈔票是全新的，票面就沒起毛，鈔票與鈔票就難免會黏貼，那就容易錯。問題就在這裡，點鈔沒有容錯率，錯一次就等於全錯。放棄。為了保證百分之百的正確率，郭鼎榮決定，最原始最保險：單指單張。單指單張那就考究了，它考驗的是手指的頻率。為了提高手指的應急能力，郭鼎榮給自己下了狠手，沒事的時候就往茶杯裡頭倒開水，然後，捧在手上。茶杯真的燙啊。為了避免燙傷，他的手指就必須不停地輪換。彩蝶翻飛了。他哪裡還是銀行的櫃員呢，簡直就是一個鋼琴家，每一天都在練習〈野蜂飛舞〉。——這個有用麼？郭鼎榮也不確定。但是，有一點郭鼎榮很確信，他的手上必須有一門獨門暗器，在要緊的關頭，它可以一擊致命。他有耐心，他可以等。——銀行系統其實也熱鬧，過幾年就會來一次點鈔「大比武」。可這個大比武到底在什麼時候，那也說不定。說起來就遺憾了，自從郭鼎榮練起了「茶杯功」，大比武就一直沒有來。這一等就是五年，都超過了一個奧運會的週期了。可老話是怎麼說的？機會會留給有準備的人。機會來了：一位女性的市級領導到他們櫃檯視察來了。其實也就是遛遛。女領導也是一時的興起，她提出了一個要求：讓櫃員點鈔給她看。這就麻煩了，事先也沒預案，到哪裡去找表演的人呢？郭鼎榮不聲不響的，從人縫裡鑽了出來。他走進了被人圍成的那個扇形的空間，隨手拿過來一本，拉開封條，說了一聲「計時」。郭鼎榮的發揮相當不錯，27秒49。這是一個相當好的成績。當然了，這個成績到底好不好，女領導並不知道，也不在意。她在意的是視覺上的效果——郭鼎榮的手指眼花繚亂了，重點是貫通，一口氣。女領導連著說了一通「好」，抓起了郭鼎榮的手。女領導像一個拳擊的裁判那樣把郭鼎榮的左手舉過了頭頂，大聲說：「我們就是要把錢交到這樣的手上。」這也是表演。即興的。大夥兒先笑，再鼓掌。笑完了，鼓掌完了，大廳寂靜了。所有的人都記住了這樣的一句話——「我們就是要把錢交到這樣的手上。」這句話是有結果的，郭鼎榮的人生在七個月後就走上了正途。郭鼎榮，他「青雲直上」了。然而，多年之後，大家回過頭來，奇了怪了，郭鼎榮的好運到了副處這一級似乎就止步了。他自己也反思，反思的結論是這樣：他是一個取決於「貴人」的人，而任何一個「貴人」的輻射都有他的極限。女領導的極限就在他的副處。要怪只能怪自己，他不夠精進，他沒有能夠積極地尋找他的下一任「貴人」。他鼠目寸光——該！

——傅睿曾經給郭鼎榮留下過深刻的印象，那是拓展訓練的「後臥」階段。他和傅睿被分在了一個組。為了把站在高處「後臥」的隊友接住，有好幾次，郭鼎榮和傅睿就必須手把手。就在把手的剎那，郭鼎榮被嚇了一大跳。這是怎樣的一雙手哦，掌心巨大，手指修長，卻非常地綿軟。然而，到了需要發力的時候，傅睿綿軟的雙手其實相當有力量，像軟綿綿的繩索，一下子就收緊了。作為男人，郭鼎榮的手偏小，照理說，這也是富貴相。可是，傅睿一發力，郭鼎榮的手就被傅睿「纏繞」住了，嚴格地說，是包裹。——這是女人的手麼？顯然不是。這是男人的手麼？似乎也不是。傅睿的手是另類的、獨此一家的，一句話，屬於「異象」。郭鼎榮對任何一種「異象」都有超乎常人的敏銳，這就和他的閱讀有關了。為了提前了解自己「進步」的可能和程度，郭鼎榮在閱讀上下足了功夫。先從《易經》入手，可是，《易經》難啊。郭鼎榮讀明白了沒有呢？也不好說。他只是迷上了「卦」。不論怎樣的大事與小情，郭鼎榮總要先打上一卦。不準的時候有，準的時候也有，這就不好辦了。但是，正因為有時候不準，郭鼎榮對「卦」產生了信託一般的信。道理很簡單，問題不在「卦」，而在他自己。「卦」和事實的關係就是領導和下屬的關係，是下屬領悟的問題。郭鼎榮立足於《易經》，卻也不拘泥於《易經》，他的學術研究慢慢呈現出了跨學科的趨勢，帶上系統的開闊性。他把星座、屬相、血型、面相、骨相、掌紋等學科綜合起來了，他甚至研究起手抄的、豎版的、繁體的《麻衣神相》。郭鼎榮的學術研究涉及了國學，也涉及了西學。他的原則是，時而中學為體、西學為用；時而西學為體、中學為用。在艱苦卓絕的研究中，郭鼎榮有關自身的「進步」也有了理論上的突破。——何為「進步」？說到底就是體用。「進步」為體，學術為用。具體說，這個「用」，就是運用學術的方式找到下一個「貴人」。

實事求是地說，郭鼎榮一開始並沒有把傅睿看在眼裡。即使媒體上接二連三地出現傅睿的報導，他也就是一個有了「名氣」的人，連演藝明星都不如。一個醫生，一個手拿手術刀的知識分子，又能有多大的空間呢？關鍵是傅睿的氣質不對，他過分地孤傲了，幾乎不和人交流。也是，知識分子嘛，傲慢與冷漠就是他們常規的設備。順利了，傲慢一下；不順利了，冷漠一下。就這麼回事。離開了傲慢與冷漠，他們什麼都不是。傅睿不社交，不下棋，不鬥地主，不參加文娛活動，不喝酒，不串門，不侃大山。這樣的人不可能有前景。比較有意思的就要數傅睿去用餐了，他總是刻意遲到一會兒，一個人晃悠過去，一個人取餐，一個人找一個僻靜的角落，一個人慢悠悠地咀嚼，一個人慢悠悠地下嚥。最終，一個人離開。害羞得很。一個害羞的人能有什麼前景呢？

但此刻，郭鼎榮犯過想來了。他犯了一個致命的錯。他低估了傅睿。他低估了知識分子。傅睿哪裡是清高、傲慢、冷漠和害羞，這個人的水深得很。傅睿精明。這麼帥氣、這麼乾淨、這麼儒雅的一個人，硬是在大清早起來拖地板。這種事誰能幹得出來？這年頭，最基層的社區幹部都幹不出來。——不能在培訓班出頭，這個常識哪一個老油條不懂呢？但傅睿逆風而動、逆水行舟，他就是這樣幹了。這樣幹的效果完全可以用驚天動地來形容，傅睿一下子就出類拔萃了。知識分子，厲害的。

中心主任的講話在小禮堂裡迴響，郭鼎榮卻再也聽不進去了。他盯著傅睿的後腦勺，品鑒他的顱相、回味他的手。這是一雙大吉而大利的手啊。「眾生芸芸，皆為平常。人若異象，非是極凶，即為極貴。」這幾句話他爛熟於心了，他記住了麼？沒有。郭鼎榮在用力地回憶，傅睿的手掌暗含了下面的三個特徵：一，「細嫩隆厚」；二，「掌平如鏡」；三，「或軟如綿」，此為大吉，是「龍虎相吞」。再看看他的額頭吧，開闊，卻是偏於方型的。開闊的頭顱如果偏圓，那必須是「富而有壽」；偏方則大不同，它所顯示的是「貴亦堪誇」，重點落在了「貴」上。傅睿是貴人。是貴人。——命運早就把傅睿送到了郭鼎榮的身邊，是郭鼎榮有眼無珠，他執迷不悟。——該！

郭鼎榮真的想抽自己。郭鼎榮，你糊塗，糊塗。傅睿的未來如何，且不說。他傅睿是什麼人？外科醫生，泌尿外科的腎移植醫生。一個計程車司機得了尿毒症會選擇移植麼？一個幼稚園的舞蹈老師得了尿毒症會選擇移植麼？能讓傅睿手術的，會是誰？郭鼎榮居然把這樣的事情給忽略了。愚蠢哪——該！

會議一結束，傅睿就離開了小禮堂，徑直走出了培訓中心。他要去哪裡？他不知道。他沒有目的地。然而，奇怪的是，他的兩條腿格外地衝動，湧現出了不可遏制的勢能。傅睿清晰地感受到自己的身體成了一輛車，分成了上下兩個部分。上半身，車身，相對靜止；下半身卻欲罷不能。傅睿從未體會過他的下半身有如此劇烈的動能，整個上半身就這樣成了下半身的附屬，搬過來又搬過去。他在走。在培訓中心的大門口，他來回地走，一刻也沒有停歇。

不遠處有一輛計程車，靠在一棵樟樹的下面。司機看見傅睿了，傅睿在急速地行走，很迫切的樣子。司機把計程車發動起來，十分緩慢地靠在了傅睿的身邊，笑容是招攬式的。小夥子客客氣氣地問：「師傅去哪裡？」去哪裡呢？傅睿的上半身都還沒來得及想，下半身卻已經上車了。小夥子拉下了「空車」的標誌牌，又問了一遍：「師傅去哪裡？」這個問題當即就把傅睿給問住了。傅睿不知道「去哪裡」，傅睿的腦海裡沒有具體的地名，有關這個城市，他也說不出幾個具體的地名。傅睿只能挑他熟悉的。傅睿最終說——

「鄭和里。」

小夥子一聽到「鄭和里」就有些失望，哪一個跑出租的願意跑鄭和里呢？那可是市中心，計程車進去難、出來更難。一個小時都做不來一單的生意。沒完沒了的紅綠燈先不說，「鄭和里」住著的都是有錢人，哪一家沒有私家車？要你的計程車幹什麼？小夥子收斂了笑容，說：「拐了彎，一兩公里就是地鐵四號線的終點站，換地鐵去鄭和里，也就七八站。」這句話傅睿沒聽懂，聽不懂就不接。就算是聽懂了，傅睿也不可能聽司機的，傅睿不可能坐地鐵的，他坐過地鐵，僅一次，不會有第二次了。

——傅睿的地鐵之旅給了傅睿相當不好的體驗。沿著滾動電梯，他進入到了地下。在車廂裡，地鐵的特殊性展示出來了。就是黑。在窗戶的外面，一片漆黑。這不是黑夜的黑，也不是墨汁的黑，是地下的深處才有的那種黑，是九泉之下的黑。這種黑是由死去的臉龐構成的，它們孤立、懸浮、表情凝固。地鐵的地下深度是全人類的死亡聚集地。因為地鐵的速度，速度本身也就成了臉，密集的、穿梭的、幾乎無法統計的臉。地鐵是亡魂的運行方式，亡魂沒有目的地，亡魂只是在一個封閉的迴圈裡穿梭，穿梭就是它的目的，速度也是。它們稠密。那些無疾而終的人，那些病死的人，那些戰死的人，那些燒死的人、撞死的人、溺斃的人、冤死的人，所有死去的人都在這裡，沒有終點，沒有起點。傅睿就這樣和它們相遇了，在地鐵。那些黏貼在窗戶外側的臉，它們在審視地鐵裡的每一個人。傅睿就此拒絕了這個漆黑的運行方式。活著的人絕對不應該這樣奔波。

小夥子在不停地說話，這才是人間應有的樣子。計程車在市區走走停停，最終，穩穩當當地，停在了鄭和里的大門口。傅睿問：「為什麼停在這裡？」司機說：「你說的，鄭和里。」可問題是，傅睿為什麼要來鄭和里呢？——上一次來到這裡是因為他的一個噩夢，他夢見老趙死了。他需要證實，他需要親眼看見他。——回過頭來看，上一次的見面才真的是一個噩夢，老趙用他獨特的方式把傅睿的生活全給毀了。傅睿再也不想見到他。

傅睿再也不想見到他。傅睿在爬樓，一邊爬一邊後悔。傅睿就是這樣，越是後悔的事情他越是要做，看上去反而像全力以赴了。——這是一棟老舊的樓盤，沒有電梯，傅睿只能爬。等傅睿站在老趙家門口的時候，他已在喘息。喘息當然不是憤怒，但是，喘息和憤怒有它的相似性。傅睿來到了老趙家的門口，開始敲門。這一次給傅睿開門的不是愛秋，是老趙。老趙沒有來得及驚喜，他從傅睿的臉上看見了不同尋常的憤怒，他在喘息。

老趙的胸口咕咚就是一下，好好的，傅睿為什麼就不高興了呢？他不高興和自己的病情有沒有實質性的關聯呢？傅睿沒有寒暄，老趙也就沒有寒暄。既然老趙和傅睿沒有寒暄，愛秋也就不好再寒暄。客廳剎那的氣氛十分怪異，凝重了。

好在老趙對所有的程序都很熟悉，他什麼都沒有說，走向了三人沙發，一邊躺下，一邊撩自己的上衣。他知道的，在他與傅睿之間，有一個巨大的關聯，這個關聯就是這個刀口。

傅睿並沒有觀看刀口的意思。他只想休息，他只想一個人，躺下來，把腿蹺上，深入細緻地吸一支菸。但老趙既然撩上去了，那就只能看一看。不過很顯然，傅睿的注意力還在小禮堂，還在他的那些醜陋的視頻，他的注意力無法集中到老趙的腹部，嚴格地說，刀口。他的眼神在游移。不像醫生。傅睿失去了他的親切，眼神與表情都不確切，有了言不由衷的跡象。因為注意力難以集中，傅睿終於和老趙上衣的下襬幹上了。拉下來，掀上去；再拉下來，再掀上去。如此反復。是什麼讓傅睿大夫如此反復、如此欲罷不能和如此欲言又止的呢？老趙吃不準了。吃不準就不能問。最好不要問。只能等。等過來等過去，傅睿卻還是什麼都不說，顯然，不是不說，是不肯說。是難以啟齒。是在醞釀，在選擇措辭。時間在一分一秒地過去，不要說老趙，就連站在一邊的愛秋都相當忐忑了。愛秋說：「傅睿大夫你請坐！」這是一句客套話，這句客套話此刻也是一句空話。傅睿恍惚了好大一會兒，沒有坐，再一次把老趙的上衣給撩了上去，接著看。——老趙有數了，他知道了。他的身體出了大問題。極有可能是腎源。傅睿這是特地來通知他來了，這才難以啟齒。恐懼和絕望即刻湧上了老趙的心房。老趙的內心出現了崩塌的跡象。他用他的肘部支撐起身體，從沙發上下來了。剛及地，老趙順勢就在傅睿的面前跪了下去。老趙的這個舉動連他自己也沒有想到，可以說，自然而然，也可以說，勢在必然。

「傅睿大夫，」老趙說，「你要告訴我實話。」

傅睿低下頭，拉他，卻拉不動。他能看到的只是一個因為恐懼格外虔誠的老趙。

「你告訴我。」老趙說。

「告訴你什麼？」

「你告訴我實話。」

「你挺好。」

「不是，」老趙說，「你要告訴我實話。」

「你挺好。」

「不是，你要告訴我實話。」老趙說。

「那你說，什麼實話？」傅睿說。

「你就說，『老趙，你已經完全康復了，我保證你能活下來。』你說了我就起來。」

傅睿沒有答應老趙。這句話他沒法說。他做不到。在這個問題上傅睿承諾不了任何人，他的承諾沒有意義，是廢話。然而，老趙跪著，不起來，在仰望著傅睿。僵持了。

「你起來。」

「我不起來。」

傅睿扶了一下他的眼鏡，這個動作消耗了傅睿相當長的一段時間。傅睿只能妥協，他俯視著老趙，說：

「你已經完全康復了，我保證你能活下來。」

「你再說一遍。」

傅睿耐心了，目光柔和。傅睿說：「你已經完全康復了，我保證你能活下來。你起來。」

激動人心的事情就這樣發生了。老趙不僅沒有起來，相反，他匍匐了上身，他的腦袋對準了傅睿兩腳之間的空隙，他磕下去了。當他再一次仰起臉來的時候，他的眼眶裡已經閃動著淚光。這是一種奇特的光，只有被拯救的人才會有的光，是大幸福和大解放。

傅睿從未面對過這樣的場景，它在傅睿的認知之外、能力之外、想像之外。這是他生命裡的全新內容和全新感受。他的內裡滋生出了非同尋常的感動，具體說，一種異乎尋常的激情，一種具備了優越感的情緒，與他內心深處的渴望出現了疊合與相融的跡象。傅睿舒服。有了光感。他的生命到底被拓展了，他內心最為深處的東西出現了。傅睿並不能命名自己的新感受，但是，他高興，接近於幸福，他確鑿。傅睿伸出了他的雙手，他的掌心是朝上的，而老趙則把他的雙手覆蓋在了傅睿的手掌上。就在老趙家的客廳，傅睿幾近洩密，他告訴了老趙一個祕密：

「我保證你能活下來。」

傅睿聽到了自己的聲音，他的聲音遙遠，並不來自他的身體，沒有物質性。

借助於傅睿的力量，老趙站起來了。他再一次和傅睿對視了，他注視著傅睿，傅睿注視著老趙。他們都意識到了，這一眼超出了注視，超出了普遍性，同時又帶上了普遍性。老趙很安寧，傅睿也很安寧。那種優越的情緒再一次降臨，在傅睿的內部橫衝直撞。

即使已經離開了老趙的家，傅睿的身心還滯留在他和老趙之間。小禮堂，見鬼去吧；監控視頻，見鬼去吧。一切就這樣發生了，在客廳，在老趙和傅睿之間，經由愛秋的旁證，發生了。多麼自然，多麼必然，彷彿理當如此。作為一個醫生，傅睿從不承諾。他和田菲是不能算的，那只是門診，很隨意，屬於錯進與錯出。今天不一樣，今天是莊嚴的，伴隨著必備的儀式。一個從不承諾的人終於目睹了承諾所帶來的神奇。傅睿低估了承諾的力量，這力量不可限量，足以修正別人和提升別人，反過來又可以感染自己。——承諾是天下最重要和最神聖的一件事，承諾之所以如此神聖，就在於對方需要，需要可以遮罩驗證，讓結果懸置。

太難得了，傅睿的步履輕颺起來了。就在離開老趙家不久，傅睿體驗到了自身的輕颺，他誕生了登高的願望。他放棄了地面，特地爬上了不遠處的一座天橋。天橋是穹隆形的，傅睿來到了它的頂部，大街筆直，一下子就拉出了幽遠的縱深。傅睿發現了一個從未留意的事實：大街是由兩側的樓宇構成的，而大街兩側的樓宇都跪著，一直都跪著。所有的建築都跪在傅睿的面前，分出了左右。所謂的大街，是對稱的、整齊的、恆久的跪。——傅睿又能對這些跪著的樓宇承諾一些什麼呢？傅睿沒有把握。試一試？那就試一試。傅睿突然對著所有跪著的建築物大喊了一聲：

「我保證你們都能活下來！」

大街沒動，大街兩側的大樓也沒動，它們巋然地跪著。好好的。傅睿極目望去，他其實有點擔心所有的建築都像老趙那樣站起來，那將是一幅不可承受的景象。還好，它們沒有。這多好，所有的建築都跪著，以鋼筋和水泥的姿勢。鋼筋在，水泥在，跪姿就在。什麼都不用擔心。

大街上都是車。擁堵的汽車把大街分成了兩半，一半是去路，一半是來路。無論是來路還是去路，它們都焦躁。人們在來路與去路上突圍，滿懷著超車的衝動。因為做不到，只能急剎車。剎車是一種臨時的克制，骨子裡是急迫，是狂暴。一盞又一盞剎車燈亮了，它們鮮豔，妖媚。剎車燈綿延起來了，猶如一片火海。大街被拉出了縱深，它真長啊，很深。這是急迫所構成的風景，是被遏制的超越所構成的風景。傅睿再也沒有想到，剎車燈居然裝點了世界。所有的焦躁聚集在這裡，構成了如此巨大的和華美的寂靜。

傅睿又來電話了，這是「偶實」的第二個電話。小蔡不再驚喜，只有喜悅。如果不是命運在如此短暫的時間裡把「驚喜」和「喜悅」擱置在小蔡的面前，小蔡區分不出它們。——比較起「驚喜」來，「喜悅」可有意義多了。驚喜沒有向度，就是剎那間的一件事；喜悅則不同，它的內部卻蘊含了逐步走強的方向性，足以派生一路風景。

小蔡答應了，卻把見面的時間延後了「兩個小時」，她是女孩子，擁有天然的權利。這才多少天？傅睿已不再是傅睿，到處都是他的新聞，名副其實的「偶實」了。——可越是這樣就越是不能慣著他，他要習慣等。因為輪休，小蔡在家裡已經貓了大半天了。昨天夜裡先生是在這裡過的夜，一大早正是從小蔡這裡去的機場。他要去紐西蘭，看望他的女兒去。先生有一個習慣，出差之前喜歡在這裡過夜。返回的時候卻不一定，有時候先回那個家，也有時候先回這個家。小蔡沒有在這些細節上糾纏，道理很簡單，就算先生為她離了婚，她也不會嫁。——他們彼此都不「管」，先把日子「過」起來再說，能「過」成什麼樣，誰知道呢？至於未來，那是「過」的結果，不是「過」的目標。相處了一些日子，小蔡終於弄清楚先生如此慷慨的原因了，公司是他的，也不是他的，換句話說，公司的錢是他的，也不是他的。——這究竟是怎樣的一個魔法？小蔡懶得問，她不可能搞得懂。她能從先生的身上感受到魔法的靈動和自由，她願意和先生生活在一起，她能體會到時代。時代就是枕頭的樣子，放在她的床單上。她在生活，也在發明生活。

先生真的愛自己麼？小蔡不知道，有時候也想知道。但小蔡還算克制，她很好地控制了自己，不涉及愛的生活才更像生活。當愛被抽離之後，生活的邊界一下就拓展了，像地平線的上方。小蔡自豪了，她也是為拓展生活做出了貢獻的人呢。當然，先生需要自己，很需要，這一點小蔡很有把握。——先生就是不快樂，小蔡也是相處了一段日子才發現的，他很不快樂。——先生這樣的人又有什麼理由不快樂呢？不應該，小蔡也歸納不出來。但是，無論小蔡能不能歸納先生不快樂的理由，這個結論成立，它源自於先生的性。性耿直，它從不撒謊。小蔡對先生的性當然有過假想性的預估，他這樣的男人麼，淫是要務，在風格上極有可能偏向於蠻橫或褻玩。先生卻不是，反過來了，在精神上，先生來到小蔡這裡更像是避難，避難才是先生的整體需求和戰略需求。在先生裸體的時候，他的戰略性顯示無遺了，他撒嬌，特別渴望在小蔡的面前裸露他的孱弱，乃至無助。小蔡呢，更像一個護士。先生熱衷於下體位，每當小蔡替他進入的時候，小蔡都會產生這樣的錯覺——他不是來過夜，不是，是遭到了意外的暴擊，奄奄一息了。小蔡還能怎麼辦？只有竭盡全力才能把他搶救過來。

先生對性的需求真的是次要的、附帶的、輔助的。他真正需要的，是突發的暴擊之後所採取的救治措施。他想起死回生，他渴求能有下一個機會。小蔡有時候真的想笑場啊：天底下所有的機遇都被你一個人拿走了，你還想起死回生，你還想得到機會，別人還活不活了？這只能說，先生真的是會玩，還有這麼一個弄法。可這又有什麼不好的呢？也挺好。小蔡就覺得她做愛一次就救人一命，勝造七級浮屠。

現在，先生去了紐西蘭，小蔡留守了。就在先生跨出房門的當口，小蔡的內心發生了一個小小的意外，她有了離別感。按理說不應該。小蔡也算是老司機了，經歷了一任又一任的男人，她的內心從來都沒有出現過這樣的東西。——怎麼就在這裡出現了呢？就好像她和先生在一起有年頭了，是老夫與老妻。這都是哪兒對哪兒。就在先生離別之後，小蔡回床了，想補一覺。到了入睡的關口，小蔡想起來了，哪裡有什麼離別感，所謂的離別無非是認同。她的感知搶先於她的認知，認同了，這是生活。小蔡閉著眼睛笑了笑，很平靜，很滿足，是的，她是為拓展生活做出了貢獻的人。為了獎勵自己，她在再一次起床之後特地換了一身睡衣，只有新換的睡衣才能體現她留守女士的身分。先生說，她很乾瘦，她很豐饒，是不是真的？新換的睡衣說，是真的，不該有摩擦的地方沒有摩擦，該有摩擦的地方統統出現了摩擦。沒有比這更好的了。小蔡就這樣光溜溜的，赤著腳，泡了一壺色彩沉穩的普洱——那也是先生帶來的——靠坐到飄窗上去了。小蔡都已經養成這樣的習慣了，每一次，在先生離開之後，她都要在飄窗上枯坐一會兒，好好地、聚精會神地走一會兒神，喝點茶，附帶著把夜裡的救治再梳理一遍。性不是做出來的，有時候也是梳理出來的。小蔡想，自己真的不再年輕了，都知道梳理自己的性了。

小蔡就這樣在飄窗上枯坐了一個上午。都過了通常意義上的午飯時間了，小蔡卻一點兒沒有吃午飯的意思，那就再睡一個午覺吧。又睡了。小蔡就是這點奇怪，男人一旦不在家就格外地貪睡。這個午覺小蔡照樣睡得挺深，無夢，最終還是被手機的鈴聲給吵醒了。小蔡已經睡魘了，迷糊得很，以為是先生，嗨，先生還在大氣層呢。居然是傅睿，從電話的背景音來判斷，在街上。小蔡醒了，喜上心頭。

畢竟在男人堆裡摸爬滾打了那麼多年，小蔡懂得一條真理，男人與女人的故事往往不取決於第一個電話，第二個電話才可以算作開始。什麼開始了呢？開始什麼呢？都不好說。不管怎麼說，一個留守女人接到另一個男人的電話都帶有可喜可賀的性質。小蔡這一次一點也沒有慌亂，呈現出來的是一個已婚的和居家女人的心態。這個心態原本處在隱祕的狀態，現在，它跳躍出來，格外地觸目驚心。已婚的和居家多年的女人就這樣，內心總有一些蟄伏。生活就是這樣體現它的穩定性的，也是這樣體現了它的綻放。

小蔡在淋浴——其實是洗頭——的時候設想了一些具體的畫面，這畫面直接跳過了諸多的時光，直接進入了手術室。此刻，小蔡已經是傅睿的器械護士了。在手術的進程中，傅睿會不停重複同樣的動作——對著小蔡攤手。然後呢，小蔡會把傅睿所需要的器械遞給他。也不是遞，是拍。這是護士與主刀醫生的傳遞方式。小蔡有百分之百的把握，她的傳遞準確無誤，換句話說，他們之間天衣無縫。這就是他們的工作，是一體的，不得已被分成了兩個部分。像鉸鏈，像打開的書，像大海裡的貝，像窗戶的兩扇。他們就這樣，一臺又一臺，一年又一年。枯燥，無與倫比。他們倆就是在無影燈的下面一起老去的，都沒能留下哪怕硬幣大的陰影。而那個時候，小蔡很可能又成了寡婦，那又怎麼樣？生活要繼續，那就到傅睿的休息室去休息一會兒吧。他們沒有隱私，像曠野的一棵樹。樹上布滿了枝椏，樹就是這麼長的。任何人都不能以任何理由指責任何一個枝椏。

——和上一次見面不同，傅睿這一次並沒有選擇大堂，他點了一個包間。這樣的選擇足以說明，「偶實」並沒有喪失他的人間性。包間好哇，只有私密的空間才是真正的空間，它符合東方的人際。在這個城市，沒有包間的餐館、茶社和咖啡館是不能叫作餐館、茶社和咖啡館的。不能說這個城市的人多麼地喜歡私密性，只能說，這個城市的人從根本上就擯棄了公共性。

咖啡館的導臺小姐接待了小蔡，她直接把小蔡領進了「巴塞隆納」。沿著藍白相間的地中海內裝風格，小蔡知道了，這家咖啡館的老闆是一個足球迷，正如小蔡的某一任男友。途經馬德里競技、西班牙人、皇家貝蒂斯、塞維利亞和畢爾巴鄂，小蔡來到了「巴塞隆納」的門口。導臺小姐停下了腳步，她對小蔡做了一個「請」的姿勢。——她沒有和小蔡交流，僅僅依靠她不可思議的直覺，或者說，時代的職業性，導臺小姐一把就把小蔡拍在了傅睿的掌心。這個怎麼可能錯呢？

傅睿的模樣讓小蔡有點不敢相信，他邋遢了，與他以往的模樣有些不搭調，疲憊，似乎吃了很多的苦。他的邋遢集中體現在他的襯衣上。在小蔡的記憶裡，傅睿的襯衣有一個特徵，幾乎就沒變過，它永遠都塞在西褲的內側。以腰帶作為分界，傅睿向來都一分為二：下半身，深色的、褲縫挺拔的西褲；上半身則永遠是乾乾淨淨的白襯衣。這兩個部分結合在一起，共同形成了完整和優雅的傅睿。——今天傅睿到底有多邋遢呢？也說不上，但是，他的白襯衣卻沒有塞進西褲，自然也就失去了腰帶的管控。就這麼一點小小的變化，傅睿的外觀出現了系統性的崩壞，皺巴巴的。皺巴巴的當然是襯衣，可是不對，是整個人皺巴巴的，還鬍子拉碴。邋遢了。傅睿哪裡還是邋遢，是落魄的模樣。這就奇了怪了，如今的傅睿正趕上青雲直上的光景，意氣風發才對。——他卻落魄了，這怎麼可能？他這算哪一齣？小蔡眨巴了一下眼睛，明確了，傅睿，這個養尊處優和意氣風發的中年男人，單相思了，他單相思嘍。

而傅睿的坐姿也出了問題，幾乎就是癱進了沙發。上半身在不停地扭動。傅睿從不這樣。不能說傅睿真的就有多麼帥，他又不是演電影的，又能帥到哪裡去呢？但是，只要在公共場合，傅睿一定有他的站姿和他的坐姿。這絕不是一件小事。這起碼說明了一個問題，傅睿對自己有要求。有要求的男人到了哪裡都可以立於不敗之地。可現在，傅睿哪裡還有一點「偶實」的樣子，他的模樣絕對配不上圍繞著他的那些新聞。

傅睿也不說話，卻用一種十分怪異的目光盯著小蔡。小蔡從沒有見過傅睿這樣的目光，伴隨著有求於人的神情，附帶還伴隨了欲言又止的樣子。按理說傅睿應該在這樣的時候說些什麼的，傅睿偏不。他這樣的人似乎就這樣，哪怕他的目光已經開始了現場直播，他也要緊閉他的嘴巴。他在喝咖啡。可這杯咖啡已經失去了品質，傅睿不再具備把咖啡抿在嘴裡的那份從容。他喝得匆忙，咽得也匆忙，像解渴，更像飲鴆止渴。

傅睿不說話，小蔡也就不說話。顯然，傅睿被他想說的話難住了。這個忙小蔡可幫不上他，一些話還是要由當事人自己說出來的。話又說回來了，傅睿的欲言又止很有意味，特別地有意味。好男人的欲言又止和壞男人的欲言又止就是這麼不一樣。傅睿就在那裡磨嘰，最終還是開口了，他一開口就把小蔡嚇了一大跳。他想請小蔡給他撓癢。這就過分了，近乎冒失。小蔡不相信傅睿會有這樣的張狂。按理說不該的，傅睿不應該這樣。看見小蔡如此地猶豫，傅睿當即改了口，表示算了。小蔡不太相信傅睿有如此的孟浪——也許真的就是癢了呢？飢可以不擇食，慌可以不擇路，癢為什麼要擇人？小蔡抿著嘴唇笑了，是會意的笑，格外自信的笑。不管傅睿是真的癢還是假的癢，傅睿蠢，死蠢。看見小蔡沒動，傅睿逐漸紅了臉。也不能算逐漸，其實很迅速的，一眨眼就成了那種全面的、徹底的紅。這個從不求人的人看上去要被人拒絕了，他很羞愧。

小蔡並沒有讓這個尷尬的時刻延續太久，她知道的，傅睿承受不了這樣的尷尬。護士小蔡出手了，她來到傅睿的面前，拉起傅睿，直接解傅睿的紐扣。就在小蔡解完最後一顆紐扣之後，小蔡擺動了傅睿的身體，她讓他背身，她把傅睿的襯衣撩了上去，反過來扣在了傅睿的腦袋上。——這就是傅睿，這才是傅睿。他背脊乾乾淨淨，沒有哪怕一處的紅腫，沒有斑點，沒有疙瘩。這樣的皮膚或這樣的後背怎麼可能出現瘙癢呢？小蔡把她的嘴唇一直送到傅睿的耳後，問：「哪裡癢？」說話的工夫，她的髮梢已經蹭到傅睿的肌膚了，傅睿一個激靈，說：「就這裡。」小蔡就給傅睿撓上了。然而，癢不是別的，它類似於愛情，它從不在這裡，它只在別處。小蔡還能怎麼辦？她不再詢問傅睿，她的雙手開始了四面出擊。傅睿的嘴巴張開了，鑽心的快感瀰漫起來，他發出了絕望的呻吟。那是解決了問題之後才可能出現的聲音。尖銳的快感在迅速地消耗傅睿，他的雙臂很快就撐在了桌面上，在抖。傅睿側過臉，問：「我的後背究竟出了什麼問題？」

「我不確定。」小蔡說，「也許只有醫生才知道。」

十一

一連數日的雨天，從天亮到天黑，沒有停息的意思。畢竟是郊外，在暴雨的階段，其狂暴的勁頭與市區迥然不同，它開闊，擁有大海一般的縱深。雨是有勢的，當暴雨勢不可擋的時候，它反而不是降落，像升騰。傅睿待在宿舍，一個人立在窗前，對著雨水發愣。沒有飛鳥，沒有飛鳥的天空就此失去了上下與左右，傅睿就這樣失去了方向。他彷彿站在了世界的外部。但天很低，低到可以使人產生企圖的地步，這一來傅睿眼前的天空就很可疑，怎麼就下雨了呢？真實的世界它現在是怎樣的局面？

傅睿無處可去，他只能一個人待在宿舍。圖書館在擴建，他去不了；小禮堂正在舉辦「向傅睿學員學習」的集體研討，他可以去，卻不能去，也不敢去。傅睿設想過他參與討論的場景，他認準了他會死在那裡。是誰發明了這樣的場景？一個人需要怎樣的畸形才能配得上這樣的地方？傅睿並沒有佇立在雨中，可他就是覺得自己被淋透了，雨水和他的衣褲攪拌在一起，捆綁了他。傅睿低估了潮濕的糾纏能力，傅睿怎麼努力都沒能脫下他潮濕的衣服。

在暴雨初歇的當口，傅睿回了一趟家。培訓中心離傅睿的家其實並不遠，最多也就四十分鐘的車程。照理說傅睿是可以經常回家的，但中心主任頒布了明確的指令：沒有特殊情況，「原則上」不可以回家。傅睿沒有特殊情況，沒有特殊情況傅睿就只能站在了「原則上」。這一來敏鹿給他預備的拉杆箱就不夠充分，太小，不到一個星期就輪替了一遍。傅睿都到了把他換下來的衣服再換上去的地步，哪怕換上的衣服實際上更髒。傅睿在意的其實並不是髒，是皺。他的襯衣向來都是一換洗一熨燙。即便如此，傅睿也沒有動過回家的念頭，他習慣這樣，喜歡這樣。傅睿感受到了對指令的遵守所收穫的高尚。

傅睿把他所有的衣服一股腦兒塞進了拉杆箱，回家了。他推開了自家的門——這是他的家，雖說敏鹿還沒有下班，然而，這已經是很完整的一個家了。離開家並不久，傅睿受盡了折磨，他哪裡能想到呢，離開了敏鹿他其實是活不成的。——傅睿多麼想立即走進臥室去，完完整整地擁有一張大床，他想躺一會兒。可他等不及了。就在他經過沙發的時候，他改變了主意，不是坐，而是像自由落體那樣直接掉進了客廳的沙發。傅睿躺下了，不想再動。除了呼吸與眨眼，他的身體再也不想做出任何一個動作。拉杆箱就在身邊，照理說他應該打開他的拉杆箱，把那些髒衣服統統放進洗衣機才是。那些衣服真的太髒了，帶上了不可饒恕的氣味。傅睿卻沒動，一隻手托在腦袋的下方，另一隻手放在了腹部，就那麼躺著。差不多就在躺下的同時，傅睿意識到了，他躺得過於急促了，身體的各個部位並沒有安置在最為舒適的位置上。要不要調整一下體位呢？傅睿猶豫上了，傅睿的身體再也不願意做出哪怕一個微小的動作。——是調整一下體位讓自己舒服一些，還是保持原樣，就這麼躺著？傅睿就此陷入了漫長的自我掙扎。他苦悶於此，似乎也沉湎於此。——如果傅睿是一條蛇，那該多好呢。傅睿想起了他看過的一段電視，那是蛇的蛻變，俗稱脫皮。一條蛇靜止在樹的枝杈上，然後，另一條蛇，也就是另一個自己，十分頑強掙脫了自己的頭頂，從身體的內部「游」了出去。在牠的身後，牠留下了管狀的和完整的軀殼。傅睿多麼希望自己的身體內部能誕生一個新自己，掙脫自己，並擺脫自己。一個在遊走，而另一個自己則靜悄悄的，空洞，並懸掛。

敏鹿一推開家門就知道傅睿在家了，家裡的空氣告訴她的。這樣的情形多少有點罕見——在這個家，通常都是敏鹿守著，然後呢，傅睿從外面回來。生活是多麼地可愛，僅僅是一個序列上的變更，它就成小驚喜了。

敏鹿咬住了下嘴唇，躡手躡腳的，卻發現傅睿沒在書房，正躺在幽暗的沙發裡。這是他們的久別重逢，難得了。嗨，哪裡有什麼久別重逢，是他們從來就沒有分開過。遠方的人，他回來嘍。

敏鹿沒有開燈，無聲走向了傅睿腳邊的單人沙發，他睡了，敏鹿就也半躺著。她沒去廚房，久別的重逢就該寂靜，可不能鍋碗瓢盆。作為一個資深的法國影迷，敏鹿是多麼地喜歡法國電影裡的廚房哦，她嚮往廚房裡低能耗的親熱，那些見好就收，發乎情，也止乎情。可傅睿卻從不進廚房，他們家的廚房裡什麼也沒有發生過。那就在客廳裡黑咕隆咚地躺著吧，靜悄悄的。

敏鹿就這樣黑咕隆咚地，半躺著，傅睿就睡在她的身邊。她會守著他的，一直到他醒來。就這麼想想心事，敏鹿也小瞇了一會兒，也就二三十分鐘的光景。傅睿還在睡。敏鹿探出了身子，靠到傅睿的腦袋邊，想叫醒他。讓敏鹿魂飛魄散的事情就在這個時候發生了——傅睿並沒有睡，他的眼睛一直都睜著，正注視著敏鹿。敏鹿似乎已經意識到傅睿在看她了，客廳卻過於幽暗，為了看清楚一些，敏鹿又靠近了一些，還凝了神。是的，傅睿在看她，幽靜，隱祕，一動不動。敏鹿被傅睿的眼神嚇得跳了起來，而她這一跳反過來又把傅睿給嚇著了。好端端的，鬧鬼了。這是一次失敗的對視，雙方都毫無預備，雙方都猝不及防。

傅睿雖說被敏鹿嚇著了，也就是一個顫動，像咳嗽。他依然不想起來。他的身體似乎已經完全喪失了動作能力，幾乎就是靜物。他想起來了，拉杆箱還在身邊呢，他把他的眼珠子慢騰騰地從眼眶的正中央挪到了眼角，這是他的一瞥，像慢鏡頭。敏鹿便把拉杆箱拖向了衛生間。敏鹿打開箱子，她把傅睿的衣服一股腦兒塞進了滾筒洗衣機。傅睿遠遠地聽著，鬆了一口氣，這是他一直想做的事，活生生地被他延誤到了現在。敏鹿終於替他了結了這個心願，他吸了一口氣，閉上了他的眼睛。

傅睿就是在敏鹿倒騰洗衣機的時候睡著的，睡了十來分鐘的樣子。一覺醒來，客廳裡依然幽暗，陽臺上的窗戶卻亮了。是不是天亮了呢？傅睿對著窗戶上的玻璃研究了好半天，確認了，不是天光，是馬路的華燈初上。顯然，他並沒有在凌晨時分醒來，真正的夜晚尚未開始。這個意外的發現讓傅睿沮喪。他感受到了夜給他的負荷，已經壓過來了。而他已經睡了一覺了，就在剛剛。

敏鹿聽見了傅睿的一聲嘆息。她回到傅睿的身邊，替傅睿把他的身體往沙發的內側挪了挪，緊挨著傅睿，她坐下了。借助於敏鹿的移動，傅睿順勢調整了自己的體位，舒服了。敏鹿則拿起了傅睿的手。他的手很冷，因為是夏季，這個冷就有了一些特殊的地方。敏鹿在傅睿的身上趴下了，她回憶起了農家樂。這一趟農家樂只給敏鹿留下了一個印象——傅睿不健康。一天到晚整天廝守在一起的夫婦就這樣，很難判斷對方的。然而，萬事都害怕比較，跟郭棟一比較，傅睿的不健康就相當醒目了。有好幾次，敏鹿很想和傅睿談談的，傅睿卻避開了。顯然，這不是話題，或者說，他不情願涉及這個話題。但農家樂之後傅睿的健康依然給敏鹿帶來了深刻的擔憂，也說不上來。傅睿到底是哪裡不對勁兒呢？真的說不上來。——要不要先談談呢？敏鹿鼓足了勇氣，然而，話都沒到嘴邊，她又咽下去了，她有了哭泣的願望。以傅睿現在的處境，有些話還怎麼對他說呢？也不是時候。

敏鹿就這樣趴在傅睿的身上。客廳裡沒有一點兒動靜，沒有光，猶如一座空巢。時間終止了。所有的家具都安安穩穩，在它們的輪廓上，發出了幽靜的、咖啡色的光。這幽靜既像積蓄，也像肇始；美滿，同時又勉強，總有些不對勁兒。敏鹿的指頭在傅睿的身上動了動，傅睿挺好，畢竟小睡了一會兒，他的手指居然也有了回應。敏鹿就把上身湊上去，吻住了傅睿的唇。是下嘴唇。敏鹿開始了她的吮吸。傅睿則把敏鹿的上唇給銜住了，吮了幾下，最終還是讓開了。但敏鹿在這個吻裡敏銳地捕捉到了陌生的資訊，是傅睿的鬍子。嚴格地說，也不是鬍子，是鬍子的渣兒。她不再吻，乾脆把嘴唇就閉上了，開始在傅睿的下巴上來來回回地蹭。敏鹿的身體抖動了一下，開始固執，想行動。這一次一定不能由著他了。她摸到了傅睿的紐扣，先給他解開了再說。傅睿就由著她。等傅睿的紐扣全部被敏鹿解開了之後，敏鹿從沙發上下來了。她彎下腰，使出了吃奶的力氣，終於把傅睿給拽起來了。敏鹿說：「媽媽給寶貝洗澡去。寶貝都臭了。」

敏鹿費了好大的周折終於把傅睿和自己一起脫光了，就在客廳。這就了不得了，兩個人一絲不掛，都站在客廳裡了。挺新鮮，也刺激。敏鹿就這麼抱著傅睿，嘴巴都不會發聲了，所有的聲音都是從喉管裡直接給噴出來的，是光禿禿的氣流。還是先給他洗個澡吧，他們都已經很久沒有在一起洗過澡了。別看傅睿這樣，他也經不起敏鹿的洗。那還耽擱什麼呢？敏鹿拉著傅睿的手，一起走進了衛生間。衛生間比預想的還要暗淡，敏鹿摸著牆上的開關，啪的一聲，衛生間亮堂了。敏鹿把傅睿推到了鏡子的面前，兩隻胳膊分別從傅睿的腋下繞了過去，在他的身後摟緊了他。這個動作別致了，敏鹿一下子就成了傅睿的雙肩包，胸脯全被他的背給壓扁了。

敏鹿不著急。奶奶早就對麵團說了，爸爸不在家，得給媽媽放個假，讓她一個人舒服幾天。這個家現在只有她和傅睿兩個人，急什麼呢？敏鹿就一點一點把玩她的男人了，她會讓他急的，她要讓他申請她。她會把整瓶的沐浴露一股腦兒傾倒在他的身上，讓他滿身的泡沫發出不要命的、接近死亡的吟唱。她會讓他不想離開這個家，睡眠會覆蓋他，他會知道的，他的睡眠不好完全是因為他在床上沒有完成他的勞動量。

敏鹿拿起了沐浴露。就在擰瓶蓋的時候，敏鹿發現了傅睿背後的異樣。這哪裡還是後背呢？簡直就是農家樂周邊的土質停車場，遍地都是車輪的痕跡，交叉，混亂。那些痕跡卻不是單線，四五條一組，四五條一組，很規則。這就奇了怪了，這就不大對了。敏鹿把沐浴露放下了，張開她的手指，指頭卻對應到劃痕上去了。合得上，是一隻手的五個手指留下的痕跡。敏鹿往前跨了一步，攔在了傅睿的面前，赤裸裸正對了赤裸裸——

「怎麼回事？」

「什麼怎麼回事？」

「你的背。」

傅睿想了想，說：「癢。」

「我是問，劃痕哪裡來的？」

傅睿顯然被敏鹿的口吻嚇著了，尤其是表情。這樣的口吻與表情從來都不屬於這個家。傅睿囁嚅了好半天，說：「撓的。」

「誰？」
「我，」傅睿說，「我自己。」
「傅睿，不會撒謊你就別撒，好嗎？」
敏鹿一把就把傅睿拽到了鏡子跟前，敏鹿指著鏡子，說：「傅睿，你撓給我看看。——自己撓！」
傅睿望著鏡子裡的自己，他背過了手去。他企圖用他的手指去覆蓋後背上的劃痕。然而，無論他怎樣努力，這樣的努力都力所不及。傅睿自己也沒有想到，他的背怎麼就這樣了？——小蔡並不亂，她的雙手以傅睿的脊椎作為中界，左手負責左側，右手負責右側。劃痕就這樣呈現出了對半分流的局面。亂石穿空，驚濤拍岸。張狂啊，張狂。鏡子與燈光一起照亮了「巴賽隆納」。可「巴賽隆納」的事傅睿不能說，這不公平。傅睿抬起胳膊，望著自己的雙手，他的手不能自證。
「誰？」
「我自己。」
傅睿的愚不可及徹底要了敏鹿的命。敏鹿剎那崩潰了，嚴格地說，傅睿在敏鹿的眼裡剎那間就崩潰了。——這都能撒謊？——這樣低劣的謊傅睿居然撒得出口？傅睿，你狗血，狗血啊——
「我再問一遍，傅睿，誰？」
「我自己。」
「傅——睿！」敏鹿暴怒了，傅睿再也不敢說話。
「你不會說是一個男人吧傅睿？」敏鹿盡量克制住自己，她說。
「是女的。」
「誰？」
「我不能說。」傅睿說。

「放你媽的屁！」

「真的不能說，人家是無辜的。」

「傅睿你不要逼我！」

「敏鹿你不要逼我。」

「傅睿你不要逼我！」

「敏鹿你不要逼我。」

傅睿，還有敏鹿，還光著。他們就站立在衛生間的鏡子面前，放棄了鏡子的折射，彼此用嶄新的目光瞅準了對方。最終放棄對視的還是傅睿。他掉過了頭去，附帶著從陽臺的附近拉起了拉杆箱，直接往客廳的大門而去。

「傅睿，你光著呢！」

是的，他光著呢。那就回過頭來穿上。傅睿在內心對自己說——

「就是癢。沒別的。癢起來我很痛苦。我會去看醫生的，可我擔心住院，許多人都出院了，都是成功的例子，意外從來都不可避免。沒有原因，找不到原因。很悲傷。領導說培訓，我說，沒有問題。這是最糟糕的結果，我回不來了。處罰從來都不可避免，處罰從來都不是意外。從一開始我就知道這是一條錯誤的路，老傅覺得行。好吧，每個人都有權利選擇一件事，接二連三。我請人幫助，這不是一個幫助的問題。我也請求了上帝，其實還有菩薩，沒有用。我只想睡一個好覺，睡著了一定會很好，那時候就這樣。我看過老趙，這個人我很不喜歡，可他是患者，我必須去。我覺得是個陰謀。這是徹底的否定。真的癢。我不會欺騙你，真的癢。你很難從臨床上解釋這樣的徵兆，那是千真萬確的感受。我會去看醫生的，可以商榷，現實就是需要公關，怎樣的一部歷史呢？人一定會生病，這個很複雜，這裡牽扯到自然的環境，基因，還有人類自身生活，許多習慣、飲食，不可避免。歷史證明了必須痊癒，疾病是一種異常的痛苦，必須解除它們。這是我的責任。老傅他不了解，主要的問題來自呼吸道，一旦感染就會下沉，當然是肺部，速度很快。動脈血管栓塞了就很麻煩，就是消炎，我做不到。我渴望和大家一起同步而行，左腿還有右腿。我在分析。責任一定在我，雖然我沒幫助他們，可我覺得這樣的努力意義不大。我會盡力。我真正不能原諒的是小嚴主任、范院長、雷書記。是小嚴主任打來的電話，我都關機了，范院長和雷書記都在，見了。很客氣，你知道他們很客氣。這個結果我沒有想到，也許就被打死了。老傅一直想做一個外科大夫，很衝動。他不是想做醫生，他想決定生和死。那是上帝才有的快感。我了解他。我也想有。結果呢？當然不是，就培訓了。我沒有。你要相信，就是癢，沒別的。問題不會太嚴重。可以看醫生的。我能，別人也能。我不能，不等於別人不能，那就都耽擱了。通常不會這樣。是懶嗎？不，並不懶。我不想動，想躺著，坐著。我把香菸拿起來了，打火機就在旁邊，站起來，一步之遙。可我叼著香菸，寧可坐兩個小時，我也不想去拿打火機。許多次了，沒有洗澡，還有刷牙。不是懶，是不想動。這不好。我知道的，這不好。就這樣，我說的都是實話。我發誓，就這樣。

「好吧，我知道你不會相信。很難控制的。誰願意這樣呢？我不樂觀。一個睡眠的問題，可以吃藥的。我做了一個無盡的嘗試，並不成功。這些我不好對別人說，你是我太太，我不能隱瞞你，我都告訴你了，不樂觀了。培訓就是兩個月。命運在此。記憶力也是一個問題，有了沙化的跡象，你可以去請教一下土壤學的專家，培訓的時候並沒有邀請他們。土壤有黏性，沙化了就不好辦，你懂的。他們說，是一夥的，我信麼？我不信。這怎麼可能？消化與呼吸都不可能同步，還有內分泌。其實都是混。語文也沒有學好，就是表達的問題。很嚴重。一個人，西瓜一樣，劈成了好幾瓤。聽好了，你要注意的，不是好幾瓤西瓜，是一個西瓜被分成了西瓜、冬瓜、紅木、酒精藥棉、竹竿，與鍵盤。各說各的。西瓜就這樣變成了酒精藥棉，很可笑，很可笑的。回頭我可以給你看看筆記本，也許還有錄影，並不好看。我始終不能明白弧度的問題。你應該相信我說的都是真的。我思考過了，可以去郊外，開飯館，養羊。玉米和水稻完全可以辨認。」

說到玉米和水稻，傅睿就笑了，他並沒有看著敏鹿，也沒有看任何一樣東西，他學會了衝著絕對的抽象兀自微笑了。他的微笑至真、至誠。笑完了，傅睿重新拉起了拉杆箱。敏鹿光著身子，卻愣在了那裡。她沒有敢做出任何反應，就那樣看著傅睿開門，出門，走人。

培訓中心的門衛是一個小夥子，一臉的疙瘩。很湊巧，每一個疙瘩都長在了恰當的位置上，這就正確了。這些排列有序的疙瘩助長了小夥子的威嚴，小夥子看上去就真的威嚴了。他攔住了傅睿，向傅睿討要證件。——這是週末，出門可以不出示證件，進門就一定需要。傅睿當然有，卻丟在了宿舍。他告訴小夥子，他可以回去拿。這一來兩個人在證件這個問題上就陷入了一個可愛的迴圈。看得出，小夥子熱衷於這個迴圈，這迴圈就在他的基因裡。不需要則罷，一旦需要，他隨手就可以拉個人，一起跳將進去。好在來了一位年紀稍大的門衛，他認出了傅睿。這張臉都上過報紙，他見過。——怎麼可以把上了報紙的臉擋在門外呢？年紀稍大的門衛走上去，對準「疙瘩」的後腦勺擼了一巴掌。「疙瘩」還想理論的，卻看見對方的眼珠子瞪起來了，小夥子臉上的疙瘩們也就癟了下去。

傅睿拽著他空無一物的拉杆箱，走在了空無一人的培訓中心。在夜色與路燈的雙重作用下，傅睿覺得，這很像探險。傅睿走得很慢，就在宿舍樓的大門口，傅睿站住了。他想起來了，他的宿舍裡只有一樣東西，叫無聊。無聊不是無，是有，是確鑿和堅定的有，卻被棄置了，一起堆積在潛在的倒楣蛋那邊。無聊是一種十分特別的儲藏，就在傅睿的宿舍。無聊不能構成記憶，想像力也不可企及。它卻精確，只要推開門，它會像神一樣降臨。無聊是膨脹的、漫漶的、凝聚的。傅睿時刻可以體會到它的擠壓。

那還是逛逛吧。圖書館關閉了。教學樓關閉了。活動室也關閉了。所有的建築物都黑乎乎的，它們被夜色容納了，一坨又一坨。不久前的雨水加深了它們的顏色，它們看上去反而像凹陷進去的窟窿，比黑還要黑。傅睿能做的只是避開它們，所有比黑還要黑的黑洞都萬劫不復。因為每一次都可以避開黑洞，傅睿哪裡還是閒逛，簡直是遊蕩。遊蕩可不是閒逛，閒逛沒有目的性，無我；遊蕩卻有，在放逐。拉杆箱已經空了，在發出空洞的迴響，它們證明，傅睿不是閒逛，是遊蕩。傅睿在遊蕩的過程中很快就發現了一些野貓，牠們在過馬路。傅睿留意到了，所有的貓都害怕道路。在牠們橫越道路的時候，體現出了警惕道路或躲避道路的傾向，要麼極速而過，要麼就緩慢地試探，再匍匐而行。但不管怎麼說，在牠們穿越成功的時候，都與死裡逃生相彷彿。傅睿再也想不到郊外的夜晚如此地喧囂，因為水氣重的緣故，路燈的光顯形了，每一盞路燈的燈光都像一只倒扣著的大喇叭。數不盡的昆蟲聚集在這裡，牠們在喇叭形的光裡盤旋，而相當的一部分已經死了，剩下來的則在等死。傅睿想起來了，光是昆蟲的死地。昆蟲是大地上的祕密，是大地的智者，是先驅，牠們愉快地選擇了見光死。牠們只願意把自己埋葬在光裡。然而，昆蟲的屍體實在是太多了，他立住腳，蹲下身去。死亡的現場並不複雜，大多是飛蛾，還有相當數量的獨角仙，不遠處還有油葫蘆和椿皮蠟蟬。獨角仙傅睿當然見過，只是不知道牠的名字，應該屬於甲殼類，牠的形狀特別了，腦袋的前端有一隻犄角，就一隻，又黑又硬。牠們的死亡很有意味，無論個頭的大小，姿勢都一樣：平躺著，肚皮朝上。牠們的小腿是多麼地瘦小，數量卻極為繁多，僵硬了，統統朝上。這一來牠們就不像死亡，而像擁抱。擁抱什麼？只能是夜空了。可夜空是遙不可及的，牠們的擁抱就顯得無限地盛大，也執拗。傅睿不能接受獨角仙的這個死法，牠的死哪裡是死，是未竟——還有一個擁抱沒找到擁抱的物件呢。這就留下了不盡的哀傷。當然，傅睿不能接受獨角仙的死亡姿勢還有一個重要的原因，只有人類才有資格以他的死亡去面對天空。其他的物種完全沒有這樣的必要，側臥就可以了。馬就是這樣，豬、羊、駱駝、狗、貓、老鼠、長頸鹿、獅子、羚羊和水裡的魚都是這樣，連自行車和火車的車廂都是這樣。死亡的姿勢就是靈魂的姿勢，一隻甲殼蟲，牠有什麼理由選擇人類的死亡姿勢呢？傅睿決定修正牠們。他拿起了獨角仙的屍體，讓牠們的屍體側過去。很遺憾，傅睿一次也沒有成功。傅睿也就不再勉強了。傅睿只是明白了一件事，獨角仙的靈魂和人類的靈魂有一個共同點，牠們是朝著同樣的一個方向飛走的，那就去吧。牠們有資格擁抱。經歷了燈光下的嘯聚、飛行和喧鬧，牠們配得上一次擁抱，與那個絕對的夜空。傅睿打開了他的拉杆箱，他決定了，他決定給獨角仙入殮。他要把獨角仙的每一具屍體都收進他的拉杆箱。然而，這是一個倉促的決定。昆蟲的世界就是這樣，但有燈光處必然有屍體。燈光是沒有盡頭的，這就是說，死亡也沒有盡頭。傅睿幾乎選擇了一項不可能完成的任務。

二〇〇三年的一個下半夜，在一個介於荒蕪和現代的地方，傅睿差不多走遍了所有的路燈。然後重複。他也累了。他只能站立在路燈的下方。夜深了，水氣分外地濃郁、分外地迷濛，接近於霧。那些路燈的燈光再也不是一只倒扣的喇叭，是迷濛的卻閃耀著光芒的墳墓。一盞路燈一座墳。無數的墳墓在深夜的道路上依次地、等距離地排開了。傅睿抬起頭，路燈就在他的正上方，燈光埋葬了他，他在墳的中央。埋葬原來是一件如此輕盈和如此明亮的事，傅睿因此閃爍著光芒。

傅睿可不想在墳墓裡待得太久，他離開了路面，換句話說，他避開了燈光。草地有些潮濕，顯然，拉杆箱一旦進入草地，它的萬向輪就再也不靈光了。好在它的內部只有一些昆蟲的屍體，離滿員還差得很遠。傅睿在草坪上並沒有遊蕩太久，他意外地發現了一群人。三五個一組，兩三個一群，猶如分組討論。然而，他們不說話，也不動，就那麼黑黢黢地站著。傅睿離他們並不遠，他立住腳，想和他們打個招呼。出乎傅睿的意料，幾十秒鐘都過去了，他們依然不說話，一動不動。傅睿的頭皮頓時就有些發麻，只好也不動。就這麼僵持了相當長的一段時間，傅睿最終鼓足了勇氣，走上前去。嗨，原來是一組人物的雕塑。傅睿想起來了，圖書館的門前有一條大道，它的左右兩側安放了許許多多的先賢，左側是十個，依次是老子，孔子，屈原，司馬遷，杜甫，朱熹，王陽明，湯顯祖，蒲松齡，曹雪芹。右側則是蘇格拉底，柏拉圖，奧古斯丁，哥白尼，莎士比亞，培根，笛卡兒，康德，萊布尼茲，牛頓。傅睿並不認識他們，還好，在雕塑的基座上，藝術家留下了他們的名字。因為這些名字，傅睿反過來又記住了他們的面龐。歷史就這樣，要想完成它，必須通過想像。歷史還能是什麼呢？必須是想像，而歷史的發展只能是有關想像的追加想像。是的，圖書館在擴建，圖書館門前的想像物就礙事了，施工人員只能把它們棄置在這裡。也好，在二〇〇三年的一個下半夜，因為棄置的隨意性，這一組人物的空間關係意味深長了，它們不再肅正，也不再莊重，它們在這裡相聚，隨意，散漫，彷彿重要會議的休會，也可能是會後。說到底，它們也不是雕像，是水泥的複製品，屬於可以批量生產的那種。閒著也是閒著，依靠記憶，傅睿就給它們點名。清點了好幾遍之後，不對了，少了一個人。怎麼就少了一個人的呢？是誰？傅睿只能追憶，卻怎麼也想不起來。歷史經不起追憶，它缺少了什麼也很難追憶。借助於手機的照明功能，傅睿就著基座一個又一個地檢查，還是想不起來。傅睿只能朝四周打量。借助於黑暗，他終於在不遠的地方發現了一堆更黑的黑暗了。然而，它已經被一堆攪拌過的水泥覆蓋了。傅睿側過臉，不遠處有一臺大吊車。沿著大吊車再往上看，吊車的車斗早就翻過來了，懸掛在遙遠的高空。不用說了，吊車的車門翻車了，攪拌的水泥漿覆蓋了一位先賢。誰呢？傅睿沒有把握了。還好，傅睿看見了一隻胳膊，其實也就是一隻手，它是高舉的，即使這尊雕塑已經面目全非了，依靠這隻胳膊，傅睿想起來了，是哥白尼。傅睿記得的，在他第一次見到哥白尼的時候，他驚詫於哥白尼手上的蘋果，為什麼他要高舉一個蘋果呢？湊上去一看，蘋果的表面有密密麻麻的經緯線。嗨，哪裡是蘋果，是地球。

現在，哥白尼，他消失了。這尊水泥塑像遭遇了水泥，更多的水泥把他徹底淹沒了。只能說，水泥把哥白尼還給了水泥。傅睿伸出手去，攪拌物固然還有些濕，卻早已凝固，硬了。傅睿的目光在剎那間就有了透視的功能，透過攪拌物，他看到了哥白尼窒息的表情。哥白尼已不能呼吸了，他的瞳孔裡全是求助的目光。傅睿企圖用他的手指和指甲把哥白尼的鼻孔解救出來，徒勞了。指甲哪裡是水泥的對手。

哥白尼是一個醫生。傅睿是記得的，哥白尼醫生的嘴巴原先是半張的，他的瞳孔被雕塑家處理成了一個不規則的窟窿。窟窿不是空無一物，是有，它讓水泥擁有了特殊的生理性，是凝視。這一來水泥就有了目光。因為目光的存在，水泥的內部出現了律動、呼吸和內分泌。哥白尼就那樣站在圖書館的門前，半張著嘴巴，在看。

和排列在圖書館門前的其他塑像不同，哥白尼醫生並沒有緊閉他的嘴巴，這是絕無僅有的。在他的上嘴唇和下嘴唇之間，有一道明顯的縫隙。顯然，那是言說的欲望。傅睿曾聽到過一些聲音，它來自水泥的內部，似空谷足音。哥白尼到底要告訴傅睿什麼呢？傅睿把他的耳朵靠了過去。他什麼都沒有聽見，他只是在哥白尼的兩唇之間聽到了空氣的流動，那也是聲音，帶有波蘭語或拉丁語的痕跡。傅睿的英語很好，尤其是聽力。即便如此，傅睿也只是在哥白尼的嘴唇之間聽到了一隻空曠的肺。那是哥白尼的呼吸，水泥的呼吸，石頭的呼吸。石頭的呼吸必然就是轟然而出的呼吸。

可此刻，哥白尼被水泥淹沒了，他的粗布長袍不見了，他眼眶裡不規則的窟窿不見了，他的凝視不見了，他的手不見了，他手裡的地球不見了，他半張半開的嘴巴不見了，他體內的律動、呼吸和內分泌不見了。傅睿所聽到的不是呼吸，是水泥、黃沙與石子們的抽搐。那是凝固之前的抽搐。這讓傅睿無限地難受，是那種接近於死的難受。——如何才能處理這些多餘的水泥呢？如何才能把哥白尼還給哥白尼呢？這成了一個棘手的問題。水泥即將凝固。——如果是周教授在，他又會有什麼好的方案呢？

周教授和傅睿的父親是老朋友了。醫科大學一直有這樣一個說法，說，周教授之所以把傅睿當作他的開門弟子，其實是因為傅博書記的臉面。這樣的傳聞周教授當然也聽說了，笑了笑。事實上，周教授第一次和傅睿握手的時候就喜歡上這個面貌柔弱的小夥子了，傅睿修長的手指頭幾乎把周教授的手裹在了他的掌心，還害羞，其實是想抽出來。周教授低下頭，望著傅睿的手，笑了，說：「比你父親的還要長。」傅睿說：「練過五年琴。」這話文不對題了。什麼琴呢？傅睿沒說，周教授也沒問。周教授倒是經常彈鋼琴的。他彈鋼琴完全不是他喜歡音樂，更不是他熱愛演奏，都不是。他僅僅是為了鍛鍊自己的無名指和小拇指。對一個普通人來說，尤其是男人，無名指和小拇指類似於盲腸，差不多就是個擺設。但是，對於鋼琴演奏來說，哪裡有沒用的手指頭呢？外科大夫也一樣。為了提高小拇指和無名指的力量，周教授像模像樣地練了好幾年的徹爾尼。效果是顯著的，小拇指和無名指的靈敏度有了根本性的提高，尤其是感受力。周教授感覺到了自身的周全，他完整了。「周一刀」一點兒都沒有浪得虛名。周教授喜歡手啊，他在意手指與手指之間的組織性，在意它們的分配能力和協商能力。指尖上的智慧才是真正的智慧，一直可以延續到他人的生命裡去。他握著傅睿的手，就在「分手」的時候，他給傅睿留下了一句話：「外語要好。」

「外語要好。」對一個做了博導的人來說，這樣的關照已不再是潛臺詞，它接近於赤裸。在醫科大學和第一醫院，誰還不知道周教授呢，他的話足以使一個年輕人一步登天。以周教授的地位，他的話不只是通途，某種程度上說，也是光輝的通途。傅睿卻沉重了。他知道的，他的人生再一次被按揭了。他望著不遠處的足球場，可供二十二人踢球的球場混亂了，擠滿了人，少說也有四五十個。他們堆積在同一個球場之內，分別踢著三四場不同的「足球」。傅睿能夠看見的也只有混亂。外語要好，外語要好哇。

傅睿從來沒想過自己會學醫，父親的眼裡只有醫院，平日裡幾乎是不管他的。傅睿所倚仗的，一直都是他的母親。和大部分母親一樣，她在傅睿六歲的那一年就安排傅睿學演奏去了。然而，傅睿的母親和別的母親到底又有所不同，她清醒。哪裡能真的指望孩子成為演奏家呢？傅睿的母親所期盼的是全面和多能，什麼都能拿得起來。傅睿最早練習的是二胡，等傅睿在弓和弦的關係上有了初步的認識之後，他的母親獨闢蹊徑了，讓傅睿改練小提琴去了。兩根弦變成了四根弦，這顯然是一個進步。把二胡橫過來再夾在脖子底下，能差多少呢？這就多了一門手藝。到了九歲那一年，傅睿的小提琴剛剛有了起色，傅睿的母親偏偏又看上了鍵盤。怎麼說傅睿這孩子好呢，不爭辯，不抗拒，你安排什麼他就是什麼。他只管學，從不讓別人失望。傅睿在音樂上到底有多大的天賦呢？這個也說不上，但是有一點，常人不能及了——任何一次文藝匯演，他起碼可以登臺三次：二胡獨奏，小提琴獨奏，鋼琴獨奏。這是令人望而生畏的。傅睿是天才，眾口一詞了。好好的，這位演奏的天才怎麼就走進了醫科大學的呢？當然是因為他的父親。傅睿的父親傅博有些複雜，早年是一位軍人，在艦艇上服役。可說到底傅博又不是嚴格意義上的軍人，他是艦艇上的一名醫生，穩妥的說法當然是軍醫。傅博是在轉業之後來到第一醫院的，在這裡他當然不能算作醫生，他負責的只是醫院的宣傳。這就失落了。失落的傅博並不消沉，這個與大海打交道的人早就習慣於披荊斬棘和劈波斬浪。他在最短的時間內就弄清楚了什麼是「新聞」，新聞就是盡快把單位搞到報紙、電臺和電視上去。這又有什麼難的呢？完全取決於一枝筆的肺活量。傅博浩大的肺活量沒有白費，不到兩年他就做到了院辦和黨辦的副主任了，同時還娶上了一位電臺的播音員。做了副主任的傅博並沒有放下手裡的筆，他既是細水長流的又是高歌猛進的。就在傅博當上了副書記之後，他產生了一個無限美妙的聯想——如果把他所有的新聞稿件都摞在一起的話，他實實在在地創造了一座醫院。是他親手創造的。建制完整，類似於竣工了的巴別塔。這個聯想沒有給傅博帶來任何的欣喜，相反，他沮喪。傅博很快就發現了，這座「醫院」裡恰恰沒有他自己。這怎麼行？這怎麼行呢？如果他沿著醫生這條路一路走下去，那該多好哇。沮喪之餘，傅書記做出了一個決定，不允許大家叫他「傅書記」，要叫他「傅大夫」。大家都以為他是客氣，低調了唄，誰還能當真呢？傅書記卻當真，誰叫他「書記」他就對誰撂臉子。那就沒法再叫了。可「傅大夫」大家實在也叫不出口，他怎麼能是「傅大夫」呢？難辦了。是誰那麼聰明呢，突然就叫他「老傅」。這就定了調了。傅書記從此就是「老傅」。老傅再也沒有想到會是這樣的一個結果，更沮喪，很挫敗。「老傅」就此成了老傅的病根，類似於高血壓、關節炎和支氣管炎，拖成了慢性病，過些日子就要犯。就在這個節骨眼兒上，他的兒子，傅睿，就要高考了，他迎來了人生的第一次選擇。某種程度上說，這也是老傅的第一次選擇。——他終於有權力做出選擇了。老傅軍人的作風體現出來了，他在客廳裡頒布了軍令：「學醫。」沒什麼可商量的。「不能當逃兵。」「我說的。」是的，再怎麼說，這個家裡必須要誕生一個「傅大夫」。

老傅到底是老傅，他不是普普通通的轉業軍人。他是「懂醫」的，是行家，更有眼光。難能可貴的是，他兼備了國際的視野。就在二十世紀九十年代初期，老傅終於「到外面」考察去了。考察的結果很不妙，和「國際」最前沿的醫療科學比較起來，第一醫院還不夠「前衛」，更不夠「全面」，同時也遠遠談不上「尖端」。舉一個例子，臟器的移植，「我們就還沒有開始搞」。這個要補上。要勇於挑戰、要勇於實踐、要勇於完善。同時也要勇於犧牲——「在外面就不要這樣說了哈，尤其不要說是我說的。」醫學嘛，也是戰鬥。要戰鬥就會有犧牲。這就是科學。公正地說，老傅這個人「有魄力」，他雖然不是一線的醫生，但是，他可以將將，他可以領導好一大批一線的醫生。這是老傅最愛聽的一句話，它更符合老傅的自我認知與期許。在這個問題上，老傅的「小我」與老傅的「大我」達成了高度的統一。在老傅的「手上」，第一醫院獲得了空前的發展和巨大的進步，學科的完善方面尤其是這樣。周教授正是在這樣的一次「巨大進步」當中確立他的地位的。他原先的專業其實是前列腺手術，雖說也是泌尿外科，兩碼事了。但是，第一醫院要追趕，唯一的選擇就是跨出去。周教授了不起啊，正是他，帶領著他的團隊，完成了這個不可思議的創舉。再怎麼說，一個全新的學科建立起來了。當然了，周教授也有周教授的苦惱，他不再年輕了，年紀不等人了呢。培養後備力量成了周教授的重中之重，也成了第一醫院的重中之重。反過來說，又有哪一個有志於泌尿外科的年輕人不想成為「周教授的弟子」呢？一旦進了周門，那就意味著一件事，你就站在了國際醫學的最前沿。同樣是博士畢業，一個是醫生，一個是抵達了「國際水準」的醫生，這裡的區別一望而知。

老傅在他的辦公室接到了周教授打來的電話——又是要錢來了。是啊，新學科就是新生兒，要餵。老傅瞥了一眼墨綠色的電話顯示，懶洋洋地拿起了電話。周教授不要錢，他要人。他發現人才了，就在醫科大學足球場的邊上——多虧了這孩子沒有去搞音樂，要不然，糟蹋了。老傅手握著話筒，聽了好半天，終於聽明白了。剛剛聽懂，老傅就沿著辦公桌的邊沿站了起來。他站得筆直，像站軍姿。老傅像接到了使命，而不是發布命令的將軍。——這是不同尋常的。腎移植畢竟是他拍板、經他推出的新科目，現在，領軍人物，他點將來了，這是求賢哪。這已經不再是舉賢不避親的問題了。老傅動情了，提著話筒的右手禁不住顫抖。他在顫抖的過程中對著話筒說：「我看行。」掛了。掛了電話之後，老傅就用他食指的指甲在辦公桌上不停地划拉。可惜了，辦公桌的桌面只是木頭，並不是患者柔軟的腹部。即便如此，老傅當場就看見了突然翻騰的、雪白的脂肪。他想像中的電烙鐵沿著刀口在遊走，刀口平穩，猶如嬰兒的開口大笑。

傅睿當然不可能給周教授打電話，平日裡他和他的導師就沒有任何聯繫，說不上為什麼。周教授僅僅是他的一個念頭，偶爾冒出來，然後就沒有了。——傅睿對水泥無能為力，只能帶著他滿懷的、接近於死的窒息返回他的宿舍大樓。一屋子的無聊迎接了他。傅睿終於看見無聊的表情了。無聊就是窒息，傅睿能做的只能反反復復地深呼吸。為了讓自己的呼吸更加地徹底，他拉開了窗簾。天已經微微地亮了，這讓傅睿多多少少得到了一絲安慰。又是一夜過去了。從這個意義上說，天亮無異於一場勝利，哪怕它毫無意義。可毫無意義的勝利也還是勝利。一回到宿舍傅睿就躺下了，走了一夜的路了，他累，一動都不想動。剛剛躺下傅睿就後悔了，無論如何，他不該一進門就躺下的，依照先後的邏輯次序，他應該先做這樣的幾件事：一，把空調打開；二，把電視打開；三，去一趟衛生間；四，沖一個熱水澡；五，回到床上，躺下。很遺憾，這幾件事傅睿都沒做，既然沒有做，那就不用做了。那就躺著吧。躺著有躺著的好處，它有益於緬懷。傅睿在緬懷哥白尼，他被水泥澆築了的呼吸。

傅睿卻餓了，難得的。他想了想，是的，確實有很久沒有吃東西了。餓的感覺並不好，然而，傅睿委實很久沒有體驗過餓了，這一來，餓的感覺似乎又有些好了。二〇〇三年，傅睿十分罕見地邂逅了一個飢餓的黎明。——飢餓從東方升起，餓，沒有吃的。不用找，哪裡都沒有吃的。可水是有的，傅睿也渴，這個很容易解決。培訓中心的宿舍配備了電熱水壺。只要傅睿從床上下來，接點水，插上插頭，幾分鐘之後他就可以喝上水了。——要不要給自己燒一點開水呢？傅睿再一次陷入機械輪迴般的自我抗爭。只要傅睿的油箱裡還有一滴油，傅睿就會永不停息地抗爭下去。他在猶豫，而紅日依然照遍了東方，傅睿是該睡一會兒了。

一接到傅睿的電話，郭鼎榮就行動了。第一時間，他去了五金商店。郭行長買了兩把鐵錘，還有兩只鋼鑿。——傅睿要這些東西究竟要幹什麼用呢？郭鼎榮沒有問。他是不需要問的。郭鼎榮相信，問完了再執行和不問就執行，這裡頭有廣闊的區別。對郭鼎榮來說，傅睿的話就是指示，他必須不折不扣地執行。

這是星期天的上午。郭鼎榮原打算和他的家人去郊外走走的，他放棄了。依照傅睿的指示，買完了東西郭鼎榮就回到了培訓中心。幾乎沒有寒暄，傅睿隨即就把他帶到了圖書館的工地，他們站在了哥白尼的面前。郭鼎榮不明所以，好在他的領悟力極強，明白了，傅睿不想讓培訓中心的圖書館白白地損失一座雕塑。郭鼎榮在明白過來的同時越發慚愧了，這就是他和傅睿的差距。傅睿能發現問題，他卻不能。可郭鼎榮依然感覺到了幸運，傅睿並沒有給別人打電話，而是選擇了自己。他望著傅睿焦躁的面孔，問：「開始？」傅睿點了點頭。郭鼎榮從汽車的後備箱裡取出了鐵錘和鋼鑿。當然，還有手套。傅睿在看見手套的同時看了一眼郭鼎榮，這一眼讓郭鼎榮格外地受用。傅睿的左手拿著鋼鑿，右手緊握鐵錘，郭鼎榮笑笑，說：「我是左撇子。」他的左手拿著鐵錘，右手拿著鋼鑿。說動手就動手了。傅睿選擇了哥白尼的身前，郭鼎榮就只能站在了哥白尼的背後。

傅睿說：「快！」

這樣的事其實用不著快。既然傅睿說快，郭鼎榮在行動上就必須加快他的節奏。令郭鼎榮沒有想到的是，這項工作比他想像的要困難得多。從天而降的水泥早已經脫水了，乾透了的水泥無比地堅硬，比石頭還要硬。郭鼎榮把鋼鑿對準的是哥白尼的腰部，一錘子下去，噹的一聲，只留下了一道痕。郭鼎榮對自己極不滿意，可他又能怎麼辦呢？他手上的力量只能對付紙幣，他從來都沒有想過他會去對付水泥。

傅睿在最後的關頭重新整理了手套。事關重大，事態緊急。他的內心升騰起了急救的衝動。這是一個醫生對另一個醫生的使命。他會的，他會將哥白尼身上多餘的水泥剔除乾淨。他小心了，可他的小心毫無意義。水泥不是肌膚，那是他從未經歷的硬度。也就幾分鐘的工夫，他感覺到了手套的滑。他脫下了手套，突然就想起電視裡的米開朗基羅了，電視裡說，米開朗基羅在每一組動作的開始之前都要朝自己的掌心吐一口唾沫。這是必須的，潮濕的掌心提高了鋼鑿與鐵錘的穩定性。米開朗基羅就那樣一邊吐、一邊鑿，最終，石頭讓步了，巨石的內部提供了人類的新生命。傅睿顧不得髒了，他也吐。他的激動呈現出了澎湃的趨勢。可誰能想到水泥這麼硬呢？傅睿的鋼鑿每一次都無功而返。時間可不等人，傅睿終於焦躁起來了，依照現有的速度，傅睿最多只能得到哥白尼的屍體。傅睿後悔啊，他不該把電話打給郭鼎榮，他應該通知郭棟。這樣的硬度也許只有郭棟才能夠對付。

傅睿的努力並沒有能堅持太久，他的肩部痠脹了，就是三角肌的那個部位。在平日的手術中，傅睿的大臂總體是下垂的，他的大臂與小臂一般有一個一百二十度的彎曲。而此刻，傅睿的胳膊必須伸直，還得雙手過頂，這就艱難了。傅睿想使勁，也不太敢，一旦用力過猛，哥白尼難免會受傷。這可如何是好呢？傅睿的努力僅僅持續了三四分鐘，他停止了，垂下了雙肩，氣喘吁吁。

郭鼎榮看了一眼傅睿，提出了一個建設性的建議：「要不，我們把它放平了吧？」

傅睿圍繞著哥白尼轉了一圈，也是，還是放平了好。放平了更符合急救的常態，醫生做動作總是要方便一些。傅睿決定了，先放平。然而，如何放平，是後臥還是前臥，或者說，側臥，這都需要考察。郭鼎榮建議，趴著好。兩個人就通力合作，差不多使出了全部的力氣，哥白尼到底臥倒了。卻不平整。因為有一個基座的緣故，臥倒了的哥白尼形成了一個斜坡，頭部著地、基座著地，身體卻懸空。不盡如人意了，可也只能這樣。要想把如此沉重的一整塊水泥再翻過來，傅睿和郭鼎榮無論如何也做不到。

因為吃夠了力量不足的苦頭，郭鼎榮決定，放棄鋼鑿。先粗後細，先用鐵錘把大塊的水泥剔除了再說。他發力了，著力點選擇了哥白尼的肩部。那裡厚實，堆積物也多。郭鼎榮只是想在傅睿的面前表現得積極一些，誰能想到呢？肩部的堆積物尚未脫落，塑像的頸部卻斷了。就在傅睿的眼皮底下，哥白尼居然出現了身首分離的局面。這是一個驚人的現場，駭人的現場，石破天驚的現場，差不多也是謀殺的現場，近乎恐怖。傅睿望著頸部的斷口，失神了，面色驟變。——斷口的顏色並不統一，外圈深一些，而內裡的圓柱形要淺得多，灰白色。傅睿知道，所謂的灰白色就是哥白尼了，他見過。郭鼎榮的腦袋差不多空了，他知道他闖下了大禍。這個大禍的性質究竟有多嚴重，目前他無法判斷。出於本能，他掏出香菸，給傅睿遞了上去。傅睿沒有看，也沒接。他只是出汗，一頭的汗，表情煎熬。鐵錘從傅睿的手中滑落了，掉在了草坪上，而鋼鑿則是被傅睿扔出去的，它砸在了哥白尼的腹部，又被哥白尼的腹部給反彈了出去。郭鼎榮再也不敢看傅睿了，他又自責又害怕，當然，也痛心。他的手在顫抖，多虧了他用的是防風打火機，否則，這口菸他無論如何也吸不上。

十二

敏鹿這個傻瓜真的是傻到家了。她哪裡能想到呢，她擔心的事情並沒有發生，她從不擔心的事卻迫不及待地來到了她的面前。敏鹿一直以為傅睿的健康出了什麼問題，她被他的假象迷惑了。他健康，健康得很呢，都有富餘的力氣搞外遇了。回過頭來看，他的異態種種完全不是異態，是出軌的常規徵兆。敏鹿卻麻痺了，從來都沒往那邊想過，從來沒有。傅睿會不會出軌是一碼事，敏鹿認準了傅睿不可能出軌則是另外的一碼事。——他憑什麼就不會？敏鹿憑什麼就那麼信？敏鹿如此相信的依據又是什麼？——也沒有。沒有依據就信，一個字，傻。

敏鹿冤枉，冤。一點也不誇張地說，她把她的一生毫無保留地貢獻給了這個男人，而她得到的僅僅是背叛。一想起這個，敏鹿的雙腿就被抽空了，徹底失去了力氣，站不起來了，只能躺。敏鹿一口氣躺了四十八個小時，奶奶倒是來過一個電話，她沒接。她不想聽傅家的任何一個人說話。她不接也還有一個更加充分的理由，她要折磨一下她的婆婆。聯繫不上兒媳婦，她這個做婆婆的一定會急，她急了，敏鹿的話就好說多了。然而，敏鹿錯了，婆婆沒有再來電話，她才不會為打不通敏鹿的電話而著急呢。——傅家都沒有一個好東西。都虛偽，都自私，都冷酷，是同一套制冷設備冰凍出來的東西。敏鹿算是看出來了，不要說敏鹿不接電話，就算敏鹿死在了床上，她聞蘭也不會傷心的，最多再舉辦一次面試。經歷了四十八個小時的悲憤交加，敏鹿已經急火攻心，差不多到了歇斯底里的程度。然而，敏鹿穩住了自己，她想通了一件事，就算她用腦袋撞翻了醫院社區所有的牆，這件事她也只能是自己扛。沒有人會關心她的死活，她必須自己扛。這就是底層人的特徵，來自底層的人有底層的堅定哲學，他們的心是小的，腦袋也是小的，哪怕他們在閒暇的時刻假裝著去關心所謂的「大」，一旦牽扯到自身，他們會立即放棄一切，立即回歸到他們的小心思和小腦袋上去。——她會失去什麼，最終又能得到什麼，這才是她現在必須面對的。

——她在等。她在等待傅睿的電話。傅睿會來電話的，他會向她道歉，他犯了「天下的男人」都會犯的錯，他會做出保證，絕不可能再犯。這是一個基本的藍本，不是敏鹿的預設，這樣的藍本來自這個家的基本面。它不可能更改，除非生活不再是生活，而傅睿也從來不是那個傅睿。問題恰恰就出在這裡，敏鹿會原諒傅睿麼？這差不多已經是敏鹿對自己的靈魂之問了。——會麼？敏鹿躺在床上，她沒法回答，她拒絕了自己的天問。她拒絕是因為她不能，為這個家，她的付出實在是太多了。一個如此付出的人不該面對這樣的問題。可是，不原諒又能怎麼辦呢？只有忍。敏鹿很清楚，為了這個家，她能忍，也會忍，她可以忍到底。一想到這裡，敏鹿的眼淚又流下來了。過去的四十八個小時她可是浸泡在自己的淚水裡，她的眼角膜浸透了，一直在疼。

傅睿卻沒來電話。不只是不來電話，短信都沒有。這讓敏鹿始料不及。這不像傅睿了，它超出了傅睿。這哪裡還是她認識了二十年的傅睿呢？他竟然冷戰了，一個人的心腸要冷漠到何等程度才能在這樣的時刻選擇冷戰？關於傅睿，敏鹿有一個強有力的信念，即使他有了外遇，他也依然是一個可以信賴的人。他的底線會永遠在。但是，漫長的和沒有結果的等待在告知敏鹿，傅睿沒底線。——他居然還玩起了失蹤，這個醫學博士、第一醫院的主刀醫生，和小混混、小青皮有區別麼？沒有。一樣的低級，一樣的粗鄙，甚至還不如。小混混有小混混的仗義，小青皮有小青皮的血性，傅睿沒有這些。敏鹿不再是急火攻心，她陷入了死寂的、深刻的懷疑。傅睿，還有她與傅睿這麼多年的生活，是真的麼？懷疑是一種特殊的痛苦，它能動，自主，具備了遞進和深入功能，它導致的是更深和更廣的痛。——她值得麼？

她值得麼？如果說，此刻的傅睿才是真實的，那麼，命運對自己就太殘酷了。命運下凡了，它讓敏鹿自己給了自己一個預設，從「面試」的那一天起，這個沒有見過世面的女大學生就預設了傅睿的高貴，然後，命運給敏鹿做了進一步的推演，所謂的高貴，可以分解為懶惰、低能和冷酷這樣的幾個元素。它們和高貴不相干，然而，經過化學反應，或者說，煉丹術，高貴就這樣誕生了。一想到這裡，敏鹿就再也沒有了眼淚。她的身體涼了，她體會到了蒼涼。什麼是蒼涼？失敗不是，所有的失敗疊加在一起那才叫蒼涼。敏鹿的目光直了，散了。她看見了一切，就等於什麼也不能看見。她什麼都看不見，就等於什麼都明白了。敏鹿在這個夏季突然就打了一個寒噤，所有的雞皮疙瘩都像螃蟹的眼睛那樣豎了起來，在望著她。

傅睿就是不來電話，好，你不打，敏鹿也不打。這個電話敏鹿是不可能打給他的，她要是先打，就算投降了，以後的話就沒法說了。——敏鹿突然就打了一個嗝，這個不吃不喝的女人自己也聞到了，那不是人該有的氣味，可確確實實就是她的氣味，來自她的內部。她餿了，是隔了兩夜的剩飯。

敏鹿決定吃。她不能不吃。再不吃她真的會死在床上，渾身都是蛆。敏鹿能看見那些蛆，牠們不是從外部鑽進敏鹿的體內的，相反，牠們從敏鹿的內部鑽了出來，沿著皮膚的表層，翻滾，並湧動。用不了幾天，她的身邊將會布滿白亮和肥碩的蛆，那她，僅剩下白花花的骨架子。——就當是自己已經死了吧，那也要給自己收屍，起碼還是一具活屍。可敏鹿實在沒有力氣去做飯了，只能下樓去買幾個麵包。在樓梯上，她的膝蓋一軟，差一點就栽了下去，那樣倒好了，也省事了。

敏鹿就著礦泉水吃了半塊麵包。因為餓，她的開口很大，這一來就阻塞了咀嚼，只能乾咽。可乾咽畢竟又困難，只能借助於脖子的力量，敏鹿的脖子不知不覺地伸長了，就像郭棟那樣。她想她的吃相一定醜，她看見了自己的醜，附帶著補了一些水，然後，坐在沙發上發愣。到底是吃了，也喝了，敏鹿的發愣體現出了品質，有了規畫感。她想起了傅睿的妹妹，傅智，一個平日裡幾乎就沒有聯繫的小姑子，一個敏鹿既不愛也不恨的女人。敏鹿拿起了手機，都沒有來得及過腦子，她就把給小姑子的電話給撥了出去。敏鹿都沒來得及開口，小姑子卻先說話了：「自駕遊呢。」敏鹿聽出來了，小姑子的心情不錯。她在開車，正是心曠神怡的時分。這樣的感受敏鹿再熟悉不過了。那是享受的時刻，自然也是不希望被打攪的時刻。那就不打攪她了，敏鹿只好說：「你好好玩吧，好好玩。」掐了。掐了之後敏鹿才想起來，私底下，她還是想搬救兵。可鐵一樣的事實在告訴敏鹿，小姑子傅智也不可能是她的救兵。即使是把她約出來了，最多也就是喝喝茶。她不可能偏心她的哥哥，可她也絕對不會偏心她這個嫂子。她不可能摻和別人家的事。但是，傅智的語調還是刺痛了敏鹿，傅智的語調是最沒有希望也不可能絕望的人才有的那種幸福。傅智的婚姻是多麼地平庸，她平庸，她的先生更平庸——沒有昨天，也不可能有明天。可傅智就是要嫁。誰想到呢，她還嫁對了，她嫁給了今天。敏鹿比傅智倒是聰明多了，她哪裡是嫁給了明天，她直接就嫁給了未來——這個未來就是敏鹿的現在。

刪除自己雖說是一項隨手的行動，卻也給敏鹿帶來了警示。——不能再躺下去了，要行動。生活即將洗牌，一切都將重新開始。她如果再不行動，刪除自己的就不是自己了，而是別人。婆婆那裡她還是要去一趟的，首先要把麵團接回來，她需要做飯，她需要把日常的生活先找回來。只要麵團回來了，他給傅睿打一個電話，這也不是不可能。麵團需要待在家裡，萬一她和傅睿果真到了離婚的那一步，這個家——房子——必須是她和麵團的，她絕不會不明不白地從傅家捲著鋪蓋走人。傅家的勢力敏鹿很清楚，在當年，這是敏鹿最感自豪的地方，現如今，自然也就成了敏鹿最為擔憂的一個節點。不管怎麼說，她的利益她必須爭取。敏鹿不指望法院。和傅家打官司，沒她的便宜。所以說，婆婆那裡敏鹿還是要跑一趟的，她會當著聞蘭的面，把事情挑明瞭，過錯方是她的兒子，誰錯誰買單。

敏鹿在出發之前好好地淋了一次澡，然後，上了點淡妝。她的臉說什麼也要蓋一蓋了。一進門，聞蘭就喜氣洋洋的，特地擁抱了敏鹿，這可是頭一回呢。「麵團呢？」敏鹿問。「爺爺帶他去玩了。——我們買了新房子啦！」聞蘭說。——哦，怪不得要擁抱，她買了新房子了。很理想的套型，是一個獨棟，兩層。「我終於可以和你爸分居了——他一個臥室，一間書房，樓上；我一間臥室，一個書房，樓下。白天是同學，晚上做鄰居。多好呢。」敏鹿疲憊地笑笑，說：「是好。」聞蘭還想就這個話題再說什麼的，打了一個意義含混的手勢，隨後就欲言又止了。

敏鹿進門之前，聞蘭正在畫畫。這些日子聞蘭主攻的是石頭。聞蘭一張又一張的，鋪開了，要給敏鹿看。敏鹿一點也不懂畫，更別說石頭了。想誇，也不敢誇。這個婆婆她是知道的，誇錯了還不如不誇。敏鹿採取的是折衷的辦法，她用鼻腔發出了一連串的聲音，這些聲音並沒有確鑿的含義，卻包含了驚訝、讚賞和仰慕的情緒。從實際的效果來看，這些聲音所表達的意義反而是精確的，婆婆都領略到了。

可敏鹿畢竟疲憊，她的體能也只能對付一會兒，時間久了到底還是撐不住。她就回到了客廳，一屁股坐下了。再開始盤算，她只想和婆婆好好地談一談。但怎麼個談法呢？從哪裡說起？這些都還沒有想好。就這麼猶豫的時候，一陣難過襲上了敏鹿的心頭。——她在這個家裡扮演了這麼多年的好兒媳，真的需要為自己說點什麼的時候，她依然是不知所措的。

「傅睿最近還好吧？」聞蘭說。

敏鹿沒有即刻就回答，她還在猶豫，或者說，盤算。在這個家裡，有關傅睿，如何去評判與描述，這永遠是一個難題。大致的情況是這樣，如果敏鹿誇獎自己的老公了，敏鹿得到的一定是數落，哪有你這麼當老婆的呢；反過來，敏鹿要是數落老公幾句，所有在場的人都會全力以赴地替傅睿辯護。這樣的辯護有它的潛臺詞——你都嫁給他了，都是你的福。這一刻，聞蘭主動問起她的兒子來了，敏鹿又能怎麼說呢？語塞了。

「你這個老婆當的，」聞蘭說，「老公最近怎麼樣你不知道？」

敏鹿說：「你兒子做了什麼，我哪裡能知道。」

聞蘭嘆了一口氣，附帶著把兩隻手交叉起來了，說：「這是什麼話說的呢？——他爸爸最近總是生他的氣。」

「這是什麼話說的呢？」

「他爸爸希望他做一個醫生，一個百分之百的醫生。」

「傅睿不就是一個百分之百的醫生麼？」

聞蘭的臉上不高興了，反問了敏鹿一句：「——你是真傻還是裝傻？」

敏鹿被婆婆的這句話問糊塗了。傅睿是醫生，這還有什麼可懷疑的呢？

聞蘭用她的食指指了指天花板，說：「看樣子是要用他。——外面可不能說哈。弄不好傅睿就要走他爸爸的老路。我是不反對的。」聞蘭想了想，交代敏鹿說，「你也要自律。」

敏鹿當然知道聞蘭說的是什麼。但是，「你也要自律」，這話把敏鹿給刺痛了。敏鹿呼的一下就站了起來，說：「媽——我還不夠自律麼？還要我怎麼自律？」

敏鹿的反應嚇了聞蘭一大跳，聞蘭白了敏鹿一眼，這丫頭，瘋了，這麼明白的話她還聽不懂。因為心情好，聞蘭倒也沒有和敏鹿計較，苦口婆心了，說：「都為了傅睿好！」

是的，為了傅睿好。過去是為了傅睿好，現在要為了傅睿好，未來還是要為傅睿好。一切都要為傅睿好。為了傅睿的好，她敏鹿唯一能做的，就是「自律」。可敏鹿現在已經站在懸崖的邊上了，她的腳下連立足之地都快沒有了。

「媽，你了解你的兒子麼？」敏鹿說。

聞蘭笑了。這是一個母親的笑，那種滿足的、來自靈魂的笑，放鬆極了。「沒人比我更了解傅睿了，他就是天使。坐。」聞蘭坐了下來，一隻手搭在了敏鹿的膝蓋上，說，「老實說，你們結婚之前我也有點擔心，現在說出來也不用擔心你不高興——你們的家境到底不一樣，傅睿呢，老實，我就怕你欺負了他。」

這是聞蘭的心裡話了，一點也沒有擔心敏鹿「不高興」。如果不是她的心情好，她十有八九還捨不得說呢。敏鹿已經給傅睿做了這麼多年的護士、保姆、廚師和洗衣工了，而他的母親唯一擔心的，依然是她的兒子被「欺負了」。

「媽，你兒子有外遇。」敏鹿說。

敏鹿一出口其實就後悔了。她不該這樣說。這是大事，也是醜事，她總得先有個鋪墊。就這麼愣頭愣腦地說出來，萬一冷場了，下面的話就沒法往下說了。

聞蘭又笑，她的笑容還是那麼放鬆，流露出來的永遠是「聞蘭牌」的美滿和幸福。敏鹿所擔心的冷場並沒有出現，聞蘭壓根兒就沒把敏鹿的話往心裡去，這個做婆婆的甚至把她的身體靠了過來，小聲地和敏鹿開起了玩笑：

「那一定是你先有人了。」

「媽——」敏鹿急了，「你怎麼能這樣說？」

「敏鹿，是你先開這種玩笑的。」

「這不是玩笑。」

聞蘭瞥了敏鹿一眼，拍了拍敏鹿的屁股。就因為她買了一套房子，她在高興之餘居然拍起了敏鹿的屁股。在這個客廳，是不是玩笑不取決於敏鹿，取決於聞蘭。聞蘭又笑了，那敏鹿的話就只能是一個玩笑。聞蘭的笑容不只是知足，還是洞察的、上了年紀的、體諒的笑。作為一個過來人，她還能不知道麼，女人到了敏鹿這樣的年紀都沒有安全感，尤其是嫁給傅睿這樣的男人。聞蘭很理解兒媳婦的焦慮，人到中年了唄。人到中年了嘛。聞蘭心疼自己的兒媳婦了，她伸出手，又拍拍敏鹿的腮幫子，很親昵，很憐愛，類似於開導。聞蘭說：

「有我呢，你就知足吧丫頭。」這就不只是開導了，也暗含了精神上的保障。

話都到了這一步了，敏鹿也就不糾纏了。敏鹿沒有在聞蘭的面前流淚，她告辭了。麵團她也就不用等了。麵團是你們的孫子，該你們付出一些了。

敏鹿一個人鑽進了小汽車，沒有憤怒。她沒有力氣，她的身體已經無法向她的憤怒提供體能。敏鹿點上火，走人。她走的是回家的那條路。剛剛開出去一兩分鐘，敏鹿犯過想來了，回家幹什麼呢？在敏鹿的家裡，生活的日常或者說日常的生活其實只有兩件事：一，服務傅睿；二，服務麵團。傅睿不需要她服務了，麵團也不需要，那還去那兒幹什麼呢？問題是，不去那裡，又能去哪裡？這一來敏鹿就徹底失去了方向。可發動機不管這些，它在作響。敏鹿只能任由她的小車往前行駛，綠燈行，紅燈停，完全符合交通規則。敏鹿就這樣開開停停，一會兒往左拐，一會兒又往右拐。注意力也不集中。就在等待紅燈的時候，敏鹿再一次想起了聞蘭的話——「你就知足吧。」但話就是這樣的一種東西，能聽，不能玩味。玩味到了最後，敏鹿自己把自己給激怒了。這個家太傲慢、太傲慢了。這樣的傲慢又是誰給予的呢？還是敏鹿她自己。敏鹿到底還是憤怒了，她摁下了喇叭，喇叭在嘶吼。悲傷再一次奔湧上來，她的視線模糊了。敏鹿只能伸出手，抹了一下眼角。並沒有淚水。天空又下雨了，是小雨，它們模糊了擋風玻璃。敏鹿打開了雨刮器，調到了低速。雨刮器就在擋風玻璃上來來回回，像個傻瓜在搖晃冬天的棗樹。

敏鹿就是在搖晃棗樹的狀態下迷路的，在自己的故鄉，自己的城市，敏鹿居然調向了。她的眼睛喪失了東西和南北。調向帶來了奇蹟，她來到了一座完全陌生的城市，自駕遊來了。陌生的城市潮濕了，陌生的大街也潮濕了。潮濕使路面擁有了水的反光，路面上的反光是多麼地魔幻——它讓整個城市以倒影的姿態敷陳了開來，高樓在向下延伸，大樹在向下生長，整個城市都懸置了。在汽車的尾燈與剎車燈的渲染下，大地一片斑斕，好看啊，謊言也最多是這樣。然而——

「她」是誰？敏鹿問自己，那個在傅睿的背後張牙舞爪的女人究竟是誰？

「她」是誰？這個問題耗乾了敏鹿的油箱。如果不是油箱顯示儀的提醒，敏鹿也許可以追問到油盡燈枯的那一刻。加過油，馬達轟鳴如新，敏鹿卻追問不動了，也開不動了。只能回家。那就回家吧。一進家門，敏鹿就體會到了家裡的空，那種與空間不沾邊的空。——又有什麼變化了呢？沒有，一切都是原先的樣子。早在給麵團餵奶的日子，敏鹿一直欠覺，她有一個幻想——這個家要是能夠停擺一天該有多好啊，空蕩蕩的，只留下她一個人。哪怕就一天。現在，她的願望實現了，遲到了，更超前。一句話，突如其來。敏鹿站在房門口，朝著客廳、衛生間、主臥、客臥和廚房張望了好幾遍，有些無措。她想起來了，這樣的日子在這個家裡已經維持了一段日子了，她沒有發現罷了。一旦發現，敏鹿看到的反而不是空，是那些家具。它們很滑稽，一副理所應當的樣子，一副捨我其誰的樣子，都商量好了，還不可更改。憑什麼？

無所事事，想過來想過去，無所事事。也只有淋浴了。開了那麼長時間的車，敏鹿已經產生了一個錯覺，她經歷了一次漫長的旅途，她的一生都走完了，歸來已是晚年。那是生命裡僅有的一次風塵僕僕，帶有總結性，這個總結當然是一生的疑慮。——那還是再沖一個熱水澡吧。這個熱水澡敏鹿淋得格外地長，她採取的是傅睿的方式。說到底她和傅睿的生長環境太不一樣了，落實到具體的局部，那都是差異。就說淋浴，敏鹿這個來自城南的丫頭是多麼地節儉，她的用水量極為局促，打完了肥皂她必定會把水龍頭關上，怎麼能讓自來水毫無意義地流淌呢？那都是錢。這一次敏鹿卻沒有關，反正是傅家的自來水，它愛怎麼流淌就怎麼流淌，它愛怎麼嘩啦就怎麼嘩啦。

這個淋浴差不多耗費了一個小時，衛生間早已是霧氣騰騰，而鏡子的表面已一片模糊。敏鹿拽了兩張衛生紙，在模糊的鏡面中央擦出了一小塊，敏鹿的模樣清晰了。必須承認，這個女人漂亮，尤其在出浴的時候。然而，是廢墟。「廢墟」這個詞猶如一把銼刀，就這麼從她的心坎上給銼過去了。

因為淋浴的時間太長，敏鹿出了一身的汗。那就只能光著了。既然光著，那就只能把窗簾都拉上了。既然把窗簾都拉上了，那就只能開燈。敏鹿把能開的燈都開了，屋子裡頓時就像靈堂一樣亮堂了。似乎不對，那就再都關上。都關上也不對，又不是到自己的家裡來做賊。敏鹿對著開關折騰了好大一會兒，怎麼都不對。最終，她只留了客廳裡的吊燈。——這一來似乎更不對了，這是他們家的常態，可這個家哪裡還有什麼常態呢？

再也回不去了。

電話卻響了。敏鹿來到茶几的跟前，是麵團打來的。這孩子，磨磨蹭蹭的，想表達的意思只有一個，他不想待在奶奶的家裡。如果換了平時，敏鹿也不會耽擱，她會在第一時間把孩子接回來的。這一次敏鹿沒有妥協，她明確地告訴麵團，不可以，你要適應沒有媽媽的生活。這本是一句無心的話，它的本意是讓孩子提高自己的獨立性。可真的說出來了，敏鹿把自己嚇一大跳，都像安排後事了。——生活是經不起變故的，一旦有了變故，做什麼都不對，說什麼都不對。到處都是命運感，到處都是悲劇性。

放下電話，敏鹿卻沒有離開，就這麼望著座機。想了好半天，要不給東君打一個電話吧，也好久沒有聊了。說些什麼呢？敏鹿委實也沒有想好。但敏鹿有一個大概念，傅睿再怎麼小心，總會在第一醫院留下一些蛛絲馬跡。郭棟如果知道了，那東君就一定知道。他那樣的男人在床上怎麼可能藏得住話？試試看吧。

撥完了八位數，敏鹿順勢在沙發裡躺下了，這個電話她必須躺著打，需要時間的。趁著東君拿話筒的工夫，敏鹿咳嗽了一聲，把自己的嗓音也調整好了。敏鹿興興頭頭地問：「忙什麼呢？」東君的語氣卻有些懶，說：「還能忙什麼？看了一場電影，在家貓著呢。」敏鹿說：「都多大歲數了，還浪，還看電影呢。」東君說：「看什麼電影哪，就是乾坐一會兒。——就好像你們家不看電影似的。」敏鹿說：「我們不看。我們累了就坐在自家的客廳裡，我看看他，他看看我。」東君說：「敏鹿，你現在怎麼一開口就這麼騷呢？」敏鹿笑了，說：「我是騷。家裡沒男人，我憋急了。」聽敏鹿這麼一說，東君明白了，敏鹿哪裡是想聊天，她這是炫耀來了，傅睿「培訓」去了嘛。——到哪裡說理去呢？照理說，第一醫院出了那樣的事，作為當事人，傅睿多多少少應該受點影響的，傅睿豈止是沒有，還福星高照了，還扶搖直上了，還不是因為他的老子。那好吧，既然敏鹿想把話題往傅睿的身上引，東君也不傻，東君偏偏就不接這個茬兒。東君沒有過渡，直接就把話題轉到別墅上去了。——原先看好的別墅呢，最後也沒買。不是價格問題，不是，是有了更好的選擇。東君說：「這就是日新月異啊，東西沒買，後悔；買了，更後悔。還是晚買的好。」敏鹿就只能聽著，東君這個女人她還不了解麼，她可以在一秒鐘之前堅定地、絕對地維護一個結論，而到了下一秒，她又可以堅定地、絕對地否定這個結論。這女人見到風就是雨，就是喜歡喊。

別墅的話題剛剛開了一個頭，東君又把話題轉移到護膚霜上來了。東君的皮膚並不好，油性，這就需要護膚霜了。——敏鹿你知道嗎，東君說，化妝品其實也不能亂用，有人種的問題。一句話，歐洲的化妝品針對的是歐洲人，美國的化妝品服務的是美國人。我們亞洲的女人不同，我們亞洲的女人嫩哪。比較下來，還是資生堂好。為了充分說明這個問題，東君特地舉了一個相反的例子，蘭蔻。東君說，就因為用了蘭蔻，她的臉上都長起疙瘩來了。敏鹿當然不會讓東君這般炫耀，當即就堵了她一嘴：東君，是你自己長歪了，不能怪馬桶。

東君的話題既然來到了法國，乾脆，跨過英吉利海峽，這就來到英國了。這一次東君沒有抱怨別的，是英語。英語的重要性還要說麼，子琪的英語東君一直在抓。可誰能想到呢，一個閒散的午後，東君意外地得到了一份告誡——英語這麼個抓法可不行哪，要正規，要請好老師，要報「班」。這一報不要緊，剛剛進「班」，子琪的差距就顯示出來了，她還在蹦單詞呢，「人家的孩子」都能用英語討論旅遊與吃喝了。這就把東君給急死了，整個人都處在了奮起直追的狀態裡。東君恨死了這種狀態，她這一生一直都是這樣的，自己是這樣，到了孩子還是這樣。敏鹿這一次沒有堵她，而是認認真真地把東君責備了一通，說，東君你發什麼癔症？子琪才多大？十歲的孩子，練哪門子口語？東君靜穆了好大的一會兒，說，敏鹿，你是真糊塗還是在裝糊塗？

敏鹿是真糊塗。她過慣了悠閒的日子，是真糊塗。東君當即就把問題推向了本質：麵團將來要不要高考？

——那當然了。這還用說麼，當然要考。

——既然要高考，敏鹿，我把話撂在這兒，就我們的這兩個熊孩子，撐死了也就是去醫科大學，接著做我們的學弟和學妹。——你以為呢？——你還在做夢呢。

敏鹿本想在東君這裡試探一些「別的」，沒想到，她真的從東君這裡得到了「別的」，是別的「別的」：他們這一代人居然早就開始為孩子們的高考做準備了。這讓敏鹿私底下吃了一大驚。人家的方案都很具體了，道路也很清晰，那就是出國——男孩子送美國，女孩子送英國。加拿大也行。實在不行的話，澳大利亞和紐西蘭則可以保底。為了把這個問題說得更具體一些，東君開始擺事實了：某某師姐的兒子在普林斯頓，某某某師兄的兒子在康乃爾，而某某師哥的女兒在多倫多。——敏鹿你知道麼？

敏鹿不知道。

伴隨著電話的深入，敏鹿慢慢地清晰起來了，也可以說，警覺起來了，也可以說，震驚了。生活早就不一樣了。她一直待在「象牙塔」裡，麻木了，她一點都沒有留意身邊的滄海桑田。世界並沒有變小，沒有，是家庭放大了。隨便拉出一個家庭來，都可以涵蓋這個世界。一個殘酷的事實擺在敏鹿的面前：她的兒子，麵團，其實已經被時代拉開了好大的一段距離。敏鹿差一點兒就給嚇出一個激靈。

敏鹿有些走神，準確地說，恍惚。——如何才能把麵團的損失給補回來呢？敏鹿一下子就陷入了窘境，她沒頭緒，沒方向，她這個做母親的，居然都不知道孩子的起跑線在哪裡。

——「關鍵是錢。」東君說，語調鏗鏘。敏鹿剎那就回過了神來，問：「什麼錢？」

「什麼什麼錢？留學的錢！敏鹿我告訴你，從現在開始，你就得預備，到時候你掏不出來的，你來不及的。」

不怕不識貨，就怕貨比貨。有一件事她敏鹿必須承認，東君這個母親做得比她好。敏鹿相信，即使東君的女兒明天就出國，東君都可以把子琪的一切安排得妥妥當當的，她做足了功課了。學費，一年幾何。生活費——房租、吃飯、雜費，一年幾何。東君的功課不只有縱向，也包括了橫向。東君甚至已經把功課分門別類了，分出了不同的板塊：歐洲——英國、法國、德國、義大利、荷蘭為一類；北美——美國、加拿大為一類；亞太地區——澳大利亞、紐西蘭、日本、韓國和新加坡為一類。東君的功課數據化了，有具體的資料支撐。一個孩子，將來選擇哪個國家、什麼級別的大學，讀完本科、碩士、博士，總共需要多少英鎊、歐元或者美金。東君門兒清。這門兒清不是別的，是二十年之後的差距。也就是麵團和子琪的人生差距。這差距也許要到二十年之後才體現出來，而起點，則是今晚的這個電話。

敏鹿其實都有些慌了。她哪裡還顧得上這個電話的初衷，顧不上了，隨便扯了一個謊，說廚房裡燉著牛肉，掛了。敏鹿是誠實的，雖然廚房裡並沒有「燉著牛肉」，為了言而有信，她真的去了一趟廚房。——此刻，她的廚房冰鍋冷灶。敏鹿在廚房的門口抱起了胳膊，全面而完整地打量起這個廚房。是的，就是這間廚房，它把敏鹿給害了。——這句話說起來長了，就在敏鹿快要結婚的當口，第一醫院剛剛完成了最後一撥福利分房，老傅，第一醫院的傅書記，傅睿的父親，她敏鹿的公公，第一個拿到了鑰匙。都沒等傅睿開口，老傅就把房鑰匙丟在了傅睿的面前，也就是說，丟在了敏鹿的面前。敏鹿哪裡還等得及？她在第一時間就衝進了她的婚房。——這是一個四居室的大套間，還沒裝修。敏鹿當場就被這套住房的宏偉給鎮住了，這哪裡還是「家」？和她在城南的那個家比較起來，這裡簡直就是宮殿。先聲奪人的則是廚房，簡直比得上一間主臥。敏鹿至今都還記得她第一次走進這間廚房的感受：這一輩子待在這裡她都願意。可敏鹿忽略了一件事，她在「廚房」燉著牛肉的時候，大時代已悄然而至，金錢已揭竿而起，它們繞開了敏鹿的廚房。等敏鹿看到這個時代的時候，她失去的不是一套別墅，是孩子的前程。麵團被她耽擱了。敏鹿不能原諒自己。不能。她在將來怎麼向麵團解釋這一切呢？滔天的悲傷向她捲來，她再也沒能忍住，號啕大哭。

十三

不聲不響的，郭鼎榮曠了課，他可沒有閒著。利用曠課的工夫，他見了許多人，談了許多話，最終，完成了一件要緊的事。他請來了一位願意出資的私營老闆，募了一筆錢。然後，去了一趟藝術學院的油（畫）雕（塑）系。通過油雕系，他找到了朝霞機械廠，一家老牌的國有企業。郭鼎榮沒有耽擱，直接撲到了國企老闆的辦公室，開口就問，有沒有哥白尼？老闆說，不要說哥白尼，古今中外的先賢都有，就看你要誰。郭鼎榮扯著的心一下子就放下了，問，什麼尺寸？老闆說，看你願意花多少錢，錢越多，哥白尼的個頭就越大。問，送貨吧？老闆說，哥白尼屬於全人類，你讓他在哪裡降生，他就在哪裡降生。問，多久才能見到他？老板說，肯定用不了九個月。問，兩天呢？老闆說，兩天？總要等水泥乾透嘍哇。

郭鼎榮的這件事做得相當地隱祕，他對誰都沒說。按照他原先的估計，這件事相當地難辦，沒想到，很容易，相當於在大街上買一個西瓜。當天夜裡十點多鐘，郭鼎榮回到了培訓中心，還沒洗澡，就敲響了傅睿的房門。傅睿卻不在。郭鼎榮倒也沒有著急，那就到大院裡逛逛，總能遇到他的。

——月光真好啊。月亮大約只有滿月的二分之一，卻足以保證培訓中心滿目的清輝。郭鼎榮不慌不忙的，在溜達。他想起來了，前些日子下了好幾天的暴雨，是它們把空氣沖洗乾淨了。夜空一碧如洗，這才是夜空應有的樣子。多麼難得，月亮的周邊甚至還點綴了幾朵浮雲。這可是真正的浮雲，濃淡相宜，有清晰的輪廓。郭鼎榮也有相當長的一段日子沒有見過雲朵了，即使有，那哪裡還是雲朵呢，就糊裡糊塗的一大堆。因為難得一見，普普通通的夜空居然也成了風景。郭鼎榮就這麼一路走、一路看，他不用急著去找傅睿的，傅睿一定會看見他。當傅睿十分意外地巧遇郭鼎榮的時候，郭鼎榮正在仰望星空，這多好呢。今天的夜空格外地高，也格外地大，絕對配得上培訓中心的正上方。

郭鼎榮果然就讓傅睿給遇上了，就在體育場的跑道上。郭鼎榮不喜歡運動，然而，他對這一片體育場印象深刻。無論是「後臥」還是「一人走」，都讓他脫了一層皮。還好，他和傅睿同組，傅睿笨手笨腳，比他還不如，要不然，出盡洋相的就只能是他。

既然遇上了，那就一塊兒走走吧。傅睿對郭鼎榮很冷淡，即使月光並沒能清楚地交代出傅睿的臉色，郭鼎榮也能夠感覺得出來，傅睿對他冷淡。這又有什麼要緊的呢？兩個仰望星空的人在野外相遇了，就應該少說話，甚至不說話。月光照耀著他們，他們在漫步。姿態深沉，是思考的模樣。思考的模樣提升了生命的品質感，接近於榮譽。郭鼎榮對這樣的場景分外滿意，他也是可以思考的，這可比「單指單張」高級多了——哪怕思考的是傅睿究竟在思考什麼。

有好幾次，郭鼎榮都想把傅睿帶向圖書館的方向了，——他今天敢這麼做，他有底。哥白尼的重新誕生畢竟已經倒計時了。但傅睿在刻意地回避那個方向，那也無妨。有好幾次，郭鼎榮都差點把朝霞機械廠的事情給說出來了，郭鼎榮都忍住了。他現在克制，像傅睿一樣克制。沒有做好的事他堅決不說，即使做好了，他也可以不說。會有人說的。這麼一想郭鼎榮感覺到自己的成長了，連地上的影子都長了一些。等哥白尼再一次降臨到培訓中心的圖書館的時候，傅睿一定會握著郭鼎榮的手，說，這件事你辦得好。而郭鼎榮呢，一定會這樣告訴媒體：榜樣的力量是無窮的。

總走路也不是辦法，郭鼎榮偶爾也會停下來，掏出兩支香菸，給傅睿點上，再給自己點上。有月光，有雲朵，有星星，還有香菸，傅睿的冷淡算什麼？他不想說話就不說話。再怎麼說，他們也是一起抽菸的人了。

能不能和傅睿一起喝酒呢？一想起這個，郭鼎榮突然就不那麼淡定了。雲朵遠去了，星星也遠去了，郭鼎榮現在要思考的問題就是能不能和傅睿搞一次酒。郭鼎榮沒有把握。傅睿不可能不喝酒，這個是可以肯定的。所謂的滴酒不沾，天底下就沒有這樣的人，尤其是男人。郭鼎榮親眼在動物園看見有人給猴子扔啤酒，猴子都知道拉開易開罐。在一起喝酒好哇，它重要。「酒肉朋友」之所以遭到那麼大的非議，說白了，是他們沒有在一起喝。一起喝過了，他們反而不會把自己定義為「酒肉朋友」，相反，是心靈之約。所謂的酒後吐真言那是兒戲，要「真言」幹什麼？重要的是在同一個時空把心律給拉上去。當兩個男人在酒精的燃燒下每分鐘的心跳抵達一二〇，心臟就成了蒸汽機，身體這個小歷史的內部就必然會導致革命。一切皆有可能。郭鼎榮聽說過這樣的一句話，男人與男人要想肝膽相照，要麼「一起扛過槍」，要麼「一起嫖過娼」。這話輕浮，淺薄了。根本的問題就在於，扛槍之後和嫖娼之前，男人們都在幹什麼。不把這個問題上升到理論的高度，酒與喝酒就統統失去了傳統的、文化的、社會的和科學的意義。

「觀自在會館」給郭鼎榮發來了短信。這一週的週末要聚。是該聚了，「觀自在」那邊郭鼎榮也很久沒有去了。一看見短信，郭鼎榮的腦子裡頓時就冒出了傅睿，難住了。首先是該不該。該不該請呢？「觀自在」的檔次當然夠，人員的組成也合適，這沒問題。可「觀自在」畢竟是一家私人會館，風格很獨特，與傅睿的脾性到底合不合，郭鼎榮沒有把握。「觀自在」這種地方，第一次喝好了、玩好了，一切都會順；可第一次沒喝好、沒玩好，很可能就沒有第二次。這個郭鼎榮要拿捏好的。再就是能不能，傅睿願意和郭鼎榮一起出去喝酒麼？他們之間到底「到了」沒有？郭鼎榮也沒把握。郭鼎榮的人脈極其廣，卻是分類的，一類有一類的喝法，這就是說，一類有一類的玩法。多種不同的喝法和玩法構成了郭鼎榮這樣的整體性——誰又不是這樣呢？傅睿也應該是這樣。想過來想過去，郭鼎榮決定，請。再怎麼說，他必須把傅睿拉到自己的「圈子」裡來，不是這個圈子就是那個圈子。比較下來，「觀自在」畢竟高檔，不能用一般的會館或餐廳去概括。

好不容易熬到了下午「放學」，郭鼎榮來到了傅睿的面前，一把拽住了傅睿的手腕。這是郭鼎榮的殺手鐧了，一不邀請，二不商量，直接拉。對傅睿這樣的知識分子只能這樣。他們的情商低，說「不」沒有負擔，一旦回絕了，沒有任何迴旋的餘地。不管怎麼說，一定要把傅睿納入自己的交際圈，在郭鼎榮的目標管理裡，這是他的近期目標。先把傅睿塞進他的帕薩特再說。

「哪裡去？」

「上車。」

「什麼事？」

「沒有事。」

「怎麼會沒有事呢？」

郭鼎榮一反他平日裡溫順的模樣，高聲反問了傅睿一個問題：「留在這裡你有什麼事？」

傅睿說：「沒有。」

「還是啊。」郭鼎榮說，「在這兒沒事，到其他地方也沒事。這不一樣麼？上車。」

傅睿還沒回過神來，稀裡糊塗的，就已經被郭鼎榮推上車了。上車之後傅睿不停地眨巴眼睛，他怎麼就上車了呢？

黑色帕薩特並沒有駛向市區，相反，它爬上了繞城高速。在繞城高速行駛了一段之後，直接向更遠的遠郊而去了。也就是一支菸的工夫，帕薩特駛入了丘陵的深處，這裡是江南丘陵，那些低矮的山頭都算不上山，然而，相對於小汽車的行駛而言，山區的特徵反而更加顯著了。道理很簡單，這裡沒有高架，隧道就更不用說了，所有的道路都依附在山體上，大部分乾脆就在山腳。它隨山賦形，不只有上下的起伏，還兼有左右的蜿蜒。傅睿遠遠地望過去，滿眼的碧綠。這一帶的植被是如此的單一，全是竹子。漫無邊際的竹海高高低低、鬱鬱蔥蔥。竹子們又瘦又直，與樹木所構成的森林比較起來，竹海卻疏朗了，近乎抽象，就是大片大片的綠。竹海的綠與樹木的綠是多麼地不同，竹海的綠是一根筋的、純粹的、過分的、說一不二的，很容易形成視覺上的勢能。郭鼎榮刻意放緩了駕駛的速度，借助於山路的起伏與逶迤，錯覺出現了，帕薩特是不動的，竹海卻波動起來，還盤旋，像電影的廣角長鏡頭。——這是哪兒呢？傅睿終於被無窮無盡的竹子搞得有些不放心了，他搖下了窗戶，問：「這是去哪兒？」郭鼎榮笑而不答，郭鼎榮最擅長的一件事就是避實就虛，說：「快了。」

「觀自在會館」不只是在丘陵的深處，也在竹海的深處。人跡罕至，猶如世外。從外表上看，它只是紅磚圍成的一道圍牆，圍牆之外，除了竹子就再也沒有別的東西了。兩個農民模樣的年輕人正把守在院子的門口，其中的一個卻戴著耳麥。戴著耳麥的年輕人斜著身子，看了一眼郭鼎榮的車牌，打了一個「放行」的手勢。隔離杆抬了上去，帕薩特一個加速，停在了「觀自在會館」的停車場。停車場的不遠處，則是一片不算很大的水面，似乎是人工湖，說不定也是自然湖，不好說。就在人工湖或自然湖的中央，一棟小樓立在了水的表面。設計師顯然是用足了心思，因為柱體被掩蓋的緣故，小樓無依無據，漂在了水面上，猶如靜態的翱翔。小樓只有兩層。白色，四四方方。先聲奪人的是小樓的南大門，連接大門的是一座筆直的石橋。傅睿一走上石橋就看見了水面的睡蓮，睡蓮的下面，則是一群又一群的錦鯉。牠們是多麼地從容，動作緩慢，速度勻速。無論老少，一律都是安度餘生的樣子。牠們的前行非常有特點，只是懶洋洋的一個扭動，剩下的，統統交給了慣性。這裡的魚是多麼地自在，僅僅依靠慣性，就可以安度牠們的一生。

郭鼎榮一路小跑，始終是帶路的樣子。即使在狹窄的石板橋上，他也保持著「這邊走」的姿態。在大門口，郭鼎榮站住了，示意傅睿裡面請。興達集團的高總已經帶領著他的工作人員在客廳的門口候著了。一番久仰，一番恭維，高總帶領著傅睿觀摩起他的會客廳。大廳非常地開闊，比外觀大多了。內裝卻混合了多種不同的風格。左側的落地窗差不多和水面平齊，沿牆的書架卻是荸薺色的，明款，碼了一堆的線裝書。博古架自然也有，羅列著漢鏡、唐三彩、明代瓷器和多款紫砂。傅睿並不熟悉文玩，也就是聽聽。高總就站在傅睿的身邊，事實上已經是一個講解員了。傅睿並不說話，也沒有表情，偶爾點一點頭。他的做派已經接近於「高仿官員」了。只要傅睿一點頭，郭鼎榮一定會做一個補充：「好。」有時候也說「真好」。博古架的不遠處，是一張巨大的畫案，筆墨紙硯都齊全，虛席以待的樣子。毫無疑問，這裡也是接待畫家和書法家的地方。

客廳的右側則配置了琴架和琴凳，琴也在。這一來右側自然就是琴房的樣子。不過，說茶室也可以。醒目的則是那張茶桌，是一塊巨大的整木。高總介紹說，木料來自迦納，很完整。傅睿對這張桌子表現出了濃厚的興趣，他目測了一下，茶桌的長度接近四米，寬度最起碼也有一米五。——桌面的寬度就是樹的直徑，按照3.14這個倍數，這棵樹的周長差不多就該有五米了。傅睿無法想像這棵樹的樣子，糊塗一點說，也就是參天大樹吧。郭鼎榮伸出手去摸了摸茶桌的厚度，大聲說，起碼八個釐米。

離茶桌一步之遙，擺放著一圈高檔的義大利沙發。沙皮，褐色。中間的茶几是方形的，蒙著一層薄薄的牛皮。也是褐色。這一組褐色與遠處的荸薺色書架遙相呼應了，構成了對角與相互眺望的關係。這一來客廳就顯得分外地宏偉。傅睿一屁股坐進了沙發，當場就陷進去三分之一個屁股。義大利的沙發好啊，好，妥帖。傅睿十分地享受。就這麼半躺半坐著，說著閒話，聽著彙報，半個小時都沒到，傅睿居然瞌睡了。這一陣兒瞌睡來得真不是時候，是壓迫性的，統治性的。不只是強度大，速度也快。睡眠糟糕的人就這樣，除了夜裡，隨時都可以安然入睡。傅睿的瞌睡傅睿猝不及防，別人也猝不及防。這可怎麼好呢？高總對著郭鼎榮指了指窗外，水面的遠方，也就是遠處的湖畔有一排小木屋。這個郭鼎榮當然知道。可郭鼎榮同時也知道，那些小木屋看上去近，真的要繞一圈走過去，其實也挺遠。郭鼎榮搖搖頭，回過頭來再看傅睿，傅睿的眼皮已經合上了，發出了均勻和深沉的呼吸。顯然，傅睿已陷入了深度睡眠。郭鼎榮把食指豎在了嘴邊，示意了一圈。大夥兒笑笑，也就不再說話了。

傅睿自然沒有能夠睡到自然醒。他是被郭鼎榮叫醒的。傅睿迷迷糊糊地睜開眼，落地玻璃上的天光暗淡下去了。郭鼎榮輕聲說：「客人們差不多到齊了。」傅睿揉了揉眼睛，注意力很難集中，稀裡糊塗的，跟著郭鼎榮上樓去了。

傅睿的腦袋剛剛和二樓齊平，一下子就感受到二樓燦爛的燈光。那盞吊頂的水晶吊燈真的是大，數不清的光點在水晶的幾何形狀裡閃爍，華光四射。就因為這一盞吊燈，整個二樓都一片輝煌。二樓沒有別的，就一個餐廳。巨大，豪華。牆面上掛著一幅巨大而嶄新的「紅雙喜」。到處都是氣球與彩帶，它們繽紛，五彩斑斕。原來是一場婚宴呢，喜氣洋洋的。客人們真的已經到了，直到這個時候，傅睿才意識到剛才的睡眠是多麼地不合適，他錯過了這麼多的客人，都還沒招呼過呢。——傅睿是多麼地在意人前，只要有任何一個別人，傅睿都渴望給別人留下一個良好的印象。

差不多就在傅睿走上二樓的同時，所有的客人都站了起來，這就是名人效應了。傅睿自己也知道，他是名人了。郭鼎榮給傅睿一一做了介紹：許行長，姜書記，肖董事長，邵總，還有畫家文先生。與他們相關的，則是美女一，美女二，美女三，美女四，美女五和美女六。按照法國式的排席方式，也就是竹桃相隔的種植方式，女士與先生相隔而坐。然而，首席依然空著，顯然，新郎和新娘尚未到來。高總請傅睿坐在了主席的左側，傅睿謙讓了一番，高總差不多就要動手了，傅睿只能入座。入座之後的傅睿也不知道該說些什麼，只能看桌面上的餐具。餐具華美了，白瓷，金邊，一副冰清玉潔的樣子。而座椅則分外地講究，靠背又高又寬，呈反弓。很絨，介於絳紅與紫紅之間。傅睿就坐在這樣的座椅上，座椅是一個自帶氣質的東西，它可以肅穆，可以高貴，同時還很可能權威。因為座椅的緣故，酒席上的每一個人頓時就成了高端人士。

挨著傅睿的是郭鼎榮，很顯然，在今晚，傅睿與郭鼎榮都沒有女伴。一群人乾坐著，談興不高，酒席的場面偏於冷清了。然而，這冷清只能是假象，所有人都知道，伴隨著新郎與新娘的到來，晚宴即刻就呈現出另一副樣子。在真正的主人來到之前，所有的冷清都不能算作冷清，蓄勢罷了。

高潮會遲到，但永遠也不會缺席。就在郭鼎榮給傅睿點菸的當口，樓梯的拐角處突然傳來了兩聲爆炸聲，傅睿吃驚地回過頭，數不清的彩紙已經翻飛在了樓梯的過道裡，這是固體的禮花，彩紙光怪陸離——禮花彈終於被引爆了，一聲連著一聲。新郎和新娘頭頂著飛舞的彩紙出現在了樓道口，新郎是胡海，新娘則是小蔡。他們手把手，笑容滿面，款款而上。一副幸福到永遠的樣子。

郭鼎榮在「觀自在會館」吃過一頓飯，婚禮卻沒辦。他謝絕了高總。——高總這個人有意思了，實力很雄厚，只有一個業餘愛好，替朋友們張羅婚禮。——所謂的婚禮當然就是「觀自在」的晚宴。晚宴之後，新郎和新娘願不願意去湖畔的小木屋，這個他不管。他要的是飯桌上的這個「氣氛」。——郭鼎榮在最後的時刻取消了他的婚禮，一切有關婚禮的「說法」，一個字都不許提。但是，飯是在這裡吃的。和郭鼎榮一起過來吃完飯的是他的手下——小袠，一個年輕的客戶經理。郭鼎榮與小袠的這頓飯來源於如意集團的專案貸款。如意集團郭鼎榮可是打過交道的，多多少少有點數。這家公司不清爽。他們的項目一點兒也不新鮮，無非就是「裝潢」。這個「裝潢」不是那個裝潢，它針對的不是建築物，更不是建築材料，是資料。簡單說，就是「裝潢」一個公司所需要的各種資料和各種報表。——目標是向銀行借貸。不能說這樣的「裝潢」就是騙貸，那就言重了，不能那麼說。郭鼎榮一頁一頁地翻，看完了小袠為如意公司所做的報表，很驚詫，關鍵是自嘆弗如。這姑娘厲害，尤其在政策法規方面，她做得相當專業。可以說，滴水不漏。她一定自學了法律了。小袠就坐在郭鼎榮的對面，面部嫻靜，無欲無求。然而，這是一個假象。她掙錢的欲望沒被她寫在臉上，卻扛在了肩膀上。她的肩膀在燃燒，熱焰搖盪。如意公司的專案呢，說大不算大，說小也不算小。一億三千萬。依照三個點的返還率，小袠的這一票確實又不算小了。作為分管領導，郭鼎榮當然有風險。所謂的風險，首推合作雙方的默契程度。雙方的默契度越高風險就小，反過來也成立，就這麼回事。——小袠如何才能和自己的領導達成默契呢？默契到什麼程度呢？郭鼎榮也好奇，那就往下看吧。小袠卻不說話，也不拍馬屁，就那麼斜著身子，坐著，等。這就有意思了。郭鼎榮也不發話，也坐著，也等。等到最後，小袠一點都沒有扭捏，平平靜靜地說：「家裡的事，你給個話。」這話說得好，說得好。可以大，也可以小；可以淺，更可以深。郭鼎榮把材料推到了一邊，隨口就問了一句：「家裡都好吧？」小裘回答說：「好。爸挺好的，媽也好。你放心。」小裘補充說：「孩子也好。」話都說到這一步了，哪裡還是報批，是久別後的重逢，完全可以拿出來當日子過。郭鼎榮說：「我還有點事，你先休息吧。」小裘瞥了郭鼎榮一眼，說：「好。你也別累著。」郭鼎榮拿起不鏽鋼的保溫杯，喝了一口水，附帶著咀嚼了兩粒枸杞，說：「知道了。」這就妥當了。小裘站起身，她在起身的過程當中兩隻巴掌分別捂在了臀部的兩側。小裘的這個動作給郭鼎榮留下了極其美好的印象。嫵媚是次要的，主要是賢慧。是應該出去吃頓飯了。郭鼎榮在下班之後領著小裘去了「觀自在會館」，只通知了很少的幾個兄弟。

理論上說，今天的聚會郭鼎榮也可以把小裘叫過來。在這個會館，誰和誰還不是心心相印的？一切都光明磊落。要不然就開餐館了，還要會館幹什麼。但是，到了最後一刻，郭鼎榮收住了，他在傅睿的面前，還是悠著一點的好。好日子還長著呢。——那就好好地給胡海接風唄。嗨，誰能想到呢，這個胡海，又結婚了。事先都不知道說一聲，郭鼎榮連一個紅包都沒來得及預備。回過頭來想想，也對，這正是胡海說話和辦事的派頭，從機場直奔婚禮的現場，挺別致。

就在昨天下班之前，小蔡收到了先生從紐西蘭北島發來的短信，就六個字：明天下午到家。這是小蔡所熟悉的語調，伴隨著內分泌的動靜。在萬里之外，像南半球的蝴蝶翅膀，它顫動了。

有意思的事情發生在下班的路上。小蔡邂逅了安荃。她們在無意之間就構成了一前一後的步行關係。一開始小蔡並沒有留意，等小蔡看見安荃的時候，她刻意了，故意在安荃的背後尾隨了相當長的一段路。路上那麼多的人，誰又會發現小蔡是故意的呢？小蔡意外地發現，安荃沒那麼光彩奪目了。這不是安荃有了什麼變化，小蔡知道，是她自己變化了。此刻，更加從容和更加心安理得的，是小蔡。她這個有家有口的女人在「外面」到底也有了可以搔癢的男人了。急什麼呢？不急。該來的一定會來。小蔡的這一段路走得格外地緩慢，緩慢是對的。只有緩慢才能走在時間的前面，同時也走在了共識的前面。小蔡相信，離她不遠處一定有人在打量她，她只有不慌不忙才有可能成為別人的典範。

下班了，在天成花苑的門口，小蔡並沒有忙著回家，她先去了一趟菜市場。菜市場離小蔡的家並不遠，如果小蔡現在還是獨身，菜市場和她將構不成任何關係。但小蔡是有家的人，這一來她與菜市場就相互依附了，菜市場就成了她生活裡的一個部分。小蔡沿著蔬菜、肉類、禽蛋、海鮮和淡水水產的櫃檯一路走了過去，她不會買，只是逛。她逛得相當日常，偶爾也會駐足，主要是問價。在問價的過程當中，小蔡始終覺得她的身邊還站著一個人，亦步亦趨，在陪伴她，那個人只能是先生。

回過頭來看，先生把房子租在天成花苑確實是一個上好的決定。它在鬧市區，因為附近連著機關的家屬院，它就失去了被開發的機會。這一來，天成花苑多少就有點凋敝，它幽靜。鬧中取靜的則是社區北側的那條林蔭小道，行道樹在清晰地表明，這條路有些年頭了。每一次在林蔭小道上晃悠，小蔡都格外地滿足，這就是她的故鄉了。所謂的故鄉不就是一間房子加一條路麼。因為不會開發，外地人很少在這裡買房子，天成花苑的人口流動就相當小。——都是老面孔，這才是故鄉應有的樣子。沒有高樓，低矮的四層建築，沒有電梯，最適合老年人的生活了。這多好，一想到這裡，小蔡就禁不住瞇起了眼睛，她把自己想像成年過半百的女人，她把她斑白的頭髮捋向了耳後，挺好。一天就這麼過去嘍。

小蔡的晚餐並沒有吃地攤，逛完了菜市場，回家去了。與每一次回家一樣，小蔡首先要在客廳裡換一次衣服，洗過手，然後才進臥室。小蔡熱衷於躺在床上看電視劇，無論多爛的電視劇她都喜歡。小蔡看電視有一個顯著的特點，她代入。每一部電視劇她都可以找到一個劇中人，那個人就是小蔡她自己了。不管是三十集還是六十集，換句話說，不管是一個月還是兩個月，小蔡都可以沿著電視劇的劇情十分跌宕、十分淒涼或十分幸運地走完她的這一生。然後，再一生，又一生。——小蔡的臥室裡永遠都有人在說話，像一個公共的空間。小蔡躺在床上，作為一個獨自的旁觀者，她在看電視機裡的小蔡，她推動了劇情，也承擔了劇情。

要不要做一頓飯吃吃呢？小蔡胡思亂想了一通，她趿拉著拖鞋，來到了廚房的冰箱前。冰箱是滿的，所有的食材都結滿了霜，白花花的一片。這個冰箱終究特殊了，小蔡喜歡逛菜市場，偶爾買，卻不做，這一來冰箱就始終是爆滿的狀態。這也怪不得小蔡，每一次先生過來，最重要的事情都不可能發生在飯桌上。等一切都了結了，小蔡哪裡還有下廚的心思？只能拖著先生去飯店。小蔡對著冰箱愣了好大一會兒，最終還是把冰箱給合上了。

合上冰箱，小蔡陪著冰箱站了一會兒，朝四下裡看。發現客廳裡有些亂，也髒。要不要做一次衛生呢？這麼一想，小蔡到底想起來了，她的家可不是單室間，是三居室，還有一間書房和客臥呢。平日裡實在也用不著，一直都是關著的。嚴格地說，還鎖著。小蔡從冰箱上取過鑰匙——那就從書房開始唄。小蔡推開了書房，往裡走，順手摁下了開關。就在書房被照亮的同時，小蔡已經往書房裡走進去兩三步了。這兩三步是驚天動地的，厚實的、寂靜的塵埃被啟動了，幾乎就是無聲的爆炸，塵埃升騰起來，如風起而雲湧。這再也不是人類生活的場景，她是探險者，她來到了史前。亂雲飛渡。但塵埃翻捲的高度畢竟有限，差不多只能到小蔡的腹部。小蔡的腦袋一下就處在了九萬里高空，透過雲層，她俯瞰著大地，多麼遼闊的荒涼，一派壯麗，卻沒有任何生命的跡象。靜啊，靜。像原因的原因，也可以說，是結果的結果。沙丘卻逶迤，它們的波峰連成了線，絲綢一般柔和、嫵媚、性感。小蔡當然注意到荒漠上的那幾個深坑了，那是她的腳印。是的，她是闖入者，地老天荒。她不敢動了。

書架在遠方，空的。書桌和轉椅在遠方，也是空的。它們佇立在荒漠的周邊，像祁連，像喀喇崑崙，像巴顏喀拉，像喜馬拉雅。小蔡的觀察點遠在天穹，既是俯視，也在遠眺。——大地如此荒蕪，它的形態取決於風，一陣風就是一個局面，一陣風就是一個世界。所謂的靜態，只不過是一陣風和一陣風之間的過渡。小蔡並沒有久留，她跑了出去。剛剛動腳，闃靜的荒漠颳起了風暴，天地玄黃，宇宙洪荒。小蔡當即就關上門，一陣又一陣咳嗽。

就在先生回家之前，小蔡做了一夜的夢，她夢見了先生。都是很短的夢，這些夢特別短促，凌亂，涉及人生的諸多環節。但是，這個夢有意思了，小蔡知道自己在做夢，只要願意，她的夢完全可以銜接起來，這一來剛好等於她的一輩子。等這些零碎的、短暫的夢做完了之後，小蔡發現，她夢見的原來不是先生，是傅睿。小蔡嚇了一大跳，這一陣驚嚇帶來了不可思議的後果，天居然都亮了。天亮了，先生也就回家了。

先生在機場給小蔡打來了電話，先生說，他給小蔡預備了一份禮物。不要猜。也就是半個小時，公司派出的商務車就把小蔡給接走了，一直送到「觀自在會館」。——胡海已經在那裡等著她了。先生什麼也沒說，看不出長途飛行的疲憊，一臉的含英咀華。他拉起小蔡的手就往會館的內部去。小蔡哪裡能想到呢？先生送她的居然是這樣的一份禮物。她的禮物在樓梯的拐角揭曉了，禮花彈驟然響起，嚇得小蔡一個激靈。啪、啪、啪、啪，又啪、啪、啪、啪，左右兩排，八響。眼看著漫天飛舞的彩紙，小蔡的瞳孔又黑又亮。這個男人哪，他太會前戲了。他所有的心思都用在了這裡。

這麼些年了，有一個問題一直盤踞在傅睿的腦海裡，是關於病房的護士的——好好的，那些漂亮的姑娘們一個一個就不見了。傅睿也問過這件事，回答他的是中年婦女們特殊的語氣，還有中年婦女們獨特的眼風，很不堪。傅睿大體上也就有數了。傅睿哪裡能想到呢，他居然走進了「不堪」的風暴眼，這哪裡還是不堪，沒法形容了。胡海氣場強大，他和傅睿握了握手，這次握手準確地告訴了傅睿一件事，他們不認識，所以，「認識你很高興」。胡海和傅睿不認識，小蔡和傅睿當然也就不可能認識。傅睿和小蔡握手的時候沒敢看她的眼睛，他想起了那些特殊的語氣，還有那些獨特的眼風。他站在了「不堪」的現場，就覺得癢，鑽心地癢。——生活是多麼地幽深，幾天前他們倆剛剛在咖啡館見過，她幫他搔癢。現在，他們就認識了。傅睿相信，他只要看小蔡一眼，他的靈魂就足以斃命，他的頭髮會豎起來的。

傅睿坐了下來。他克制，必須克制。他不能拂袖而去，他拂袖而去了，留給小蔡的只能是一場災難。傅睿實在不知道自己該如何自處了。他不想讓小蔡在眾人的面前不堪，雖說她已經很不堪了。傅睿坐得筆直，他並沒有意識到自己坐得筆直。傅睿痛心，只是痛心。他再也想不到小蔡會這樣，不能接受。——她墮落了，就在傅睿的眼皮底下，她竟然墮落成這樣！

傅睿決定喝酒，他唯一能做的事就是喝酒。他的這個舉動被郭鼎榮看在了眼裡，郭鼎榮開心了。別看傅睿那樣，到底也是愛酒的。這就好辦了。——在這個酒席上，誰和誰「結婚」，郭鼎榮不關心，他關心的只是傅睿。既然他願意喝，那就要讓他喝好。可傅睿的酒量究竟如何，他不知道，也不便問，郭鼎榮只能採取陪領導喝酒的原則：上限是讓他喝開心了，底線是不能讓他喝醉。郭鼎榮早就盤算好了，今天是星期五，喝完酒，送他回家，正好認個門。基於這樣的心思，郭鼎榮在喝酒的時候一再向傅睿保證，有他這個「專職司機」在，什麼都不用擔心，他會把傅睿「保質保量」地送回家。——傅睿看起來已經把有關哥白尼的不愉快徹底忘記了。酒是可以改變一個人的，這正是喝酒的妙處。傅睿不只是和郭鼎榮乾了杯，甚至對郭鼎榮都不再那麼冷淡了，他都能好好地應對郭鼎榮的話題了。郭鼎榮發現，傅睿哪裡傲慢？一點不，甚至有些謙卑。他是多麼地隨和，乃至親切。都因為酒。酒是個好東西，它的內部暗藏一個人的原形，它可以將一些人打回原形，也可以將一些人帶回原形。這多好。隨著酒局的深入，酒局上甚至出現了這樣的一個局面：一堆人圍繞著胡海與小蔡的婚宴在那裡熱鬧，而傅睿和郭鼎榮，這兩個高級培訓班的同班同學，鬧中取靜了。他們開始了私人交流。有好幾次傅睿都把他的身體斜了過去，主動把他的耳朵送往郭鼎榮的嘴邊。郭鼎榮想摟傅睿的脖子的，最終沒敢。可那又怎麼樣？郭鼎榮的這頓酒喝得格外地好，當然，他時刻在提醒自己，不能飄，不能醉，最多喝到六成。他要開車的，他要把傅睿送回家，保質保量。

傅睿卻不回家。傅睿對郭鼎榮說，他要回培訓中心。傅睿為什麼要在週末的夜晚回到培訓中心呢？傅睿沒說，郭鼎榮就沒有問。郭鼎榮的任務就是把傅睿送到他想去的地方——小汽車掉了一下頭，駛向了來路。郭鼎榮心情舒暢。要是細說起來的話，郭鼎榮最為熱衷的就是酒後駕車。人就是這樣，一旦喝了酒，身體會放大，直接就等於車。反過來說也成立，車就是他的身體。這就隨心所欲了。工具一旦體現了人的意願，人就是工具，沒有比這更好的了。郭鼎榮感覺出來了，他不只是舒暢，說亢奮都不為過。這亢奮和酒有關，也可以說和酒無關。——他的車上坐著傅睿呢。今天是郭鼎榮的好日子，不管怎麼說，傅睿被他「整合」到自己的圈子裡來了。有了第一頓酒，自然就有第二頓、第三頓、第四頓和第五頓。郭鼎榮相信，他在哥白尼那裡所承受的損失今天晚上算是彌補回來了。慢慢地走下去，傅睿終究會是自己的人。車燈前的道路平整了，是開闊的縱深。夜景不由人，迷人哪。汽車在江南丘陵的內部前行，狹長的、起伏的、彎彎曲曲的山間公路上呈現出了另一種景觀的一馬平川。郭鼎榮真他媽地想吹口哨。當然了，他沒吹。傅睿在車上呢，也不能太那個什麼。

「這個酒啊，還是要喝高度的，低度的不行。」郭鼎榮說。他說這句話是一個試探，他想看看酒後的傅睿有什麼反應。傅睿沒搭腔，傅睿上了車之後就再也沒有動靜了。他在後排，又看不見他的臉。郭鼎榮只能給自己的發言做一個簡單的總結：「喝高度酒高興得快。」

此刻，高度酒都聚集在了傅睿的太陽穴上，在跳。傅睿平日裡幾乎不碰酒，難得喝一次，酒卻不在胃裡，直接就往腦袋裡衝。小蔡卻沒有往傅睿的腦袋裡衝，她在傅睿的腦袋裡往下滑，她墮落了，還在墮落。多虧了今天，多虧了今天晚上，傅睿參加的不是一場晚宴，是老天爺刻意安排的一次門診。醫生——傅睿，患者——小蔡，小蔡就這麼出現在了傅睿的面前，帶著她命垂一線的病態。傅睿根本不需要小蔡出示血項。小蔡的血項數據在中年婦女特殊的語氣裡、在中年婦女特別的眼風裡。那是診斷書，小蔡的終極診斷。1500，46，這是田菲的肌酐和尿素的資料，是它們最終奪走了田菲的性命。傅睿的太陽穴在跳，每跳動一次就會自動報出一個數字，1500，46，1500，46，1500，46。它們是多麼地不祥。傅睿能做的是給田菲置換一隻腎，是左腎，——可小蔡需要怎樣的移植，傅睿才能把原先的小蔡還給小蔡，傅睿現在還吃不準。他在想。他需要一套全新的臨床方案。

汽車突然拐了一個很大的右拐彎，似乎是下了高速。郭鼎榮開得太快了，傅睿感到了一陣暈，離心力把他的身體重心全部擠壓在了身體的左側，而他的腦袋似乎只剩下了左邊的半個。如果人類的靈魂果真隱藏在大腦內部的話，傅睿相信，這不是暈，不是噁心，是靈魂出竅。靈魂出竅落實到具體的生理反應上，那就是吐。郭鼎榮聽到了傅睿嗓子裡的動靜，想剎車，可是，太快了，他不敢剎。郭鼎榮斜著身子脫口說：「忍著點，就好了。」

帕薩特終於在高速公路的出口停穩了，離培訓中心也就十來腳油門。郭鼎榮弓著腰，離開了駕駛室，他圍著帕薩特轉了半個圈，終於替傅睿拉開了後門。傅睿鑽了出來，打算吐。不是他的身體想吐，是他產生了吐的願望。他渴望著借助於剛才的靈魂出竅把他身體的內部全吐出去。但傅睿僅僅吐出了一些聲音，沒有內容。郭鼎榮重新繞到了後備箱，取出一瓶礦泉水。傅睿說：「上車吧。」兩個人重新上了車，真的也就是幾腳油門，帕薩特駛進了培訓中心。郭鼎榮把注意力全部集中起來了，他的車如一輛高級禮賓車，緩慢、平穩、精準，停靠在了培訓中心宿舍樓的前廳，近乎無聲。郭鼎榮停好車，扶好了傅睿。傅睿推開郭鼎榮，說：

「你忙去吧，不用管我。」

郭鼎榮把礦泉水塞進了傅睿的褲兜，在後視鏡裡反復看了傅睿兩眼，他的帕薩特遠去了。郭鼎榮走遠了，傅睿並沒有上樓，他不想一個人待在宿舍裡。他來到了足球場，那個他進行拓展訓練的地方。夜色籠罩了球場。巨大和厚實的黑完完整整地堵在了傅睿的面前。他一頭就走進了黑暗。在伸手不見五指的黑暗裡，他看見了燈火通明的婚宴的現場，他看見了小蔡。可小蔡一直都在回避傅睿的目光。當著天下所有黑暗的面，傅睿說：「小蔡，你到底要回避什麼？」小蔡沒有回答他，黑暗也沒有回答他。不回答怎麼行？傅睿的雙眼緊盯著黑暗，目光炯炯，一口氣追問了好幾分鐘，可黑暗終究也沒有開口。傅睿指著小蔡的鼻子，明確地告訴她：「你把你的生命弄髒了，你需要一次治療，治療！」傅睿似乎和「治療」這個詞幹上了，他反反復復地問，反反復復地強調「治療」，最後，他終於把自己問累了，關鍵是問渴了。他想喝水，他的手十分意外地在他的褲兜裡碰到了一樣東西，小蔡滿臉羞愧，給傅睿送來了一瓶礦泉水。傅睿接過礦泉水，一口氣喝了一個底朝天。傅睿最想發生的事到底還是發生了，礦泉水沒有遵循水往低處流的原則，它翻湧了，開始往上頂。傅睿相當地鄭重，弓下腰，兩隻手撐在了膝蓋上，他擺好了架勢，開始吐，就在足球場球門的一側。他的嘔吐伴隨著喪心病狂的喉音，類似於吶喊。傅睿一口氣吐了五次半，最後的半次，他實在吐不出任何東西了。但他相信，他吐乾淨了，骯髒的水晶燈、骯髒的餐具、骯髒的靠背椅和高度酒都被他吐了出去。傅睿的身體頓時就舒服多了，這是昇華。小蔡實在不忍心傅睿吐成這樣，走上去扶了他一把。傅睿推開了她，他從嘔吐那裡得到了啟發，嘔吐即淨化。傅睿的體內誕生了極為不同的激情，他對著小蔡大聲地說：「吐，把自己吐乾淨了，重新做人。」

傅睿說：「吐！」

哥白尼離這裡不遠，向北走，最多兩百米，哥白尼就死在那裡。那個已經被郭鼎榮敲斷了脖子的醫生也許還躺在圖書館東側的草地上，腦袋是一個部分，其餘的則是另一個部分。他徹底死去了。是死亡之後的死。無盡的悲傷奔湧上來，傅睿對哥白尼說——

「就是她，她墮落了！」

哥白尼的腦袋埋在了草叢中，面朝下。哥白尼的嘴巴陷在泥土裡說：「你要挽救她，你是醫生。」大地的表層泛起了漣漪，把哥白尼的囑託一直傳遞到了傅睿的腳下，傅睿的雙腳聽見了，哥白尼在說：「你要挽救她，你是醫生。」

傅睿鄭重了。夜色是使命的顏色，籠罩了傅睿。傅睿說：「我會。」

十四

多麼幸福啊，多麼地幸福。老趙醒來了。不用說，是北京時間早晨六點整。鐘錶一樣的生活終於使老趙變成了一座鐘。有一度，老趙以為他的日子就是機芯，但現在，老趙躺在床上，他看見了自己的五臟六腑，它們才是機芯。所有的配件都是圓形的，半徑不等，但是，周邊都長滿了齒輪。伴隨著心臟的轉動，他的肺、胃、肝臟、雙腎、膀胱、胰臟、大腸和小腸都一起轉動起來了，齒輪與齒輪嚴絲合縫。——這一切都得益於愛秋，是愛秋讓他完成了這個莊嚴的轉換。愛秋是一個多麼無私的女人，她犧牲了自己，她成全了老趙。而老趙呢，他的人生已經進入了另一種光景，可以說，涅槃了。現在的老趙和光同塵，時間在，他就在。

老趙醒來了，他在等。他只是裝睡，他在等愛秋醒來。北京時間六點整，愛秋的枕頭傳來了一天的消息：「起床。」

老趙翻身，起床了，順勢跪在了席夢思上。他對著坐起來的愛秋磕一個軟綿綿的頭，說：「老婆大人早安！」老趙磕頭是這個家裡新增的儀式，它代表了一天起始。

關於跪，老趙並沒有具體的認知——它是古老的儀式，別的也就說不出什麼來了，誰沒事還琢磨這個玩意兒呢？然而，老趙對著傅睿跪下了，就為了傅睿能給他一個承諾。老趙至今都不知道自己是怎麼跪下去的，他相信他是神靈附體了，要麼就是某種休眠的機能在他的體內隨機復活。都說「說時遲，那時快」，是的，這個

「那時」就是膝蓋。老趙就是這麼跪下去的，其簡單的程度就像眨了一下眼睛。神奇就在這裡——老趙相信了靈魂，人是有靈魂的，靈魂一直都隱匿在大腿與小腿的直角關係裡。誰能想到呢？就一個意外，老趙的大腿和老趙的小腿就這樣構成了直角，膝蓋的縫隙打開了，靈魂它不再幽閉。不，這不是巧合，不是意外，是神的啟示，是恩典。——跪下去的老趙安寧啊，安寧。老趙即刻就頓悟了，他得到了傅睿的承諾，天圓地方。

老趙就此迷戀上了大腿與小腿的直角關係，他迷戀上了跪。傅睿大夫當然不可能每天都來，那又有什麼關係呢？不能給傅睿跪，那就給愛秋跪，差不太多。老趙認真地比較過的，確實差不多，只要能跪下去，膝蓋的縫隙都會微笑。當然，這是老趙初步的認識，要想在這個世界裡取得灌頂般的認知，堅持是必須的，堅持它勢在必行。真正的發現往往取決於跪的次數，還有時間。老趙就有了新發現，震驚不已。跪給老趙帶來了希望和幸福。

這是一個夜晚的九點五十左右，就要睡了，他別出心裁了，決定不在床上，而是在地板上給愛秋磕個頭。就在老趙仰起臉來的時候，被嚇住了。老趙記得的，愛秋在年輕的時候是尖下巴，也就是所謂的「瓜子臉」。年輕的愛秋說不上多好看，可也不難看。老實說，老趙在婚後就再也沒有特意留意過愛秋的臉，每一天都看在眼裡，就是「她」唄，「老樣子」唄。而實際上，所謂的「老樣子」完全不能成立，都幾十年了，誰還不變呢？但不管怎麼說，做丈夫的對老婆長相總有定見，這個定見來自於日常——他們一直平視，即使躺在床上，那還是平視。一旦跪下去，不同了：這是一個全新的角度，愛秋在長相上的區別特別地大。——畢竟上了歲數，她的尖下巴已不再像「瓜子」，相反，很富態，有了雙下巴。愛秋的「雙下巴」是渾圓的，線條柔和，似乎能發光。這個發現把老趙給驚著了，他眼裡的愛秋已面目全非，像一尊菩薩。準確地說，像觀音菩薩。他還要請什麼佛像呢？家裡就有，活的，現成的。一切都不用捨近求遠。愛秋在，他的家就佛光普照。幸福從天而降，多虧他失去了一隻腎，否則，哪裡來得如此圓滿？他的命就是這樣，他必須跪，應該跪。因為虔誠，老趙歡愉。他體會了赤子的至誠。他看見了潔淨、如意、吉祥。五彩雲霞空中飄。

老趙的家裡從此就有了儀式，生活只是生活，而有意義的生活則不是生活，是儀式。儀式有它的實際意義——每一天用磕頭作為起始，白天就令人放心；而每一天用磕頭做一個總結，夜晚就令人放心。老趙的生活就此變得簡單，成了功課。他把自己當成了一個學齡前的孩子，他學會了看。無論在何時、在何處，他在他的每一個行動之前，或者說，他在他每說一句話之後，他都要看一眼愛秋。愛秋的雙眼已不再是愛秋的眼睛了，在佛光普照之外，也具備了獎懲的含義——老趙的言行到底正確不正確，愛秋的眼神會告訴他的。有愛秋的眼神在，老趙就能確保生活的正確性。老趙多麼有慧根的一個人，他學會了用愛秋的思維去思維，用愛秋的感受去感受，更懂得用愛秋的判斷去判斷。這一來好了，不只是老趙的靈魂得到了精進，還有了意外的收穫，那就是革新了的家庭。這個家是多麼地和睦，天國也不過如此。蓮花勁放。

這個家當然不只有兩個人，是三個。遠在舊金山的兒子經常要來電話。電話來了當然就得接。放在過去，一旦顯示器上有了顯示，愛秋總會這樣對老趙說：「美國。」其實就是家裡的通訊員。至於通話，那只能是老趙的事，那可是講話呢。現在不同了，類似的情況顛倒了過來，病怏怏的老趙會自動承擔起通訊員的職責，他會拿起話筒，對愛秋說：「——你兒子。你講話。」

老趙的生活裡就此少了一項內容，相應的，也多出了一項內容，那就是「看」愛秋打越洋電話。在大部分時候，愛秋都拿著話筒傾聽。在聽的間歇，愛秋自然會發出一些回應，諸如「哦」、「嗯」、「嗨」、「是嗎」，偶爾也「嗯哼」。這個無疑是受到了兒子的傳染。老趙聽上去很彆扭，「嗯哼」這個音愛秋學不好，也學不像。但老趙現在就不會把他的彆扭表現出來。對老趙來說，任何不舒服都可以克服。克服到了一定的地步就可以習慣，習慣到了一定的地步就能接受，接受再積累到一定的程度，那就是欣賞了。要說老趙有什麼變化，最大的變化就在這裡了。只要和愛秋有關的事，再彆扭他都能欣賞。老趙把這樣的演變命名為「進化」。老趙的進化其實已經下沉到表情管理了，他的表情每時每刻都可以隨喜。

老趙就是在這樣的過程當中重新審視愛秋的。這話不通，嚴格地說，他第二次愛上了愛秋。愛秋也能夠感覺到。她會獎勵。比方說，在某些時候，在她和兒子聊得很歡的當口兒，她刻意不用話筒，而是會選擇免提。這一來她和兒子的通話就不再是私密的，老趙就參與進來了，這就是共用。老趙絕不會多話，就聽，表情隨喜。

這個下午的三點，也就是舊金山的晚上十二點，兒子喝了一點兒酒，他的聲音越過了太平洋，和母親討論起父親來了。

「你沒有覺得他很奇怪麼？他好像有點不對勁哎，像換了一個人。」

愛秋摁下了免提，說：「怎麼會不對勁？換了一個人，這是真的。進步特別大。」

兒子羞答答地說：「我怎麼不習慣了呢？」

「要習慣。」愛秋的口吻鄭重了，「他現在非常好，很配合。我比任何時候都更愛你的爸爸。」

老趙就坐在不遠處的紅木椅子上，他側著身子，當然在聽。從現場的效果來看，這已經不再是電話，成了一次家庭的擴大會議。但兒子說什麼，老趙並不在意，老趙在意的是愛秋。愛秋說了，「我比任何時候都更愛你的爸爸」，這話當然是動情的，老趙喜歡。可老趙真心喜歡和真正愛聽的，還是這句話——「很配合」。這話很重，它超越了愛，成了結論。這說明了一件事，老趙所有的努力愛秋並沒有忽視，都看見了。在老趙看來，愛秋這番表白更是表彰。這是理性的享受，但奇怪的是，老趙卻動情了，眼眶裡慢慢地就有了淚光。他想表達，卻很難用準確的語言把他內心的東西傳遞出來。就在電話機的旁邊，老趙又跪了。——除了跪，他實在不知道自己還能做什麼。老趙摟緊了愛秋的小腿，仰著臉，看著愛秋，他禁不住啜泣。愛秋並沒有看老趙，她伸出手來，僅僅依靠自己的膝蓋與老趙的腦袋所構成的空間關係，她居然摸到老趙臉上的眼淚了。她在幫他抹。兒子不明所以，他在舊金山，他被遠方長時間的靜所困擾，不停地問怎麼了。愛秋說：「沒什麼，孩子，你爸爸高興，你爸爸獲得了新生。」

這一次輪到電話的那頭靜默了。顯然，他聽到了這邊的動靜。電話這一頭的啜泣感染了他，他也啜泣了。

他當然知道，這個家是媽媽一個人支撐起來的，他想說「謝謝你媽媽」，可這太美國腔了。美國腔完全不能表達中國人的深情。兒子說：「媽，兒子給你跪下了。」

「兒子，你起來，」愛秋抹了抹眼淚說，「都是我應該做的。」

兒子已經帶上哭腔了，他大聲地說：「多虧了我來美國，要不然，我到死也不知道我有多麼愛你們。」

愛秋再也聽不下去了。她想哭，她太想哭了。這個家從來沒有這樣過，洋溢著愛，正在凝聚。老趙就跪在身邊，兒子卻跪在遙遠的美洲大陸，可此刻，他們彷彿長在了愛秋的身上，成了愛秋的左膀與右臂。愛秋想對電話機說些什麼的，但是，沒能夠。她不能說話，只要一開口，她會噴出來的。愛秋伸出了她的食指，想把免提鍵給摁了。沒想到電話的那頭衝動了，再一次傳來了兒子的聲音：「我一定要回去！我要回去！」愛秋一個激靈，想都沒想，對著電話機就罵了一句粗話：「放你娘的屁！」這才是愛秋，再怎麼動情，她也不會被親情沖昏了頭腦。她當即就把電話給掛了，附帶著回過了頭來。她望著地上的老趙，自語說：「這個家多好。我再也沒有想到我能有今天。」

窗明几淨。在光合作用下，每一塊玻璃都舒張開來了，兼備了生命的跡象。

「老趙，」愛秋拉著老趙的手，十分柔和地說，「起來。」

老趙在愛秋的攙扶下站了起來。雖說站了起來，可情感依然在撞擊他，一陣，又一陣。宛如下體位的性愛。——這個家什麼時候這樣過？從來沒有。這個家一定是被祥雲環繞了，都聖潔了。

老趙就在這個家。問題是，他聖潔麼？聖潔，這個高光的問題，一下子就擺在了老趙的面前。他不能不面對——明理也在這個家裡，他老趙的手和明理的屁股苟且過。老趙是有罪的。罪證就是他的書房，還有他的書架。老趙的書房和書架時刻在提醒老趙，他有過可恥的、短暫的、靈光一現的欲望，這裡頭自然也少不了明理可恥的、短暫的、稍遜風騷的配合。但主要的責任還在老趙。老趙曾滿足於此。它給了老趙相當程度的自信。

回過頭來看，老趙是多麼地骯髒，他玷汙了這個家。書房在沉默，每一本書的背脊也在沉默，時刻都有檢舉並揭發的可能。老趙悔恨啊，他欲潔何曾潔？

罪惡感相當地頑固，它太纏人了。解決的辦法有沒有呢？當然有，那就是認罪。說得高級一點，叫懺悔。那個就相當專業了。老趙渴望懺悔，可懺悔所帶來的究竟是什麼，他吃不準。吃不準就需要分析。依照老趙初步的估算，懺悔所帶來的可能性無非是兩頭和兩種。兩頭，一頭牽扯到愛秋，一頭牽扯到明理。至於兩種，也就是兩個女人的兩種情況。愛秋的這一頭：一，愛秋能原諒；二，愛秋不能原諒。明理的這一頭：一，明理繼續留下來；二，明理直接就滾蛋。無論是兩頭還是兩種，老趙都吃不準。但是，有一個原則老趙非常清楚，賠本的事他不能幹。萬一賠了，這個悔就不如不懺。基於這樣一種矛盾的心態，懺悔的事也就被老趙拖下來了。懺還是不懺，還真他娘的是個問題。

老趙最終還是懺了。這個動人的瞬間發生在清晨時分。——老趙的腹部暖和了，又暖和了。這一次要強勁得多，顯得厚實。老趙的身心處在了蠢蠢欲動的好光景。可所謂的蠢蠢欲動也不是別的，就是特別想說話。老趙又不能說。愛秋還沒有宣布起床呢。那就只能躺著，自己先和自己說一會兒吧。說什麼呢？不說不知道，一說嚇一跳，全是懺悔的內容。雖說老趙到現在都沒有懺悔，但是，老趙體會到了，懺悔畢竟有它的誘惑性，它在暗地裡很容易給人帶來滿足。如果連這點甜頭都沒有，人類怎麼可能發明懺悔呢？老趙想，在骨子裡，也許每個人都渴望懺悔，都好這一口。

好不容易熬來了愛秋的起床令，老趙一骨碌翻起身，跪著，磕了一個頭，說：「我有罪。」

話一出口老趙就愣住了。他其實也沒有想好。

愛秋打了一個哈欠，她知道的，他喜歡在起床的時候來一齣，他年輕的時候就是這樣。愛秋沒搭理他。愛秋沒好氣地說：「你能有什麼罪？」

「我有罪。」老趙的表情堅決了，口吻也一同堅決。他堅定地認為，他有罪。

老趙有一肚子的話要說，打過無數遍的腹稿，已經到了爛熟於胸的地步。無數的腹稿給老趙帶來了無數的感動。可真的到了交代的時候，老趙不到兩分鐘他就把事情講完了。——這怎麼可以呢？兩分鐘，太草率了。不該是這個樣子。老趙就希望重來一遍，顯然，不能夠。愛秋的表情不支援他那樣。

既然不能，那就擴大。如何才能擴大呢？老趙選擇了自我控訴。控訴是可深可淺和可大可小的。老趙的控訴卻奇怪了，他把重點放在了自己的生理反應上，他誇大了他的硬度。唯一不能確定的是，他的硬度究竟來源於哪一隻腎。老趙還做了具體的分析，如果來自被移植的那一隻，問題的嚴重程度似乎就輕一點了，如果是原先的呢？那他的罪惡顯然就屬於本我，那就要嚴重得多。不過，老趙對自己的靈魂提出了新要求，無論他的欲望來自哪一隻腎，都是他的自我管理出了大問題。他的靈魂都不潔，他的猥瑣和無恥都不可饒恕。老趙說，他背叛了自己，不可原諒。為了這個家，他願意接受愛秋的任何處置。

愛秋的反應有些出乎老趙的意料，她似乎不關心這件事，最終居然不耐煩了。——「你又能硬到哪裡去？」

「是真的。」

「那麼，」愛秋平靜地問，「你到底在屁股上拍了幾下？」

「就兩下。我發誓。」

「她說什麼了沒有？」

老趙想了想，說：「說了。」

「我問你她說什麼了？」

「她說，」老趙說，「叔叔鬧。」

「這話什麼意思？」

「我也琢磨過，沒明白。」

「很享受這句話，是吧？」

「這個，我不知道。不知道。我發誓。」

「老趙，打開心扉，要誠實！」

「是的，誠實地說，我享受。」

「然後呢？」

「我又摸了一下。」

愛秋的表情怪了。她居然笑了。笑完了，愛秋問：「還有呢？」

「沒有了。」

「沒有了？」

「沒有了。我發誓。」

「老趙！不要動不動就『我發誓』，動不動就發誓不好，很不好。」

「我知道，誓言不可褻瀆。我發誓。」

「好。」愛秋點了點頭，說，「好。」

「還有呢？——你脫衣服了沒有？」

「沒有。」

「為什麼？」

「我不敢。」

「為什麼不敢？」

「你——就在家裡。」

老趙的這句話雖說是實話，但是，欠妥當了。愛秋又笑。這笑很不對，形狀不對，皺紋的走向也不對。老趙想都沒想，順手就給了自己一個嘴巴。

「我要是不在家呢？」

「也不敢。」

「為什麼？」

「也不只是不敢，」老趙說，「其實是不能，那個什麼，一會兒，幾秒鐘，後來就不行了。」

愛秋側著腦袋，在看，在端詳老趙。這一次她沒有笑，說話了：「要是不下去呢？」是啊，要是不下去呢？老趙居然沒有思考過這個問題，這個問題把老趙徹底難住了，他順手又給了自己一個嘴巴。當然，用的是另外的一隻手，抽的是另外一側的臉。

「老趙啊，」愛秋抱住了自己的膝蓋，說，「你說你是不是閒得慌？你對我說這些幹什麼？就算我不在家，你說你又能幹什麼？啊？能幹什麼？你已經是不能犯錯誤的人了，你自己沒數麼？——你不說，這就不是個事兒，也就過去了，是吧？這倒好，你偏偏要說，你讓我怎麼辦？明理我還用不用？——用吧，你怎麼對得起人家？你連明理都能出賣。——不用吧，人家一生氣，在外面亂說，我這張老臉往哪裡放？你輕浮啊老趙。你輕浮。」

愛秋嘆了一口氣，也沒有和老趙糾纏，下床去了。她要預備早飯的。老趙一個人癱在了床上，陷入了頹然。這件事不應該這樣。

明理來了，她上班來了。

老趙坐在書房裡，緊張了。他後悔。那個悔他無論如何也不該懺。聖潔他沒能得到，而原本已經得到的安寧也再一次失去了——老趙豎起了耳朵，在書房裡偷聽。愛秋會不會審訊明理呢？審訊一旦開始，明理又會對愛秋交代些什麼呢？都是不好說的。但老趙就是老趙，思考到最後，他自信了。他有殺手鐧，萬一到了不可收拾的地步，比方說，到了法庭上，他會把傅睿親手填寫的出院證明給拿出來——他這樣的一個病人，再怎麼說也做不出出格的事情。

十幾分鐘就這樣過去了，愛秋和明理在客廳裡說著閒話，沒有任何異動。再後來，愛秋和明理一起發出了笑聲。笑聲很爽朗，老趙聽得很真切。他緊張與窘迫的心終於放下了，他找到了自己的呼吸，那就做進一步的調息吧。他小瞧了愛秋嘍，小瞧了。她沒有審訊明理。阿門。阿彌陀佛。

說起呼吸，老趙自有一套心得。在老趙的這一頭，呼吸已不再是呼吸，是哲學。這話說起來已經有些日子了。老趙在報社有一個舊同事，幾乎把一生的時間都交給了「內家功」，就在老趙出院不久，他專門來探視過老趙，附帶著送了老趙一樣禮物——吐納法。老趙可不想聽這些，他可不想聽這些。但聽到後面，老趙聽出頭緒了，呼吸——吐納，它們可不是一碼事。呼吸只是一個簡單的生理運動，而吐納呢，不同了，它是東方的方法論。老趙的前同事說，人體就是一個銀行，所謂的吐納，就是零存。這話好。

——氣分兩股，因為人的鼻子有兩個鼻孔。你的鼻子一高興，氣就進去了，然後又出來了，這叫呼吸。吐納不是。吐納是意念指導下的呼吸。兩股氣進來了，用意念，讓它們合成一股，集中在百會，也就是頭頂。再經過意念，把它們分回到兩股，沿著脖子的兩側下行，分配至兩個肩膀。接著再往下引導，從身體的兩側下沉，分別進入左右兩個肺葉。再集中，入胃、進肝，這就來到了肚臍的下部，也就是丹田。丹田是東方智慧對全人類的貢獻，解剖學不可抵達也不能證明。它在解剖之外。丹田是一個特定的存在，是內部宇宙的一個特定空間。它就是身體的倉儲，也可以說是銀行，或者說，金融中心。人體每天要做多少次的吐納？可不能浪費了，吐納一次就儲存一次。那麼多的「氣」存在這裡幹什麼呢？再加工，轉化，這一轉就變成了血。血還會轉化，成精。當精積累到一定的地步，精就是神。人類就是這樣區分開來的，一部分人只是在呼吸，他們無精無神；而另一部分人則不同，他們的生命伴隨著神。

老趙的「靜坐」在前同事的輔導下完成了蛻變，他不再呼吸了，而是吐納。他時刻注重自己的意念，獲得了一種「指導之下」的儲存方式。為了讓自己的儲存更加地充分，他想改變一下自己的環境——去哪裡好呢？他自我封控了，當然是出不去的。然而，既然意念可以決定內宇宙，它憑什麼就不能改變外宇宙？老趙想起來了，他去過莫高窟，那可不是一塊普通的峭壁，它連接了河西走廊和塔克拉瑪干。向西，那是黃沙所構成的瀚海，是枯死的荒漠；回溯到東方，則返回了人間。這麼說吧，無論是向東還是向西，莫高窟都是極限地，是生死界。乾旱、戈壁、沙漠和風雪在這裡同在。一切都未知、未卜。在這裡，你唯一不能相信的就是你自己，你需要神的護佑。你能做的，只有宏誓、發願、效忠和感恩。老趙雖說端坐在書房，那也是出生入死。——他書房裡的牆壁為什麼就不能是峭壁呢？他的書房為什麼就不能是洞窟呢？完全可以。老趙當即就決定了，他要通過他的意念，在他的書房建構起只屬於他一個人的莫高窟。

建構一個莫高窟，老趙有這個資格，他畢竟有那麼多的房產。無論是用水泥在大地上圍起來的，還是用钁頭在峭壁上鑿出來的，它們都是空間，一個凸、一個凹，一個正、一個負。這個不會有錯。只要老趙把他凸的正空間變成凹的負空間，他的書房不就是莫高窟麼？——所有的房間，所有的房間都來吧，老趙要在峭壁上安置你們。你們是洞窟，一個又一個洞窟，或上下合縱，或左右連橫。經過老趙的一番縱橫，驚人的效果出現了——老趙所有的房產都在峭壁上各歸其位了。夕陽殘照，老趙站立在想像的另一端，他在回望，他在遠眺。老趙所有的房產——也就是他所有的洞窟——正沉浸在夕陽裡，就在敦煌的峭壁上，千佛聳立，一片燦爛，壯麗輝煌。老趙當即決定，他要給自己的房產重新命名，也就是給一個又一個編號——001窟——002窟——012窟——037窟——086窟。它們屬於同一個供奉者：老趙。它們是趙家窟。——如此這般，老趙就再也不只是空間的縱橫家，他也成了展館布展的裡手：一些洞窟在演奏，琵琶在空中飛旋，不彈自鳴。另一些洞窟則在舞蹈，彩練當空，絲走龍蛇。也有宴樂，也有宣講，也有經變。這是人間的天上，天上的人間。最為動人的當然是天女散花了。天女為什麼要散花？那是天上的信眾對宣講的內容表示了高純度的贊同。散花即同意、即稱頌、即感動。一言以蔽之，即鼓掌。掌聲當然無法繪製，但畫師們的創造性從天而降，他們用「散花」這種絢爛和芬芳的方式凝固了雷鳴般的、經久不息的掌聲。一花一世界，一瓣一掌聲。至於八大菩薩，雖然說什麼的都有，但老趙認為下列幾位靠譜，哪一個也不能少——大勢至菩薩，無盡意菩薩，寶檀華菩薩，藥上菩薩，彌勒菩薩，觀世音菩薩，除蓋障菩薩，藥王菩薩。他們栩栩如生。他們盡善盡美。

——敦矣！——煌哉！——噫吁嚱，危乎高哉！

一想起藥王菩薩，老趙的眼睛睜開了一道縫隙。老趙被自己的想像力驚呆了，他驚出了一身汗。與此同時，愛秋和明理正在客廳裡說笑，有一搭沒一搭的。老趙端坐在寫字臺後的椅子上，眼睛睜開了。——所謂的八大菩薩，唯一具有現實意義的必須是藥王菩薩。藥王菩薩還能是誰？只能是傅睿。這是確鑿無疑的。問題是——據報導——傅睿依然在培訓班打掃衛生。他依然只是一個掃地僧，掃地僧離菩薩就太過遙遠了，這怎麼可以？這怎麼可以呢？這怎麼可以哦？為了傅睿，老趙決定，他要加倍地供奉。精誠所至、金石為開。老趙打開了電腦。他要做天女，他要以最婀娜的姿態飛到天上去，他要散花。老趙手持著花籃，花籃裡放滿了花瓣。老趙親眼看見自己的身姿擺脫了萬有引力，飄浮起來了。他在飄蕩，盤旋，他的小腿被視力的錯覺越拉越長。老趙，他一邊盤旋、一邊投放。花瓣如雪、如血，它們紛飛，掌聲雷動。柔軟的、漫長的絲帶在老趙身體的兩側迎風飛舞。——傅睿已霞光萬丈，品貌莊嚴。

老趙在電腦上供奉，可他的供奉沒能給老傅帶來欣喜，相反，老傅不高興了。聞蘭也不高興了。老傅與聞蘭不再搭理對方，各自把自己關在了自己的房間。

事情的起因其實是一件好事，電視臺不想輸給網路，他們想給傅睿做一期專題。他們聯繫傅睿，傅睿的手機卻像一塊石頭。轉過來轉過去，他們的電話終於打到老傅這邊來了。老傅很喜歡媒體，他答應了。訪談的地點就在家裡的客廳，這是老傅的創意。老傅不只是有創意，他甚至都替節目組擬定好了訪談的方案。所有的提問都是他設定的，最終當然也是由他來回答。至於方案，老傅有這樣幾個初步的設想：方案一，傅睿一個人接受訪談，老傅和聞蘭做一些補充；方案二，傅睿、老傅、聞蘭分別接受訪談，節目組可以依照自己的需要自由剪輯；方案三，他們一家坐在同一張沙發上，在主持人的引導下走向不同的小話題，也就是漫談。老傅強調說，演播廳他是不會去的，那個太高調了，關鍵是假。節目組好說話，他們的回答是「一切按你們的方案辦」。都妥當了，老傅著手聯繫傅睿。傅睿很不像話，手機不接，短信不回。這是前所未有的。這很傷害老傅。老傅對聞蘭抱怨說，膨脹了這是。於私，我是你的爸爸，倫理總應該講一講；於公，我畢竟做過你的領導，你還有沒有公德？你一不接電話，二不回短信，這是哪兒對哪兒？傅睿聯繫不上，可節目不等人哪。

依照老傅所約定的時間，節目組準時抵達了。傅睿呢？杳無蹤影。當著節目組的一堆年輕人，老傅很窘迫，這就沒法收場了。但老傅就是老傅，越窘迫就越果斷，越不可能他的氣勢就越磅礴。老傅揮動了他的胳膊，說——

「不管他，我們拍！」

節目組是一個年輕的團隊，導演、攝像、錄音、文案和主持都很年輕，面對的又是老傅這樣的大人物，不知所措了。為了掩飾他們的不知所措，他們的手上就必須有動作，只能不聲不響地架燈、擺機位。這一來反而變成了預備，看上去分外地專注和認真。——節目組好不容易逮到傅睿這條大魚，自然想做大，重視了，他們採用了多機位。不管幾個機位吧，老傅已經決定了，他會把他的談話重點放在醫院的建設上。傅睿這個人是不能誇的，不談他。

老傅、聞蘭和節目組就這樣達成了初步的方案，老傅夫婦一起接受訪談。挺好的。節目組卻難辦了。好在導演是個機靈鬼，他在私底下拿出了一個終極方案——傅睿不在現場，節目能不能播放其實不確定，但是，作為素材，或者說資料，先保存起來再說，說不定哪一天就能用得上。

節目的錄製卻不順，很不順。攝像很快就注意到了，錄製剛進入起始階段，老傅就顯得不痛快了。——讓老傅不痛快的不是別的，恰恰是聞蘭的普通話。聞蘭是大牌的播音員，普通話實在是沒說的，老傅聽過她在收音機裡的播音，著實好。可問題是，這是哪兒？這是你家裡的客廳，不是錄音棚。可聞蘭一看見話筒就條件反射，她就是要播音。冷不丁地，聞蘭在自家的客廳裡昂揚起來了，是那種自顧自的昂揚，事態特別重大的樣子。老傅很不適應。聞蘭還不只是語調昂揚，她幾乎就不會說話了。聽聽她的吐字吧，她是咬著說的，每一個字的聲母和韻母都被她咬得清清楚楚的。這倒好，客廳裡迴蕩的再也不是她的聲音，到處都是她的牙痕。老傅承認，這樣的吐字方式確實讓聞蘭的普通話更加標準，可是，做作，太做作了。老傅受不了聞蘭的做作，全身都不自在。聞蘭卻渾然不覺，正全身心地咬字，確認並維護每一個字的字正腔圓。

播音員就是播音員，播音員的工作就是念稿子。問題是，這是訪談，聞蘭沒有稿子，這一來麻煩了。聞蘭其實不會說話。這是聞蘭第一次接受訪問，她哪裡知道她不會說話呢？——相對於不會說話的人來說，開頭容易，可結尾結在哪兒，不知道了。年輕的主持人也不知道。因為鏡頭的緣故，聞蘭多多少少有些緊張，這一來聞蘭就更不知道在哪裡中斷她的談話了。但是，不知道中斷的人就這樣，會想方設法一路說下去。完全是東一榔頭西一棒子。主持人又能怎麼辦呢？只能不停地點頭，表示在聽。主持人的點頭反過來又激勵了聞蘭，聞蘭說得好哇，她越說越來勁，想到什麼就說什麼，說到後來，聞蘭自己也不知道在說什麼了。但是，聞蘭流暢，無論她的邏輯多麼混亂，如何前言不搭後語，聞蘭的特徵算是保持住了：永遠流暢，永遠一氣呵成。

聞蘭一亂，老傅插不上話了。雖說退休在家，老傅畢竟做過第一醫院的當家人。所謂的當家人，其實就是說話，附帶著也聽。但是，一定是說的時候多，聽的時候少。即使是聽，那也要不停地插話，要詢問的嘛。聞蘭倒好，她說話的時候連注射的針頭都插不進去。是要包場的樣子。主持人好不容易把她的話題轉移到老傅這邊來了，聞蘭倒好，她插話了。在老傅的領導生涯裡，他的講話是很少被人打斷的，一打斷，邏輯就會中斷。因為聞蘭不停地干預，老傅也亂了，也不會說了。說不起來更好，聞蘭就接過話題接著說唄，反正也不需要邏輯。老傅壓抑了，很壓抑。當著外人的面，尤其是，當著鏡頭，老傅也不能有失風度，只能忍。他的忍是雙重的，一是說話的願望，二是聞蘭的做作。聞蘭已經說得嘴滑了，手勢都起來了，表情也配套了，還加上了許許多多的特殊的語氣，完全成了表演。老傅的身上終於豎起了雞皮疙瘩，一陣又一陣。是可忍，孰不可忍。老傅不忍了，他呼的一下就站了起來，動作相當迅猛，一點都不像一個退了休的老人。

「老傅你什麼意思？」

「你說。」

「老傅你什麼意思？」

「你盡情說。」

「我在問你，老傅你什麼意思？」

導演雖然年輕，鏡頭前的種種卻並不陌生。導演說：「阿姨，叔叔的意思也對，你先說，你說完了叔叔再說。」

「說什麼說？」聞蘭可用不著擔心有失風度，裝給誰看呢？聞蘭當場就撂下了臉子，站起身，回到了她的畫室，再也沒有露面。

老傅是在一堆年輕人的勸說之後重新回到了座位的。餘怒未消。老傅沒能立即進入工作的狀態，那就喝茶。他喝的是綠茶。在他看來，綠茶不是茶，是洗滌劑。混亂的思緒尤其是混亂的情緒都是汙垢，汙垢不可怕，綠茶會把它們蕩滌乾淨。老傅在當年就是這樣的，在會議室，在情況複雜的時候，他一言不發，只是喝茶。等第一泡綠茶喝完了，他就安靜了。他安靜了，會議室也就安靜了。安靜下來的會場乾乾淨淨，每個人都乾乾淨淨，像手術室的器械，整齊，一塵不染，由著老傅的手術刀虎虎生風。

老傅開始了。從哪裡說起呢，那就先介紹一下第一醫院吧。老傅漫談的感覺回來了，他宏觀，他的談話從一開始就鉚在了「第一醫院」這個大局上。他認真地對待主持人的每一個話題，每一個話題都可以分解成三個方面。「這個問題我們可以從三個方面來看」，這是老傅的開場白和分開場白。不難發現，「三」是老傅的立足點，也是老傅的基本方法。在老傅看來，這個世界永遠是由「三」這個基本數字構成的，反過來，任何事情也都可以拆解為三個組成，自然了，任何問題也就可以從三個方面得到解決。何為「第一醫院」呢？老傅問了自己這樣一個問題，答案是現成的，它是由「第一醫院」的歷史、現狀和未來這三個部分構成的。至於現狀，也是三個板塊：科研、教學和臨床。說到臨床，醫生、設備與藥物自然是最為基本的前提。而一個好的醫生一定會體現在德、能、勤這三個方面。老傅在侃侃而談，他談得特別好，理性，同時也伴隨著感情。好不容易談到醫生了，攝像、錄音和主持人都以為老傅要談一談傅睿了，老傅卻揮了揮手，說：「就這樣吧，就這樣。」

聞蘭已經畫上了。她在畫，其實也在聽。她不想聽，就是做不到。不聽還好，越聽聞蘭就越生氣。——人家是來說傅睿的，他倒好，說了一大堆的空話和廢話。有這麼做父親的麼？學醫，是你讓學的，兒子每一步都是依著你確定的。好不容易混出來了，你連兒子的一句好話都捨不得說。——他哪裡是在談第一醫院呢？那是在炫耀他自己。這麼一想，聞蘭就格外地心疼傅睿。他這個兒子啊，一切都和他的老子反著來，他的心裡總裝著別人，永遠是別人。

聞蘭望著桌面上的宣紙，她畫的哪裡還是石頭呢？像一個又一個饅頭。聞蘭丟下手上的筆，對自己說：孩子，你怎麼就攤上了這麼一個父親！

十五

如何才能拯救小蔡？傅睿亟需一個臨床的方案，哥白尼卻什麼都沒有說。

墮落是靈魂的腫瘤或炎症，和心臟無關，和大腦無關。在這個問題上，解剖學從來不支持東方的自發性「醫學」。傅睿很難用臟器的移植去兌現使命。但問題是，如果靈魂不是心臟，不是大腦，不是胃，不是肺，不是肝臟、腎臟、脾臟，不是皮膚、骨骼、肌肉、脂肪、淋巴、血液、細菌、真菌、病毒，那麼，靈魂又是什麼？當一切生理組織和生理依據都被排除之後，靈魂還能是什麼？

還能是什麼？又能是什麼？

靈魂不可聽、不可見、不可觸，這只能說，現代醫學放棄了靈魂，它選擇了止馬不前。然而，中年婦女的表情和眼風並沒有放棄，它們借助於神祕主義做出了判斷——墮落從來都是身體內部的事。多麼遺憾，內科、外科與藥學卻沒能從生理上面對這個問題。這是醫學的局限、醫學的滑頭、醫學的麻木和醫學的保守主義。醫學如果不能從根本上治癒墮落，所謂的現代醫學都比不上給寵物洗澡。拯救小蔡不只是為了小蔡，也是為了現代醫學，小蔡的背後聳立著蒼生。

傅睿多麼希望自己的注意力能夠完全地集中起來，他做不到。他的宿舍出現了一隻該死的蚊子。一隻蚊子等於所有的蚊子，牠鬧。

蚊，一種蟲，傅睿對牠相當了解了。如果不做醫生，傅睿也許會研究昆蟲。他極有可能把他的一生都奉獻給蚊子，誰知道呢？蚊子是一種具有刺吸式口器的小飛蟲，牠在這個世界已經存在了一億七千萬個年頭了。人類在地球上出現之後，蚊子經歷了一個多世紀的慌亂，但最終，牠們放棄了消滅人類，牠們決定與人類共存。蚊的身體與腿腳都細長，卻有兩對翅膀、二十二顆牙齒。就在蚊子確認了人類不可能被牠們清除之後，牠們舉行了一次全體公投。牠們決定，改變——也就是進化——自己。牠們縮小了身體的體量，同時退化一對翅膀，也就是內側翅膀的功能。因為退化，內側的翅膀不再用於飛行，只用來提升身體的穩定性。毫無疑問，這個決策針對的是人類。蚊子充分地估計到了，牠們未來的主食只能是人類的血。這就存在一個就餐的問題，在牠們飛向人類之前，牠們需要減速，牠們更需要平衡，否則，牠們會撞傷自己，就像一億七千萬年之後的撞機事件。回過頭來看，這是一次失敗的進化，這個失敗依然體現在翅膀上。因為內側翅膀的退化，外側翅膀的功能就必須提升，這一來外側翅膀的振頻驚人了，達到了每秒五九四次。牠帶來了噪音。這種噪音使蚊子變成了人類的死敵，蚊子在人類的面前就此喪失了牠的隱祕性。這不是個案，蒼蠅也是這樣。蒼蠅與蚊子就這樣一起走到了人類的反面。牠們當然後悔，牠們想推翻牠們的公投，但有一件事牠們是不知道的——「進化」沒有回頭路，哪怕「進化」所帶來的都是災難。在許多時候，進化就是一頭撞死。

蚊子就這樣帶著無盡的悔恨與人類共存了。牠們知道人類厭惡牠們，牠們渴望做出一些反擊。牠們有口腔、咽喉、食管、胃、腸和肛門。最終，蚊子和其他絕大部分的物種一樣，牠們的嘴巴武器化了。牠們首先在胸腔的內部進化出一個唾腺，每一個唾腺再分出三片葉子，而每一片葉子上都長出一個葉管，最終，三個管子匯總起來，就壓在了舌頭的下面。每當牠們攻擊人類的時候，牠們都會把唾液射進人類的肌膚。簡單說，吐口水。這是最為原始的詛咒。伴隨著癢。癢是由蚊子發明的，也是由蚊子傳承的。蚊子就是要用這樣一種古怪的體感告訴人類：你可以和我們共存，但必須癢。癢意味著一件事，這個世界不是你的。你可以在，但蚊子永遠也不會把你當作同類。

蚊子的反擊還有一個手段，牠們知道人類選擇了光明，好，那牠們就選擇黑暗。對蚊子來說，黑暗不是視覺的效果，是牠們的道路。黑暗在，牠就在。

傅睿就是在宿舍的黑暗中被那隻蚊子盯上的。傅睿開燈，牠消失；傅睿關燈，牠出現。牠的出現給傅睿帶來了每秒五九四次的振頻。這樣的振頻有牠的誘惑性，牠誘惑傅睿去聚精會神，去聽。聽到最後，牠就成了轟鳴。他的聽覺都痙攣了，只能起床，開燈。再一次明亮了，蚊子微小的腮部浮現出了針尖般的笑容。牠又像幽靈一樣隱退了。那就關燈吧。要命的情形就是在這個時候出現的，那隻該死的蚊子牠又回來了。在這個漫長的黑夜裡，蚊子替代了小蔡，傅睿一直在重複兩件事：開燈、關燈。光明與黑暗合謀了，它們用輪替這樣一種毀滅性的辦法去折磨傅睿。

就在天亮之前，傅睿得到了巨大的收穫——他看見蚊子了。他的肉眼終於看見了一隻蚊子，就在床頭櫃上方的牆壁上。傅睿躡手躡腳，屏住了呼吸，他調動起全部的力量，一巴掌就拍死了蚊子。他的這一巴掌足以拍死一頭水牛。牆面上留下了一灘血。這是傅睿的血，新鮮、殷紅。傅睿的內心湧上了大功告成一般的喜悅。那就關上燈吧，補一個小覺也是好的。可傅睿美好的願景並沒能實現，房間裡的蚊子並不只有一隻，還有一隻，最起碼還有一隻。傅睿在絕望之中發現了一個真理，他永遠也不可能戰勝最後的一隻蚊子。在他與蚊子之間，永恆選擇了蚊子。

那就不睡了吧。天就要亮了。天就要亮了，傅睿坐在了沙發上，認認真真地點上了一支菸。現在，小蔡，這個問題重新擺在了傅睿的面前。他拿起了手機，認真地翻閱手機裡的通訊錄。他把小蔡的名字調到了螢幕的頁面上，盯著它，看。

這一看傅睿就發現了問題，很嚴重。頁面顯示，小蔡沒有給他打過一個電話，也沒有給他發過短信。這就太不正常了，小蔡已經墮落到了這樣的地步，她為什麼還不向傅睿求救呢？她是護士，她知道門診的常識，不應當由醫生去找患者，而應該是患者找醫生。老趙是自己來的，帶著一臉的浮腫。老黃是自己來的，帶著一臉的浮腫。田菲也是自己來的，帶著一臉的浮腫。小蔡沒有問診，只能說明一件事，墮落的人永遠都不知道自己墮落，這正是墮落的基本面貌。

但是，有沒有這樣一種可能，不是小蔡不想向傅睿求救，是她不能——小蔡很可能已經失去了自由。這麼一想傅睿緊張了。她的確是墮落了，這一點毫無疑問，但她首先是被侮辱與被損害的，這一點毫無疑問。一個被侮辱與被損害的女人，哪裡來的自由？如果小蔡真的失去了自由，傅睿的拯救將變得分外地艱難。傅睿點了一支菸，十分負責地抽完了它。就在掐滅菸頭的時刻，他的內心誕生了崇高的衝動。天亮了，太陽已經在東方升起，傅睿再一次點燃了一支菸，他的菸頭與遠方的日出遙相呼應，悲傷，也對稱。

小蔡，你在哪裡？

遠處的太陽在升高，不可遏制，不可抗拒。

小蔡，你在哭泣麼？

小蔡，胡海逼著你都做了什麼？

小蔡，你怎麼就被騙了？

小蔡，你為什麼會甘心於墮落？

小蔡，胡海一直在強暴你麼？

小蔡，你懷孕了沒有？

小蔡，你被關在黑屋子裡麼？

小蔡，有水喝麼？

小蔡，你為什麼還不逃跑？

小蔡，你報警了沒有？

小蔡，手機還在你的身邊麼？

小蔡，你的父母知道你的處境麼？
小蔡，你是不是身無分文？
小蔡，你受傷了沒有？
小蔡，你的小腿有沒有骨折？
小蔡，胡海毒打你麼？
小蔡，你反抗了沒有？
小蔡，你的嗓子還能發出聲音麼？
小蔡，在每一天的天亮之前，你都做些什麼？
小蔡，你究竟有多恐懼？
小蔡，你曠工都這麼久了，醫院的人找你了沒有？
小蔡，你到底是哪裡的人？
小蔡，你的父母知道你的下落麼？
小蔡，你有沒有兄弟或者姐妹？
小蔡，你向鄰居們求救了沒有？
小蔡，你的手機還有電麼？
小蔡，是不是手機欠費了？
小蔡，你動過自殺的念頭沒有？
小蔡，你恐高麼？
小蔡，你寫了遺書沒有？
小蔡，我是傅睿。

小蔡，我是傅睿大夫，你為什麼一直都沒有向我求救？

傅睿的腦海裡填滿了小蔡，他調動了所有的記憶，他要把有關小蔡的一切都回憶起來。但記憶有記憶的可憐處，它是一個限量，它局促。但崇高的衝動有一種輔助性功能，它能控制記憶並突破記憶。傅睿的記憶被突破了，許多毫不相干的內容就這樣構成了傅睿記憶的一個部分，傅睿的記憶能動了，開放了，浩浩湯湯，風起雲湧。

小蔡早已是遍體鱗傷，這一點毫無疑問。墮落了的年輕女子只能是這樣，她承受了暴力，左肋有兩處骨裂，這一點毫無疑問；上門牙鬆動，這一點毫無疑問；頸部瘀紫，這一點毫無疑問；胸前有顯著劃痕，這一點毫無疑問；胯骨周邊的軟組織多處挫傷，這一點毫無疑問。事實證明，小蔡已遍體鱗傷。小蔡蜷縮在一間黑屋子的角落，地面鋪滿了稻草。好在小蔡並沒有流淚，小蔡沒有流淚是因為小蔡決定去死，她不能確定的只是死的方式。小蔡究竟會以哪一種方式走向死亡呢？傅睿也不能確定。撞牆？割腕？上吊？跳樓？絕食？服毒？投水？然而，不管小蔡選擇怎樣的死法，她的生命只能終止於窒息，這一點毫無疑問。傅睿什麼也做不了，他幫不上她，即使是在急救室，他做不了什麼。他唯一能做的只能是大口大口地吸菸，菸頭的猩紅朝著傅睿步步緊逼。

小蔡最終做出了抉擇，她選擇跳江。跳江是墜樓與溺斃的雙重死亡。傅睿親眼看見小蔡的身影在黑色的角落裡蠕動了一下，她站了起來。光著腳，上衣與褲管布滿了血痕，那是皮鞭所造成的長條形血痕。小蔡其實已經站不穩了，她踉蹌了幾步，好不容易站住了，然後，緩慢地往前走。自殺是一件無法阻擋的事，自殺它無堅不摧，什麼都擋不住。牆壁，鐵門，樓梯，小蔡正在赴死的身體洞穿了它們，它們在小蔡的面前猶如無物。小蔡一路向北，那是長江流過這個城市的地方。事實證明，小蔡選擇了跳江。

長江如此壯闊，它分割了大地，它使本來就連在一起的大地變成了兩岸對峙。而長江大橋則無比地巍峨，倚仗於大橋的高度，它的中央是自殺的聖地。許多生命就在兩岸對峙的最中間走向了往生。事實證明，許多人都死在了這裡。

就在傅睿的面前，小蔡越過了大橋的欄杆。她並沒有跳下去，而是跨了出去。傅睿都沒有來得及錯愕，小蔡的雙腳已經行走在虛空中了，她在攀爬，在並不存在的階梯上。小蔡攀爬的樣子真的是從容啊，她就那樣沿著三十五度的坡面，那條抽象的斜線，一步一步走向了高處。她是斷了線的氫氣球，神奇和偉大的空氣浮力體現出來了，小蔡在天空中遠去了，霧霾就這樣吸收了她。空氣越來越稀薄，傅睿很清楚，在一定的高度，小蔡這只氫氣球會自行爆炸的。

傅睿是多麼地悲傷，卻無奈。事實證明，一個靈魂都沒能得到拯救的人，她就這樣飄走了，越來越高。

卻有人在宿舍說話了，似乎是對傅睿說的，那個人說——

「你怎麼還不死呢？」

宿舍裡除了傅睿，沒有人。這是誰呢？他為什麼要採取這樣一種隱蔽的說話方式呢？傅睿想把他找出來。然而，要把一個人從自己的宿舍裡找出來，談何容易。傅睿只能下床，找。他挪開了沙發、茶几，檢測了床下，傅睿沒能找到聲音的源頭。他甚至去了一趟衛生間，他把自來水的龍頭擰開了。自來水什麼都沒有說。它們是從水管裡出來的，隨即就從下水道走了，什麼都沒有留下。可傅睿好歹喝上水了。他喝足了，打了一個水嗝。借助於憂傷的水嗝，傅睿想起來了，這句話不一定來自室內，也有可能來自室外。傅睿就來到了門前，站在房門的背後，敲門。門外沒有人對傅睿說——「請出。」那就是沒人了。不過傅睿還是把房門拉開了，過道裡空空蕩蕩，過道兩側的窗戶正彼此眺望。

那句話有沒有可能來自門縫呢？傅睿只能接著找。就在傅睿檢查門縫的時候，那句話再一次在他的宿舍響起了。和上一次一模一樣。——「你怎麼還不死呢？」這一次傅睿可是聽清楚了，說這句話的不是別人，是他自己。這就放心了。這說明他的房間裡並沒有會說話的東西。但問題是，這句話既然是傅睿說的，他對誰說的呢？他要讓誰去死？傅睿又不放心了。他只能像剛才那樣，從頭到尾又尋找了一遍。未果。傅睿鄭重地告訴自己：誰都不能死，拯救的人不能死，被拯救的人更不能死。

北京時間上午十一點二十四分，就在傅睿的宿舍，傅睿最終還是把小蔡的號碼給撥出去了，傅睿很清楚，他這個行為相當冒險，萬一他這個電話被胡海接了，等於是給他的營救設置了障礙。傅睿不能再等了。傳呼音響了起來，它空洞，幽遠，完全符合小蔡作為幽閉者的身分。伴隨著小蔡手機傳過來的傳呼音，傅睿的心揪緊了——這個電話不會有人接聽的，這一點毫無疑問。

誰能想到呢，手機卻通了。遠方傳來了小蔡的聲音——「是傅睿大夫嗎？」傅睿一下子就不知道說什麼好了。

「是我。」傅睿說。

小蔡急促地說：「傅睿大夫，你先聽我說。」

傅睿打斷了小蔡，說：「小蔡，你聽我說。」

「傅睿大夫，你還是先聽我說。」

「小蔡，你必須先聽我說。」

小蔡就不再吱聲，說：「好吧，你先說。」

「你——說話方便麼？」

「——方便。」

傅睿開始眨巴眼睛了。小蔡怎麼可能方便說話呢？這不可能。一定有人用匕首頂住了她的咽喉，這一點毫無疑問。可傅睿也不是好糊弄的，他決定約小蔡出來。只有親眼看見了小蔡，他才能相信小蔡是不是真的「方便」。

「你——能出來麼？」

小蔡猶豫了，不說話了。小蔡靜止了好大一會兒，有些勉強地說：「什麼時候？」

「現在。」傅睿說。

「現在不能。」

「為什麼不能？」

「現在不能。」

「什麼時候能？」

「——明天，可以麼？」

傅睿想了想，明天當然可以。他需要的是和小蔡見面，只要見了面，他所有的拯救行動將會變成現實：

「好。明天，下午兩點。」

這是田菲手術的當天下午。依照計畫，田菲將在今晚的九點推進傅睿的手術室。下午三點四十二分，傅睿接到了腎源的通知，他來到了手術室。他將在這裡完成手術的前期準備。腎移植和別的手術不同，它是成雙的。作為一個主刀醫生，照理說傅睿不該有任何的傾向性，但傅睿知道，他有。在田菲和另外一個男性患者之間，他優先選擇了田菲。腎源就是這樣，它永遠供不應求。給誰做，首先取決於患者的運氣，也就是說，看組織配型的結果。院方一旦得到腎源，會把腎源裡的淋巴細胞毒提取出來，把它們和患者的血清混合在一起。只要淋巴細胞毒的存活率在百分之九十以上，理論上說，這個腎就可以在患者的體內存活。——這就是組織配型。田菲是B型血，組織配型的概率要高很多。但是，任何一句話都可以從兩頭說，B型血的腎源多，B型血的患者自然也就多。配型基本上就是碰運氣，主刀醫生並沒有選擇餘地。然而，選擇總是有的，哪怕是在極其狹小的空間裡。

傅睿走進手術室的時候只帶了一個巡迴護士。她將協助傅睿「修腎」。移植手術畢竟很複雜，學理上叫「移植」，卻不是把一樣東西從三〇七房間「移」到三〇九房間那樣簡單。就說腎源，僅僅是把它們取下來，並不能達到移植的要求。要「修」。比方說，脂肪，一定要清除乾淨，把「他」的屬性降到最低。「他」的屬性降下去了，「我」的可能性才有可能得到提升，這就是「修腎」的本質要義。當然了，技術性的環節也有，重點是「兩管一道」：動脈血管、靜脈血管、尿道。——取腎有嚴格的時間限制，理論上說，越快越好。這就倉促了。倉促必然會帶來問題：無論是「兩管一道」的切口與長度，都不可能太講究。但是，手術有手術的要求。所謂移植首先是兩根血管的縫合：動脈血管對接動脈血管，靜脈血管對接靜脈血管。相對說來，靜脈血管要簡單得多。靜脈血管的脾氣好哇，那是身體內部好不容易形成的歲月靜好，要不然，人家哪裡好意思叫「靜脈」呢？靜脈對靜脈，九十度的切口對九十度的切口，一切都OK。——動脈血管則不行。動脈是身體內部的逆子，是梟雄，它的內部是沸騰的和渴望咆哮的血。這就帶來了問題，動脈血管的切口縫合必須堅固。只有45度才能夠保證縫合面積的最大化，也就是堅固程度的最大化。傅睿的左手抓著腎源，中指與無名指夾住了動脈血管，伸長了。右手的剪刀伸了過去，咔的一下，四十五度的切口就形成了。當然，咔這一聲並不存在，一切都是無聲的。傅睿還是一個新手，但是，這一刀是四十五度，這個不會錯。他有絕對的把握。這個「絕對」是先驗，也是唯心的，它經歷了A4紙的驗證，千萬次了。千萬次的訓練提升了傅睿的工具性，他就是度量衡了，他早就是度量衡了。好啦，靜脈的切口九十度，動脈的切口四十五度，尿管的留長十五釐米。Perfect，Parfait，完美。外科手術就這樣，細節即大局。任何一個細節出了紕漏，所謂的大局都不復存在。

傅睿從手提冰櫃裡取出腎源。當然是兩個。現在，傅睿親手把它們取了出來，走上了手術臺。他把它們放進了離體腎保護液。離體腎保護液就是營養液，溫度上卻有非常苛刻的要求，很冷。就指尖的感覺而言，比冰還要冷。雖然隔著手套，傅睿依然可以感受到它的刺骨。傅睿坐了下來，做了一個很淺的深呼吸。出於習慣，他拿起了左腎，然後是右腎。這個腎源居然有點特殊——動脈血管不是一根，而是兩根。當然，無礙。人體是多麼地可愛、多麼地頑皮，粗一看，每個人都一樣。真的打開了，到了細微的地方，區別卻又是如此地巨大。每個人有每個人的上帝，醫生所能做的，就是讓不同的上帝歸攏到同一個上帝。那好吧，那就先從動脈血管的合併開始吧。傅睿一口氣修理了七十分鐘。七十分鐘之後，傅睿在口罩的後面鬆了一口氣，放下了兩條大臂。他的三角肌有些痠脹，那就先歇會兒。保護液早就被腎源內部的血液染紅了，它不再澄澈，汙濁了。休息了四五分鐘，傅睿把他的十個手指伸進了液體，再一次把腎源給撈了出來——左手托著左腎，右手托著右腎。它們像一對括弧。傅睿有些亢奮，十分渴望張開自己的雙臂，讓這一對括弧容納進更多的內容。傅睿克制住了，他沒有做多餘的動作，他不能孟浪。手術室裡的空氣再乾淨，那也是保不齊的——萬一有一粒肉眼所看不到的塵埃附著在了腎源上，對患者來說，那就是災難。

現在，無影燈照耀著它們，多餘的生理組織已經被傅睿剔除乾淨了，可以說，抵達了視力的極限。它們漂亮啊。此刻，它們只是靜物，但傅睿知道，它們不是。它們是生命。暗含了勃發的和無窮的生機。它們所需要的，僅僅是奔湧而至的熱血。傅睿突然就在括弧的中間看到一個動人的畫面，十五歲的田菲正站在柳樹的下面，一手叉腰，另一隻手拽著風中的柳枝，衝著傅睿微笑。挺土氣的，當然還有害羞。傅睿的注意力集中了，他在端詳手裡的腎。兩個腎一模一樣，造型一樣，體積一樣，色彩一樣，功能也一樣。當然，傅睿知道的，其實不一樣，有極為微妙的區別。——左腎是學理意義上的主腎，相對說來，「理論上」要好一些，卻也是說不定的。誰知道呢？傅睿也不知道。不知道就只能猶豫。傅睿猶豫了又猶豫、選擇了又選擇，決定了，他會把左手上的左腎留給田菲。

與此同時，傅睿也留意到了，左腎其實有一個小小的遺憾。它的表面有一點微小的破損，很淺。那是取腎的時候因為動作的急切所留下的。從功能上說，它可以忽略不計。要不要縫上呢？傅睿又猶豫，思忖了很長的一段時間，最後還是縫上了。因為憑空多了一道傷痕，在視覺上，左腎比右腎又不如了。哪一個更好呢？傅睿就接著猶豫。他其實是知道的，那一道傷痕無關大局。可是，萬一呢？這就費思量了。無論如何，這兩隻腎都很漂亮，都很完美。雖說浸泡得有些久了，失了血，可它的彈性說明了一件事，它的血脂很低，膽固醇也很低。它良好的延展性充分說明了這一點。即使隔著手套，傅睿的手指與巴掌也能感受到腎源的柔軟，它很嬌嫩，吹彈可破。年輕啊，年輕，不超過二十五歲。

所有的修復、一切的修復——都妥當了，傅睿決定試一試通水。傅睿沒有作聲，甚至都不用抬頭，巡迴護士的手已經伸過來了，就在十點四十的那個方向。能夠來到手術室的護士當然是冰雪聰明的，經過嚴格的培訓，她們的手總能夠長在主刀醫生的心坎上。什麼時候遞過來，從哪個方位過來，遞過來的是什麼，在主刀醫生的這一頭可都是心想事成。巡迴護士一直就在傅睿的身邊，她知道下一個環節是通水，早就把輸液管捏在了指尖，在等。傅睿接了過來，接上了。液體流進了腎源。因為液體的支撐，傅睿手裡的左腎膨脹了，迅猛而又緩慢。幾秒鐘的工夫之後，液體從尿道的另一端——也就是傅睿食指的指尖流淌了出來。尿道的長度是十五釐米。傅睿挺直了食指，他讓生理鹽水在他的指尖恣意地流淌。好極了，Perfect，Parfait，真的是好極了。冰冷。令人欣悅的冰冷。用不了幾個小時，它會暖和的，它的溫度就是田菲額頭上的溫度。這個溫度將會有一個可愛的名字，田菲。——為什麼不是田菲呢？就是它了吧，就它了。左腎。它叫田菲。

「這才是我呀！」傅睿突然說。

手術室裡無比地闃寂，傅睿的聲音太大了，巡迴護士被傅睿嚇了一跳，連忙問傅睿什麼意思。傅睿看了一眼護士，眨巴著眼睛，反問說：「什麼什麼意思？」護士說：「你的話是什麼意思？」傅睿認真地說：「我沒有說話。」護士說：「你說了。」傅睿沒有反駁，他在這樣的時候怎麼可能說話呢？不可能的。他笑了笑。傅睿並不知道自己笑了，但是，他的蘋果肌與口罩之間有了動人的摩擦。他的笑容堆滿了口罩的背面。他確認了，他確實在笑。

傅睿就這麼打量著手裡的腎。年輕啊，年輕，它們很年輕。他當然是健康的生命，可惜，他終止了。他的腎卻在等待復活。巨大的直覺就是邏輯，邏輯在告訴傅睿，他一定會活下來。只要他活下來，田菲就一定能活下來的。傅睿都想和自己打一個賭了。賭什麼呢？傅睿一時也沒能想得起來。

「可以賭一賭的。」

「什麼？」護士問。

傅睿沒再說話。他的喜悅躲藏在口罩的背後，淺藍，伴隨著褶皺。

事關小蔡，傅睿並沒有貿然行事，他做好了足夠的準備。為了預防胡海的跟蹤，傅睿第二天便讓郭鼎榮用他的帕薩特把小蔡直接接到了培訓中心的足球場。這裡的安全可以得到保證。郭鼎榮把他的帕薩特一直開到了傅睿的腳邊，停好車，鑽出小汽車，繞了一圈，替小蔡開門。小蔡從車裡出來了，和傅睿彼此都打量了一眼，彼此都吃了一驚。小蔡看見了傅睿的臉，面無表情，然而，有表情。他所有的表情都聚焦在他的目光裡，灼熱，急迫，驚恐，這樣的眼神給了小蔡極大的震驚。傅睿就這樣用他異乎尋常的目光望著小蔡，垂直，也深入，似乎還伴隨著淚光，時刻都有溢出的可能。只用了一眼，傅睿就要了小蔡的命。她知道了，傅睿愛自己。愛的。是她傷害了他。可她哪裡會想到胡海會玩這一齣呢？傅睿偏偏又在那樣的地方給冒了出來。這只能說，上天自有安排。可話又說回來了，他們本來就認識，又都是場面上的人，見面總歸是遲早的事。——從傅睿的模樣看，他的心已經碎了。小蔡當然知道他為什麼會心碎，他嫉妒了。嫉妒讓優雅的傅睿面目全非。不該讓這樣的男人嫉妒，不該。傅睿的心碎讓小蔡更加心碎。她對不起他。可說到底，小蔡是一個女人，親眼目睹自己的「偶實」因為自己而嫉妒、而心碎，畢竟又是一件彌足珍貴的事。她的下巴幾乎都被側到肩膀上去了，差一點就閉上了眼睛。

傅睿更震驚。他並沒有急於和小蔡說話，他只是盯著她，從上到下看，從下到上看。——小蔡好好的，不要說面目全非，連神態都是日常的樣子。——小蔡怎麼會好好的呢？怎麼可能呢？然而，她就是好好的。一個墮落的、被侮辱與被損害的女人怎麼還能這樣地完整無缺呢？這不是裝出來的，裝不出來。但是，不管小蔡怎樣完整，她墮落了，她的靈魂已命懸一線，這一點毫無疑問。如果靈魂可以移植的話，傅睿現在就可以用一把榔頭敲開小蔡的腦袋，然後，把自己的靈魂全部貢獻出去。當然，靈魂不能移植，但這不等於說，傅睿就放棄了。傅睿沒有。經歷了一番苦思冥想，傅睿有辦法了。他能夠救她。

傅睿用他的下巴指了一下帕薩特的副駕駛座，對小蔡說：「上車吧，我們車上說。」

郭鼎榮當即就明白了，他以為傅睿想帶小蔡去「觀自在會館」，他走向了駕駛室。傅睿卻攔住了他，說：「你忙去。」郭鼎榮猶豫了，他看了看傅睿，又看了看車，最終什麼都沒有說，一個人離開了。他在離開的過程中自己給自己點了一下頭。

傅睿上車了，關上了車門。傅睿說：「繫好安全帶。」小蔡便把安全帶給繫上了。傅睿卻哪裡也沒有去，更沒有離開足球場的意思，帕薩特就這樣緩緩地行駛在了足球場周邊絳紅色的跑道上，那是傅睿拓展訓練的地方，他在這裡練習過「後臥」，包括「一人走」。他開得相當慢，目不斜視。帕薩特像一頭驢，就這樣在跑道上轉圈了。小蔡想，傅睿還是浪漫，一個如此愛著自己的男人，不可能是榆木疙瘩，他在骨子裡總會透著一股子浪漫。

「離開他。」傅睿說。

這句話說得相當簡潔，「他」是誰？不用說了。小蔡卻沒有說話——她所承受的尷尬還不夠麼？她不想和傅睿再談論這個，她也不喜歡傅睿用這樣的口吻和她說話。他這是下命令。她喜歡傅睿，她願意承認這一點；傅睿更喜歡她，她親眼看見了。但這並不意味著傅睿可以這樣和她說話。

「你必須離開他。」傅睿說，他的口吻越發嚴厲了。

「不說這個了，好不好？」小蔡說。她的口吻也不那麼好了。——嫉妒真的會使一個男人失去自己，「結婚」是怎麼回事，「觀自在」的所有人都懂，到了你這裡怎麼就不懂的呢？它就是胡海的一個遊戲，一臺綜藝。就算小蔡接受了你，你接受了小蔡，充其量也就是另一組郭棟和安荃，表白也不是這麼玩兒的。

「你墮落了，」傅睿說，「你在墮落！」傅睿用他的巴掌拍響了帕薩特的喇叭。

小蔡再也沒有想到傅睿會說出這樣的話，還動用了汽車的喇叭。這是哪兒對哪兒？你也沒有離婚，你也沒有對我說要娶我。總不能和你這個已婚男人睡了就高尚，和另一個已婚男人睡了就墮落。小蔡生氣了，很生氣，她不說話了。

「離開他！」傅睿怒吼了，他的模樣已接近撒潑。這哪裡還像一個主刀醫生，哪裡還像「偶實」，哪裡還像三天兩頭在媒體上晃蕩的新聞人物。小蔡說：

「傅睿，你也想睡我，對吧？」

這一次輪到傅睿不說話了。還要說什麼呢？他必須拯救她，現在，馬上。傅睿再也不能看著這樣一個姑娘在他的眼前潰爛下去。他決定救治。他的救治在臨床上並不複雜，是物理療法，盡最大的可能讓患者嘔吐。——傅睿經受過最為嚴格的現代醫學的教育，可傅睿已經不相信它們了。它們只不過是嘗試，穩妥的嘗試和激進的嘗試。腎移植是老傅選擇的激進嘗試，傅睿的激進嘗試則是拯救靈魂。他要治癒墮落。——患者只需嘔吐，骯髒的靈魂完全可以伴隨著體內的汙垢被剔除乾淨。——靈魂不屬於任何具體的臟器，這話對，反過來說，靈魂類屬於所有的臟器。拯救靈魂，靠藥物是不行的，移植手術也不行，它所需要的僅僅是一輛小汽車。

傅睿的靈感得益於郭鼎榮的駕駛。在下高速的過程中，郭鼎榮加速了。傅睿清楚地記得，離心力讓他所有的臟器都承受了壓迫。是，當所有的臟器都擠壓在一起的時候，他暈，他想吐，他的靈魂渴望飛升。——無論靈魂躲在哪裡，它都會出竅，就像滾筒洗衣機對紡織物所做的那樣。速度會把汙漬甩出去，這是清洗；速度會把水甩出去，這是甩乾。傅睿的天才假設就在於，汽車的離心力會重組每個人的靈魂，只需一次嘔吐。

不能小看了汽車對現代醫學的貢獻，不能。傅睿很冷靜，他知道的，他理性——刀片可以治病，剪刀可以治病，鉗子可以治病，鋸子可以治病，夾子可以治病，斧頭可以治病，針可以治病，所有工業革命的元素都可以。事實證明，汽車可以拯救靈魂，這一點毫無疑問。

傅睿的左腳踩下了油門，黑色帕薩特像煤礦工人嘴裡的痰那樣，飛出去了。小蔡的腦袋猛地甩向了後方，隨即就被靠背反彈了回來。

在培訓中心，在培訓中心的足球場，在培訓中心足球場邊的跑道上，在傅睿練習「後臥」和「一人走」的地方，一輛黑色的帕薩特開啟了它的靈魂拯救之旅。它是多麼地迅疾，它以逆時針的方向繞道而行。事實上，傅睿所需要的不是整個跑道，而是跑道頂端的兩個一百米圓弧。那是離心力的誕生地，是臨床意義上的關鍵點，類似於天國。傅睿極其鎮定，帕薩特卻瘋了。傅睿一上直道就減速，一旦衝上了彎道，他就拚命地抽帕薩特的屁股，駕！——駕！小蔡想喊，可哪裡還能喊得出來，她所有的臟器都翻捲，它們擠壓，碰撞，分離，發出了沉悶與肉搏的聲音。傅睿的駕駛技術畢竟粗糙，帕薩特並不完全聽他的使喚，它衝進了球場，行駛的半徑越來越小，足球場上的草皮飛揚起來了，而帕薩特也已經出現了側翻的傾向。小蔡並沒有感受到身體內部的物質向左側擠壓，相反它們在向上拱，壓在了小蔡的喉嚨。小蔡張大嘴巴，並沒有來得及吐，許多無法明確的物質就自行衝出了她的嘴巴。傅睿無比地亢奮，他大聲地喊道——

吐，吐乾淨！

吐，吐乾淨！

帕薩特的輪胎軌跡其實已經有些紊亂了，它一頭衝進了足球場的球門。球門網被連根拔斷，它們纏繞在輪胎上，帕薩特就此失去了方向。它衝出了球場，衝出了跑道，直接駛向了一排冬青。它碾壓過去了，一頭扎進了球場邊的小樹林。它撞斷了兩棵瘦小的樟樹，卻被兩棵同樣瘦小的樟樹卡在了中間。安全氣囊就是在這個時刻啟動的，它們像兩記直拳，一拳擊中了傅睿，一拳擊中了小蔡。而汽車的左前輪已經架空了，它在空轉，無辜而又瘋狂。

小蔡沒有受傷，卻已面無人色。傅睿的鼻子因為氣囊的重擊出血了，一樣面無人色。小蔡的靈魂早就出竅了，傅睿望著魂不守舍的小蔡，還有她周邊凌亂的嘔吐物，臉上露出了神祕的、隱忍的和漣漪一般的微笑。事實證明，小蔡的靈魂不屬於小蔡了。事實證明，靈魂是身體的隱藏物，即使它離開了身體，它依舊不會暴露它的藏身之地，這是現代醫學亟需解決的一個問題。事實證明，第一次治療療效顯著。事實證明，小蔡的靈魂被拯救了。事實證明，這樣的治療對患者不會有任何的副作用，醫生很痛苦，患者卻很安全。事實證明，小汽車可以預防墮落、根治墮落。最合適的品牌是帕薩特。顏色不限。

小蔡與傅睿在帕薩特的內部閒坐了四五分鐘，她在喘。這是患者與她的靈魂相互搏鬥的新常態。最終，小蔡先於傅睿離開了帕薩特。就在小蔡離開座位的時候，傅睿承諾小蔡說，明天下午她可以去門診室找他，他明天就會回到第一醫院，他必須上班。傅睿說，他再也不會待在這個鬼地方了，完全是浪費時間。小蔡沒有和傅睿說話，也沒有看傅睿，小蔡的身體剛擠出車門就健步如飛了，很可惜，她的健步如飛並不成功，一路上她連著摔了好幾跤。傅睿注視著小蔡所有的行為細節，他會把這些情況寫進報告。作為一條附加建議，傅睿希望，所有的治療都能有家屬陪同。

走出駕駛室之後，他十分小心地做了幾組拉伸，他想看看他的骨骼有沒有問題。沒有。至於他的鼻血，那是小事情，只不過是安全氣囊暴擊的結果。他沒有受傷，但即使受傷他也覺得值得。拯救者理當以性命相許，一根鼻梁骨完全算不了什麼。傅睿沒有違背他對小蔡的諾言，他棄車而去，去了一趟宿舍，收拾好他的衣物。十分巧合的是，所有的雜物剛好裝滿他的拉杆箱，和來的時候一樣。他決定回家。為了慶祝今天的成功，他會喝一杯咖啡。事實證明，傅睿離開他的第一醫院有些日子了，明天他一定要上班。他會去找郭棟，他想建立一個全新的學科。事實證明，傅睿即將開創的新學科比泌尿外科重要得多，他需要郭棟的幫助。

十六

傅睿在上島咖啡的那一杯咖啡還沒有喝完，一個男人就朝著傅睿走來了，是款款而來的，穿了一身土黃色的長袍。高大，光頭，笑容可掬。右手的手腕纏著一只布口袋。光頭對著傅睿作了一個揖，可能是一個和尚，可能也不是，傅睿吃不準。傅睿喜歡這個男人，他一出現，時光就變得緩慢了，就好像他參與了時間的審核與配置。他走路很慢，說話很慢。連他的眼神都是慢的。他的目光從他的眼眶裡行駛出來，這才看見傅睿了。

「等人呢？」光頭男人說。他的目光很綿軟，面部則更加綿軟，像進入烤箱之前的麵包或者饅頭。

傅睿沒有回答。光頭男人卻和傅睿商量了：「我能不能坐一會兒呢？」

當然能。傅睿打了一個手勢，是「請坐」的意思。

上島咖啡，環境幽靜，很適合交談了。光頭很滿意的樣子，還沒開始呢，他卻已經做起了總結：「你到底還是來了。」

傅睿問：「你在等我？」

「沒有。」光頭閉了一次眼睛，又睜開了，「我沒有等你。我只是高興。」

傅睿給光頭要了一杯水。光頭看起來有些渴了，一口氣喝了四五口。但是，杯子裡的水位幾乎沒有動，他沒有喝，只是很小地、很輕地啜。那裡有極好的節奏，能夠看出他對外部世界的需求經過了他的壓縮，每一次只擷取一點點。光頭也不說話了。他飽滿的、開闊的面龐在微笑。微笑讓他的上眼眶帶上了一道弧線，彎彎的，說嫵媚不可以，說慈祥則萬無一失。他分外和悅。可光頭臉上的微笑與和悅正一點點散去。經歷一個沉默的季節，他肅穆了。數不清的肅穆懸掛在他多肉的臉上。光頭說：「有麻煩嗎？」

傅睿說：「沒有。」

「那就好，」光頭說，他臉上的笑容第一次如此地迅速。光頭說：「氣色不太好。」

傅睿有些驕傲了，說：「我是醫生。」

光頭閉上眼，又睜開，說：「知道。」他當然不知道。過了相當長一段時間的靜穆，光頭說：「知識分子。」

「你是誰？」

——我？光頭恢復了他的微笑和親切，攤開了他的一雙大手，肉嘟嘟的。光頭說，你是第一個這麼問我的人。沒人這麼問我。我呢，估計大夥兒都是這樣想的——這人是一個和尚。光頭誠懇地告訴傅睿，我不是。真不是。出家人不打誑語，沒出家的人也不能打誑語。我不是和尚。傅睿就有些好奇了，問，那你是誰？光頭說，一個過路人。渴了。傅睿拿出錢包，抽出了一張，放在桌面上，用他特別長的手指給推了過去。沒想到光頭卻推了回來，速度也許只有傅睿的四分之一。因為慢，氣度雍容了，卻格外地堅決。傅睿笑笑，說，我只是睏了，我想打個瞌睡。他的意思已經表達得很明確了。你的睡眠不好？光頭問。不好，傅睿說。你是醫生，醫生也可以看看醫生。傅睿說，不需要，醫生也做不了什麼。光頭回答說，這話對。可我還是想睡一會兒，傅睿說，運氣好的話，也許能睡著。話說得彬彬有禮的。話說到這裡自然就進一步明確了，光頭拿起杯子，再抿了一口，放下水杯，起身，走人。

「我可以送你一樣東西。」光頭說。

「我不要你的任何東西。」

「東西是你自己的。睡眠。一個好覺。」

「催眠術？」

光頭搖了搖他的光頭，說：「那是科學，我不懂科學。」

「我不相信。」

「你不需要相信。睡著了的人什麼都不需要相信。——跟我走，就幾步路。」

光頭已經站起來了，他在站起來之前再一次拿起了水杯，抿了一小口。再放下。然後，就站在那裡，等。傅睿並沒有跟他走的意思，但是，光頭的等待無欲無求，綿軟、盛大、雍容、至善至誠，洋溢著號召力和感染力。傅睿只好起身，拉著他的拉杆箱，跟著光頭離開了。光頭說得沒錯，不遠，幾步路的事。就在電信大廈附近的那條小街，光頭帶領傅睿走進了一個社區，他們在地下停車場的出口沿階梯而下。最終，他們跨過了一道又厚又大的人防大門，拐一個彎，光頭和傅睿就來到了一間地下室的門口了。啪的一下，光頭打開了燈，一間小小的地下室呈現在了傅睿的眼前。這是一間四四方方的房間，沒有窗戶，乾淨，整潔，猶如一間洞窟。說整潔其實是一句廢話，因為房間裡幾乎就沒什麼東西。一張床，乾乾淨淨。一張地毯，乾乾淨淨。地毯上放著一把木椅和一張沙發，乾乾淨淨。牆邊有一張桌子，一只水杯。看得出，這裡的東西都是撿來的，它們的色彩與款式彼此毫無關聯。

光頭並沒有關門。他在木椅上坐下了，附帶著用手示意傅睿，他請傅睿坐在了一張雙人沙發上。傅睿放好拉杆箱，盡他的可能把它放正。你是醫生？光頭說。我是醫生，傅睿回答說。謝謝你，光頭說，他指了指傅睿所坐的沙發，說，許多人在這張椅子上坐過，就在你坐著的椅子上，都是這個時代的精英，也有醫生。他們就這樣進入了聊天的模式，有一搭，沒一搭。光頭確實不是和尚，這個是確鑿的，他的談話甚至涉及了耶穌，當然，還有霍金與榮格，也有王陽明和馬雲。光頭的談話甚至還涉及了姚明和科比·布萊恩特。地下室沒有一本書，可光頭顯然是一個有閱讀面的人，因為廣，自然就沒那麼深，也零散。因為零散，就顯得雜，反過來又可以證明他確實不是讀書人。他的長處是記憶，他記得許許多多的名人名言。總之，他屬於傅睿的上一代人，懷才不遇，卻隨遇而安。

就這麼說著閒話，光頭已經站起來了，張開他的手掌，沿著傅睿的身體，在空氣中撫摸。僅僅摸了兩圈，光頭把他的巴掌攥成了拳頭，向傅睿相反的地方拉。顯然，他發力了。傅睿不知道有什麼東西需要他發那麼大的力量。

「你弄什麼？」

「我在拔。」

「拔什麼？」

「你身體裡的東西。」

「什麼東西？」

光頭正在發力，沒有回答傅睿。傅睿只是注意到，光頭每「拔」一次都要甩一次手，似乎是把拔出來的東西摔在地面上。不過光頭很快就拔不動了，他抱怨說，你這個人固執。話說到這裡光頭自己也笑了，他怎麼可以批評一個剛剛認識的人呢？好在傅睿也沒介意，想笑。

但光頭的拔卻越來越費勁了。看得出，他在深入。常識是，越深的東西越難拔，光頭的嘴裡到底還是發出了一些動靜了。他在全力以赴。就因為全力以赴，光頭發出了一些奇怪的聲音，還拐了彎。傅睿沒有忍住，笑了。但傅睿一發出笑聲就意識到了，這不好，他便把自己的笑聲收住了。

這不對。很不對。光頭突然就是一聲吆喝——

「不要忍，不能忍，不要控制！你笑，你笑！——你笑！」差不多就在同時，光頭的聲音也變了。如果說，他剛才的聲音是逼不得已的話，現在，他所有的聲音都是他刻意製造出來的了。

吱————~~~~~~~~

咦——————~~~~~~~~~~

嗨——————~~~~~~~~~~

吁——————~~~~~~~~~~

傅睿真的忍不住了，笑了。光頭的聲音實在是太滑稽、太離譜了，傅睿哪裡還忍得住。他的笑聲是爆破式的，幾乎就是噴湧，而噴出來的笑聲本身又很可笑，這一來就形成了循環。

「——不能忍，忍了你會受傷的。」

這是不是真的呢？傅睿也不知道，傅睿也就不再忍了。他的身體全部參與了他的笑，他已經記不得他是不是這樣笑過了，即使有，那也是很久之前了，青年時代，或少年時代。他的笑聲一下子就出現了歷史感，這就太悠遠了。傅睿不再控制，事實上，他也控制不住了，他的笑勢如破竹，整個身體都顫動起來了，每一塊肌肉和每一塊骨頭都蜂擁而至。

傅睿哪裡還是笑，已經是狂笑了。他不知道的是，這不是終結，僅僅是一個開始。因為笑，傅睿的身體已實現了自動化。利用這個機會，光頭已經邁開了弓步，換句話說，他找到了傅睿體內根本性的問題，也就是那個「東西」。他逮著了，使勁往外拔。他的決心已定，他一定要把傅睿身體內部那些無法命名的「東西」給全部拔出來。傅睿頓時就感覺到他身體的內部液化了，在兀自洶湧。

為了不讓自己的「內部」受傷，傅睿再也不敢克制，他的淚水奪眶而出，鼻涕洶湧而出，口水澎湃而出，也許還有別的。傅睿突然間就看見了一隻羊。實際上傅睿發現自己才是這隻羊，他趴在地攤上呢，盡他的可能發出了羊的叫聲。傅睿的生命自由了，甚至都可以切換了，還可以是牛，還可以是雞，還可以是狗與貓。傅睿究竟是什麼呢？這取決於傅睿的叫聲。為什麼一定是叫聲呢？動作也一樣可以替換，他開始像一條狗那樣舔光頭的衣袖了。傅睿緊閉著雙眼，伸出他的舌頭，在光頭的褲管上、衣袖上，肩膀上、手臂上、面頰上、頭頂上，到處舔。傅睿是多麼地乖巧多麼地討好，傅睿已勢不可當。

光頭卻閉上了眼睛，不再搭理傅睿了。那又怎麼樣呢？傅睿也半眯上眼睛，用他的臉龐在光頭的身上蹭。他甚至還把他的腦袋鑽進光頭的腋下了。多麼安全。他忠誠。他就是要依偎，他還想抱抱。光頭卻不抱他，這讓傅睿多生氣啊，他衝著光頭叫喊了，是單聲和單音，汪，汪汪，汪！

瘋狂的爬動和瘋狂的吼叫持續了相當長的時間。時間被地下室埋葬了。傅睿的動作降低了節奏，吼叫的聲音也一點一點減弱了。他趴下了。他不是狗，不是狗。是蛇。他完全可以像蚊香那樣盤起他的身軀。傅睿想把自己的身體蜷曲起來，這並不容易。既然不容易，那就是春蠶了，是的，他是一條剔透的、類似於果凍的春蠶。——他要吐絲。他要用自己的生命作為原材料，自己給自己吐一個繭，然後，把自己緊緊地包裹起來。傅睿昂起了頭，他吐絲了。傅睿在環繞，他在他自己的內部蠕動了，一圈，又一圈。不依不饒、反反復復，專心致志。這一次他沒有笑。傅睿花了相當長的一段時間才把自己吐乾淨，他就睡在自己的繭裡了。傅睿睡著了，像懸掛在外宇宙，那裡有寬宏大量的黑。

傅睿醒來的時候整個人都是空的，他睡了多久？他不知道。傅睿只是感受到了前所未有的輕鬆。他的對面是師父的椅子，師父卻不在，他的椅子上有一條毛巾，還有一杯水。他把水喝了，他決定等，不管怎麼說，他要等師父回來。

敏鹿正在做夢，在這個夏天，敏鹿做了一個有關寒冷的夢。顯然，這是空調作的孽。敏鹿實際上是被空調凍著了。在夢裡，敏鹿置身於廣袤的冰雪地帶，她，敏鹿，還有傅睿，領著一個面目模糊的年輕人，正在穿越一片霧凇森林，滿世界都是刺花花的白。這個年輕人敏鹿沒見過，當然是已經長大了的麵團。麵團高中畢業了，執意要去北方的冰雪之國留學。為了節約路費，敏鹿的一家做出了一個豪邁的決定，他們要靠自己的雙腳步行到地球的最北方。他們在指北針的引導下一路向北。他們必須穿過雪白的森林與雪白的平原才能夠抵達國界線。天寒地凍，積雪淹沒了他們一家三口的膝蓋，寒氣逼人。他們都穿著厚重的皮毛大衣，腦袋上則扣著一頂翻毛皮的帽子，戴著墨鏡。笨重了。敏鹿的每一步都要把她的小腿拔出來，然後，再一次陷入沒膝的積雪。這樣的跋涉太耗人了，因為乳酸的積壓，敏鹿大腿的肌肉開始疼脹，而小腿則開始了顫抖，幾乎站不穩了。但是，不管怎麼說，兒子留學的事是大事，不可耽擱。無論怎樣艱難的跋涉，敏鹿與傅睿也要把麵團送上他所渴望的極寒地帶。

一條寬闊的大河終於擋住了敏鹿的一家。他們知道，這就是國境線了。敏鹿之所以知道這是一條河，並不是因為她看到了波浪，而是因為這個長條形的地帶上沒有樹。他們一家終止了跋涉，只能站在了此岸。而彼岸依然是一片雪白，天寒地凍，此岸與彼岸毫無二致。但在視覺上又是有區別的。彼岸更蒼茫、更遼闊、更陰鬱。就在無限的遠方，敏鹿看見了一樣東西，一群塔尖，那些絳紅色的洋蔥頭。麵團吐出一團白色的霧，指著北方對敏鹿說：「媽，看到了沒？過了河就到了。」敏鹿知道的，她和傅睿也只能到此為止了。他們沒有簽證，他們過不去。然而，夢就是這樣，夢習慣於給自己的主人設置障礙，這是夢的殘酷處。讓敏鹿揪心的事情到底還是發生了，他們迷路了，他們找不到過境的口岸。而江面上沒有一座大橋。沒有橋，麵團怎麼過得去呢？他如何才能踏上自己的人生路呢？敏鹿、傅睿和麵團只能再一次邁開步伐，四處尋找。天蒼蒼，雪皚皚，大地只是大地，天空只是天空。這是絕對的史前，沒有任何生命的跡象。敏鹿擔憂啊，何時才是盡頭？麵團要是耽擱了最後的報名期限，那可如何是好？敏鹿無能為力，只能站在大江的南岸大口喘息，每一次喘息都要附帶出乳白色的霧氣，像一匹吐著禿嚕的牝馬。她再也沒有力氣了，她也不能在積雪裡再挪動哪怕一步了。彼岸就是冰雪國，絳紅色的洋蔥頭在召喚，然而，橋呢？絕望就這樣布滿了敏鹿的臉，結冰了。

夢無絕望之路，這又是夢的動人處。麵團往前跨了一步，站在了敏鹿和傅睿的面前。他取下墨鏡，掀開了翻皮帽，面色紅潤，滿臉洋溢著一個留學生才有的活力。他腦袋的上方冒著熱氣，像剛剛出鍋的饅頭。麵團說：「媽，爸，你們回去吧，我到了。」敏鹿嘆了一口氣，說：「你瘋了嗎孩子？一座橋都沒有，你怎麼過去？」

麵團什麼都沒說，只是笑。他告別了父母，直接從河岸走了下去，他走上了江面。嚴格地說，是冰面。麵團站在冰面上，單腿站立，另一條腿卻蹺了起來。他張開了雙臂，身輕如燕，他就這樣以如此簡單、如此原始、如此流暢的方式滑向了北岸。敏鹿真的是老了，她只知道一條河可以擋住這個家的去路，但兒子是知道的，冰不只是寒冷，冰也是通途。只要有足夠的嚴寒，所有的零散都能結成一塊整體的冰，一切將暢通無阻。

歡迎來到人間

國家圖書館出版品預行編目 (CIP) 資料

歡迎來到人間 / 畢飛宇 著 . -- 初版 .-- 臺北市 :
九歌出版社有限公司 , 2023.09
面 ; 14.8 × 21 公分 . -- (畢飛宇作品集 ; 13)
ISBN 978-986-450-592-0 (平裝)
857.7　　112012325

作　者 —— 畢飛宇
責任編輯 —— 張晶惠
創 辦 人 —— 蔡文甫
發 行 人 —— 蔡澤玉
出　版 —— 九歌出版社有限公司
台北市 105 八德路 3 段 12 巷 57 弄 40 號
電話／02-25776564・傳真／02-25789205
郵政劃撥／0112295-1

九歌文學網　www.chiuko.com.tw

印　刷 —— 晨捷印製股份有限公司
法律顧問 —— 龍躍天律師 ・ 蕭雄淋律師 ・ 董安丹律師
初　版 —— 2023 年 9 月
定　價 —— 380 元
書　號 —— 0111413
I S B N —— 978-986-450-592-0
9789864505999（PDF）